陈玺 著

风吹麦浪

南方出版传媒
花城出版社
中国·广州

图书在版编目（CIP）数据

风吹麦浪 / 陈玺著. -- 广州：花城出版社，2021.1
ISBN 978-7-5360-9308-9

Ⅰ．①风… Ⅱ．①陈… Ⅲ．①长篇小说－中国－当代 Ⅳ．①I247.5

中国版本图书馆CIP数据核字（2020）第242966号

出 版 人：肖延兵
策划编辑：张　懿
责任编辑：邹蔚昀
技术编辑：凌春梅
封面设计：姚　敏

书　　名	风吹麦浪 FENGCHUI MAILANG
出版发行	花城出版社 （广州市环市东路水荫路11号）
经　　销	全国新华书店
印　　刷	佛山市浩文彩色印刷有限公司 （广东省佛山市南海区狮山科技工业园A区）
开　　本	880毫米×1230毫米　32开
印　　张	10.875　1插页
字　　数	260,000字
版　　次	2021年1月第1版　2021年1月第1次印刷
定　　价	49.80元

如发现印装质量问题，请直接与印刷厂联系调换。
购书热线：020-37604658　37602954
花城出版社网站：http://www.fcph.com.cn

早春二月，冰雪消融，裹着黄叶的麦芽，眯着暖阳，嗅着和风，在天地间返青、拔节、抽穗和灌浆，橙黄的麦浪皈依于大地的本色。

一

开春三月，渭北塬上淅淅沥沥地下了几场雨，蛰伏了一个冬季的麦苗铆足劲，一口气蹿到了抽穗扬花的孕期。村民们分开密实的麦秸，踩着田垄，戴着草帽，弯着腰拔掉和麦子一起抽穗的燕麦。

这是槐树寨实行土地承包责任制后的第一季麦子。村民们将多年在生产队积蓄的没有释放的能量，挥洒在承包地里，期望改变缺吃少穿的日子。生产队时，大家都认为自家的贡献大，村民们心里较着劲，默默地在用庄稼的长势证明自家确实吃了亏。

夕阳西下，几个村民蹲在东边的地头。微风中摇摆的麦穗，白中泛绿，娇嫩的花絮，索啦啦坠在穗上，稀拉的蜜蜂嗡嗡着游弋其间。村头槐树上好久没吱声的高音喇叭，刺啦刺啦着。大队书记放下茶缸，对着麦克风拍着，咳咳几下，噗噗吹了几下，宣布公社初中会考的结果，槐树寨初中二年级的数学，有七个同学进了前十名，顺文的物理全镇第一。大队组织锣鼓队，要给获奖学生的家送奖状。

老五正在拔草，褐色的塌塌草帽和半人高的麦秸，将他弯着腰的头，隐在麦丛中。他拔着草，没在意喇叭里说的是什么。听到顺文的名字，田头的人站起来，挥着草帽，对着他四伯、五爷地叫着。他缓缓地直起腰，抬头摘下草帽，解开对襟的衣扣，扇着草帽,听到孙子得奖了,他抹着眼角的眼液,瞅着西沉的晚霞,露出了笑容。

前些年六一儿童节,镇上都要组织学校巡游,那是沉寂的塬上喧闹的日子。每个学校前面都是穿着军装的锣鼓队,后面跟着红旗方队,最后面就是系着红领巾,穿着白色上衣和蓝色裤子,手里摆动着红色纸花的学生。队伍进村,全村老少密密麻麻挤在街道两边,有的站在粪堆上,有的蹲在柴草垛子上,瞅着缓缓行进的队列,找着孩子英武的身姿。

锣鼓队进村的时候,村民们好像找到了几年前的感觉,纷纷走到门前看热闹。几个学生敲着锣鼓,后面跟着大队书记和初中的刘校长。到了老五家门口,锣鼓队停了下来。老五在门前迎接,他赶紧举起早已准备好的金丝猴香烟,抖着派给书记、老师和周围的邻里。顺文的父亲春晖是教师,不在家,这样的场面就落在老五头上。顺文害羞地跟着爷爷,见到老师,低着头,手握着衣角,晃着身子,脚拨着地上的土块。

刘校长将两张奖状颁给老五,摸着顺文的头说:"要了个好孙子。顺文爱思考,有灵气,得好好培养!"

老五笑着接过奖状,应道:"附近的人都知道,刘老师教书好,带的算术一下子拿了七个奖!"

摸着耳背夹着的香烟,举着冒着烟的烟杆,刘老师笑着说:"都是娃们争气!"

槐树寨的学校原来是个完全小学。几个自然村都有小学,五年级集中在这里读。后来,小学有了六年级,就在完全小学续多了一年。六年级学生毕业,要到公社读初中的时候,公社决定将"完小"升格为带有初中部的学校,刘永仁老师从县上最北边的乡镇调过来任校长。

刘永仁老师一米六五左右的个头儿,四十多岁,身体瘦弱,花白的头发像堆钢丝盘在头上,泛黄的苦瓜脸上布满了褶子,平时垂着,昂起头笑的时候,褶子在肌肉的带动下,便会抖动着翘起。他手里总是攥着根烟锅,习惯低着头,在校园和外面的水渠上踱步,白色的的确良衬衣和用尿素袋子染色做成的蓝裤子,皱巴巴地在微风中飘动着。

上课铃响了。操场和菜圃早读的学生,收起书本,前后进了教室,翻腾着书包和抽屉,按着课表的排序,拿出数学书。刘老师不紧不慢地拿着三角尺和粉笔盒,抽着旱烟,站在教室门口,将教具放在窗台上。第二遍铃响,他走上讲台。学生们起身站立。刘老师放下教具,在教桌的腿上磕掉烟灰,手摸着下巴,在讲台上低头踱了几个来回,他突然抬起头问:"泉水流动的时候,是咋响的?"

塬上的娃就见过渠里和涝池里的水,没见过泉,更没有听过泉水响。这时娃们听到收音机里传来《泉水叮咚响》的歌声,呆愣愣的娃们齐声地说:"叮咚响!"

刘老师摆着手,笑着说:"不对,泉水咋响分成冒出来的时候和流淌的时候。"顺文到学校门前水渠的窝水,蹲着琢磨了好久,泉水冒出的时候,和窝水一样,应该是咕咚咕咚地响。流淌的时候就是哗哗响,遇到落差,下面有池子,便是咕咚的声响。

没上课的老师,坐在宿舍门前的台阶上,打开收音机。《泉水叮咚响》的歌声飘了过来。同学们闻声扭头,嘿嘿笑着。刘老师拿起教杆,轻轻地敲了几下,说:"你们都是些娃娃,千万不要认为书上和收音机里的东西,都是对的。自己要想想,想通了,再把知识放入脑袋。想不通,就得弄个明白!"

永仁老师的课,是个大杂烩。他总是顺着自己的思路,云里雾里漫游,他帮学生打开了窗户,让学生们看到多彩的世界,培养了他们质疑和探索的性格。周日，镇上唱大戏。周一上课，他给学生们讲样板戏和传统戏曲的区别。兴趣到了，他挥着教杆，学着老生的模样，抖动着身子，迈着"人"字步，晃动着头，在台上吹胡子瞪眼睛，陶醉地哼唱着戏文。每个动作，每句唱腔，他都要讲解一番。老师从教室外经过，瞄见校长在讲台唱戏，好奇地打量着。下课铃响了，他停了表演，走回讲台，翻开教材，将要讲述的内容，快速地讲了一遍。学生们翻着课本，脑子里飘着老师表演时的神态。

初中的学生比较杂：有毕业的高中生，回到学校复读，期望能考上中专；有些还没返城的知青，也跟着听课；好些老师一边上课，一边埋头复习，准备着高考。放学回来，几个同学聚在一起，坐在院子里树荫下的炕桌边，写着作业，讨论着难题。槐树寨的马路上，教师、高中生和准备高考的人，蹲在树荫下，吃着蒸馍，用树枝在地上画着几何图形和坐标，讨论着题目。他们既有内在的兴趣，更是将高考作为跳出农门的通道，调动着自己的潜能，规划着自己的目标。

学生们自习。永仁老师攥着烟杆，哧嗒哧嗒在校园踱着，他走进教室，坐到顺文的课桌前。顺文正抄写《黔之驴》的课文，见一根烟锅慢慢地晃入眼帘，浓烈的旱烟味呛入鼻子。他抬起头，见刘老师靠着墙，坐在前面的板凳上，抬起脚，放在板凳上。他抽着旱烟，撩起裤腿，挠着腿肚子。顺文手撑着桌，头搭在手掌上，瞥着老师的侧影，就像看到了《思想者》的雕塑。

磕掉烟灰，对着烟锅吹了几下，刘老师将烟锅放在窗台上。他转过头，招呼几个同学过来，拿出纸片，给他们读题，看到他们记下了题目，他咳咳地说："不许商量，自己思考，一会儿听听你们的想法。"

顺文反复读题，在本子上画着符号，列着方程式。他瞪着眼睛，长长的睫毛颤着，脸涨得红扑扑的。

下课铃响了，教室里顿时哄闹起来。同学们冲出教室，追逐嬉闹着。刘老师走进教室，坐在原来的位置，将几个同学招呼过来，询问大家解题的思路。听着同学们的讲述，他靠墙，耷拉着眼睛，吧嗒抽着旱烟。大家讲完了。他转过头，评说启发，让几个同学商量着，继续思考。跑出去的同学见老师进了教室，跟在后面，围在老师周围，见讲解的题目自己听不懂，又互相拉扯着跑出教室。

那个年代，找到一本课外辅导书和习题，确实不易，有几套蜡纸刻版出来的题目，常常成为学校、老师和同学们克敌制胜的法宝。刘老师给同学们的题目，也是他凭借关系弄来的，他不给答案，鼓励同学们独立思考。顺文拿到难题，总是异常兴奋，吃饭睡觉和放学回家的路上，脑海中将题目肢解琢磨，用各种定理推理运算，有时前后要用上个把星期。

精力和心思用在难题上，见到复杂的运算，顺文有点发蒙。初二下半学期数学考试，由公社初中命题，是些常见的题目，混杂着大量复杂的运算，成绩下来，他名落孙山。拿着试卷，走出校门，坐在水渠岸上，顺文哇哇地哭了。他是学校的难题王，整天跟着刘老师，解一些稀奇古怪的题目，没想到自己考得这么差。刘老师低着头，攥着烟杆，踩着荒草，飘到他身边，默然蹲下。顺文有点不好意思，连忙抹了下眼睛，昂起头，红肿的眼睛望着老师。刘老师放下烟锅，咳咳几下，朝水渠啐了口痰，摸着他的头，笑着说："英雄也有失手的时候。别放在心上，争取下次考好！"

顺文的课桌前是两位女同学：一位是邻村的黑雅，另一位是白娅。黑雅是顺文姑姑的本家人，原来和他就熟。她长得粗壮，褐色的面颊轮廓分明，深陷的双眼皮上站着一溜整齐的睫毛，护卫着清亮眨巴的大眼睛，她像个印度女孩，说起话来总是笑着，露出白白的牙齿。她头发粗硬，梳着条粗长的辫子，垂在背上。白娅是另个村子的，她面颊白嫩，红红的嘴唇，白白的牙，头发绒细泛黄，扎着两根细辫子，走起路来摆动着。黑雅穿着家纺蜡染的粗布，款式颜色契合了塬上的底色，就像是朵粗生的簕筋花，任由狂风劲吹，衣衫就像薄薄的盔甲，罩着身体；白娅穿着白底蓝色碎花的的确良上衣、蓝色的的确良裤子，她像渠坎上一束摇曳的牵牛花，风吹的时候，衣服轻柔地飘着，透着身体的曲线。

田老师教语文，是班主任。他精瘦细高，留着三七的分头，白净的面皮总是紧紧地绷着，高高的颧骨，深陷的眼窝，外突的眼珠睇溜时，总是牵动着眼角的淤肉，布满血丝的眼角，像开膛取出来的猪尿脬，青白色的肉皮上，闪动着血丝，一展一展的。他是个罗锅，瘦长的脊梁蜷曲着，一边肩膀高，一边肩膀低，两条瘦长的腿，撑着蜷成坨的背，走起路来一晃一晃的，额头的刘海随着脚步抖动着。

爸爸在外村的学校教书。两年前，顺文跟着他去了那间学校。吃饭的时候，他见过田老师。父亲让他问候。田老师鼓着眼珠，紧绷的面皮皱起，露出笑容，青白的眼肉扯着，闪着血丝。顺文赶紧低头，听见他走过去，咳了几声，吐了口痰。

到了初二，田老师调过来。顺文心里总是怯怯的。上课铃响了。田老师一颠一颠地走进教室，放下粉笔盒，威严地巡视着教室。顺文脊背发凉，勉强挺直腰，他感到老师看着自己，露出笑容，目光漫衍的瞬间，他打了冷战。他对语文课兴趣不大，感到田老师可能会找自己的刺。老师布置的作业，他不敢怠慢。田老师喜欢学生写作文时用排比句，教室后面的墙报栏，贴着的范文，总是一堆排比句。他画上红线，提醒大家那就是精华。对于教材上精彩的段落,他讲解不多,就是要求学生背诵。在他看来,课文只有背下来,才能谈得上运用,词句才是自己的。

死记硬背,顺文从心里抗拒,他习惯理出文章的结构,分层记忆。田老师走下讲台,拿着教杆,对着顺文的课桌,敲了几下。他赶紧低头站起,顺着记忆背课文,词句有误时,老师就会用教杆,捶着课桌,厉声斥责。顺文的心与肌肉,倏然紧缩,结巴着找不到课文的入口了,紧张得冒着冷汗。走到他边上,老师将手掌放在他脖子上。顺文知道老师要抽自己,他缩着脖子,肩和头缩成个沟槽,来阻止老师耳光的力度。田老师原地颠了几下脚步,手从脖子溜到他的耳垂,轻轻地扯了几下厚实光润的耳坠,笑着调侃,他突然发力,提起顺文的耳朵。顺文偏过头,脸庞朝上,痛得龇牙咧嘴,看到身后的板凳,他抬起脚,跨了上去,为了减轻疼痛。田老师发毛了。他认为跨上凳子,是在挑战自己的权威,耻笑他的身体。他将顺文扯到讲台,挥着教杆,瞪眼叱骂,趔趄着将顺文打出教室。顺文成绩不错,没受过这样的调教,委屈得抽搐着站在太阳下流泪。

下课了,田老师将顺文叫过来,站在教室的过道。坐在檐下的台阶上,他拿着教杆,拍着衣服上的粉笔灰。同学们下了课,围过来看热闹。他抖着教杆,挖苦调侃着顺文。顺文红着眼,低头乖巧地盯着地面,稍有松弛,教杆便挥打过来。老师们下了课,陆续从屋檐下经过。看见每位老师,田老师转过头,教杆指着顺文,笑着说:"先人亏了人了!要了这样的后人,驴粪蛋外面光!"

老师们听了,嘿嘿地快步走了。刘老师从校门口进来,见顺文站在台阶下,他听着田老师的训斥,抽着旱烟,不住地摇头。

顺文咬着嘴唇,盯着从鞋帮探头的脚趾,心里委屈,感到在全校师生面前丢了人,他一直将自己视为好学生,这番羞辱,使自己跌到了深渊一般。内里憋着气，轻轻地踹着土块，他发誓要用自己的成绩，证明田老师对自己的挖苦和嘲讽是错的。想起苜蓿地里，爷爷讲的遇事要忍，当他跳出来将它看作是一种磨炼时，他的气顿时顺了。他抬起头，平和地瞄着田老师，对着边上的同学，挠头笑了。顺文不能理解老师批评自己，总要说到父亲，让父亲在同行和本村的学生面前蒙羞。他噘着嘴巴，瞥了田老师一眼，看到青白色的肉皮上，赤红的血网闪了几下，他用神态表示不接受老师的嘲讽。

　　数学和物理是顺文的兴奋点。从书包里拿出课表，看到语文课，他的心情顿时灰暗了，他不知道田老师又会用什么花样收拾自己。顺文很享受数学课和物理课，他跟老师融为一体，在公式和定理的推演下，激情遨游，总能找出简便易行的解题方法。老师的一个动作，一个眼神都会调动他的情绪，甚至物理老师的结巴，他都认为那是难得的填空题，自己的思维到了可以用老师的答案，直接矫正自己思路的境界。

　　拿出课本，顺文心灰意冷地看着，不求甚解地记着，从放学回家，到上炕睡觉，心里总是怯怯的。天麻麻亮，公鸡浴着泛白的晨光，扑啦啦抖动着翅膀，昂头报晓。顺文揉着眼睛坐起来，抓起书包，推开屋门，捡起土块，向墙头的公鸡扔去。公鸡嘎嘎着，趔身跃上树枝，低头对着他，扑棱着翅膀。看着昏暗的天，想到语文课，顺文的心情顿时紧张起来。

　　教室的门开了，田老师瘸着，晃上讲台。顺文怵然低头，将自己缩成最小，期望不要引起他的关注。黑雅的脊背宽，她坐得笔挺。顺文低着头，隐在她的背后，不时瞥着屋檐下的阳光，祈祷快点下课。课间休息，他趴在课桌上，愣愣地盯着教室的地面，拨弄着翘起的砖块，用几何的原理分析砖块铺得是否合理。顺文有点尿意，他不想引起田老师的关注，便收了收胯，忍着不敢出门。

翻开《梁生宝买稻种》的课文,举着课本,田老师一颠一颠地踱着,带领同学们,诵读课文,不时瞥着讲台下面。顺文趴在桌子上,将课本竖在前面,无精打采地张合着嘴。黑雅的长辫搓着课本,一撮黑丝,闪到课本上,晃动在文字上面。他突然想到,梁生宝吃的那碗面条中,会不会有头发,可能他饿急了,没有留意。尿憋得厉害,他没心思跟读,不停地抖着腿,瞥着外面,期望早点下课。下课铃响了,顺文松了口气,憋胀的胯没了管束,更加憋胀了。他即刻收胯,腿颤抖张合。田老师不紧不慢地布置着周日作业,要求同学们将课文下面四个字的注释,默写五遍。

老师走出教室。顺文抬起屁股,撒腿跑向厕所,一股粗壮急促的青黄色的尿流,吱啦射向土堆。尿液冲开了土,露出一只屎壳郎,在尿流中笨拙地伸展着四肢,身子一高一低,像游完泳的人出水时,喘气抹着脸上的水珠。通身畅快,抬头眯着墙外的白杨树,听着尖厉的蝉鸣,顺文感到又可以轻松几天了。

爬上家里的枣树,枝上网了几根铁丝,顺文将细细的铁丝,接到屋子里,按照杂志上的线路图,连上二极管和电容,接上屁股泛着霉点的电池。扭动电容,墙上的喇叭刺啦刺啦,有了音乐声,接着就是评书:《红旗谱》。靠在炕头上,耷拉着眼睛,听着江涛和春兰灵动羞涩的萌恋,顺文好像成了书中人。爸爸在院子喊他,说要到场里打炕盘,让他到壕里拉土和泥。到了壕里,想到田老师的事情,他问爸爸在学校的时候,是不是和田老师有过节。父亲停下挖土的镢头,用衣襟擦着汗,纳闷地回头问:"咋的啦?我和田老师好好的,没啥不高兴的事啊。"

恍然记起语文作业,想到明天有语文课,顺文赶紧打开书包,坐在炕前,在昏黄的垂灯下,听着喇叭的新闻联播,抄写着课文注释。翻到《分马》那节课,关于白大嫂子的注释,就说她是谁的老婆。顺文感到这不是成语，就是个称谓，没有任何语言上的美感，他就没按老师的要求抄写。周三的语文课，田老师操着沓作业本，颠上讲台，抽出顺文的作业，翻开来问："我让大家将四个字的注释，抄写五遍。顺文，你咋漏掉了白大嫂子这个注释哩？"

顺文懵然站起来，挠着低垂的头，紧张得不敢吱声。田老师走下讲台，踹了脚课桌，瞪眼吼道："说呀！"

身子躲了下，顺文怯愣愣地应道："那不是成语，我以为老师让我们抄写成语哩。"

田老师颤抖的手点着他的额头，晃着头，扬起手叱道："你这是说我的作业布置错了！放学不许回家，把作业重写三遍！"

顺文弯着腰，怯怕皱眉，哆嗦着点头。

焦虑和恐惧中，顺文对语文课彻底没了兴趣。上课的时候，他经常分神，心不在焉地坐在课桌后，盯着前面两个女生的背，研究着怎样分割，才能算出背的面积。看着她们的脖颈，琢磨着头发下沿分布的规律，探究着白净的头皮，为什么表皮钻出的发丛，却成了两种颜色和质地。黑雅的语文好，老师常表扬，看着顺文难受的样子，她常常侧过头来，做着鬼脸，自豪地瞥着他。

爸爸预制了一块水泥板，靠在屋檐下。顺文经常拿着粉笔，在上面做题，慢慢练就了一手好字。田老师将顺文叫上讲台。这段时间，顺文常在黑板上默写这篇课文，他踌躇满志地上台，抽出一根粉笔，看了下板面，掰掉粉笔尖，噘嘴默写。字方正规则，有楷书的行韵；边上是田老师的字，虽然飘逸，就像他的人，总是一边高一边低。同学们看着，比较着，觉得顺文的字，比老师的字好。课桌间颠了一圈，见顺文拿着黑板擦，专注地写着，田老师走上台，抡起胳膊，猛地对着顺文的脖子，抽了两个耳光。冷不丁的袭击，让顺文猝不及防，他懵然看着老师。本指望扬眉吐气一把，没有想到写得好，他还是要收拾自己。一个趔趄，粉笔断了。田老师揪住他的耳朵，将他扭了过来，冷笑着呵斥道："原来你是晒嗬你的字来了！"

同学们屏住呼吸，他们知道老师会教训不会写的学生，没见过因为学生的字写得好，却要体罚学生的。如果说顺文原来感到田老师对自己有成见，仅是种模糊的猜想，那么现在他可以断定，老师对自己的歧见，是不争的事实。他瞄见田老师，心里就发毛，看见书包里的语文书，便有种排斥感，他恨不得将书烧掉。辞赋之美的火焰熄了，剩下就是战战兢兢地得过且过。他不明白自己是由于喜欢一位老师，才执迷于老师所教的课；还是因为喜欢那门课，而喜欢上任课的老师。他能感知到，一位温厚慈祥的老师，可以开发自己的兴趣，将自己带进多彩的知识长廊；相反，一位不当的老师，会将自己潜在的求知火焰，慢慢地浇灭。

严冬时节，和学校的大部分学生一样，顺文穿的还是前面没有开口的老式棉裤，扎的也是棉线合成的蛇皮一样的裤带。课间休息，同学们蜂拥跑进学校后墙角的厕所，解下裤带撒尿，常没有抖净，便匆匆系上裤带，老式棉裤的前面，总有一坨坨光亮的尿渍，时间长了，泛着黄色，像古代武士身上的银圆一样的盔甲。部分同学的棉裤，前面有了开口，当别的同学呼哧着松解裤带的时候，人家就会从容地掏出自己的"管子"，嗒嗒而尽。有的同学勒上了皮带，只需手一抖，裤子就松了。顺文让妈妈给自己做条有开口的棉裤，让爸爸给自己买条皮带。大人觉得他还是个碎娃，没必要那么讲究，就是不肯答应。躺在炕上，顺文罢工罢学。爸爸隔着窗户，看着气呼呼的他，知道儿子长大了，便应了他的要求。

顺文不再像以前那样，他总是在棉衣上，套上一层新式的衣裤。小时候，大人下地干活，村子里就剩下羸弱的老人和不懂事的孩子，孩子们嬉笑追逐，无忌地揪打，没有男孩和女孩的区别。大一点的时候,孩子们开始帮助家里干活,由于家务和农活有男女的区别,女孩帮着妈妈,洗衣烧饭;男孩帮着父亲,拉土磨面,不同的性别进入了不同劳作轨迹。男孩依旧是蜡染的粗布灰衣;女孩穿上了花花绿绿的衣衫。男孩天顶一坨毛,四边的头皮刮得白生生的;女孩开始梳辫子。男孩和女孩慢慢地成了两个群落,家长瞥见自己的女孩,整天和男孩子玩,便会训斥矫正;瞄见自家的男孩,扎在女孩堆里,也会强令回归本该属于他的群落。

  婴孩初啼,眨着眼睛,呆懵好奇地瞄着这个世界,那是纯洁的生命。婴孩的眼神是干净的,笑容是纯真的,让成年人怜爱。成年人为什么喜欢逗孩子玩,除了传统的护佑心理,心理诉求上,他们在寻求生命无欲的纯真,同时也在感怀世事的多变与沧桑,将自己打磨成如今这般模样。当欲望的种子在生命的土壤里,苏醒发芽,眼神里的是非真假,笑容里填充着似笑非笑和皮笑肉不笑,最终都会烙在人的内心世界里。当人们崇尚伦理道德的时候,伦理道德是欲望的速冻剂,匡正着大众回归于道德的框架;当人们将伦理道德视作追逐欲望的工具和面具的时候,人们就会给欲望镀层膜,结层甲,表面光鲜文雅,实则欲望横流、鸡鸣狗盗。就像凶猛的老虎,嘶吼着扑过来,将猎物撕碎,简单纯粹,痛苦也是刹那间的事。现在的老虎却斯文地笑着过来,嘘寒问暖,将猎物麻醉,然后不慌不忙地将猎物分食。

  八九岁的时候,村子有位读初中的女生,公社和大队的活动,她会上台表演,唱段样板戏。大点的孩子,总在背后议论她。顺文懵懵懂懂的,意会到其中灵妙的意境。收麦子的时候,社员们下地了,奶奶蹲在灶膛前烧火,那位女生穿着一身轻薄的花衣服,走进院子,见顺文蹲在枣树下,拿着树枝刨蚂蚁窝,她手掩嘴巴,咯咯笑着朝屋子喊道:"五妈!"

奶奶站起来，从窗口探出头来。女生说脚崴了，让她帮助揉下。顺文站在院子，满手泥巴，提着树枝，感到裤子要掉下来。他喊着让奶奶出来，给他系裤带。奶奶正给冒着热气的锅里搭馍。女生笑盈盈出来，蹲在顺文前面说："来！姨帮你勒。"

说着，她解开顺文的裤带，将裤子提起，抖了几下。感到裤裆清凉爽快，他憋了口气，肚子胀起。她将裤带勒好。顺文吐口气，裤腰又掉了。她笑着又帮他扎，在他的腰间摸索了瞬间。一股灵妙的轻快之感，从耻骨下面腾起。她走了，顺文坐在檐下的台阶上，红着脸，懵懂回味那种美妙的轻快之感。

那次经历，刻在顺文心里。往后的日子里，他常常憧憬和渴望那种感觉，憧憬中，那种感觉变得更加令人神往。他明白那种迷离懵懂的感受，有时能转化成真切的体验。看到异性，顺文的眼神变了，有了羞怯。再见到和自己一起长大的小女孩，变成了小姑娘，他没了原来的淡定和洒脱，很少和她们搭话。上学的路上，瞄着女同学一晃一晃的身影，他内心漂浮着淡淡的异样。

黑雅村子里的同学说，黑雅已经订婚了。男方是个铁匠世家，在镇上开了家铁匠铺，家道还算殷实。她的对象小学毕业，跟着父亲在镇上打铁，练就了一身好体力。黑雅开朗地笑着，她不像同龄的女孩那样腼腆和害羞，跟男同学说话的时候，好像没有性别的限制。她给大家的印象就是开朗的性格、褐色的皮肤和整齐洁白的牙齿。

老天就像生产队长，总在寻求某种平衡，更像生产队分东西，也得搭配公平。它给了黑雅褐色的肤色，却搭配了白白的牙齿和阳光的性格。白娅有婴孩般白净的皮肤，苗条的身材，肉嘟嘟的屁股，却有点矫揉和冷傲。她也定亲了，男孩在隔壁班。经济学上的交易方式，在古老的习俗中，都有变形的运用。

二

  语文课，顺文总是分神，常趴在桌上，下巴搭着手背，翻着眼睛，盯着白娅颈脖上黄黄的绒毛。他钻研着如何算出她头发的密度，琢磨着头发是否均匀分布，为什么头顶上的头发粗实，颈下的毛发柔软。夏日的骄阳，从窗户射进教室。白娅的身子半边在阳，半边在阴。顺文抬头，偏头眯见白娅阳面中侧面的轮廓，透着红红的光，像白玉一般。她的发髻更黄了。长长的睫毛扑闪着，红红的嘴唇，咬着钢笔，轻轻地啜着，不知是在怀春，还是在思考作业。阳光透过她白嫩颤动的耳廓，镀上一层红，靠近面颊肉乎乎的耳垂上，布满了粗细的血管，就像成形的胎儿，暖窝在娘胎里，安详得蕴含着勃勃生机。白娅慵懒地趴在桌上，她的头沉下，和肩膀一般高。

  "当啷"，笔掉在地上，很轻的声响。

  顺文向四周瞄了几眼，抬起脚，拨着笔，想拨到自己下面，弯腰捡起来，没想到笔滚到白娅的板凳下面。他弯下腰，蹲在课桌下面，见白娅紧绷绷、圆嘟嘟的屁股撅着，翘到板凳的沿外。他伸出手，挪动着身子，抬头见她阳面的胳肢窝里，模糊地飘着几根稀疏的腋毛。他的心扑腾狂跳，不舍得从课桌底下钻出来。

  班上的体育委员叫军柱，生得高大粗壮，比班上同学长两岁。

课余时间，他总带着一帮同学在操场上打篮球。如果有群女生站在边上，他更像发了情的公牛，带着篮球，横冲直撞，嘶吼着将篮球灌进篮筐。他喘着气，抹着脸上的汗珠，瞥着边上的女生。操场上竖起了单杠，好多同学跳起来，也挨不到横杆，只能望杆兴叹。军柱助跑，跃起抓住单杠，忽闪摆动着身子，双手抓住单杠，弓身跨坐杠杆上，他用鹰一般的眼神，傲视瞭望，打量着操场上比自己矮了半截的同学。课间休息，他总是扒开同学，跨坐单杠上，凝望北方。

周末晌午，军柱约了几个同学，将偷来的西瓜搬到玉米地里陷下去的墓穴中，用镰刀劈开吃。吃完西瓜，他挥手将同学们叫到跟前，神秘地说："告诉你们一个秘密，先得拉钩，保证不对别人讲。"

几个人将小拇指钩在一起，晃着手，脑袋聚在一起。军柱手搭在嘴唇上，迟疑地瞅着大家，低声说："坐在单杠上，可以看到女厕所。"

同学们挠着脑袋，迷糊着，在好奇心的驱使下，齐声问："看到啥了？"

军柱抹着下巴上的瓜汁，欲言又止，将几个同学的好奇心提到了嗓子眼上。他们揣着他的胳膊，露出焦急的眼神。军柱站起来，走到边上撒了一泡尿，回来蹲下说："好多女生的光屁股，我都看过了，还有女老师的。"

同学们缓了口气，吞咽着口水，用敬慕的眼神看着他。他压低声音说："你们知道不，有些女同学下边和女娃娃不一样，长了一堆毛。"

几个同学看着边上的玉米叶子和叶子间洒下的斑驳的阳光，朦胧中有个大概的图影，却始终隔着一层纱。

单杠下的同学越来越多了。个子矮的，央求着高个子将自己抱起来举一下，只要跨坐在单杠上，便忘了锻炼，红着脸，用炯炯喷火的眼睛看着北面。初二的学生中有个叫小丽的女生，个子高挑，尿急入厕，抹下裤子，蹲在厕所北边的墙下方便，站起来时，墙外杨树上突然蝉鸣，她抬头望去，见远处有一颗头盯着自己，她慌忙提起裤子，红着脸，羞怯得不敢出厕所，怕被别人取笑。

这件事在女生中间很快传开了。课间休息，女同学上厕所的明显减少了。女生如厕，她们都警觉地看着外面，蹲在靠南边的墙下。军柱跨坐在单杠上，没有什么收获，他垂头丧气地下来。女教师将情况反映给刘校长，让他教育一下军柱。刘老师抽着旱烟，笑着点头。他知道农村人最忌讳男娃犯这方面毛病，传扬出去，家长没面子，以后定媳妇都困难。女教师反映的问题，他又不能置之不理，他让体育老师将操场上的单杠拆了，安装在教室前面，寻思着给军柱一个警告。

下课后，军柱冲到操场上，看见单杠不见了。他没有意识到这件事与自己有关，失望地靠在教室的墙面上，愣愣地看着单杠下面的脚窝，回想着自己跨在上面的雄姿。女同学们从他身边经过，交头接耳地瞥着他，窃窃私语。当春情和窥视的欲望笼罩着心田的时候，他对外面的感知钝化了，他将女生的窃笑和回眸一瞥看作是对他有意思，他用赤涨的眼球盯着心仪的女生。

升旗仪式结束了，刘校长在窗台上磕掉烟灰，慢悠悠走到旗杆下，来回踱了几圈，扫视着台下黑压压的脑袋。他将目光聚焦到军柱脸上，缓缓地说："锻炼身体是好事，我也希望咱们学校不但成绩好，还能出几个体育健将。但是，锻炼身体目的要纯正，不允许利用锻炼身体之名，偷看他人的青春。"

同学们的眼光，呼啦啦地聚集到军柱的脸上。他到现在才明白拆掉单杠是针对着他,他低下了雄气十足的头,用脚踹着地上的泥土。看见军柱低下头,知道目的达到了,刘校长适时将话题转到学习上面来。

刘老师师范毕业,在山区完全小学教了十几年书,每年只有假期才能回家。在闭塞沉寂的环境下,他的烟瘾越来越大。课余时间,暮暮的阳光下,他一个人靠在塬坝上,看着晨雾里阴阳两界的莽莽沟壑,琢磨着天地日月的神妙。

早读的时候,顺文蹲在教室前的菜圃坎上,肩头是黄澄澄的油菜花。前面是两排白杨树和泛着湿泥的沟渠,白娅站在对面的教室屋檐下的台阶上,手里拿着书,脚步在原地来回挪动着,红红的嘴唇啜动着,露出白白的牙。顺文举着书,不时从书沿上面瞄着她摆动着的身体。她似乎也能感到顺文的关注,在他收住眼光的间隙,她也害羞地瞟他几眼。眼光对撞的瞬间,他们都赶紧垂下目光,朗读的声音大了起来。

顺文感到少男少女之间眼光和神态的异动,就像物理上的电磁波,男的是阳极,女的是阴极。上课的时候,由于要听讲,讲台上还有老师威严的目光,老师除了讲课,还在侦测着男女同学间是否还有波的传输,讲台上下的声波是否受到了干扰。早读和课间休息及劳动的时候,心域灵动的阀门打开了,看似拘谨羞涩的氛围中,每一个人都在对异性放电,也在感应着周围的磁场。碰到自己不中意的信号,他就会减持自己的电能,屏蔽自己的信号;碰到自己朝思暮想的电波,他就会开足马力,将最强劲的波传输出去,并且按照自己的欲求放大对方的偶尔一瞥的信号强度。当自己心仪的女生独自走过来的时候,他的体内就像闪电一样,心情肉体有了异样的感觉。如果捕捉不到女生的回应,闪电就会慢慢熄灭。如果女生也在闪电中战栗,阴阳两极在不断颤动的试探中,一旦触及,就会产生炫目的共振。

　　白娅举着书,在顺文的对面摆动着。顺文释放一波一波的春情,他感到白娅在娇羞中慢慢有了回应。白娅朝远处的墙边瞭了几眼,赶紧转过身去,将书放在教室的窗台上,屁股对着顺文晃动着。顺文突然想到了军柱说的话,不知那天在课桌下面,看到白娅的腋毛,她的身体究竟是军柱说的哪种情况。想到军柱可能看见过白娅的身体,一股嫉妒之火在他的胸中燃烧。他站起来,嘴里噗喋着,眺望了油菜花四周早读的同学,看见白娅的对象盯着这边,明白了她为什么即时中断了灵动的春波。

　　田老师背着手,在满是油菜花的田垄上一高一低地踱着步,田老师那读三年级的儿子露着小脑袋,在与他一般高的油菜花间晃动着。他摇头晃脑地启发着,让儿子对着黄澄澄的油菜花抒情,几位同学蹲在油菜花下,听着他的说教,手掩着嘴,有形无声地窃笑着。田老师对自己的儿子寄予厚望,皎洁的月夜,雨后初霁,彩虹映天,或者玉米挂丝的时候,他都要将懵懂的儿子提溜出来,对着自然美景,启迪儿子对自然的感知,将自己的感受朗诵出来。儿子在父亲的催逼下,从小背了不少古诗,看到眼前的景色,在记忆中寻找契合的场景,怯怯地诵出一首古诗。田老师要求的是儿子自己的感受和表达,看到他出口为诗,自己的点化常常又难于达到古诗的意境,急得直跺脚,只能是对着景色,讲解诗之韵味。

　　公社组织初中二年级会考,学校要求学生回学校上晚自习。槐树寨晚上经常停电,同学们从家里拿来油灯,放在教室的窗台上。停电时,大家就点上自己的油灯,放在桌子上。军柱沉寂了好长时间,他的眼神更加刁钻了,常常盯着几个女生的背影发呆。最近,他在研究田老师的走姿神态和腔调。同学们正在油灯下埋头看书,他站在教室的门外,学着田老师的腔调,咳咳了几声。大家以为老师来了,打起了精神,教室顿时安静了好多。他慢慢推开教室的门,在一朵朵扑闪着的微弱的油灯光的映照下,一高一低地颠了进来。同学们嘻嘻笑着,他满脸严肃地站上讲台,用棍棒敲了几下讲台,手捋着分头的刘海,眼睛咕噜转动了几下,拿起粉笔,晃着罗锅,在黑板上写字。他开始提问,看见没有同学举手,便走下讲台,手背在后面,走到小丽跟前,敲着课桌,眨巴眼睛问:"你每次见到老师,咋就眨眨眼,转身就跑了?"

小丽摆着手,笑着想从军柱装腔作势的场景中出来。顺文随着他的哥们儿起哄,嚷着让她回答问题。军柱挥着手,大家安静下来。他板着脸说:"老师提问,你得站起来,这是礼貌。别见到谁都嬉皮笑脸的!"

由于神态声调酷似田老师,弄得女生哭笑不得。坐在教室门口的同学,看见田老师闪过来,转过头喊道:"军柱,老师来了!"

军柱屈在一起的腰舒展了,从田老师的模子中跳了出来,慌张着回到自己的座位上。

田老师咳咳着走进教室,一盏盏火苗映着一张张脸,同学们瞥着他无声地笑着。他背着手,在课桌间的走道上转了两圈,忽闪着停在白娅的跟前。他俯下身子,滴溜的眼珠扯着布满血丝的青白色幕布,在她的本子和脸庞之间转换着,露出了复杂的微笑。几盏扑闪的灯光叠合在他的脸上,一明一暗中折射出老师多个棱面,顺文瞥了他一眼,单怕他走到自己桌前,对自己动手动脚。田老师很怪,他教训男生的时候,常常看着女生的脸,不知他是在替女生出气,还是通过教训男生,证明自己的威严和凶猛,来测试女生对自己的态度。

白娅长得顺溜,田老师经常走下讲台,俯身看她写作业。顺文间或瞥上老师几眼,他坐在白娅后面,时常成了老师收拾的对象。

田老师笑着抬起头,看见黑板上有两行字,好像是自己的笔迹,想到今天没有语文课,他纳闷地看着火苗后面的每张脸,感到有同学拿自己开涮。他咳咳了几下,同学们知道他要说话,纷纷抬起头。他指着黑板,问字是谁写的。大家齐刷刷摇着头。他又问谁是值日生,一个同学挠着头,怯生生地站起来,瞥了军柱一眼。田老师又问值日生谁写的字,值日生说,"可能是晚自习来得早的同学,认为老师的字写得好,在黑板上临摹的"。他扑哧笑了,拍着值日生的肩膀,叮嘱值日生把黑板擦干净。

贾老师教初二物理,他一米八的个儿,长着一张国字形宽扁的脸,两条长腿走起路来总向外抡,给人虎虎生威的感觉。贾老师是家里的独子,父亲早逝,由母亲拉扯成人,他是个孝子。一九六六年,他考上了复旦大学。校园里,他依旧穿着农村的粗布衣衫和手工的圆口布鞋,他不讲究穿戴,也不在乎别人的评论,是一个我行我素的关中愣娃。"文革"开始了,学生们开始串联,家里去信,说他母亲病重,他收拾行李回到了老家,伺候病恹恹的母亲。为了改善家里的境况,冬季农闲的时候,他跟着村子里的小伙子,用架子车去北子沟拉煤,送到城里卖掉。后来学校缺老师,大队就让他在村上代课,他成了一名民办老师。

贾老师有了两个女儿后,老母亲摸索着拉着贾老师的手,抹着眼泪,央求着说:"你是独苗,如果没有男娃,家里的香火就在你这里断掉了,你大在九泉之下,都难瞑目。"

贾老师马上开始研究咋样生男娃,忙活了大半年,没找到生男娃的物理的套路和化学元素组合的规律。他谨记母亲的嘱托,二女儿读二年级的时候,他终于有了男娃。计划生育如火如荼,他家成了大队整治的重点。恢复高考后,贾老师以老三届的身份,报名参加高考。走出考场,骑车回到了家里,搅水的时候,媳妇蹲在井口撅绳,她婆娑着眼睛,眼泪涟涟。贾老师解下水桶,问媳妇咋回事?媳妇嘟着嘴,呜咽着一个劲儿地摇头。他跺着脚,大声地问:"到底啥事?我还没有死,你怕啥哩!"

媳妇哇地哭了,说大队书记带着人,硬是将她弄到公社,做了结扎手术。他嘴巴哆嗦着泛着沫沫,手在半空抖动着,就像戏里的老生。他抬起脚,踹了下水桶,水桶晃动着,撩出的水湿了他的鞋袜。他喘着粗气,局促地来回走着,攥起拳头,挥向枣树粗糙的皮,一串血滴在地上。妈妈拄着拐杖,颤巍巍地从屋子里走出来,提着拐棍责备儿媳妇:"他那个脾气,你不是不知道,叫你不要跟他说,你就是不听。"

她又转过头,向前走了两步,摇着哆嗦的手说:"你就忍忍吧!又不是咱们一家,弄出事来,大家都不好。"

贾老师双目圆瞪,结结巴巴地吼着。让媳妇将妈妈搀回屋里,他像一个上了发条的球,蹲在地上不停地挪动着。看见妈妈进了屋子,他倏地起身,操起靠墙的棍子,脚底生风地走出院子。

出了村口,贾老师沿着渠岸向大队部走去。三三两两下地归来扛着铁锨的村民,看见他气冲冲的样子,停下来叫他,他就是不作声。看着他的背影,村民担心他弄出什么事来,驻步回身,跟在他后面。

大队书记耷拉着脑袋,骑着自行车哼着秦腔,链条在链盒上随着颠簸哐当作响,好像在给他伴奏。他没有注意迎面走过来的人是谁,因为村子的人见了他,都会先开口和他打招呼。贾老师和大队书记照面而过,走了两步,忽然回身,三步并作两步跨过去。书记还沉迷在戏曲中,突然感到后轮翘起来了,他从眼缝里看到前面的平路,正纳闷时,他连人带车倒在渠岸下的树沟里。贾老师跃下去,骑在他的背上,左右开弓抽他的耳光,怒吼道:"你就知道欺负女人,我今天要让你知道,我是干吗的。"

书记流着鼻血,蹦跶着在他身下嗷嗷狂叫。跑过来的村民,赶紧将他扯开。书记衣服上沾满了泥,擦了一把鼻涕,看见涕中有血,挥着手叫嚷着:"你还是人民教师,我看你这教师当腻了,你殴打大队干部,这件事没完!"

一腔恶气出了,贾老师感到舒缓了好多,他坐在渠岸下的柴草堆里,看着晚霞中炊烟袅袅的村落,想象着如果那年自己跟着同学串联,现在该是个什么光景。回想起这两天高考的情况,他踌躇满志,感到命运又向自己伸出了手,打架的事在他的心里一下子轻了好多。皓月当空,空旷的原野上罩着一层白雾,想到家里老娘,他站起来,操起棍子,踩着田埂,回到了家里。

第二天,书记的两个兄弟跑到贾老师家门口,张狂地叫骂着。贾老师想出去,被妈妈和媳妇死死地拦住了。他妈妈走到门前,劝解书记的兄弟,没有想到他们骂得更厉害了。贾老师操起一把铁叉,推开老婆,走到妈妈身边。老太太抢着拐棍,抽打着儿子,他就是不动,在空中抖着铁叉,哆嗦着嘴巴,结巴地吼道:"有种过来,我叫你们有来无回!"

两个兄弟一看这阵势,举着手里的铁锨冲了过来。村子里的小伙呼啦拥了上来,将他们分开,户族的老人走上前,骂着自家的晚辈,平息了这场争斗。

大队书记将贾老师告到了公社,要求开除他。公社书记知道贾老师是初中教学的顶梁柱,说他的课上得好,初中就指望着他了,就是公社同意,学校和同学们都不会答应的。公社召开教师大会,文教专干主持会议,贾老师大大咧咧地走上台,就打人的事做了检讨。散会后,他后面跟了一群教师,他们给他发烟点火,都说打得过瘾。他们和贾老师一样,都是计划生育的重点对象。大队书记在卫生院的病床上赖了几天,要求赔医药费,贾老师一直没有搭理。公社从他每月十五块钱的补助中扣了医药费,付给了大队书记,他从公社初中被发配到槐树寨初中。

高考成绩出来了,贾老师有可能被师范大学录取。政审的函到了,由于民办教师本质上还是生产队社员,需要大队开意见证明。大队书记撕开信封,看到是贾老师的政审函,高兴得蹦了起来,暗想总算有机会,可以报渠沟之辱了。知道了自己的成绩,贾老师格外高兴,同僚们纷纷祝贺,学生用羡慕和不舍的眼神看着他。他很少抽烟,咬着牙买了一包金丝猴香烟,拨开封口的锡纸,揣在裤兜里。他骑着车子,到了公社,催问自己政审的事。公社书记接过香烟,在手里捣搓着,笑着说:"得大队出个意见,你回去跟书记融通一下,冤家宜解不宜结嘛!"

看见贾老师进了大门,大队书记拿起一张报纸,走到戏台后面的茅房。他蹲在土堆上,举着报纸,一个小块一个小块地阅读着。贾老师问自己政审的事,罗锅会计笑着说:"这是党务,得问书记。"

贾老师问书记在哪里。会计说刚才还在,让他等等。他走出屋子,在院子里走了几个来回,瞅着偏西的太阳,还是没有书记的影子。他从桌子上拿来几张报纸,在台阶上铺了一张,坐在台阶上看着另一张,轮换着将几张报纸看完了,还是没有书记的影儿。他觉得尿急,撒腿走向茅房,会计站在窗户后面,伸出脖子瞭望着,露出幸灾乐祸的笑容。

走进茅房,贾老师看见一个人举着报纸,蹲在角上,既听不到水声,也听不到哼哼的憋气声。他匆匆解完,转过身,看见报纸遮住了上身,下面的土堆上,没有大解的粪坨,也没有急流冲击的窝窝,翘起的粪坨已经干涩,他估计后面的人,就是大队书记。打量着书记裸露的下体,书记的宝贝刚刚还赤红勃发,见有人盯着,害羞地垂下头,缩回了老家。

贾老师走出茅房,出了门口,在原地踩着,脚步由重变轻,直到驻步。他突然闪进茅房,看见大队书记难堪的脸,笑着说:"咋的啦!躲着我。今天咱不打架,商量正事。"

回到办公室,过了半响,书记磨叽着进来。贾老师递上一根烟。书记靠在椅子上,脚蹬在办公桌的横杆上,忽闪着身子,用轻蔑的眼神看着他,咳咳了几下,向地上吐了一口痰。他嘲讽地说:"咋样?考上大学就了不起了?告诉你,分数到了,能不能迈进大学的校门,还得我说了算!"

贾老师的火气腾地升起来了,想到公社书记的叮嘱,他压住火气,赔着笑脸,点头应着。大队书记瞥了他一眼,看着办公室的几个人说:"这样吧!大家乡里乡亲的,我也不难为你了,你当着大家的面,给我认个错,鞠三个躬,这件事就算结了。"

贾老师伸开的手掌攥了起来,牙咬得嘎巴响,他想到韩信为成霸业,甘受胯下之辱,那是因为他不是关中汉子。自己也曾是复旦学子,岂能为一个公章而折腰。书记知道他的秉性,笑着说:"看在你曾经是咱娃老师的面子上,咱就不要三鞠躬了,那是给死人用的,鞠一个躬就算了!"

贾老师嘴唇抖动了几下,举起拳头,在桌子上捶了一下,哼了一声,掉头准备离开。罗锅会计劝住他,对书记笑着,希望他能够通融一下。大队书记也擂了一下桌子,指着贾老师嚷道:"你是民办老师,敢打大队的书记。如果你是公办老师,你就敢打公社书记。上了大学出来,你岂不是要打县委书记。共产党就这五级政权,他打了三级,这样的人,我们党能培养吗!敢培养吗!你打了我,我跺下脚,忍了!但是作为一名基层党组织的书记,我不能眼睁睁看着你一直打上去。"

回到公社，贾老师将情况向公社书记汇报了。文教专干急得直跺脚，走到书记面前说："咱们公社民办教师中，有人能考上师范大学，那是咱们的光荣！不能因为这点事，让县上的领导小看咱们！"

公社书记喷了一口烟，看着专干说："这个老支书，简直是一派胡言！明天我亲自去一趟，万一那榆木疙瘩还是不开窍，就由公社出个政审意见吧！"

专干用手在贾老师的腰上点了一下，贾老师赶紧掏出烟，给书记派烟，点头谢着。

文教专干陪着公社书记到了大队，找到了大队书记，将公社的意思说了一遍。大队书记嘟着脸，盯着公社书记问："如果他将你按在渠沟里打一顿，你会咋想？我不是一个人，我在群众心目中那也是代表着党，我自己的面子变成里子，那没有关系，让党组织丢了面子，那可不是小事。"

公社书记笑着说："老贾，别动不动就将自己和党扯到一起，那不对！你就是你，你的一切并不能代表党，这点你得弄清楚！"

贾书记是一头倔驴，涨红着脸，扭着头，偏执地看着窗外。公社书记在桌子上拍了下说："老贾呀！我们也不为难你了，到时公社加个意见算了，我给你招呼一声！"

说着他们朝屋外走，贾书记在身后说："那不行！他违反计划生育，那是秃子头上的虱子，我要向上级反映！"

政审没有过，贾老师上大学的事泡汤了。他不像那些铆足劲，一心想跨进大学门槛的人，毕竟自己也有过上大学的经历。他很快平复了下来，脸上洋溢着笑容，凡是没有老师教的课，他都揽了下来。在黑板上，他用彩色的粉笔教同学们画竹子。音乐课上，他虽然不会唱时下流行的歌曲，却能用俄语唱经典的苏联歌曲。英语课没有老师，他将教材拿过去，凭借大学一年多的英语记忆，登上讲台，给同学们教授英语。贾老师成了槐树寨初中的全能老师，也成了学生心目中知识的象征。

田老师是公办老师，他爱好干净，就是在灰突突的塬上，身上洗得泛白的中山装也是一尘不染。他认为自己应该是高中老师，这些年一直在乡镇初中，有点大材小用。他从内心看不起民办老师，认为他们和自己不是一个层次的人，和同事聊天的时候，他的笑和表情总是怪乎乎的，既有场面上的润泽，也有鹤立鸡群的飘逸，还有一览众山的傲气。老师们不喜他孤傲的显摆，见到他都是应付两句。田老师知道自己和民办老师之间貌合神离，他不愿意走前一步，和他们融为一体，他要在这种气势的落差中体现自己的与众不同。

刘老师是二十世纪五十年代的师范生，他看起来就是一个穿着的确良的老农民，吧嗒着烟锅嘴，看着地面，好像有想不完的问题。他沉浸在自己的精神世界中，对待一切，都是大度坦然的心态，每一天，好似都是大家共事的最后一天。田老师对待刘老师还是尊重的，教师聊天的时候，他在言语风格上常常与众不同。刘老师蹲在边上，总是笑着看着大家，不常吱声，偶尔言简意赅的几句，那也是画龙点睛，内含哲理，让人回味悠长。

贾老师来到槐树寨初中，他不讲究，没有课的时候，就和一帮老师蹲在台阶下丢方。他的学识和能力大家有目共睹，爽直痛快的性格更是被大家欣赏。田老师感到将自己束在上位的局面有点尴尬，他想和贾老师亲近一些，没有想到自己文绉绉、干巴巴孤傲的气质，始终和贾老师的频道对不到一起。饭后，老师们聚在一起说笑，田老师索然站在边上，默默走开，叫上儿子，对着自然的美景抒情。

顺文得了全公社物理竞赛第一名，给槐树寨争了光。教师大会结束，大家走出会堂，认为顺文能得到这么好的成绩，主要是贾老师教得好，如果他在公社初中，第一名一定在公社初中。贾老师甩着腿，回过头笑着说："主要是学生领悟力强。最后那道题，全公社的同学，都没有见过，难度很大！"

回到槐树寨初中，贾老师将顺文表扬了一番。他将考试最后那道证明题写在黑板上，让顺文再做一遍。看着黑板上用绳索串起来的上面三个滑轮，下面两个滑轮的图像，顺文将要证明的等式拆解变形，经过七八道全等式的变形处理后，最后剩下杠杆原理的几个公式。他在黑板另一边，以几个公式为基，加合变形，就成了要证明的结论。贾老师伸出拇指，拍着他的肩膀，笑着说："不但对物理定理领悟得深，更有精到的数学推理，是个学习的料。"

全公社会考时，要求每个初中推荐十名学生。数学和物理两科首先选定了顺文。田老师是班主任，几科平衡后推荐哪些同学参加考试，他有话语权。他选定的名单中没有顺文，贾老师看到名单，去找刘校长，要求顺文入列。刘老师知道田老师固执较劲，他嘿嘿笑着，没有吱声，贾老师说："会考，如果我连参加的学生都定不了，就没有办法弄了！"

刘老师操着烟锅，低着头在校外转了几圈，看见田老师走出校门，将他叫到窝水边的树荫下，停了半响，笑着说："参加会考的学生，各科老师意见不一致。顺文虽然语文成绩提不起来，但物理和数学成绩不错，我的意见还是让他参加会考。"

田老师原地颠了几步，眼珠滴溜转了几下，紧绷的面皮抽动了几下，嘴里喷出了几个驴粪蛋外面光。最后，他摇着头说："您是校长，决定权在您这里。如果顺文的语文成绩出了洋相，我有言在先，不负责任。"

敲锣打鼓送完奖状，学校在教室的墙报上贴了一张大红纸，刘校长亲自提笔,书写着获奖同学的名单。顺文数学是第三名,物理第一名。田老师上课和去厕所,每天都从那张红纸前经过,他将平时昂起的头颅低下来,分头的刘海耷拉在他的鼻尖上,随着走路的颠簸,在他的脸颊上摩挲着。一年来,他在老师和同学中间,将顺文说得一钱不值,顺便又为顺文爸生了个这样的儿子而叹息。顺文在屈辱和打压的缝隙中,坚韧地从数学和物理的茎头狂长,生出了绚丽的花朵。田老师无言了,他再也不说顺文了。

晚饭的时候,老师们拿着软蒸馍,端着稀饭,就着小菜,围在屋檐下的台阶上,边吃边聊天。田老师蹲在台阶下的菜圃埂上,他捡起碟子里的蒸馍,掐着馍皮,将馍皮撕下来,彰显着自己的讲究和与众不同。贾老师端着饭碗出来,嘴里嚼着蒸馍,腮帮子一鼓一鼓的,他端起碗,喝了一口稀饭,蹲在刘老师边上。咽下嘴里的蒸馍,他对刘老师说:"还是你的数学教得好,今天,我让顺文把那道物理题做了一遍,你们猜咋样?"

刘老师吃完饭,抽着旱烟,转过头问:"咋样?"

贾老师喝了口稀饭,嘴巴呼啦着说:"他硬是用数学的方法,把那道题证明了出来。真是出乎我的意料,我看这娃以后有出息。"

大家将眼光从贾老师那里移到田老师脸上。田老师咀嚼的嘴巴停下了,端起饭碗,咪嗒着走回自己的宿舍。

鸡叫的时候,顺文妈从热炕上起来,走到厨房生火。红芋蒸熟了,她将顺文叫起来。顺文磨叽着爬起来,迷迷糊糊穿上衣服,妈妈拿来两只红芋装在他的书包里,他摸着热乎乎的红芋,梦游一样走出头门,向学校走去。妈妈收拾农具,跟着社员们在天亮以前,要赶到平整土地的工地。

清冽的北风从衣袖和脖子的缝隙吹进来,顺文清醒了好多,口鼻喷着白啦啦的气。他拿出温热的红芋,撕开皮边走边吃。到了教室，窗户泛着清冷的白光，同学们坐在课桌后面，等着天大亮。没有睡够的趴在桌子上，继续睡觉，同学们就像冬日黎明的一群乌鸦，蜷缩在光秃秃的树梢上。

军柱坐在后排，他的桌子前后围了好多同学，他们交头接耳，神秘地窃窃私语。顺文吃了热红芋，走到后面，听见军柱说，昨天晚上一帮人跑到抽水站看电视，看到了一部日本电影，名字叫《望乡》。他绘声绘色地讲到里面香艳的情节，一下子将大家的兴趣提了上来，每个人听着，想看看里面的情节，心里酥酥的、麻麻的、痒痒的。

军柱的讲述，就像一抹调味剂，搅动着同学们青涩混沌的春情。课间休息的时候，男同学还是围着军柱，听他添油加醋地描述，痴迷的同学涨红着脸，吞咽着口水，看着前面女同学的身影，不断提问，想揭开那层曼妙摇摆的纱。顺文看着白娅，将军柱描述的人物套在她的身上，让白娅演绎着电影里的场景，他感到内心隐埋的青春骚动具体了好多。

三

麦子收割打碾完毕，同学们回到了学校。刘校长来到初二年级，拿着一份文件，说根据县上的要求，附近三个公社的初中二年级，抽出一部分学生到镇上的高中上初三，其他学生到公社初中读初三，并宣读了到高中读书的名单。顺文等七八个同学被分到了高中，他看着刘老师，想起贾老师，回想几年的同学情，怅然若失。想到田老师一年来的羞辱和刁难，高中将是一个更加广阔的空间，他感到淡淡的欣喜和莫名的期待。会考的时候，其他学校几位俊俏女生娇羞的神态，时常在脑海里模糊地倏闪着，不知道她们会不会分到高中。

课间休息，同学们没有往日恣意无忌的嬉闹，互相看着，眼睛里都是分离与不舍。好多同学走过来，向顺文道喜。顺文笑着说："以后放假，咱们还在一起写作业，一起讨论问题。学校里有什么题目要互相交换。"

到高中去的同学，好像是上了高中；到初中去的，高中好像还是一道坎。白娅坐在前面，异常平静，她翻着语文书，看了一页合上书，下颚放在手背上，好像一只慵懒的小青蛙一样趴在桌子上。她没有回过头，也没有言语和神态上的表示。顺文想对她说两句话，看到拘谨的气氛，不知道如何开口，要讲些什么。黑雅转过头来，用笔敲着桌面，真诚地笑着说:"呀！不一样了，又向大学的门槛迈出了一步。"

顺文笑着应道:"谁知道哩！高中强手如云，说不定咱就沉下去了。到时走投无路，到你们家学习打铁，将来当个铁匠。"

黑雅哧哧笑着，挥着手摆了几下，瞪着他说:"别瞎说！"

白娅掩着嘴巴笑了，头慢慢转过来。顺文盘算着如果她看自己，他就用火辣辣的眼光狠狠盯上她一眼，要不就开她一句玩笑。白娅的头转到一半，又转回去了，顺文有点失望。看着她的青蛙姿势，笔掉在地上，他用脚拨了几下，趴到桌下，重温了一下异样心动的感觉。

塬上有个习俗，麦子打碾入仓后，亲戚间会互相走动。顺文的舅家以前是地主，分成了好多家。他的一个姨回娘家，直接到瓜园子，摘了两担笼白坨梨瓜。儿子挑着担子，她跟在后面，利用大家下地归来的间隙，每家每户派梨瓜，惹得村子纳凉的人哈哈大笑。看见村里老人，她就从担笼里捡起一个梨，递过去。顺文妈要去看望一家干亲，顺文的姨家也在那个村子。他说那个村子的同学多，想和妈妈一起走亲戚，顺便看望一下同学。爷爷说走亲戚可以，但割草的任务不能免。妈妈提着吃货篮篮，顺文提着担笼，放上镰刀，跟在后面。

亲戚家在西村，白娅家在东村的西头，两个村子的中间是一个涝池。到了亲戚家，顺文和亲戚招呼了一声，就跑到村口的涝池边。他坐在涝池边，手里挥动着镰刀，眼睛盯着远处白娅家的门口。他和几位同学聊着，将话题向同学身上引，期望了解白娅家更多的情况。涝池岸上有两棵粗壮的树干弯曲的柳树，树冠斜到水面上，一阵清风拂过，柳条在水面画出道道波纹。

东村的几个女子端着洗脸盆，提着搓板，来到涝池边上洗衣服。她们用棒槌将皂角砸碎,裹在衣服里,在搓板上揉搓着,开心得有说有笑。顺文盯着她们,找寻着白娅。一个老人挥着竹竿,咻咻地叫着,几只鸭子咕咕着,扑棱着翅膀,从陡峭的斜坡上,奋不顾身地冲下来,在水里畅游着。老人摘下褐色的塌塌草帽,从腰带中抽出烟锅,捻上一锅旱烟,坐在树荫下。鸭子不断伸长脖子,在淤泥中啄吃的,他惬意地抽着烟。

一个村民拉着架子车,从涝池边上经过,同学告诉顺文,那是白娅的哥哥。顺文知道下地回来,男的拉着架子车走在前面,后面都会跟着女的,要么是老婆,要么是姊妹。他瞭望着路前路后,没有看到女人的踪迹。几只黑猪娃从村后的玉米地里晃着头、三步一停地哼哼着跑了出来,跑进涝池边的杂草淤泥中,青黑色的泥浆裹在身上,它们在泥浆里打滚,咬着水边的野花。

几个孩子活蹦乱跳地来到涝池边,带头的手里拿着一个油饼,大口嚼着。他们脱光了衣服,刺溜钻进水里,狗刨着扑腾了一会儿,站在边上,挥动着双手,互相击水花嬉闹起来。水花溅在洗衣女娃的身上,她提着棒槌喊着,他们慢慢游向顺文这边。同学指着吃油饼的孩子,对顺文说:"那就是白娅的侄子。"

顺文看着孩子泥鳅一样的身体,怎么都跟白娅白嫩的肌肤联系不到一起。同学挥动着手里的树枝,问那个孩子:"你姑到哪里去了?"

孩子迟疑地看着他们,笑着说:"媒人来了,和我爷爷在屋里说事哩!"

一股凉气从脊梁腾起,顺文觉得自己可笑而幼稚。

暑期放假的那天,初二班的同学争先恐后,将教室清扫了一遍。女同学站在凳子上,用抹布擦玻璃,有的给地面上洒水。大家将课桌的抽屉收拾干净,书本装进书包。教室外,杨树的叶子在微风中哗哗作响，此起彼伏的蝉鸣萦回在天际，清扫过洒上水的教室弥漫着土腥味。田老师走上讲台，顺文低下头，趴在桌子上，深深地吸了几口气，他觉得土腥味闻起来很提神，那是告别的味道。看着白娅脖颈下泛黄的绒毛，一条背沟随着她胳膊挪动，忽深忽浅，阳光下，隔着薄薄的的确良上衣，他能够感受到她白嫩的肌肤。

下课铃响了，同学们将课桌板凳整齐地摆在教室后面，关上门窗。站在教室前面，顺文感触良多，这间屋子让他留恋，那是他在老师的鼓励和点化下，开启智慧之门，在知识的海洋中驰骋遨游的地方；有时他又恐惧这间屋子，那是他默然承受屈辱和磨难的地方。教室前的菜圃里，一片辣椒绿油油的，他跃上菜圃，随手摘下几只，咬了一口，辣得直跺脚，他想吐出来，又觉得那是学校的记忆，就是再辣也要嚼碎咽下去。

出了校门，几个村子的学生就要分道扬镳了。顺文站在水渠的窝水前，看着汩汩泛起的水花。白娅经过的时候，看都没看他一眼。她混在女生堆里，好像平日一样，说说笑笑。他觉得很伤感。

暑假里，按照爷爷的要求，顺文早上起来，踩着草丛中的露水，顺着渠岸田埂，寻找青草。炽烈的太阳悬在头顶上，就像一面炫目的镜子，阳光透过玉米的叶子，斑驳地洒在地上，湿湿的地面将阳光转化成湿热的蒸汽向上挥发，茂密的玉米秆就像一团绿色的罩子，将湿热的气压在玉米秆下面。顺文从渠岸上下来，蹲在地上，顺着玉米秆根部稀疏的叶子，推测哪个地方有草。他将担笼放在田头，撩开叶子，躬身走进田里，蹲在地上，割着稀疏的茅草。差不多了，他就将一堆堆青草抱到田头，装进担笼里。如果在水库周边，日头还早，他就会走到水库下面，在草丛中脱光衣服，在清凉的水里扑腾一会儿。

午饭后，家人一般都会午休一阵。爷爷就像是家里的闹钟，躺在屋檐下的木板床上,眼睛眨巴几下,就进入梦乡,鼾声在院墙和屋檐间回荡。时间到了,他呼地坐起来,顺着院子咳咳着走一圈,家里人走出屋子,开始忙活下午的事。

顺文提着担笼,朝着另一个方向找寻茅草。看见村里人不常去的壕岸上,有一片绿绿的青草,他一下子来了精神。他操着镰刀,跳下去,手攥着一株粗粗的草枝,镰刀在下面提了几下。他感到软软的,凉凉的。定眼一看,发现一条青蛇缠绕在枝上,自己刚好攥在手里。他触电一样倏地松开手,脚底好像装了弹簧一样,撂下镰刀,闪到一边,跑到田坎上,操起一根树枝。青蛇蠕动着身躯,从草枝上爬下来,黑豆一样的眼滴溜了几下,嘴里一出一进地吐着舌头,钻进草丛中。顺文吓出了一身冷汗,他挥动着树枝,在自己周边敲打着。过了好长时间,他小心翼翼地拿起担笼,料想如果蛇袭击自己,他就用担笼将它压下去。他捡起镰刀,拔腿就跑,气喘吁吁地坐在渠岸上,张望着那片草地。

一场绵延的阴雨过后,天气清凉了好多。没有割草的任务,顺文拿出了暑假作业,将炕桌放在屋檐下,写了两天作业。爸爸从教师暑期集训班回来,听了老师对儿子的评价,笑着坐在对面,抽着烟看着他写作业,他要求儿子将初三的教材预习一下。顺文说学校的英语课停了一年,他感到学起来有点吃力,都是些字母,没有象形的韵味和规律,记起来很枯燥。春晖说有空到新华书店,给他买几本辅导书。

傍晚,天晴了,晚霞似火,染红了西边的天际。军柱骑着自行车从村口进来,看见顺文站在门口,他飞驰过来,一个急刹车,跨在大梁上,停在顺文跟前。顺文抓着车头,问他有没有初三的教材。他摆着手说:"西边村子明天晚上有电影,听说是陈妙华主演的《三滴血》。"

顺文一下子精神了,那是白娅的堡子。他想趁着看电影,瞧上她几眼。

天黑了,顺文搅了桶水,将自己最中意的黄军装拿出来,在盆子里搓洗着。妈妈过来,将他拉起来,问他咋想起洗衣服了。顺文说初三住校,得学学照顾自己。妈妈蹲在脸盆边,麻利地搓洗,将衣服搭在院子的铁丝上。第二天下午,顺文早早割完草,回到家,洗了头。他关起门来,对着镜子,审视着自己的脸,将脸上两个痘痘挤掉。天快黑了,他穿戴整齐,妈妈好奇地打量着他。他挠着头,笑着走出大门。

来到村口,军柱和几个同学看到他的装扮,问他是不是去见对象。军柱走在前面,同学们嘻哈地跟着,快到学校门口,他摁开手电筒,将大家带到几棵粗壮的杨树后面,电筒晃着上面歪歪扭扭的字,神气地说:"这是所有收拾过我的老师的名字。"

顺文抬头一看,全是骂老师的话。昔日的刀口,像一张张横竖的嘴巴,不但有意思,更加有形状。他想起田老师,后悔自己没学军柱,将他的名字刻在树上。

黑麻麻的村子,晃动着昏黄的夜灯,放电影的空地白啦啦一片。瞄着灯光,循着嘈杂的人声,一帮同学来到饲养室前面。放映员倒胶片,幕下是黑压压的人头。军柱不见了。顺文知道他喜欢这个村子那个高个儿胖妞。站在放映机后面,他左顾右盼,没瞄到期盼的白脸。想到放电影,本村的人都会拿着凳子,坐在幕布下面。他绕到绑幕布的电线杆后面,望着幕布下的人头,没有料想光线在放映架上晃,人脸都在暗中,根本看不清。从记忆中白娅的衣服款式和摇头晃脑的神态,他还在寻那张白脸,依旧难以看清。

准备放映了,人群蠕动着,寻找合适的位置。幕布闪了几个光圈,秦腔激越苍劲的曲牌响起,观众顿时安静了。听着曲调,借着幕布回返的一闪一闪的亮光,他聚目盯着幕布下的人头。眼睛酸痛了,他揉几下,顺着上次的茬口,继续寻找,终于看见白娅坐在凳子上,怀里揽着她的小侄子,专注地盯着幕布。顺文站起来,在幕布边上晃着,希望引起白娅的注意,晃了好长时间,她都没有反应。幕布背面是个缓坡。他找了几块砖头,摞起坐上。他抬起头来,可以看电影,低下头来,从幕布下沿看到一闪一闪的白娅的脸。

幕布是面镜子,顺文和白娅对称地坐在两边。婉转悦耳的乐曲中,晚春绣着花,含情脉脉地望着窗外,那般羞涩的春情及和美的农家生活的情调,清雅婉约的唱腔,就是白娅这个年龄段情愫的自白。顺文低下头来,见她专注地盯着银幕,不时笑着,露出白白的牙。他暗想如果白娅对家里定的亲满意,她心里没有别人,看着这番情景,就是纯美的欣赏,不会将自己的境遇和剧情对比。如果她心里有自己中意的人,家里又定了亲,她就会焦灼忧郁,看到这样的剧情,定会心生波澜,感慨连连。他低下头,盯着她好长时间,见她笑了,不禁有点失望。

晚春被逼成亲,为成全自己与遇春的姻缘,她离家出走,寻找遇春。顺文觉得这段戏就是反抗强迫婚姻、追求婚姻自由的写照。如果白娅也有如此境遇,内心有此诉求,定会潸然泪下。见对面不断闪着光的白脸,像个瓷娃娃,眨巴着眼睛,间或笑着。顺文又一次失望了,他觉得自己可能把她想得太复杂了,她可能就是个单纯的女娃,认为到了这个年龄,父母之命、媒妁之言都是顺理成章的事。她空空的心扉,就等着家人给自己定门亲,她将那个人搁进去。

顺文明白:将自己思慕的对象设为X,认为她是道难解的题,套用各种公式定理,列着方程式求解,随着自己知识的提升,还会用二元方程求解，却始终没有解出那个X到底是啥，甚至连阈值范围都确定不了。多年以后，回忆起这段感情，顺文感到春情萌动的少女，就像草原蹦跳的兔子，对异性以感性为基础的，像多变的天，耦合着太多的不确定因素。用理性的算法，求解感性的泡沫，那定是在云里雾里的蹦跳。如果要计算，简单的混合运算就足够了，越高级的公式，越会使人迷失方向，就像檐下浸过雨水泛黄的纸，在画家和抽象派艺术家的眼里，可能蕴含着无尽的意韵。

严谨的饱学之士，脑里的公式定理太多，各种理论盘桓其中，不断闪动。他们遇到什么事，都要搞清楚来龙去脉，总是将周围的好多事，想得过于复杂，偏执于运算透视，最后将已束于茧内。实践中打磨历练，悟出谈情说爱要挑拨感性的琴弦，营造出浪漫泛情的气氛的时候，男孩已经而立之年了。女孩从春情萌动的娇羞，经过世俗物欲的修剪，她们守着现实的框框，变得不再是随情而动的时候，木讷的男性又开始纯美地挑动她们的琴弦，女人们觉得他们轻浮，疑是采花大盗，难以信任。

周仁瑞抖动着出来，唱腔悲凉，神情凄苦。顺文看着，眼眶湿湿的。他低下头，见白娅嘟着脸，抹着眼泪。看来她是个孝女。孝女的核心就是用感恩的心，顺从父母对自己婚姻大事的安排。他希望她能反抗，给自己一个浅笑，一个回应。他又感到，让她背弃父母之命，有违人伦道德，心里泛出自责的波纹。

戏曲里，邻家爱女随父母五台进香，失散踏入山涧。老虎凌空咆哮，巧遇天佑，苦苦哀求。天佑寻父心切，经不住弱女子的苦求，打虎相救。顺文醉迷了，这种场景、对白和气氛，将少男少女们羞涩腼腆和焦灼的情绪，刻画得惟妙惟肖。他感到自己就是穿着黑衫的天佑，幕布那边的白娅就是那娇柔可爱的姑娘。他梦想着如有这般境遇，她危境之时，他也会舍身相救。看到凶猛的老虎，他有些胆怯，心里将老虎变成狗，他感到狗疯狂，自己也能制服；他将狗换成蛇，又感到瘆得慌；他再将蛇换成狐狸，感到民间常将媚骨风骚的女人，视为狐狸精，觉得还是不妥。女人的狐狸味，在民间，都是蚀骨酥肉的，虽为道德唾弃，却是男人苦苦追寻的本色。如果换成了羊，就成了乖巧的顺从和咩咩的舔叫了；如果猪味上身，只会晃着尾巴，哼哼几声，那就倒胃口了。

见白娅紧张地盯着幕布，顺文身子前后晃着，她不时惊愕地掩嘴，真像只可爱的小狐狸。侄子要撒尿。她牵着从人缝中出来，沉迷看戏的人抬起头，埋怨地瞥着她，极不情愿地挪动着屁股。白娅走到人群后面，解开侄子的裤子，抖动着侄子的鸡鸡，让他在树沟里撒尿。顺文站起来，低着头过去，没有想到和军柱撞了满怀。看着他怪乎乎的表情，军柱问咋一个人乱转。顺文瞥着白娅，说幕布后面人少清静。

电影散场了。人群四散，清凉的月光下，说着剧情，学着唱腔，熙攘着回家。跟在同学后面，听着田里蛐蛐的鸣叫，顺文还在想着幕布下白娅那张玉兔般白皙娇嫩的脸。推开家里的头门，走到院子的枣树下，他听见爷爷一高一低的呼噜声。他轻手轻脚地走过二门楼子，躺在床上，靠着被子，看着月光从檐下洒在地上，一股淡淡的愁思，涌上心头。墙头的茅草在夜风中摆动着。他闭上眼，银幕上女子换成了白娅，她的一颦一笑，激荡着他起伏不定的心。

白娅的姨家在槐树寨的后堡子，听说她的亲事就是她姨撮合成的。那个女人头上总是顶着手帕，穿着灰色的粗布衣衫，瘦弱的身体在罗圈腿的支撑下，走起路来总是一闪一晃的。顺文以为她裹脚，仔细一瞧，知道不是。她瘦小的脸上，布满褶子，脸色黄黄的，不像田间劳作的女人那么粗糙，眼睛总是湿湿的，眼角挂着芝麻大小白白的眼屎，就像青春期孩子脸上的青春痘。她愁苦的脸上，总给人一种沧桑受欺负的感觉，只有偶尔一笑，才会露出和善的神情。她经常提着担笼，在村后自家的麦草垛子扯柴。那个垛子就在顺文家自留地的边上。村子的猪和鸡，常跑进田里，糟蹋庄稼。按照爷爷的吩咐，顺文放学，啃着蒸馍，挥着竹竿，要在自留地坎来回转悠。

　　白娅的姨系着围裙，来麦草垛扯柴。黑猪带着群小鸡，哼哼咕咕地从水渠的斜坡爬上来，钻进顺文家的自留地。听到猪的声音，他拎着竹竿过去，挥着竹竿，咻咻地赶着猪和鸡。白娅的姨扯好柴，伸直腰，提起担笼，刚准备挪步，见顺文从半腰高的玉米地看过来，挥着竿子叫着。她摘下头上的手帕，拍打着身上的柴草，嘟着脸瞥着他。她以为顺文这样的动作和叫声，在取笑她，便提起担笼，嘟囔着走了。猪和鸡驱离了。站在渠坎上，见村子的夹道上，她的背影就像谷子地里为了防止麻雀啄食，挂在竹竿上飘的衣服，他嘿嘿坏笑着。

　　偶然的恶作剧，顺文体会到了快意。后堡子的人，他好多不熟悉，没了家长训诫的后怕，他变得放肆了。黑影在麦草垛子前晃悠，他就会过去，站在田坎上，对着影子，驱赶家畜。他更加来劲了，顺文奚落白娅的姨，正在兴头上，跺脚挥手，叫喊得正狂。白娅的姨夫，操着铁锨，叼着烟锅，脚下生风地过来，眼睛圆瞪。顺文知道不好，从渠坎上赶紧跳下来，跑回了家。

　　懵懂的春情，像早春树枝上的芽苞，需要积蓄足够的能量，才会跃动。初一时，顺文就知道前面坐着个梳着小辫白脸乖巧的女生，也没有过分地关注过她。对语文课的恐惧和逃避，让他上课时分神，盯着前面白白的脖颈和娇嫩的脸庞，沉积的好奇就像酵子，慢慢发酵，催化搅动着他飘忽不定的春情的胚胎，撩拨他的心弦。在灵动玄妙的情舟上，他惬意地荡漾着，等到有了和音，乐器从丝竹变成了琵琶，夹杂噼里啪啦的打击乐，他感到焦虑和惆怅。白娅在他心中，不断地变形，成了他思慕的对象，他感到白娅姨家破落的院子，渐渐泛起亮光，也成了他心中的圣地。

跟着爷爷割苜蓿，爷爷挥着镰刀，将一把苜蓿，放在草堆上。空气中弥漫着青草的醇香。爷爷眯着眼，瞄着刺眼的太阳，挥着镰刀，对顺文说："世事说不清。谁也不知道，自己偶然相遇的人，将来就会成为你的贵人。如果人一出生，就知道自己的贵人，世事就太简单和功利了，也就没啥意思了。老天就是要将你的贵人，隐埋在熙熙攘攘的人群中，有时闪个面，可能你还不喜欢。只要你对周围的每个人，都有一片善心，你的贵人就会多，人家才会真心实意地帮你。"

想到白娅姨的事，顺文感到如果自己嘴甜乖巧，跑过去帮她扯柴提笼，说不定就会入她的法眼，白娅说不定就和自己定亲了。往后的日子里，没事的时候，顺文跑到白娅姨家的院子前后转悠，他不好意思走近，也不知道见到那家人，要说啥话，况且前面还有点小过节。他远远打量着那家门口，期望能看到白娅到她姨家来串门。坐在田坎上，见灰衣妇人扯柴草，他用几何的想象，意识中将她的腿矫正，将她的腰弄直，将她的面皮充气，寻着白娅的影子。刚开始，他怎么都难以将白娅的影子，重叠进她的身躯中，从记忆中，他调出白娅的各式姿态，用意念反复矫正，慢慢看到了白娅的雏形，终于看到了她漂浮摇晃的样子。思绪跌落到现实中，想到楚楚动人的白娅，年老时候，亦就是这般模样，他的心霎时凉了半截。

爸爸从镇上回来，买了两个西葫芦。顺文妈和着面。院子的枣树，繁茂的枝叶中缀满了小拇指大小的青枣。隔着厨房的窗户，妈妈笑着将他唤进屋。爷爷蹲靠在厨房后门门扇上，看着这般景象，扯手里的草秸问:"做啥饭哩?"

爸爸捣着蒜,笑着说:"中午咱包顿饺子!"

顺文妈撩搓着手里的面疙瘩,用湿纱布将和好的面盖起来,转过头问:"东头你三婆想给你说个媳妇,那女娃是她娘家的侄女,听说和你是同学,叫麻娅。"

顺文挠着头,红着脸笑了。爷爷说:"村子里像你这么大的男娃,好多都定亲了。这件事,爷听你的意见。"

顺文感到世事蹊跷,麻娅和白娅同村,整天裹在一起嬉闹。看着父亲在案板上切着西葫芦,他摇着头说:"我还在上学,不急着定亲。"

爷爷抹着下巴,脸上溢满笑容,直夸他有志气。

上门提亲,说明有人关注自己。顺文觉得,自己也不是定不下媳妇的人。想到这里,他心里暖暖的。塬上的农家,很少包饺子。吃饺子是件奢侈的事。爸爸将西葫芦和炒好的鸡蛋拌好,调上味儿。家里人不会擀皮,顺文妈擀了一案子面。顺文找来茶缸盖,圆圆的口放在面上,使劲摁下,撩起盖子,光润筋道的饺子皮掉了下来。爸爸拿起面皮,勺子挖起饺子馅,放了调货的西葫芦出水了,馅放在面皮中,他将面皮折起,橙黄的油水从角边冒了出来。

拿起竹子笊篱,妈妈将漂在沸水中的饺子捞上来,搭在碗中。飘着菜油味冒着热气的饺子,让顺文不停咽着口水。他将倒立在麦囤边的炕桌放下,饺子和蒜水碟摆上炕桌,招呼爷爷过来吃饭。爷爷饭量好,吃了好些饺子,他看着顺文说:"常言说,书中自有颜如玉。只要读好书,将来有本事,就不愁没媳妇。陈世美有学问,家里早早给他娶妻生子,你看最后多惨!对自己有信心,就不要急,现在这社会和上年时候不同了。"

爸爸看了顺文一眼,挥着筷子说:"听你爷的。把心思放在学业上,将来能不能考上学,那是个分水岭,人生的道理完全不同。"

饺子入嘴,牙轻轻地点破,顺文哈着气,将饺子里的热气吹掉,然后津津有味地嚼着。他明白农村定亲,需要一笔可观的彩礼,将来万一要悔亲,不但彩礼没了,还有一串麻烦事。

四

顺文要离开槐树寨，到镇上的高中住校了。

新面子新里子和新棉花的被子，妈妈和奶奶早就缝好了，摞在炕头。从柜子拿出包袱，她让顺文挑拣被单。顺文觉得都差不多，他抽出褐白相间的单子，放在边上。妈妈包好被单和被子，放在柜子上，从院子树荫下的铁丝上，收下晾晒好的衣服，折好放在炕边。顺文整理着学习用具，书和本子装进书包。坐在屋檐下，看着地上斑驳的阳光，他感到充满激情的学习生活，就像闪烁的光点，向他招手。

上天将每个人，放在不同的家庭，青春年少的时候，人们存续于不同的人群，确定了好多事情发生的可能空间。顺文既有对紧张学习生活的压力，也有对更多俊俏女生的期待。他穿上那件平时舍不得穿的军衣，四个兜的，下着褐色的裤子，前面有个开口，蹬着带有松紧的改良款的布鞋。

军柱推着自行车，马路上喊顺文。顺文提着包袱和书包，妈妈提着装着碗筷的网兜，将他送到门前。军柱撑好车子，松开绳子，将顺文的东西绑上去。他在前面推着，顺文跟在后面，他们顺着渠岸，向镇上的高中进发了。

秋风送爽，天高云淡，渠岸上稀稀拉拉的行人中，好多是去报名的学生。到了公路上，从渠岸和田埂小径上会聚的学生，越来越多，大家互相打量着，目光对上了，就笑一笑。到了镇上，从中心十字向西就是通往高中的马路，挤满了学生。高中生一个暑假不见，火热地聊着。新生们愣愣地看着他们，腼腆地东张西望。

高中在镇子西边，坐北向南，前面是条起着车辙、泛着泥水的石子路。小雨的时候，泥浆横流，石子只是确保车子不会陷下去。学校西边是很深的老壕，壕的西边是条干渠。学校北边是片新壕，只有老壕的一半深。东边是个村子，有排坐东向西的农家。学校东边和西边围墙中间，对称地分布着两排厕所，西边厕所的粪直接落到十米深的壕里；东边厕所的粪，集在下面的水泥槽中，村里人隔几天铲起来，堆在水泥槽边的土堆上，粪堆东边是溜麦草垛子，将厕所和农家的门前分割开来。

宽大的铁门，下面用铁皮包着，顶上是一根根梭镖头的钢筋，中间有扇小门，平时大门是关着的，由小门进出。门口两边是斜墙，有对称的白底墙面，上面写着："好好学习，天天向上。"大门右手边是传达室，檐下挂着个生铁的笨钟，钟绳在空中飘动。以学校的大门为轴，那条扁圆的环形砖块路，将学校中心区切割，正对着门口的是面长长的读报墙壁，相当于大户人家的照壁。照壁后面是块空地，北边隆起，有七八间大房，是学校的行政区。中间是间会议室，紧挨会议室的右边是书记的办公室，左边是校长的办公室，前面办公，后面是宿舍。最上是学校的教务处和总务处。行政区前面是排松柏，和下面空地接茬的地方，用砖砌成虚透的墙。早操结束后，学生都要集合在空地上，学校领导站在办公楼前面的高台，训示讲话。办公楼的后面，是排凹字形的屋子，右边是图书馆，左边是实验室。

环形路东边是学校的教学区，有五排房屋，每排屋有四间教室。低年级的教室在南边，毕业班的教室在最北边。环形路西边是对称的五排屋子，头排和五排是教师宿舍，中间三排是学生宿舍，女生在第二排，男生在三、四排。学校的北边是宽阔的操场，有两副篮筐和单双杠。西边围墙有排屋，坐西向东；南边是锅炉房；北边是教工食堂和学生食堂。学校的西南角那间屋子神秘，听说是地震感应测试室，每周都要将测试的数据，报到县上去，听说还预测到了小的地震。学校的砖路两边和屋子前后，栽着杨树，树冠掩映着屋脊，发出沙沙的声响。屋子两侧的人字墙顶，装着带有雨罩的昏黄的电灯。

　　军柱和顺文随着熙攘的人流，从大门进来，站在照壁前。照壁上贴着几张纸，写着新生的分班和宿舍的安排。自行车靠在杨树上，军柱挤进人群，脑袋晃动着，等了一会儿，他喘着气出来，抹着额头上的汗，对顺文说："咱们分在二班，宿舍就是西边第三排的第二间。"

　　拿下行李，顺文走进宿舍。宿舍和教室一样大，中间是走廊，两边用木桩钉成半人高的通铺，上面铺着层麦草。通铺放着好多被子，大都是老同学或乡里，中意挨着住。正对着门的北面通铺，挨东墙的地方，有个空位。顺文赶紧将包袱放上去。边上的同学看着他，过来帮忙。好多同学将褥子铺好，靠在被子上，好奇而又拘谨地絮叨着。几个同学正给墙上钉钉子，要将馍褡裢挂上。

　　解开包袱，褥子铺好，顺文盖上单子。靠着被子，打量着外面喧闹的人群，他感到特别兴奋。他没盖过新被子。他抖着身子，溜躺下去，瞄着门外晃动的女生的身影，他瞬间想起了白娅，不知她在公社初中，是否像自己这样，也铺好了床铺。屋外响起了铃声。一个穿着灰色中山装、面皮白净的中年人走进宿舍。学生们纷纷从床铺下来，趿着鞋子，站在地上。走了个来回，那人笑着说："同学们，我姓王，教化学，是你们的班主任。大家收拾下，十分钟后教室集中。"

王老师走了。大家收拾好书包，走进教室。

第二遍铃响了。王老师走上讲台，让大家赶紧找位置坐下。他翻开花名册，开始点名。每叫到一个学生，他都要盯着站起来的学生，琢磨一会儿，然后点下个学生的名字。点完名，他让同学们走出教室，在台阶下，从低到高，站成一排。他盯着头顶，走了一圈，做了些调整。他叫了声立正，最后审视了一番，让同学们按照顺序，从前到后进入座位。座位排好了，王老师又点了次名，宣布了临时班干部和小组长，强调着学校的纪律。

下课了，住校的同学回到宿舍，取下馍褡裢，拿出碗筷。同学们从床下拿出暖水瓶，去锅炉房打开水。顺文意识到，自己没有暖瓶。他拿着洋瓷碗，见军柱过来，一起说笑着来到锅炉前的开水龙头前，接了碗开水。开水烫得他直哆嗦，将碗放在边上，等到热气冒得差不多了，他勉强端着开水碗，小心翼翼地回到宿舍。他将蒸馍拿出，掰开泡在水里，馍块速然涨起。边上名叫益群的同学，赶紧拎起暖瓶，拔掉塞子，帮他加了开水，馍块冒着热气。顺文笑着点头，他打开腌萝卜瓶，夹了块腌菜，刨上一口开水泡馍。他有种落寞凄凉的感觉，这个时候，他回到家，起码有碗面条吃，现在却要以开水泡馍果腹了。

益群是个阳光少年，红扑扑的脸上，常挂着笑容，他将自己家的炒辣椒瓶子和顺文的腌萝卜瓶子放在一起，算是搭伙吃饭了。宿舍里围了几摊人，要么是原来一个中学的同学，要么是乡里亲戚。他们聊着原来的老师，讲到熟悉的女同学，互相开着玩笑。碰到谁的菜好吃，就会招呼着同学们尝尝。宿舍里洋溢着温情和同学们之间的谦让。顺文感到，自己正在慢慢融进这个集体。

下了晚自习,讲究的同学拿着脸盆,到锅炉房接来热水,刷牙洗脸。教室的灯熄了,学校的东半边黑了。昏暗的路灯下,人来人往。高年级的同学拿着书,站在有灯光的檐下,专注地看着,有的同学站在老师的窗户外面,借着泛出来的灯光,书本放在窗台,踮脚夜读。顺文没那么讲究。站在宿舍前面,看着晃动的人影,他感受到了浓浓的学习氛围。新生就要开课了,他调整着心绪,暗下决心,要将自己的优势发挥出来,不能让大家小瞧。

新生来自三个公社,好多学生原来都是优秀生,他们和顺文一样,拘谨腼腆,试探中调适着自己。军柱年岁大一点,总是满脸笑容,在同学中串游。打扫卫生的时候,他拿起扫把,指挥着呆愣的同学。王老师站在边上,摸着下巴,眨巴着眼睛。果不其然,老师认为军柱有领导能力,他成了班长。这就像解放初期,土改干部进村,村里大部分都是常年与土地为伍的老实巴交的农民,他们不谙世事,心思都放在自家的庄稼上,感到无论怎么改朝换代,自己就是个农民,种好地是自己的本分。村子里游手好闲的人,对外面有了解,见过世面,会见风使舵,比起那些榆木疙瘩般的农民来,土改干部凭借直觉,中意的常常就是这种人。

做了班长的军柱,完全从槐树寨初中那种尴尬和约束的心态中走了出来。周末回家,他沿着渠岸,跃起来摸着树梢,兴奋地又蹦又跳。到了冬季,他穿上件军上衣,蓝裤子,白球鞋,就像头强健的牛犊,走路都要蹦跶两下。他比班上的同学大两岁,没有羞怯,哪位同学有困难,他都会热心帮忙,即使是不熟悉的女同学,他也会大方地过去。下课的时候,他是男生中的核心。教室前的白杨树刚栽上,没有几年,军柱跃起来,双手攀住树干,喘气换手,向空中拔上去,脸憋得通红,瞥着下面的女同学。

王老师争胜心强。他是从初中选上来的,对班上的学生既关心,又严厉,实施军事化管理。早上出操的时候,他将身材周正、姿势优美的同学放在两边,班上的队列从办公楼前面经过,看起来整齐顺溜。大扫除的时候,他让值日的同学,将地扫干净,上面洒水,还要再扫一遍。女同学站在凳子上,擦窗户玻璃。他走到擦好的玻璃前,哈上一口气,指头搓几下。指头上有污迹,就要返工。宿舍的被子,他要求同学们叠成豆腐块。军柱在学校的花圃找来两截砖头,在被子的侧边和上面摁着,里面垫了块木板,捣成了豆腐块。王老师看了高兴,将全班的男生叫到宿舍,参观军柱叠成的被子,要求同学们达到这样的水平。

　　下了晚自习,同学们回到宿舍,看着军柱的被子,觉得不可思议。益群摁了一下,感到里面硬硬的,笑着对大家说:"里面有砖头,要么就是木板!"

　　刷完牙,军柱用毛巾抹着嘴角上的白沫,端着牙具进来。同学们将他围住,让他示范叠被子的技巧。他咧着嘴巴,就是傻笑,不肯动手。大家让他将被子打开。他手抱着胸前,嘿嘿笑着。益群给几个同学一个眼色,大家呼啦围住军柱。益群站在床上,抖落被子,里面掉出了一块木板。通铺靠窗户那头,摆着溜砖头,那是同学们睡觉的枕头。军柱在砖头上放了块木板,枕在上面光光的,比砖头舒服,叠被子时,他又顺手将木板裹在被里。顺文从人群后面过去,摸了摸军柱的被子,感到重重的,像没有发起的面团。他拍着被子,摇头对军柱说:"你得给王老师说说,好多同学都是三新的被子,不像你这绦子,拍一下就定型了。新棉花有弹性,根本起不了棱角。"

　　几个同学将自己的被子抖开,重新叠了遍,果然难成棱角。

　　大扫除结束后,总务主任带着几个人,拿着夹子,在每间教室和宿舍察看,脚踹着地,在本子上画着,摸摸窗户玻璃,又在本子上画着。照壁上有几个橱窗，每周的卫生评比，学校都要公布班级的排名。初三二班总是第一名，后面粘了一溜红旗。每次上课，从橱窗前经过，王老师都要驻足，瞄着班上的红旗，胸中荡起了自豪感。

军柱被子放木板的事，在学校传开了。王老师心知肚明，为了成绩，他是默许的。听到大家议论，他突然感到，做得有点过了，作假成了典范，自己的管理方式肯定有问题。他心直口快，性子急，觉得自己把各项荣誉看得太重了，深感懊悔。开完班会，他向同学们道歉。益群用肘抵了下顺文。顺文随着他摆动的下巴，见军柱低下头，手指交叉搓着。

秋风送爽的时候，校园里无论是老师，还是学生，只要是男的，都顶着个军帽。周一早操后，学校举行升旗仪式，随着国歌奏响，脑袋哗地转向旗杆，向国旗行注目礼。望着台下看，仿佛进了军营。顺文珍爱自己的军帽，那是他在新疆当兵的姑父送给他的。班上好多人的帽子都是在街边买的，戴上头塌着，洗几遍掉颜色，前面的帽扇变形，会从中间折断，如果没有替代品，同学们干脆用订书机将断裂的地方钉起来。每次戴帽子，顺文都要抖落几下，双手举着帽子，放在头顶，刘海放在帽中，手在帽子前往上搓几下。

顺文一下子长高了：他骑自行车，不用跨大梁了，屁股能放在坐垫。三天的开水泡馍，肚子咕咕狂叫，回到家里，他吃了两碗凉面，顿感舒服了。妈妈将刚出笼的蒸馍，放上案板。顺文走进屋子，拿起柜上中间有条缝的镜子，看着笔挺的帽檐、整齐的领扣，他想起侦察兵里的郭瑞，脸上泛起了笑容。仔细一瞧，上唇生了层黑黑的绒毛，似有燎原之势，面颊起了两个红红的青春痘。背着蒸馍褡裢，走在返校的路上，顺文不顾军柱前面的招呼，不停地摸着毛茸茸的上唇，挤弄着热疼的痘痘，感到不解和困惑，心里嘀咕着,难道就这样长大了?

初三年级的摸底考试结束了,顺文感到数学和物理不错,语文没了恐惧,成绩有些提升,英语成了他头疼的科目。王老师将同学们的各科成绩及总分排名,张贴在教室后面。顺文全班第六名,他的数学是班上的第二名,物理是第三名。数学排名第一的,是叫小丽的女生。小丽和白娅同村,是顺文槐树寨中学的同学。对于她的成绩,他有点不服气,总觉得老师有点偏心。

小丽长着肉嘟嘟的脸,中等身材,她成绩一直不错。她没有同龄女孩子那般羞涩,见到谁,都是落落大方。看见男同学,也不像别的女同学那样,低头快步走开。男生看她几眼,找个话题,她都会和他絮叨几句。顺文的记忆中,小丽好像没有过娇羞的年轮。知道同学们背后议论自己,她依旧我行我素。她拿着作业,常去文老师的房间,讨论数学题目。

落雪以后,气温骤降,小丽有时端着碗,到老师房间吃饭。过了一段时间,她有了教工饭堂的饭票,她大大方方地端着碗,像教师的子女,到教工饭堂打饭。顺文站在打饭的学生队伍中,见小丽围着条鲜红的围巾,端着碗冒着热气的酸汤面,从教工饭堂出来,他捏着脸上的红疙瘩,吞咽着唾沫,羡慕她在冰冷的寒冬里,有碗热乎的酸汤面吃。瞥见军柱站在前面,顺文趋身,捅了他一下,滴溜着眼睛,摆着头。军柱瞭了眼小丽,嘿嘿笑着,扯着他的胳膊,揽他的头,贴耳道:"小丽呀!嘻!她在我面前,从来不敢装,我见过她的底儿。"

回到队列,顺文嘴里嘀咕着"底儿",踹着脚下的冰溜子,百思不解。见军柱打水回来,他拦住问:"'底儿'是啥?"

脚在冰溜子上来回画了两下,军柱嘴角抖了下,跺着脚,白了顺文一眼说:"看下面!"

盯着冰溜上的叉,顺文恍然有悟。军柱走了。他转头问:"军柱,X还是未知数!"

抡起暖瓶,军柱在冰溜子上溜了下,转头笑着应道:"是X吗?不用急,白天上课,没时间想,晚上蒙在被窝,好好想,你就明白了!"

偌大校园,众多学生中,顺文并不引人注目,内心里,他秉持着自己的固执和正气。见到小丽,他常常会忽视性别的差异。小丽和顺文碰面招呼的时候,他很少从异性的角度思考,认为他们就是日渐生疏的老同学,顺文能做的,无非是对于她的非议保持矜持,或叹息一声。

文老师三十多岁,一米六左右瘦弱的身材,生着娃娃小圆脸,黄黄的脸盘上,始终有几颗红红的痘,好像在告诉别人,他还在发育。走在人堆里,从后面看,文老师就是个不起眼的高中生。他戴着顶军帽,穿着蓝色直供呢中山装,脚着翻毛的中筒皮鞋,乌黑锃亮。他上课十分用功,为了节省时间,总是将题目写在手提的黑板上。上课铃响了,文老师提着黑板,腋下夹着三角尺,拿着粉笔和教案,激情昂扬地走向教室。他讲课思路清晰,逻辑性强,定理和公式就像画了张网,印在同学们的脑海中。

文老师喜欢教书,他用数学术语和原理,看待身边的事,即使对班上同学的批评,都会将数学的概念放进去。排队打饭的时候,军柱插队到前面,和队列里的同学聊天,后面的同学跟得紧,他站在边上,不停向后面的同学嬉笑,排在后面的同学,用冒火的眼睛盯着他。文老师拿着碗过来,看到他在队列外晃,知道他想插队。他走过去,举起手,拍着他的脖子。军柱瞪着眼,火气顿生,回过头来,见比自己矮了半头的文老师的脸,含笑盯着他。他垂下头,不断挠着。文老师指着队列,笑着说:"你就是直线外的一点!直线都在看着你这个点哩。"

军柱低着头,讪笑着灰溜溜地走开了。

课间休息和早读的时候,顺文拿着课本,在教室前面走来晃去,脑子跟着嘴巴,心不在焉地读着。他滴溜着眼珠扫视着人群,遇到顺眼的异性,他便停下。他常会回想起白娅,用白娅的身材和姿态,在人群中搜寻着。遇到感觉上和着白娅影子的女生,每天早读,他都会踱在固定的地方,从树影、墙壁和门窗某个固定的角度,打量着她。

户外早读是一门学问。游荡中,顺文留意着周边的女同学。有魅力的同学,早读都会在某个固定的区域。几天以后,她的周边就会散落着好多异性,他们假装读书,用眼神、微笑、神情和诵读的声腔,变着花样发送秋波。强悍的竞争者瞪着眼,用喷火的眼光,寻找着竞争者,彰显着自己的决心和力量,期望他们望而却步。目光转向女孩的瞬间,立即调换到知性温柔的频道。眼神和情态默默地搏击和对弈,在隐形扰动,漂亮的女孩是焦点,她对那男孩有心,周围的波源会瞬时组合,阻击这对情波的亲近。

众星捧月的时候,女孩子的心里甜甜的,感到了自己存在的价值,也感知着同性的嫉妒。如果她任性泛情,一会儿亲近这个点,一会儿又近乎另一个点,在欲望和嫉妒的坐标上,好多点就像坐过山车,涨落叠合中,激情奔腾。拘谨稳重的女孩,瞥到闪闪发光泛着情波的点,会迅速转移,过了几天,关注的男孩子,也会变着法子,隐形地围过来。在躲猫猫的游戏中,她们测试男孩的耐心和忠诚。

猴群中,公猴为了获得母猴的交配权,奋力厮杀,甚是惨烈。一群母猴坐在山丘上,懒洋洋地晒着太阳,默然地看着男人间的争斗,好像和自己没有关系。母猴是悲哀的,它们是公猴发泄和繁殖的工具，对自己的男人，没有话事权。顺文突然感到，这种表面的布局，其实是个烟幕弹，最得意的应该是母猴，看着公猴厮杀，它们知道了自己的价值，就像女孩子看到男人们为了得到自己的爱，持刀搏杀一样。公猴看似凶猛威武，实际上，就是本能支配下那股强劲喷涌的血柱。血柱垂落，一切也就安然了。母猴迎接了公猴的血柱，收获了本能，延续了种系，在更高的层次上，公猴成了母猴延续种系的工具。公猴间的厮搏，与其说为情所困，倒不如说在用性命向母猴显示自己的种子更好些。人类文化的历史，是男人主导的，我们习惯于从男性的角度看待任何问题，彰显男性的尊严，将女性放在从属的地位。抛弃性别的界限，从偏重女性的角度看世界，人们也许会有新的震撼性的认知。

镇上的高中生，部分已经在村里订婚了。暗地里，他们常常默默地注视着自己的另一半，就像看守自己地里的麦子。长得好看的女生，偶尔露出一道缝，灵妙地闪动几下，看到自己对象的目光，情感的贝壳就会迅速闭合。男同学如果喜欢与自己定亲的女生，就会像草原上的牧羊犬，远远打量着，遇到危险，站在高高的草丘上，默默地注视着，有时会仰头狂吠。

昏暗的天际下，北风怒吼，纷飞的雪花遇到旋转和颤抖的西北风，没有了温顺的秉性，变得肆虐和狂暴，好像怪异的幽灵，落地的瞬间摇摆变形，选择自己的归宿。树沟沉寂的枯叶，突然跃起，在低空中张开怀抱，迎接雪花的到来。雪花粘着叶子，叶子抱着雪花，在空中激情地舞了起来，碰到墙角和屋檐避风的角落，它们就会携手，共筑爱巢。雪花变成了水，浸润着枯叶，叶子怀纳着雪花，在寒风中执手归去，变成了一撮泥土，迎接春天的到来。

从宿舍过来，走到教室门口，顺文跺着沾满树叶和雪泥的脚，走进教室。北风拍打着教室的窗户，发出哐当声响，风从窗户和门缝吹来，吱吱声一阵高过一阵。他合上书，一只手弯曲着伸在课桌上，头侧枕着胳膊肘，另一只手抠着脸上的痘痘，怅然凝望着窗外。洁白飘逸的雪花，从天上来，悠然地飘落，那么写意和静如。看着地上僵卧的万千物象，雪花巡视着自己的归宿。低空盘旋呼啸的北风，给了雪花选择的能量。落在老师的脸和颈上，融入老师的身体里面，雪花就能嗅到教工食堂的美味；落在学生的脸上，雪花就要和他一起，单调地吃着开水泡馍。雪花想落在人的身体上，却落在衣服上，被人们抖落，和地上的尘土拥抱，变成了脚下的泥。高空的雪花簇拥着，它们是亲密无间的姐妹，落地的瞬间，虽然它们有选择的意志，却在冥冥狂暴的北风中被撕碎，融入了人体的成了仙；落在猪羊身上的成了畜；融入广袤麦田的，结晶于枯黄的麦叶上；落入学校两边的厕所里的，就成了粪土。

想起白娅，顺文觉得，她就像一片晶莹剔透的雪花，父母和社会就是颤抖的北风，将她挟持到避风的一隅，安顿下来。高空槽里，湿气凝结成了雪花，风又在挨着地面的地方，等待着雪花的到来。轻轻地叹了口气，顺文坐直身体，感怀生命的玄变和空灵。小丽走进教室，摘下头巾，拍着身上的雪花。盯着她的脖子，他看着她颈下绒毛上的雪花，变成晶亮的水珠，倏然滑入她的发鬓。

上课铃响了，文老师提着黑板，走上讲台。小黑板放在边上，手搓了几下，他在冰冷的脸颊上，来回抹了几下，雪花变成了水，润泽着他的脸。后半节课，他将黑板挂在钉子上，抡着教杆，读着题目。顺文感到字体模糊，他睁大眼睛，还是模糊，手揉着眼眶，看着外面清冷灰暗的天际，他知道光线不够。顺文近视了，他有点伤心，想到自己万一失手，没有考上大学，到时戴着眼镜，拎着锤子，如何在壕里打胡基。他感到命运在捉弄他，给了他华山一条路。

天晴了，太阳挂在空中，没有夏日的炽烈和温暖。天空湛蓝湛蓝的，尘土睡在雪的怀里，即将变成泥，空气中没有灰尘，没有飞蛾，自然的许多生命形式，龟缩在巢穴里。几只乌鸦从教室的屋脊上，扑棱着翅膀，落在光秃秃的杨树树梢，嘎嘎叫着。树梢上的雪，哗哗飘了，落在急着上厕所的女同学的头上。她们嬉笑着解开脖子上的围巾，拍着头上的雪。坐在教室里，顺文盯着黑板，字体依然模糊。他回家告诉父亲，要赶快配眼镜。

　　周三中午放学，住校的同学，走出校门，回家背馍。太阳挂在头顶上，雪消融了，马路上踩出了两条褐色的辙，脚踩上去，刚开始是吱吱的声音，接着就是扑哧声，脚下泥水飞溅。顺文和军柱一起，沿着渠岸边上的枯草皮走，三三两两回家的同学，搓着手，头龟缩在棉帽和围巾中，露出两只滴溜的眼睛，嘴里喘着白啦啦的热气。有了胡须的同学，绒须上结了层薄薄的白霜，他们弯着腰，匍匐在泥泞的雪地上。肚子呼唤着热饭，身体向往着衣服，冰冷发麻的脚，想着膛火和绵软温暖的棉窝窝。

五

  周日早上，北风呼啸，爸爸叫起顺文。吃了早饭，他们骑着自行车，来到二十里外的醴泉县城。县食品公司的铁门紧闭，爸爸将自行车给了顺文，走上前，推了几下门。里面咳咳了几声，传来哧嗒哧嗒的脚步声。中间的小门开了，一位穿着褐色翻毛领大衣的中年人，伸出了头，恰似电影里的王进喜。他哧眯笑了，将他们迎进院子。爸爸放好自行车，对表哥说："要赶到西安，给娃配眼镜，就不坐了！"

  顺着马路，他们来到汽车站。路边的食堂，飘出阵阵香味。窗户后面的食客，掰着锅盔。穿着白色厨服的大厨，抖动着手里的炒锅，下面是熊熊的火焰。案板上放了堆定了型的羊肉。厨子抖动着炒锅，裹着的香味热气，飘了出来。顺文的脚步慢了，瞄着窗户后面悠闲的食客，他明白了为什么大家都要向城里挤。这个时候，农民拉着架子车，趁着田地的土没有融，铆足劲，正在给地里拉粪。城里人却坐在暖暖的食堂里，聊着天，掰着锅盔，吃着羊肉泡馍。他一连咽了几口唾沫。父亲走在前面，见他向食堂里张望。他不好意思地加快脚步，赶了上去。

  汽车冒着黑烟，腾腾着出了县城，驶上了西兰公路。坐在前排靠窗的位置，顺文隔着玻璃，木然望着萧瑟的原野和田间地头抽着烟锅，好像木偶缓缓蠕动着的农民。他感到每个人，就像一片雪花，命运将你吹到了哪里，就要在哪里挣扎着生息。西兰公路宽宽的，能够走两辆汽车，路边的秧沟还有没有消融的雪，闪着亮光的路面上，滚飘着柴草和枯黄的树叶。有位老汉蹲在树沟坎上，攥着烟杆，抽着旱烟，几只山羊在树沟啃草。汽车驶过，轰鸣声和扬起的尘，惊得羊跑上塄坎，嘴里嚼着枯草，尥着蹄子，惊恐地看着。拿起放在腿上的棍子，老汉在空中挥了几下，羊又回到树沟。

汽车颠簸着下了塬。看着塬下成片的高楼大厦，顺文屏住呼吸，瞪着眼睛，愣愣地惊呆了。他不敢相信，世上还有这么好的地方。瞄着街道上的行人和车辆，羡慕的同时，意念中，他将自己虚化到街景中，感受着城市生活的快意。汽车到了个十字，前面亮着红灯，顺文好奇地看着，明白了城里人走路不畅快，还要看红绿灯。爸爸指着东边说："这就是咸阳的七厂十字，有多家棉纺厂。"

路过岗亭的时候，顺文伸长脖子，扭头盯着站在岗亭的警察，觉得他们很神气。

到了玉祥门车站，爸爸带着顺文，坐上公共汽车。抑制不住内心的兴奋，扭着头看着街道上形形色色的人流，顺文才知道，为什么农村人都要当工人。汽车刹了下车，咻咻地前涌着，停了下来。打量着公共汽车上的乘客，听到他们用西安音的普通话聊天，他感到特别动听悦耳。西安的人不像农村人，即使在严寒的冬季，还戴着单薄的军帽，穿着蓝色的毛领大衣，脚上都是毛皮鞋。看到拱起的城墙门洞和门洞下的护城河，顺文对好多诗词和历史事件，有了立体的感知。钟楼站下了车，爸爸给顺文介绍着东西南北几条大街。站在路沿上，看着古旧的钟楼和不远处的民生百货大楼，顺文呆愣着，恍惚迷离，亦如梦里来到另一个世界。

扯着变形的眼镜，撕着眼镜腿上裹着的胶布，爸爸对顺文说：

"瞧,这眼镜,也是在西北眼镜行配的。十几年了,还能戴!"

接过爸爸有点残缺的眼镜,顺文摸着,对着日头看了看,感觉像电影里地下党戴的,镜片和镜框接触的地方,泛着黄光。跟在父亲的后面,沿着东大街,他们来到西北眼镜行。眼镜行门面不宽,很深,古香古色的,昏暗的空间中,几盏带着上盖的灯光垂洒下来。爸爸摘下眼镜,对着柜台后面的师傅说,自己的眼镜就是十五年前在这里配的。戴着袖筒的中年男子,满脸堆笑,接过眼镜看着,打开台面上的盒子,拿出一把顺文没有见过的镀银的钳子,调整着眼镜下面的垫座,又拿起一把螺丝刀,紧了腿上的螺丝,他拎起一块绒布,擦了几下,递给顺文爸。爸爸摇摆着眼镜腿,满意地笑了。

一个穿着白大褂的人过来,将顺文领到后面,测完视力,就是验光,将一副插着镜片的确定了度数的铁质眼镜框递给顺文,让他戴着感受下。戴着眼镜,站在眼镜行的门口,瞄着东大街川流不息的人群,几个穿着四个兜军装的人,引起了他的兴趣,定睛一瞧,他们胸前戴着白底红字的校徽,原来是军校的大学生。瞧着他们英武的神情,顺文羡慕得不行,他觉得那就是自己遥远的梦。他不知道自己有没有机会,将来像他们那样,戴着大学的校徽,神气地走在大街上。

摘下眼镜,确定了度数,开好了单子。配镜师傅伸长脖子,从柜台玻璃下面拿出几瓶好像青霉素粉剂瓶的药水,说近视主要是用眼过度,建议他们买几瓶药水,缓解眼睛的疲劳。拿着单子,揣着药水,爸爸带着顺文,来到省建八公司。那里有位和爸爸同岁的发小,在这里做钢筋工。对着传达室说了声,爸爸找到了发小,将取眼镜的单子给他,让他帮忙拿眼镜,回家的时候带回来。

英语是顺文的弱项。他嚷嚷着来到新华书店。撒腿跑上二楼,他歪着身子,盯着书架,翻着英文书,寻找着适合自己的书,发现根本没有适合中学生的辅导材料。望见窗外的天色,想到今天还得赶回去,他操起一本《中级英语语法》,跑到柜台交钱。

快到公共汽车站了,路边面包屋的橱窗中,摆着面包。趴在玻璃前,盯着里面焦黄松软的面包,顺文挪不开步子。爸爸摇着头,摸索着从口袋掏出沓碎钱,问售货员多少钱一个。店员说一毛钱,他买了一个,递给顺文。顺文一口咬下去,已经没了一大半。他感到油油的,甜甜的,软软的,心想今天算是开洋荤了。嚼了几下,快要下咽的时候,他用舌头将面包挑弄出来,舍不得咽下去,用口水搅拨着,面包化成面水,顺着喉咙,流进肚子。剩下一口,他心里不情愿,仍旧礼貌地递给爸爸。爸爸瞄着钟楼,推了回来。吃完最后一口,顺文还是不愿走。爸爸又买了个面包。顺文拿在手里,就是舍不得吃。

坐上了回程的汽车,见顺文拿着面包,来回捏弄着,爸爸摇头笑了。面包已经捱得变了形,他笑着说:"快吃吧!冷了跟硬蒸馍一样,就不好吃了。"

汽车摇晃着,顺文用指甲掐着,将面包一点一点放入嘴里,细细地品味嚼着。车上了咸阳塬,面包终于吃完了。他望着父亲问:"伯,你吃过面包吗?"

爸爸笑着说:"伯这一辈子,就好一碗面,外国人的东西,我不习惯。"

天色暗了下来,空旷的原野上,泛起一层薄雾。村落上空,盘旋着炊烟和烧炕的烟雾,将村子罩起来,颜色更重些。朔风中的旷塬,就像幅水墨画,显得苍劲雄浑。

周日晚上八点多,爸爸骑自行车,将顺文送到学校。馍褡裢放在宿舍,顺文快步走向教室,脑子里还是西安的图景。见他迟到了,益群问,咋回事?附在他耳边,顺文将自己到西安配眼镜的见闻,绘声绘色地吹了遍,讲得差不多了,晚自习下课的铃声响了。合上课本,顺文懊悔一个晚上就这样白白浪费了。躺在通铺的被窝里,西安的见闻还像电影一样,在他的脑海里闪现。听着外面呼呼的北风,瞥着邻铺的同学酣然入睡,他想起电影里那句著名的台词:"面包会有的,牛奶也会有的。"

树梢上架着两个高音喇叭,黎明时分,北风凛冽。六点半,黑魆魆的校园中,先是操场二十多米高的杆子上的几只聚光灯骤然亮起,灯下的窗户透着泛红的亮光,接着就是喇叭里嗒嗒的起床号。同学们从通铺爬起来,胡乱地搓着脸,拎起盖在被上的棉袄,将裤腰放在被子里面,两只脚伸进去,手往上一拉,身子在床上挺几下,系上裤带。瞄着地上的一堆棉窝窝,他们用尚未全醒的睡眼,大约辨别一下,蹬在脚上,拿起窗台上的茶缸,将冻得好像猪板油的毛巾,搭在肩上,随着人群来到锅炉房前。推搡中接上半缸热水,走到边上,淋湿毛巾,脸上擦搓几下,大家顿时清醒好多。

放下茶缸和毛巾,同学们从照壁前的马路上,跑到教室门前。屋檐下的台阶上,站着班主任和体育委员。他们挥着手,指挥大家排队。体育老师嘴里,叼着挂在脖子上的哨子,他吹着哨子,跑过来,站在环形路上,挥了几下手,一班的队伍跑了起来,进入了操场,后面跟着二班。体育老师就像草原上的猎犬,吹着哨子,喊着号子,一会儿闪现在这里,一会儿出现在那里,碰到不整齐的队伍,他就跟着大家跑,喊着矫正的口令。

黎明前空旷清寂的塬上,好多人还在热炕上沉睡。清冽的寒风中,几束炫目的光下,一个方阵接着一个方阵,同学们喊着号子,踩着统一的步点,前后晃动着胳膊,踏着前排同学的影子,脚下的冻土绷得就像鼓皮,激越的号子声和咚咚的脚步声,恰似严冬黎明最美的和声,寂静的塬上似乎有了活气。方队的内侧,是每个班的班主任。学校的严书记和魏校长搓着手,跟着同学们,一起早操。

刚开始跑步的时候,顺文还没有完全醒,还在回味着热被窝,腿在晃动,脖子和头缩着,好像要钻进上衣里面,却被领扣卡住了。就见昏黄的灯光下,上面是顶黄色的军帽,下面是个棉衣桩子,喷着白气,跟着人群蠕动着。一圈下来,面颊开始冒汗,他的四肢伸展开来,腰板也挺直了,帽檐下有了簌簌的汗。

跑完早操,同学们集中在办公楼前面。升完国旗,教务处的老师拎着两条棉裤,走到严书记跟前。严书记手抄在背后,脖子摆了下。老师用竹竿将棉裤挂在高台边上的杨树枝上。看着两条脏兮兮的棉裤,台子上蹽了几圈,严书记仰起头,大声说:"年轻娃就知道睡懒觉,咋办?不说读书了,就是在农村,也是个懒汉。这样的人,思想工作要做,得有点手段,让他铭记在心。"

一阵风吹过来,树枝摆动了几下,一条裤子掉了下来,刚好落在前排女生的前面。教务处的老师,捡起来,还要往树枝上挂。书记威严地瞥了他一眼。他停了下来。严书记的头往前努了努。老师将棉裤放在砖台上。他看着后面的一圈教师,抬起手,抖点着,威严地说:"裤子就放在这里。他们不是喜欢睡觉吗!咱就让他们睡个够。晚饭后将裤子给他们,我要让他们知道,睡得太多了,也是很难受的。"

严书记五十多岁,一米七五左右的个头,不胖不瘦,穿着件洗得发白的蓝色的中山装,上面的口袋,总是别着水笔,领扣扣得整整齐齐。他不戴军帽,顶着深蓝色绒毡做成的帽子。他皮肤白皙,嘴唇红红的,胡子刮得泛着青色的光。他说话中气很足,从不高声,他的脸总是绷着,眼神犀利,偶尔的笑,也透着威严。他一心扑在学校的事业上,从不懈怠。上课的时候,他在教学区慢悠悠踱步,站在窗外,瞄着老师上课,有时轻轻地推开教室后面的门,趁着老师在黑板上写字,悄悄坐在教室后面。年轻的老师讲着讲着,见书记坐在下面,一下子紧张起来,慌乱中乱了章法。严书记便会站起来,摆手走出教室。他时常要抽看老师的教案,防止老师不备课,忽悠学生。严冬里,有的老师懒得起床。他从教工宿舍屋檐下,走上一圈,不用招呼,一路咳咳几声,赖床的老师就会慌忙起床,来不及洗漱,披上衣服,跟上学生队列跑步,总要在书记面前晃几下。

毕业好多年以后,顺文经常想起这段时光,想起在严书记家长制的管理下,整个学校井井有条,有一股勃勃向上的朝气。一个渭北塬上偏僻的农村中学,高考连年名列前茅,让大家刮目相看。好多人的威严,是打造出来的,他们拉上一帮人,让他们摇旗呐喊,利用各种手段,让别人违心地顺从,表面给你权威的待遇,大家内心却并不认同。严书记浑身散发着凝聚力,他的权威是自然的。见他嘟着脸,老师和同学就会自省;他笑着瞥你一眼,老师和同学也会揣摩威严的书记,为什么会朝自己平白无故地笑,是不是自己不对,他不好意思讲出来,希望自己自省。站在办公楼的台阶上,严书记盯着你,看上几眼,老师和同学们就会想自己是否有失当的地方;迎面过来,严书记看都不看你一眼,师生们也会忐忑不安。

偌大的校园,同学和老师也有放松随意的时候,说不定严书记就会突然出现。他喜欢出其不意。站在冬日的阳光下,隔着墙,同学们听到书记的咳咳声,就像老鼠见了猫,赶紧散开,拿起书本,朗读起来。老师半掩着房门,书桌前弯着腰,正在给上门问问题的女同学解答问题,听到书记的咳咳声,女学生和老师不约而同地闪开身子,瞥着门外,一下子严肃了起来。严书记手抄着,背在身后,踱着方步,向屋内瞥上一眼,咳咳着走了。

六

学校篮球队,军柱是前锋。他喜欢捉弄人,也有模仿别人的天赋。军柱的爸爸,原来是造反派,后来当了大队书记。他经常跟着爸爸,在大队部里混。没事的时候,军柱爸撩起裤腿,坐在麦克风前,脚抬起来,搭在板凳上,手夹着旱烟,另一只手撩着腿肚子,不时抠着脚指头,瞟着桌上的报纸,有一搭没一搭地向田间劳作的社员们宣讲形势。他讲话的时候,前面和中间停顿的时候,习惯加上一串"是嘛是嘛"。村上的人都叫他是嘛书记。军柱蹲在茅坑大便,嘴里不断叨咕着是嘛,无奈童音未变,怎么学,都不是那回事。回到家里,妈妈让他去麦草垛扯柴,见麦草垛子顶上,站着一只公鸡,扑棱抖动着翅膀,昂起头,抖搂着红红的冠子,"雏雏雏"地叫着。军柱受到启发,他放下担笼,扯着喉结,是嘛了几下,竟然有了嘶哑的感觉。走回自家院子,藏在椿树后面,他是嘛了几下。厨房里的妈妈,从窗户探出头,高声问:"不是说中午不回家吃饭吗!咋又跑回来了?"

捏着喉结,军柱一阵窃喜,走进厨房,坐在灶膛前烧火。妈妈撩起围裙,不停地向窗外张望,回过头来问:"看见你爸没有?我咋听到他刚才是嘛哩。"

学校里严书记最神气。上次睡懒觉,老师将军柱的裤子挂在树枝上，这让他羞臊了好长时间。从那以后，军柱见到严书记，就像老鼠见了猫。他心里有怨气，想着作弄一下严书记，却怯怕他的威严，不敢贸然作为。小丽站在台下，看着树枝上的棉裤，自言自语道，军柱的腿真长。一个月后，这句话传到军柱耳朵。他反复琢磨着这句话，心里痒痒的。槐树寨初中的时候，军柱就爱和小丽嬉闹。顺文约莫感到，那次看电影，军柱就是去找小丽的。军柱感到见到小丽，和以前不同了，随意没了，却让他牵肠挂肚。上课的时候，瞄着她的羊角辫，听着她回答问题的声音，他心里总是痒痒的。早读的时候，他拿着书，心不在焉地在小丽面前晃动，喷火地瞥着她。小丽感到军柱有点怪，她明白咋回事，目光碰撞的时候，她不是害羞地低头，而是大方地莞尔一笑。军柱往常释放过秋波，女孩子都会害羞地低下头，不再看他，或者见到，就会远远地避开。小丽的大方，瞬间撕开了军柱拘谨的心，他感到小丽喜欢自己。

西边壕里，军柱看了一会儿书，他想起了小丽，心情顿时焦躁起来。她不时待在文老师的屋子，同学中也有猜测性的传闻。自从感到小丽钟情自己，他就感到文老师不顺眼。没有心理上的认同，军柱对他的授课，就不上心了。看着文老师激情的讲解，间或瞥上前排小丽一眼，军柱就有点窝火。他突然想到了严书记，觉得只要他吭一下声，文老师就会像伸出触角的蜗牛，悄悄地蜷缩回去。见壕下没有人，他学着严书记走路的姿势，顺着壕背，扯着喉结，模仿着严书记咳咳。苦练多日，他感到功力差不多了，见壕的拐角另侧有几个同学嬉闹着，他咳咳了几下，同学们哗地散开。

晚自习下课了，同学们拥出教室。盯着小丽，军柱见她胳膊夹着书，慢悠悠地走回宿舍，在照壁前面犹豫着走了两圈，向教工宿舍走去。距离小丽的背影十几米，他看见她敲文老师的门。文老师探出头，笑着将她迎进屋，房门留了道缝。熙熙攘攘打水洗漱的人流中，军柱躲在文老师屋子对面的桐树后，他拿着本书，对着亮起的窗户。小丽还没有出来，脑海里闪现着老师和小丽多种可能的情形，他感到脸颊发烫。门缝突然传来小丽隐约的笑声，他躲在桐树后面，一个趔趄，即刻探出头，盯着文老师的房门。教工宿舍前的行人少了，剩下成排的窗户。

走到环形砖路上，见没有人，军柱缩着脖子，弯着腰，顺着屋檐，轻手轻脚地灰溜溜过去。快到文老师门口，他挺胸昂头，一派雄鸡打鸣的架势，他扯着喉结，低声哼哼着练了几下。闪过老师虚掩的门扇，他学着严书记，咳咳了几声，房间顿时静寂了。他又咳咳几声，然后撒腿快走，离开了那排宿舍。躲在西边厕所的路灯下，他不时伸着头，从侧墙望着文老师门口。小丽从门框的光影中闪了出来，她抱着书，向厕所方向走来。军柱憋了口气，从拐角转过来，迎了上去。小丽昂头过来，军柱放慢脚步，盘算着怎么搭讪，直白地表示肯定不行，得从学习上入手。他盯着小丽，好在夜色湮没了他赤炬的眼球。小丽看着他，咯咯笑着。他放慢脚步，挠着头，有点不好意思地问："最近数学不行，你数学学得好，有空辅导一下我，行不行？"

小丽停下脚步，打量着军柱长长的腿，偏着头说："行吧，周日下午，你来早点！"

军柱刚才还担心她会拒绝，却没有想到，她如此痛快。他笑着点着头，撒腿走开了。

回到宿舍，同学们已经躺在通铺睡下了，西边传来两个同学满含睡意的私语。他脱下衣服，躺在被窝里，眼前晃动着小丽大方的笑容。他瞪着眼，看着墙上一溜馍馇糤，兴奋挤得他，没了睡意。外面的北风声中，益群翻了个身，均匀的呼吸叠着微微的鼾声。他将被子往上拉了几下，蒙在被子里，寻着睡眠的入口，没有想到漆黑温暖而又狭小的空间里，更让他在恣意的想象中遨游，昏昏呼呼中，他似睡非睡，脑海里全是和小丽浪漫温馨的情景。

坐在教室的后面，军柱伸长脖子，在晃动的脑袋丛中，瞄着小丽的头，将她的头镶嵌在昨夜模糊的记忆中。看着边上的同学，他有种优越感。同学们闲聊的时候，都是过嘴瘾，他不动声色，却跨出了第一步。下课了，走出教室，一堆女同学，聚在台阶上，晒着太阳。军柱走到树下，往手掌吐几口唾沫，搓了几下，抓住树干，叭叭几下，从背阴中，引体到了半空，脸露在阳光里，露着白牙，自豪地看着大家。晃动着的脑袋中，他锁定小丽的面颊，喘气瞥着她。

周六放假，同学们出了校门，推搡说笑着。军柱走在后面，默默想着心事。周日早上，他早早起床，收拾行李。他让妈妈烧了锅热水，屋檐下的阳光下，他给盆里加了几勺子醋，洗了遍头。走进屋子，拿起柜上的镜子，他操起梳子，梳着头，给脸上抹了几点雪花膏，搓了几下，湿手拍着脸。军柱脱掉鞋，脚泡在热水里，说自己想吃油包子，让妈妈蒸几个。吃过中午饭，换好衣服，馍褡裢挂在新车上，他就要出门。妈妈撩起围裙，从厨房出来，扬起手说："你爸要用自行车，驮上猪娃，到集市上去卖。你骑车上学，有没有给爸爸讲？"

军柱火热的心，扑腾乱跳，哪里听得进妈妈的话。他推着自行车，出了头门，跨上去，飞出村口。军柱妈追出来，站在门口，愣愣地望着他的背影，拍打着腰上的油围裙，纳闷地叹着气。

进了校门，军柱没有回宿舍，将崭新的自行车撑好，放在教室门口的台阶上。解下车头的馍褡裢，摸了下，尚有温热，低头嗅了嗅，一股菜油香飘了出来。馍褡裢塞进课桌下面，他拿出数学书，眼睛游离地瞥着教室外面，渴望小丽从盈满阳光的门框中出现。看着数学公式,他头脑憋涨,鼻翼冒汗,他抬起头,两只手肘并着,头枕在上面,撩拨着钢笔,愣愣地盯着教室外面。小丽还没有出现。军柱突然感到,她会不会忽悠自己?他就像闷在水下,撅着屁股狗刨的泳者,突然跃出了水面。他站起来,走上讲台,仿照着文老师的动作,瞥着她的课桌,感受老师看小丽时的心态。走下讲台,想到严书记,他又模仿着他的姿势,在课桌间的走廊踱了圈,不时咳咳着。

坐在课桌后,静息了一阵子,军柱憋得慌,觉得小丽真在欺骗他。他有点上火,学着书记,手抄在后背,不停地咳咳着,用权威的咳咳声,发泄着自己的愤懑。走出教室的门,顺着台阶,他走到一班门口,见小丽站在照壁的橱窗前,眼睛不停地瞥着这边。他懊悔自己冤枉了小丽,轻轻地挥着手。她惊愕地瞄着他,吐了吐舌头,打量着四周,慢慢走了过来。

回教室,军柱拿起数学书,走到小丽课桌旁,盯着她从阳光里进来。小丽惊骇地眨巴着眼睛,坐在座位上,偏头望着窗外,扑闪着睫毛,伸长脖子问:"严书记刚才在咱们教室转悠,你没有遇到?我在那里看报,没见他过去,他咋就不见了?"

想笑又怕露馅,军柱憋了口气,将已经成形的笑,压了回去。他盯着小丽,手平摊着挥了几下,愕然顺着她的目光,偏头瞥了眼门口,摇着头说:"严书记,没见到呀!"

滴溜着大眼睛,颤着长长的睫毛,小丽心有余悸地应道:"我刚走到一班的教室前,明明听到他在咳咳,这就怪了,难道我的耳朵有问题?"

三步并作两步,军柱回到自己的座位上,解开馍褡裢,拿出两个油包子,揣在袖筒里,走到她的跟前,放在课本上,红着脸说:"我妈中午蒸的,趁热吃了吧!"

盯着包子,从他的长腿看到脸上,小丽哧哧笑着,摆着手说:"我咋能吃你的包子哩?"

军柱早就想好了,随声应道:"你教我数学,我给你包子吃,应该的!"

拿起一个包子,捏了几下,小丽嗅了嗅,白了军柱一眼,轻轻咬了一口,盯着数学书,眨巴着眼睛,给军柱讲题。军柱跨开双腿,撅着屁股,双手撑在桌,头搭在掌上,打量着阳光下小丽润透的脸庞、耳垂和眉宇间淡淡的绒毛,空余的目光落在课本上。小丽拿着笔,在本子上画着,黄灿灿的油粉馅,从嘴角散落在围脖上。她扯下围脖,抖落馍屑。她匀称细嫩的颈,随领口晃着。他的目光跟着摆动,脑袋被动地跟着。寒冬里,好多女同学的手,冻得红肿,她们的手皮上,裂着道道纹,上面是黑的,纹路间泛着赤红。小丽的手胖嘟嘟的,白润得就像奶奶柜子包袱中的和田玉。

室外传来脚步声和喧闹声,回家背馍的学生返校了。小丽放下笔,瞥着室外晃动的人影,直起腰,弹着笔说:"我也得回家取面,灶上催了!"

指着外面的自行车,军柱眨巴着眼睛,应道:"你不嫌弃,我用自行车送你回家?"

小丽脸放在手掌上,思默了一会儿,咯咯笑了,盯着他的长腿,手搭在嘴边,趔身瞥了眼门口,低声说:"好!你骑车到西边的桥上等我。"

军柱心花怒放,哗地将跨开的腿收起来,拿着书回到座位上。

捡起一根树枝,军柱将自行车瓦圈的泥块戳下来,手握着踏板,转着轮子,辐条莹莹泛光,碎泥渣哗哗垂落。他抬起脚,啪嗒蹬了下撑撑,从台阶上将自行车推下来,滑了几步,跃上坐垫,骑到照壁前,一个刹车,脚踮在地上,打量着西边的女生宿舍。小丽拿着袋子，在树沟抖搂着。他挺身蹬车，一溜烟出了校门。

太阳垂落渠岸，明晃晃的，却抵不住泛起的渗冷。寒风呼啸，像软刀子，划在军柱的脸上。站在桥头，他向东边的马路上张望着。返校的学生侧着头，好奇地打量着他。自行车靠在树干上，他蹲在玉米秆堆边，低着头，怕同学认出来。小丽戴着袖筒，围着红白相间的围脖，慢吞吞地过来，站在坐垫飘着黄色絮絮的自行车前，却不见军柱。见没人经过，军柱呼地闪出来，说背馍的同学返校，他让小丽用围脖蒙住脸，将军帽压得低低的，他跨上车，见小丽坐上去，他就像头发了情的公牛，弯着腰，撅着屁股，晃着臀，踩着自行车，向小丽村子奔去。

路面凹凸不平，车轮在深浅不一的车辙中颠簸着。军柱没有想到爱惜自家的车子，任凭自行车哐当乱响，心里的激动和兴奋还是刹不住。小丽坐在后面，抓住冰冷的后座，感到寒风就像蛇，从袖口钻进来，缠绕撩拨她的身躯。她缩回手。自行车哐当哐当颠簸了几下，她的脚扬起来，屁股好像要离开座位，身子飘在空中，下落的瞬间，她从着惯性和本能反应，一把揽住了军柱的腰。军柱身子颤抖着，一股暖流从耻骨腾起。冒着热汗，他喘得更加厉害了。

快到村口了，小丽拍着他的腰，让他停下来。说村里人封建，看到会说闲话。军柱一个急刹，单脚踮在地上。小丽下来，望着他那条修长健硕隐在棉裤里的腿，撩起围巾，盖住大半个脸，扬手让他在这里等。天色暗了下来。军柱跺着脚，缩着脖子，不断地搓着脸，焦急地瞭望着村口的马路。涝池结冰了，枯干柳条垂下，枝头冻住了，就像一扇竖琴，默然地矗立在罩着烟尘的村落间。

村口闪出了推着自行车的姑娘，军柱抖起衣领，缩着脖子，弯腰迎上去，定眼一看，见是白娅，他赶紧趋身，北朝涝池，踹着路上的石子。望着白娅远去的背影，他蹲下来，衣领挡着半个脸。小丽骑着自行车，嗒嗒着晃了过来。他蹲着窃笑。见她过去，他突然跃起，撒开腿跑过来，推着自行车，疯狂地前冲。小丽没有想到，晃着车头，咯咯地笑着。推了一会儿，他双手撑着后座，像骑鞍马一样，跨坐在后座。小丽惊慌地晃着车头，就要偏倒的时候，军柱两条腿撑住了。小丽撅着屁股，使劲地蹬着，哼哧了几下，就没劲了。将自行车给了军柱，她捶着他的背，弯着腰，上气不接下气地埋怨道："你真重，累死我了！"

接过车把，军柱笑着说："身体是革命的本钱。"

后座上搭了半袋面粉，小丽侧坐在上面。天黑了，前面的车辙看不清，车子就像一只蚂蚱，在马路上蹦跶着，后轮传出嚓嚓的声响。她赶紧下车，见面袋子靠里的那侧，粘在辐条上。军柱下车，掂起面袋，抖搂着对称地放在后座，说她的重力集中在一侧就会这样，建议她骑马坐在后座。

瞭见学校的亮光，军柱知道，快乐的行程就要结束了。他思默着，怎么拖延时间。后轮有了嚓嚓声。停下车，他抖动了几下半蔫着的面袋子。军柱蹲在地上，模仿着青蛙的蹲姿，让小丽跨坐，两条腿抬起来，不要压面袋。拍了下他的胳膊，白了他一眼，在军柱推搡下，她噘着嘴，不情愿地坐了上去。军柱呼啦拥上去，忽地从后面抱住她，低头闭眼，鼻子喷着粗气，忘情地在她的发髻中嗅着。小丽跺着脚，掰开军柱环形扣着的手指，两只胳膊向后抖落着，恰好抵在他的胸膛上。不顾她的愠怒，军柱死死地抱住她，嘴唇搓弄着她的耳垂和脖颈。小丽紧绷的身体，慢慢软下来。他猛地拉了她一把，松开的一瞬，小丽啜了口气。他倏地从正面抱住她，下巴抵着她的额头，任凭她捶打责骂，依旧用迷离的眼神，恍惚地打量她。隔着棉衣，他感到小丽结实的胸脯。他喘着气，在她的背上，抖索着乱摸。小丽将胳膊挡在胸前，颤着身子，喘气推着他，只要他一松手,她就会弹开来。军柱松开她,捧起她的脸颊,看见她委屈的表情,他咬着牙,像泄了气的皮球,软溜着蹲下,抽着自己耳光,头埋在腿间,摇着大腿,沙哑地说:"我这是咋的咧?小丽,我也不知道我成了这个样子!对不起!"

捋着凌乱的头发,小丽低着头,嘟嘴瞥着军柱,推起自行车,向学校走去。军柱呆然站起,望着黑漆漆的夜空,听到学校喇叭上晚自习的铃声,他瞬间清醒,快步跟上去,推着车子,不停地检讨,死皮赖脸地缠着,就是想将她逗笑。

快到学校大门口了,军柱不敢跟在后面。进了校门,站在照壁前,他等着小丽过来。教体育的董老师,虎威威地过来。军柱赶紧转过身,对着橱窗,装作在看报纸。董老师走近,对着橱窗瞄了几眼,拍着他的肩膀说:"天这么黑,你能看到?"

挠着头,军柱傻笑着。董老师走了几步,回过头说:"小伙子视力超群,明年可以报名,去当飞行员!"

婆娑的光影中,小丽走过来,将自行车锁钥匙递给他。军柱挠着头,瞥着教室的光,乌拉着问:"还帮别人辅导数学吗,小丽?"

小丽扑哧笑了,掩着嘴,快步走开了。军柱感到心里闪过一道亮光,自责和愧疚霎时减轻了好多。

七

西安回来，顺文对城市生活，有了真切的感受。大脑停歇的时候，所见所闻就像屋外漫天的雪花，纷纷扬扬地洒落着。那是他的梦想。梦想牵引着，使得他沉浸在爬向梦想泥泞的路上。他的目光在女生的群落中游离，灵动和腼腆的眼神交流，让他感到懵懂的甜蜜。每位同学面前只有两条路：要么考上大学，成为城里人；要么回家，做个老实本分的农民。城市和农村，干部和农民将会把他们分开，一切还是未知的情况下，他将自己的心，尽量封闭起来，让萌动的青春火焰，在内心的气缸里澎湃，将释放出来的动能，转化成学习的动力。

顺文前排的女同学叫张琳，高高的个子，长着和白娅一样瓷白的娃娃脸。苦闷的时候，盯着张琳的发髻和长长的颈，他寻着白娅的感觉。看到英语，顺文就心烦，字母随意组合，又有个奇怪的读音。音标令他头疼，同样的字母，汉语拼音是个音，音标有时和拼音相同，有时和拼音不同，让他云里雾里。他用数学的逻辑和严谨，学了一阵英语，却始终没有感觉。益群的英语不好，他慢慢悟出了规律，附在顺文耳朵，神秘地说："你不要把它当成英语，其实就是另一种汉语拼音。"

说着，他用拼音的方法，读了几个单词，虽然怪乎乎的，也有英语的味道。顺文用这种方法，刻苦了一段时间，还是不得要领。过了一段时间，顺文悟出门道：讲台上，老师读单词，他动着嘴巴，打开联想的阀门，天马行空地想，灵感来了，就赶快记下来。老师读着英语的"经常、常常"，他赶快用汉字标注成"肉若泪"，他想到如果经常、常常能吃上肉，大家会高兴得流泪，如果是那样，离共产主义社会也就不远了。听老师读"拖拉机"，他马上在边上注下"踹克它"，他想到板结的土地，满是玉米根，老牛拉着犁，吃力地迈着步子。如果是轰隆隆的拖拉机，就像农民踹土块那么容易，拖拉机就是板结土地的克星。

　　汉字不仅是个符号，它更是一幅图画。望文生义讲的就是本来不懂，看着看着就悟到了，对着一幅幅图画，生出自己的解释。英语纯粹就是符号，就是堆歪歪扭扭的钢筋，造词的人指着一堆曲里拐弯的钢筋，这是男人，这就是女人，大家就这样用了下来。初二上英语课，贾老师说有间学校刚开设英语课，老师半桶水，让学生们仿照他，汉语标注英语。老师用英语说："早上好。"有位同学皱着眉头，他很难将这种稀奇古怪的读音，和"早上好"联系起来，在旁边注上"狗到门尿"。周日早上，村里的人围在门前吃饭。爸爸突然尿急，饭碗放在墙头，走进大门前半人高的猪圈，正在撒尿，儿子从院子出来，想到刚学的英语，站在猪圈外面，他对着爸爸喊道："狗到门尿。"边上的人哈哈大笑，调侃道："是你爸在门前尿，不是狗到门前尿！"

　　顺文不敢大声读英语，嘴皮子抖着，就是不见声音。英语课的时候，他最怕老师让他读，为了不让同学们取笑，他常常就是不开腔。张琳的英语好，早读的时候，她总在顺文面前晃，不时瞥着他，用顺溜的英语，朗读着课文，甚至还有了抑扬顿挫，让顺文十分羡慕。英语课，她最活跃。坐在后面，顺文缩着脑袋，研究着她的耳垂和脖子。钢笔掉了下去,想起曾经的记忆,他用脚拨了几下,弯腰蹲在课桌下,瞥了几眼她圆滚滚的屁股,红着脸回到座位。

雪消融了,寒风刺骨。清亮的太阳升起,爬上了东边农家的麦草垛,萧衰的树枝晃动着。英语老师病了,不能上课。同学们拿着书,走出教室,散在避风有阳光的角落读书。站在拐角墙下,对着注释的汉字,顺文蹩脚地读着,见旁边没有人,慢慢有了读音。他跺脚取暖,墙下倏闪来一个头,白白的脸上排着白白的牙。顺文愕然一愣,趔身一望,张琳对着他笑,似乎想纠正他的读音。感到让女同学帮忙,有失男人的尊严,他低下头,瞥了她一眼,悄然离开。

一个学期下来,好几对同学眉来眼又去,有了勾搭的意思。学校私下流传着各种香艳的版本。顺文看过叫《赛虎》的电影:农家孩子养了条母狗,整天带着狗在田野里玩。附近有个警犬场,为了得到纯正的犬,他带着自家的狗,在警犬场附近转悠,伺机让狗和警犬交配。交配成功后,警犬像丢了魂,不能集中注意力了,也就没了调教的价值。从电影中,顺文悟到:青春年少的学生,就像警犬场的警犬一样,不能和异性亲密,情欲的大坝一旦溃决,就很难集中精力学习了。当青春之焰咔吧作响的时候,他就会想起《赛虎》,心中告诫自己,要守住情欲之阀。

久远苍凉的塬上,就像一件厚重的浸泡着传统文化母液的老棉袄。在这件老棉袄下面,塬上的人世世代代卵生成长,浸润着礼孝的基因。重男轻女,让男人从小就有顶天立地的担当意识,有种为了家乡荣誉和家族繁衍,像老黄牛那样甘愿耕耘的韧劲。重男轻女,在强调男人的主体地位的同时,也给了他们更多的责任。男女平等看似提升了女人的地位,更多的是将男人从压得喘不过气的责任中解脱出来,他们可以不再像柱子那样,无论是腰酸腿疼,还是心力交瘁,都得强忍着,撑起一片天地。从上小学起,虽然课本中内置了好多反传统的内容,当顺文回归现实的时候,他依旧乐意融入家族传统的怀抱中,那里有亲情和家族的温暖。看着军柱在春情蜜意的花园中恣意摇曳,回家背馍的路上,他本想提醒一番,没想到话一出口,军柱趔身驻步,瞪着他,好像顺文嫉妒他。有了恋情,军柱和顺文一下子生分了。顺文默默地坚守着自己的底线。他感到有出息的男孩,不能总是围着女孩子转,更不可像猎狗一样,摇尾嘶叫。

陪小丽回家取面,成了军柱如梦恍惚的回忆。不断的回忆中,他给小丽上色,懊悔自己的冲动和轻佻。坐在后排,观察着小丽的变化,军柱感到她还是那样的大方,碰面时,还是看着他,咯咯嬉笑。军柱看小丽的眼神变了,尽管他极力平复着情绪,放松面部肌肉,看到她的瞬间,眼睛和面部的肌肉,还是到了该去的地方。他渴望小丽给他炽烈的回应。她总是不温不火的,像壶温水,寒冷的冬天里,摸着暖暖的,不忍扔掉。军柱想将水烧开,好把自己的冷馍泡下去,可无论他怎么烧,温度都上不来。

少年的春情像清澈的溪流,多数人背负着家族的期望,仰望着人生的分岔,咬着牙任由清泉在心里咕咕涌流,溃决的时候,大家撼动着理性的山体,将溃决的堤坝堵上,形成憋闷的堰塞湖。他们在湖中修行,悟着青春的美好,在和欲望的厮杀中,修炼自己。小丽恰似潺潺流淌的山溪,总是那么随意和轻快,昭示着自然的本性。军柱感到她情感的溪流,有几个分汊,他不过是溪边一隅来回打转的浮萍。他要想办法,堵住溪流,让自己这片叶子,回到清流中,在浪头欢快地跳跃。

下了晚自习,小丽夹着书,旁若无人地进了文老师的宿舍。门依旧虚掩着。站在前排宿舍的屋檐下,眺望着那间屋子,军柱将自己在渠岸的体验,延伸到屋子里面,他顿感心口发闷。人流稀拉的时候，他走到屋子边，学着严书记，咳咳了几声。屋子的门慢慢开大了。隔了一会儿，小丽走了出来。军柱迎上去，见她木然盯着自己，嘟嘴阴着脸。他笑着说："数学还是不行，你再给我补补？"

小丽噘着嘴巴，虎着脸，瞥了他一眼，身子向旁边趔了下，快步走开了。

文老师在小黑板上写完题目，他站在窗户前，拉开窗扇上的插销，开了道缝。一阵冷风吹了进来。他打了个寒战。书记第二次门前咳咳，他心里一阵发虚。莫非小丽晚上来自己宿舍，严书记有了觉察？莫非他感到不好意思直说，就咳咳提醒自己？想到"有再一再二，不能有再三再四"的古训，文老师感到必须调整，不能让书记对自己有成见，况且这样的情形，也给人提供了添盐加醋的模板，传扬出去，有损自己的名声。

提着小黑板，文老师精神抖擞地走向教室。严书记背着手，高台上踱步。以往他看到文老师这般模样，都会驻足，微笑着点头，那是领导无言的欣赏和鼓励。从照壁后面出来，文老师用眼睛的余光，瞄着严书记，感到他对自己视而不见，依旧低着头，踱着步，迈上台阶时，还咳咳了几声。确认了自己的感知，文老师感到脊背发凉。严书记在用咳咳提醒他，不要忘记前两次的咳咳。男老师上课，瞄着前排女生敬慕的眼神，那是无形的动力，如果有情感涌动的女生，出神地盯着自己，那就是一场激情的表演了。想到严书记威严的咳咳，文老师蔫了。他不再是挥着教杆，在黑板上敲得嗒嗒响，用抑扬顿挫的声调，嘴角冒着丝丝白沫，盯着前排的小丽，动情地将枯燥的公式，当成《长恨歌》来演绎。

站在教室门口，打量着树梢的暖阳，文老师叹着气，趔身指着黑板，冷冷地说："今天的题目，同学们自己做吧！老师到时给出答案。"

文老师没有像平时那样，在课桌的廊道中，走来踱去，低头看着小丽做题，不时提点。他依旧靠在教室的门扇上。阳光映着他，长长的影子斜着洒在教室的前面，头影和小丽的头重合了。拿着钢笔，脸搭在撑起的手掌上，小丽偏着头，打量着老师的背影，眨巴着眼睛。文老师单腿站着，另一条腿耷拉着，双手合抱在胸前，盯着教室屋顶阴面没有消融的雪，搓揉着没有胡须的下巴。军柱挺直身子，瞄见老师忧心忡忡的神情、反常的表现，心里一阵窃喜。

下课铃响了，同学们拥出教室。住在镇上的同学，走出校门，回家吃饭。在老师屋子里吃饭的同学，拿着饭碗，跟着老师，去教工饭堂打饭。住校的部分同学，拿着碗，在学生饭堂前排长队。好多住校的同学的三顿饭，都是开水泡馍，就着家里带来的腌萝卜。学生饭堂的大锅，直径有两米，早上熬糁子，厨师攥铁锹，蹲在锅台上，嘴里叼着烟锅，在锅里来回翻搅。打饭的时候，厨师蹲在锅沿上，一只手掂着烟锅，不时哑巴着旱烟，另一只手像机器臂，匀速地在锅里舀出同样分量的饭，倒进学生的碗里。学生灶上的大锅糁子，面糊黏稠，有股浓浓的玉米香。中午的汤面，就是一锅黏稠得没有油腥的浑汤，里面裹着沾着麻点软溜的面条。同学们打回饭，趁热再泡个蒸馍，冷热中和，呼噜着刨进肚子。

住校的学生能在教工饭堂搭伙，那是一种荣耀，如果端着教工饭堂的饭，回到老师宿舍，和老师一起吃饭，那更是身份的标签。站在宿舍前面的台阶上，同学们端着开水泡馍，筷子夹着萝卜干，看着从教工食堂出来的人，端着漂着韭菜、泛着油香、辣子汪汪的酸汤面，他们咽着口水，眼里有了贪恋，吞咽蠕动的喉结僵住了，心想人和人就是不一样。小丽住校，到了下半学期，就将自己的馍褡裢和碗筷，拿到文老师的宿舍，隔了一段时间，她在教工饭堂搭上了伙。下课后，小丽这些搭伙的学生，十分知趣，让着老师优先打饭,时间差不多了,她们才慢吞吞走出教室。

初三二班的同学没有想到,小丽将自己的餐具,拿回了女生宿舍,这让大家十分诧异,好在她从容大方,没有一点难堪的神色。她脸上的笑容少了,常低头抱着书,看着路面走路。自习的时候,她看了一会儿书,就趴在桌上,呆呆地望着窗外,一副心不在焉的样子。军柱留意着她的变化,知道自己筑坎拦水奏效了。

舅舅在新疆干事,回来探亲,带了几袋葡萄干。回家背馍的时候,妈妈揭开柜子,抓了把葡萄干,塞给军柱。他拈起两颗,放进嘴里,嚼了几下,一股绵稠浓香的浆液,沾满了口腔。回学校的时候,他趁着妈妈不注意,揭开柜子,狠狠地抓了一把,瞥着屋外,放入裤兜。返校的路上,他拈了几颗,放入嘴里,本想给同路的同学品尝,他犹豫再三,还是忍住了。他扯了下顺文的衣襟,摆着下巴。顺文会意了,脚步慢了下来。军柱抓住他的手,掰开他的掌,另一只手搭上来。顺文一愣,酥软的粒粒在手心滚动,他赶紧攥起手指。粒粒揣入裤兜,顺文拈起一颗,指头搓着,捱入嘴中,他知道自己还是军柱最好的朋友。

葡萄干包好,揣在裤兜,军柱盯着小丽的行踪,一连两天都没送出去。早饭以后,阳光明媚,同学们挤在照壁前看报纸。蹲在宿舍的台阶上,军柱端着碗。热乎乎的糁子,就像穿着绸缎的杂技演员骑车走圆桶,在碗沿上溜着。夹上一筷头咸菜,筷子将溜了几圈的糁子,拨弄成团,他呼噜刨进嘴里,不停地哈气。吃完早饭,小丽慢悠悠踱到照壁前。感到机会到了,军柱将黄瓷碗放在窗台上,跑去站在报栏前,见小丽边上没人,他碎步平移,靠了过去,看着晚报,瞥了她一眼。小丽咪眯笑了。他瞥着报纸,胳膊碰了下她的肘,见她侧头,赶紧将葡萄干塞在她手中,顺势蹦跶着走了。

小丽不再故意躲着军柱,她不时打量着他,盯着他那两条长长的腿发愣。看到小丽的回应，军柱的心情就像一团死面，突然加入酵子，迅速膨胀起来。文老师慢慢回过神来。小丽不时也会单独请教他。上课铃响了，文老师站在教室门口，和隔壁班的教化学的吴老师聊天，手里攥着什么东西，不时拈上几颗，放在嘴里。军柱坐在教室后面，见文老师吃东西，他不能确定是嗑瓜子，还是吃馍豆豆。想到了葡萄干，一股泛着酸水的冰凉，涌上军柱的喉咙。一包葡萄干，打开了他和小丽间的僵局，也润泽和缓释了她与老师之间说不清道不明的暧昧。

西边的村子放电影，军柱是从同学口中得知的。中午下课，他揣着蒸馍，顺着壕，抄近道，跑进那个村子，见放电影的人家正在门前栽椽，他问执事的人，放的是啥电影。执事的人撩着白袍子，眯眼打量他，靠在麦草垛子上，伸了个懒腰，晃着手说："《小花》，刘晓庆演的！"

返校的路上，军柱留意着路上的状况。回到教室，他写了张"晚上看电影，西边壕岸等"的纸条。他将纸条揣在手里，手掌黏黏的，冒着汗。在报栏前装作看报，他瞥着女生宿舍那边的动静。小丽笑吟吟过来，站在他的边上。他将纸条递给她，扭头走了。站在教室的屋檐下，眺望着小丽，看到她笑着微微点头。

军柱心花怒放，胡乱地写完作业，他沉浸在惬意的想象中。他不时瞅着屋外的太阳，期望早点落下。吸取上次鲁莽的教训，他筹思着怎样才能让小丽高兴。下课铃响了，军柱回到宿舍，从暖瓶里倒了半盆水，洗了把脸，又从枕头下面拿出雪花膏，往脸上涂着。瞟见没人，他关上门，手伸到褥子下面，掏出个纸包，取出两块钱，揣入裤兜。太阳落山，天色暗了下来。军柱跑出校门，在镇上买了几根麻花，提着手里。他怕同学发现，估计着方向，拐弯抹角地来到西边的壕岸，像地下工作者，张望着四周，瞥着校门口那盏昏暗的路灯，期望着小丽从昏黄光霭中，仙女般过来。

村子响起了音乐声。知道电影快开演，军柱缩着头，向学校方向走了一段，见小丽走了出来。他一下子来电了，撒腿走到壕岸，见她过来，说马路上有同学，咱们走小路。顺着前面的坡径，军柱半走半溜地下去了，挥手，让小丽下来。犹豫着张望了几眼，经不住他低沉的呼唤，她扬着手，小心翼翼地下来。站在壕下，看着她摇晃着身子，他又跑到半坡上。坡上的小石子，就像滑轮，小丽晃手平衡着，惊愕地叫着，撅着屁股，滑了下来，从着惯性，脚尖抵刹着，还是落到他展开胳膊的怀里。吸取上次的教训，知道不能乘人之危，他放开了她。摸黑顺着老壕的崖下，他们牵手行着。军柱低头，喘着气，捏了下她的手掌，神秘地贴着她的耳朵，低声说："上年人都说，老壕有灵气。好多得道的蛇，就蜷缩在壕缝中。"

听到壕里有蛇，小丽吓得面如土色，缩身驻步，回望着身后的小径。军柱又捏了下她的手掌，笑着说："有我哩，你就放心吧！"

小丽感到，他手烫如火，一紧一松的，不停在她柔软的掌心里搓着。她害羞的小手，蠕动回抽中，慢慢有了回应。

快到放电影的地方，军柱松开手。小丽跟在后面。他不敢往人群里挤，自己个子高，怕被同学认出来。随着边上的人堆，他弯着腰，眼睛滴溜着。小丽跟在他后面，用围巾蒙住了大半个脸。走到银幕后面，见没有什么人，瞧见不远处有个柴堆，他们贼溜溜过去，双双蹲靠在柴堆前。电影开演了，他们保持着距离，手牵着手。随着剧情的映画，军柱不时搓着她的手心，慢慢靠了过去。《妹妹找哥泪花流》，他们都会唱，当这首歌的音乐响起的时候，他们跟着哼唱。军柱将小丽揽过来，她偎着他的胳膊，揉着他结实修长的大腿。电影就要结束，估摸着晚自习的铃声，他们从剧情中回过神来，牵手弯腰，低头溜了出来。快上坡的时候，军柱突然拉住小丽，嘴巴哧哧地喷着热气，倏地贴在她的唇上。她闭着牙关，不让他舌头进去，娇羞地颠着身子，不停地拍着他的后背。感到正面进攻无效，他嘴唇展开，包着她的嘴唇，使劲地吸气，她口腔里的气，入了他的肺叶。小丽的鼻子快速吸气，簌簌的气流从军柱毛茸茸的胡须撩过。她突然瞪眼，摇头捶着他，弱弱地将他推开。两个人弯着腰，蹲在地上，大口喘着气，对望了一眼，笑了起来。

春天到来的时候，军柱和小丽的恋情，在同学间传开了。他们没了羞怯，经常在校园聊天，学习用具也是共用的。军柱像一只高傲的公鸡，用自豪和目空一切的眼神，望着大家，慢慢从集体活动中，游离出来。对他们的爱恋，同学们大都一笑了之，只有小军不服气。看到军柱的座位空着，小丽也找不到人，坐在教室后排，他提醒大家，他们又出去了。益群和小军原是初二的同学，了解小军。他扯着顺文的胳膊，贴着他的耳朵边，嘀咕道："小军的字写得好，他买了庞中华的字帖，偷偷苦练。听说放学以后，他在好多女同学的课本题字，都是些暧昧的言辞。"

愣了下，顺文摇头笑了，没有想到看似风平浪静的班上，还涌动着青春的湍流。

学校放映的《虎口脱险》散场后，大家从操场上回来。军柱走进宿舍。小军在宿舍走了一圈，站在床板上，抖着被子说："还是外国佬聪明，虎口都能脱险。咱们这里的有些人，不自量力，简直就是虎口拔牙。"

同学们笑着，瞥着军柱。军柱拿着牙具，倒了缸水，准备到外面刷牙。他笑着说："牙拔不拔不紧要，关键得经常刷，不然就会有口臭，会熏人。"

小军笑了。见军柱回来，对边上的同学说："为什么要刷牙哩！就是感到自己不干净。咱的嘴巴就是读书，吃五谷杂粮的，有的人的嘴巴，是用来舔屁股的，你说他能干净吗？"

军柱啪地摔掉茶缸，茶缸晃荡着，滚到床下，白瓷掉了，露出几块黑斑。他冲过去，扯起小军的被子，抢在地上，将他从床上撕扯下来。平时很少言语的益群，忽地过来，和顺文一起，将他们分隔开来。

益群不明白，舔屁股为啥一下子触怒了军柱。顺文裹起被子，附在益群耳边说："军柱爸是造反派，曾在公社干事。他很会奉承人。群众都说，他喜欢舔屁股。"

蹲在床上，学着刘兰芳的腔调，小军比画着说了段评书。大家跟着嬉闹。军柱觉得自己有点孤立，想到小丽，他心头发热，他知道小军嫉妒自己。小丽给他说过，小军在她的课本上，写过几段话。他瞥了眼小军，咳咳了几下。他昂着头，走出宿舍。小军来劲了，挺直身子说："有些人跟他先人一样，浑身冒着造反派的气，乱搞男女关系，别看他现在张狂，最后摔得最重！"

益群坐起来，扯着他的被子，扬着手说："甭胡说了！造反派都下台了。睡吧！别再闹腾了。"

蒙着被子，顺文闷头琢磨着。

太阳出来了，宿舍前面拉起绳子，同学们将被子拿出来，在太阳下晾晒。小军端着开水泡馍，和一帮同学站在宿舍前，听着喇叭里刘兰芳的《杨家将》。看到军柱的被子，他走过去，弯着腰盯着，发现有几块好像银圆的污迹。同学们跟着过来，顺着他的眼光，筷子顶着"银圆"，不解地问："这是啥东西？怎么就发霉起斑了？"

小军嚼着馍，晃着筷子，笑着说："我在看地图，找杨家将打仗的地方！"

边上的同学挠着头，一头雾水，不明白杨家将打仗的地方，在被窝里还能找到。那个年龄小的同学，好奇地瞪着"银圆"，指甲抠着。附在他耳边，小军嘀咕几句。他像被蝎子蜇了，蹦跳着抖手。知道那是咋回事，同学们指着被上的污迹，哧哧笑着。

知道了小军捣鼓自己，军柱依旧笑嘻嘻的，好像什么事都没有发生。隔了半个月，上体育课，军柱上完厕所，走回宿舍。见小军的被子，叠得像豆腐块，他拿来小军窗台上的碗，倒了大半碗水，又抹下裤子，滴了几滴尿，撩起被子，将水倒进被子，然后欢快地回到了篮球场上。

睡觉的时候，小军提起被子，感到有点沉，想到自己没有在被子里放木板，他疑惑地将被子抖展，放在床铺上。他脱了裤子，腿伸进被窝，突然跳了起来，翻开被子，见湿了一大片。他穿上裤子，从床上跳起来，急促地踩着通铺，抖动手指着床下同学，嘶吼着问："谁干的？谁干的？有种就站出来！"

同学们赶紧围过去，摸着湿湿的被子，都认为太过分了。军柱没有回来。小军将自己的被子放在军柱的铺上，将军柱的被子拿过去，翻着放在自己的铺上。益群拨开同学，走过去摸了下，知道这件事自己管不了。他让小军冷静，千万别打架。益群下了铺，趿上鞋，快步跑到王老师房间，将他叫了过来。王老师爱面子，他没有想到自己班上，竟然发生了这样不可思议的事情。他背着手，低着头，脚底生风地气冲冲走进宿舍。看了情况，在宿舍走了两个来回，指着小军说："听好了！别打架，也别吵架。这件事交给老师，我会处理的！"

盯着小军冒火的牛眼，王老师走出宿舍，又掉头回来，对小军说："相信老师，绝对的。"

益群和顺文跟着老师，出去了。

军柱不敢回宿舍，他知道小军不是省油的灯。他在操场上转悠了好长时间,见学校的灯灭了,他硬着头皮,站在后排宿舍的台阶上。看见王老师就像吹胀的气球,在宿舍里暴跳如雷,他胆怯了,蹲在厕所的蹲坑上,搓着面颊。困得不行了,他溜进另个宿舍和自己有亲戚关系的同学的床铺上,硬是挤出个身位,恐惧中睡着了。第二天清晨,看见军柱的铺空空的,小军走过去,将军柱的褥子抖搂着,大声说:"这不是畏罪潜逃吗!"

军柱还是不敢回宿舍。他躲在墙角,听到上课铃,见老师站在教室门口,他低着头,溜进教室。

语文课刚开了个头。王老师走进教室,和语文老师招呼了一声,喊着军柱的名字,将他叫出教室。小丽愣愣地看着,不知何事,她听着课,不时瞄着窗外。看到军柱还没有回来,她有点焦躁,间或搓着脸,担心他们的事老师知道了。

来到王老师宿舍,军柱刚进门,王老师哐当一声关了门。围着军柱转了两圈,他额头的青筋绷着。军柱缩着脖子,怯怯地笑着问:"啥事,王老师?看把你气得。"

颤抖的手指着他的额头,王老师吼道:"装!继续装!你可知道,我是教化学的,专门研究还原反应。要不要我弄点试剂,让你还原一下。"

知道躲不过去了,军柱低着头,不停地挠着脖子。捡起门背后的扫把,王老师抡起来,咬牙呵斥,对着他的脖子,使劲抽着。双手抱着头,军柱扭着身子,晃动躲着。王老师激动地说:"这些年,我没有打过学生。今天我要让你知道,我是干吗的!"

扫把摔在地上,弹了几下。王老师转过身,坐在椅子上,让军柱立正,他喷着唾沫说:"这事报给学校,你就得开除。我给你一次机会。不要上课了,将小军的被子拿回家,给人家拆洗缝好,再回来学校上课。你给我写份检讨,要向小军当面认错。"

听到开除，军柱首先想到的就是小丽，假如失去了她，真不知日子咋过。他的脸憋得红红的，好像要辩解几句。王老师腾地站起来，拉开门扇，指着外面，吼道："滚！快滚！别愣在这儿烦我了。"

军柱弯着腰，不停回身瞥着身后的老师，他慌张着走出了门。

被子事件平息了。

八

中考模拟以后,班上的气氛一下子紧张起来。初三的同学,迎来人生第一次机会,如果成绩优异,考上中专,就能转商品粮,成为城里人。周末放假,好多同学背来馍,早早返校复习。军柱和小丽成双成对,在学校周围看书。小军远远瞥着,脸上露出鄙视的神情。

学习就像根皮筋,疏松的时候,同学间会有各种小矛盾。男女同学用流盼的眼神,疏解着青春的焦虑,在茫茫人群中,寻着能使自己春情荡漾、眼前一亮的点。当目标越来越清晰,皮筋绷得越来越紧的时候,它又像潺潺的溪水,荡涤着尘埃,同学们给青春火焰罩上罩子,捻碎火苗,留着青蓝色的豆光。

严书记反背着手,从教室的台阶上,缓缓过来。咳咳了几声,教室顿时安静了,同学们拘谨的表情,让人有点窒息。他推开门,眯着黑板,顺着课桌间的走廊,踱了一会儿,看着贴在教室后面的中考模拟排名。他从第一名点起,点到名的同学站起来,低头看着课桌,手紧张得搓来搓去。走到同学的跟前,他慈祥谦和地问完情况,又开始叫下个同学。第六名是小萍,她站起来,低着头,两只山羊小辫晃着。严书记问了些问题,她害羞地踹着地面,声音像蚊子嗡嗡,后面的同学听不到她在说什么。严书记走上讲台,挥手让她坐下，对大家说："全班的同学，都要向这位小萍同学学习。刚进校的时候，她的成绩中等偏上。上个学期期末考试，勉强进了前十五名，这次模拟考跃升到第六名。这样的速度，不得了呀！"

扫视着大家的反应，严书记下了讲台，缓步走到门口。趔身回望，见小萍站着，他回过身，摆着手说："你坐下吧！有空给大家介绍下你学习的经验。"

小萍个子不高，长得娇小苗条，穿着件军上衣，下着褐色的裤子，走路的时候，她的头永远都是盯着脚下的地面。见同学们迎面过来，她更是低下头，好多同学没有见过她正目看人的表情。上课的时候，教室前面的辫子丛中，总也晃动着她的小辫。她生得黑，就像没有发酵的面，虽然瘦弱，却散发着好似黑人体型那样的力量。来到高中，顺文心里好长时间惦着白娅，他用白娅的标准，于女生群里寻着目标。在他心里，小萍就是个黑黝黝娇小的符号。

严书记真是厉害，心里记得好多学生的成绩曲线。他对小萍的评价，引起了顺文的兴趣。透过张琳白皙的脖颈，看着小萍露在军装外褐色的脖颈，感到那么细的脖子，能担负那么繁重的运算，况且她的数学成绩，高出自己两分，他感到不自在。宿舍吃饭的时候，同学们聊起了小萍。小军挥着筷子，嚼着蒸馍，笑着说："你们有没有注意到，咱们班有两个阴天：大阴天是后排长得粗壮的脸上起痘的那位女同学，小阴天就是小萍。这么长时间，有谁见过她们俩笑过，她们就像旧社会过来的，一副苦大仇深的样子。"

早读的时候，顺文拿着书，在照壁前后转悠，漫无目标地打量着散落在院子的同学。小萍站在屋檐下的台阶上，窗台上放着书，她背着身子，脚来回颠着。固定一个角度，从照壁侧棱边，他瞄着她，将她锁定在自己的视窗。过了好长时间，她缓缓转过身来，眼睛看着树沟里稀疏的青草。小萍长着张瘦长的脸，眼睛细长，像戏里的旦角，又像乖巧倔强的小山羊，她还是盯着地上的草。顺文琢磨着，她不是肿眼泡，她的眼睑瘦瘦地贴在眼眶上，到底是丹凤眼，还是重眼皮，他不知道。顺文的眼镜放在课桌的抽屉里，上课时戴一戴，早读的时候，他从来不戴眼镜，远处的景物，他只能看个大概。

　　第二天早读的时候，顺文将眼镜装进裤兜，来到昨天那个位置，他眼睛瞟着屋檐下。小萍入了视野，他模糊地瞥了几眼，悄悄掏出眼镜，低着头戴上，抬头瞭望着天空和树梢，一切变得清楚了。从照壁后面出来，嘴里默读着单词，眼睛滴溜着，扫了遍周围的环境，他感到这个角度，就像涝池漂着浮萍的一隅，没有水池中央的波纹和涟漪，也没有了高低搏击的水鸟。小萍转过身来。顺文赶紧垂下目光，晃了几下，回到照壁后面。站在掩体后面，他间或转过身，歪着头，用不经意的目光，远远地打量着她。

　　早读的时候，同学们像草原上的羊群，随性吃草游弋。羊群追逐着肥美的水草。在灵动而又懵懂的春情的牵引下，同学们寻着让自己怦然心动的光点。成熟威猛的男生，在中意的女生前，近距离地晃来荡去，用炽烈火热的目光，打量着四周，宣示着决心，用温情的神态，献媚地罩住她；随性浪漫的男生，嘴巴心不在焉地嗫喋着，心猿意马地滴溜着眼睛，追随着热点，变换着早读的位置；腼腆害羞和自卑的男生，总要找个掩体，要么是墙角，要么是树后，偷偷地关注着中意的女生。

　　固定的位置上，打量小萍几天，顺文没有激动，觉得暖暖的充实。女生英语比自己好，他甘拜下风。他不明白小萍的数学，为什么提高得这么快，他心里还是不服气。小萍潜心做题。顺文将她当作一道难解的题，他知道解开了她这道题，他也许就找到了提高数学的捷径。早读时间，远远地观望，无言地关注，慢慢地成了顺文的习惯。雨后清晨，走到照壁后面，看不见小萍的身影，他顿时感到心里空落落的，默读单词的劲头，瞬间也蔫了。上课铃响了。同学们纷纷回到教室。从讲台下经过，顺文见小萍低眉垂目，满脸愁苦的表情。上课的时候，望着她晃动的山羊辫，他的脑海里一直闪烁着她那愁苦的表情，她是不是遇到不开心的事了，他的心紧了一下，剩下就是体恤和牵挂。

下了晚自习，同学们走出教室。小萍站在台阶上，等三班同村的同学。走出教室，望着她们后面跟着几个嬉皮笑脸的男同学，盯着她们晃动的身影，顺文有些怅然若失。后面的一段时间，早读的时候，他依旧踱晃在那个位置，期望小萍出现在视野中，却总也看不到她。他平静的心情，慢慢焦躁起来。心里打压着她，他要尽量排除她对自己早读的影响，他想离开那个地方，又感到那样做，不正说明在意她吗！他转过身，晃着书，在环形的砖路上走了几步。张琳站在不远处，专注地晃着身子，不时看着顺文。

王老师家里有事，化学课由三班的厂老师顶替。厂老师四十多岁，去年刚从师专毕业，应该是老三届。和其他老师不同，他没有中山装的扮相，冬季的时候，依旧是一身粗布棉衣，叼着玉石嘴的烟锅。上课的时候，他提着个竹篮，像农村妇女走娘家。篮子里除了教具，最醒目的就是那台比砖头块还要大的收音机。上课铃响了，从宿舍出来，他提着篮子，收音机举起来，贴在耳朵边上，听着收音机，不停咻咻地笑着。第二遍上课铃声响了，他关掉收音机，笑着跨上讲台。

厂老师的脸上，布满了褶子，没有多少胡须，无论是额头深深的抬头纹，还是眼角上的鱼尾纹，抑或是嘴角上的皱纹，收尾的部分都是上翘着。他没有老师的架子和应有的做派，整天一副乐天派的笑容，同学们没见过他发脾气。顺文听着课，盯着厂老师的脸，琢磨他的褶子。褶子是衰老的标志，也是沧桑岁月的印记。褶子爬上脸，大地的召唤，重力的强制，尾部常常是下垂的，就像玉米的叶子和树木的枝藤，叶尖和枝头，总有回归大地的本能。厂老师的褶子，冲破了自然的定律，他的脸就像个花面猫，给人喜庆和吉祥的感觉。课间休息的时候，他拿起收音机，贴在耳朵上，调着频道，讲台围了圈学生的脑袋。

厂老师原来是小学的民办老师。恢复高考，他成了大学生，毕业后成了高中老师。他对社会发自内心地感恩，他十分满意现在的境况，他没有更大的目标，就是一心一意上好课。他的笑就像不谙世事孩童的笑，朴实纯真，看到他的脸，同学们就像看到了庙堂的弥勒佛。上了几节化学课，二班的气氛活跃起来，同学们跟着厂老师，露出了笑容。从同学脑袋晃动的缝隙间，顺文瞥见小萍浅浅的笑，白白整齐的牙。

三班的同学说，厂老师节俭，教工饭堂贵的菜肴，他很少吃，他保持着农村蒸馍面条的饮食习惯。他的自行车最破。他让媳妇给自行车做了个丝绒坐垫，边上缀满橙黄色的絮絮。没有课的时候，他将收音机放在窗台，听着收音机，蹲在台阶下，用蘸着机油的抹布，擦着没了亮光，也擦不出亮光的自行车。

周六早上，教工饭堂杀了只羊。羊肉和羊汤打回宿舍，厂老师吃开水泡馍，中午放学，他骑车将羊肉送回家。快出校门的时候，同学们见他的车梁上，绑着一个打气筒，不解地笑着他。课间休息，见厂老师调收音机，益群笑着问："厂老师，你为啥要带上个打气筒？"

放下收音机，厂老师笑着说："车胎漏气，半道上要打气。"

小军挤过来，伸长脖子问："为啥不补胎？"

花猫脸抖了下，厂老师哧哧笑了，扬起手说："补内胎，就要卸外胎。一拆一装,伤了外胎,划不来!"

见老师随和,军柱眨着眼睛,挠着脖子问:"厂老师,你的自行车,不但漏气,也常掉链子?"

厂老师关掉收音机,拿起烟锅,火柴点上,手摁着烟锅头,噗噗吸了口烟,半闭眼,满脸的褶子翘起,口鼻呲呲喷着烟,皱着眉说:"任何事总有个规律。先生就是倒腾规律的,那是咱的本行。链子响声不对,我知道了规律,脚后跟磕几下链盒,问题就解决了。"

厂老师捂住嘴巴,咳咳了几下,撩起篮子的手帕,捻着嘴巴,摆手续道:"买个打气筒,学校可以用,回到家里也能用。多好呀!"

王老师回来了,可能家里有事,显得有点疲惫。他叫了几个同学,将厂老师教授的内容,提问了一番,做了个简单综述,开始讲授新的内容。同学们脸上的放松和笑容没了。看着窗户外面,顺文不明白,同样的内容,既可以在轻松欢笑的气氛中学习,也可以在紧张刻板的氛围中教授,为什么绝大部分的老师都要板着脸,居高临下地讲授?他瞬时想到初二的刘老师,听说他调走了,也不知去哪间学校?是否还像过去那样,慢悠悠晃悠,裹在学生间,启发着提问?

麦子黄了。塬上的农民准备开镰。初三年级和高中毕业班,进入考试最后的冲刺阶段。其他年级的同学,放忙假了,家在农村的老师,也要抽空回家收麦子。镇上的高中一下子少了好多人,没了固定的上课时间,毕业班的同学散在校园的树荫下,埋头读书。顺文回到家,见家里人忙得不可开交,他穿上粗布衣服,戴着塌塌草帽,提着镰和水罐,来到东边的壕岸。站在自家的地头,黄莹莹的麦子,低着沉甸甸的头,在微风中簌簌作响。仿照着老人的习惯,他折了棵麦穗,在掌中揉了几下,一只手悬在高处,一只手接在低处,将带着麦壳麦芒的麦粒,从高处溜到下面的手掌中,中间吹着气,去掉麦壳麦芒。搓着赤红暴怒的麦粒,他拈了几颗,嘴巴嚼了一会儿,淀粉随着口水下咽,嘴里剩下了面筋。

家有几头牲口,顺文家家肥充裕,麦子长得十分密实。麦子品种是塬上人说的秃子,西北农学院杂交出来的,成熟后的麦粒,半个脸露在外面,就像太阳下掉了头毛、脑袋赤红的秃子。秃子筋性大,高产,磨出的面粉不白。顺文吐了口唾沫,搓着手掌,拿起镰刀,蹲在地头,一镰下去,密密实实的麦根泛着青色,飘着透着青色的叶子。麦芒撩在脸上,就像细软的铜丝,划出一道道痕。麦叶更像一把把条形的细刀,从臂肘上轻轻掠过,留下了血痕。闷在麦丛中多日不散的高温,随着镰刀的到来,和外面的风拥抱,将麦根下面腐朽的枯叶,撩了起来。脸上蒙了层灰,擦着流汗的脸,留下了道道手印。到了麦田的中间,他摘下帽子,缓缓站起来,伸直腰,浑身酸痛难忍。

太阳快要落山,一抹红霞从村子稀疏的树梢,映了过来。风清凉了好多,田里的湿气上来了,麦根更加纤软,割麦的声音从沙沙,变成了吱吱,就像用铡刀铡青草。太阳隐去了脸。顺文咬着牙,割完了四分地的麦子。撩起最后一镰的麦子,他浑身酥软,躺在地上,瞄着晴朗夜空眨着眼睛的星星。爸爸收完麦子,从另一块田里赶过来,他蹲下去,揪着麦茬,见顺文躺在麦堆上,笑着说:"速度还行,就是麦茬高了些。"

吃完晚饭,家人没有了絮叨的力气,拖着疲惫的步履,倒在炕上歇息。躺在炕上,看着窗外的月亮,顺文知道家里人辛苦,为自己帮家里收麦,筋疲力尽中,咬着牙坚持下来而自豪。想到学校里学习的小萍,他又为自己没能与同学们同步用功而不安。麦子收完了,拉回来堆在场里,接着就是打碾。爸爸催顺文赶紧回校,准备中考。顺文浑身就像散了架,他终于明白了,村里人为什么上了年岁，骨架就变形了，那是长期辛劳的结果。

回到学校，顺文将馍褡裢挂在墙上，躺在床铺上，感到浑身的酸痛，缓释了好多。一阵风从窗户吹来，窗外的白杨树摇摆着，呼啦啦作响，蝉鸣一阵高过一阵。从宿舍出来，过了照壁，他看见树荫下，几个女同学埋头看书。他打起精神，将自己变形的走姿，矫正过来。看到顺文过来，张琳抬起头，咪眯笑着。顺文点头，心灿烂着回到教室。他做了几道数学题，感到功力还在，他心里踏实了。看着从抽屉里拿出的英语作业，他脑子犯晕，读着单词旁边的汉语标记，他无可奈何地叹气摇头。

军柱从教室后面走到小丽的课桌旁，轻轻地弹了下。小丽仰起脸，含情脉脉地笑了。她站起身，随着军柱，双双出了教室。顺文瞟了眼前排的小萍，见她专心做题，他撩起裤腿，在小腿上挠了几下，腿上起了两条白白的指甲印。拿起英语书，走出教室，来到照壁前，他来回走了一会儿，蹲在杨树沟边，操起一根树枝，用汉语读着英语，树枝在湿松的地上画着单词。过了好长时间，几个女生走出教室，坐在屋檐下的台阶上。浏览了一眼，没见到小萍的身影，他有些失望。

小萍从教室姗姗出来，走到办公楼前的树荫下，坐在台阶上，正对着顺文。顺文好似随意地站起身，用眼睛的余光瞥着她，感到她的眼神，也在关注着自己。他心头一热，余光慢慢转正了。小丽从宿舍过来，看见顺文，驻步笑着问："考试准备得咋样？"

知道军柱在教室门口等她，顺文傻笑着说："咱们槐树寨初中，中考就看你的了！"

小丽扑哧笑了，弯着腰走了。

中考前几天，按照学校的要求，同学们要体检。早读结束后，王老师拿着名单，让大家在教室门前排好队，他和校医走在前面，向镇卫生院进发。顺文没体检过,就听见村子人在饲养室门前,嬉笑着讲起当兵体检的事,知道那得脱光衣服,让医生摸着看着。他心里既好奇,又有点羞怯。他抬起头,见前面一片山羊辫子,想到这群女生,要脱光衣服,让医生检阅,他心里冒出朦胧的嫉妒,橙色的心境下,又为她们有少少的担心。小丽东张西望,嘻嘻哈哈,一副放松的样子。小萍低着头,跟在老师后面,不苟言笑,默然前行。

到了镇上的卫生院,诊室门前,同学们站成三排。校医和医生交涉着。看病的人,坐在院子的树荫下,用憔悴和不解的目光,打量着这群学生。几个穿着白大褂的医生,胸前吊着听诊器,手里夹着香烟,从诊室慢悠悠出来。王院长四十多岁,是附近的名医,他挺着富态的肚子,摸着青光乌亮的下巴,走下台阶,眼睛不住地瞥着前面的女生。他站在身后,盯着小萍的背影,从上到下,咕溜着看了几遍,就像木匠拿着皮尺,打量着木料,看怎样开锯。顺文感到院长猥琐,他趔身张望,恨不得跑过去,踢他几脚。

同学们排成一排,先是量血压,听心肺;然后是测视力,看五官;最后一个环节,男生和女生分开来,男生到西边那间黑屋子,女生到东边另间屋子。望着队列中的小萍,顺文感到她就像一只待宰的绵羊,默然的无奈涌上心头。见她走进屋子,他的心腾腾狂跳,脑海里闪现着一幅幅可能的画面。正当他胡思乱想的时候,轮到他了。医生让他脱掉裤子。他有点害羞,腼腆迟疑着。医生笑了,说以后每次考学,都要体检。顺文瞥了眼医生,提起裤子。

走出屋子,顺文在院子打转转,寻着小萍。见她还没有出来,他蹲在东边屋子门前的树荫下,赤目圆瞪,盯着门上白色的帘子。同学们的嬉闹,好像与他无关。多种可能的图片,在脑海里闪烁着,他撩起裤腿,抓着腿肚子,腿上的干皮就像玉米皮,翘了起来。小萍低着头,涨红着脸,碎步从那间屋子快步出来。她盯着地面,独自走到屋檐尽头,愣愣地站在那里,望着院墙上摆动的茅草。将她的表情和姿态,和自己脑中臆想的画面重叠,顺文寻着可能的联结,他隐约感到了王院长得意的笑容。

王院长撩起门帘,从那间屋子出来,端起茶杯,喝了几口水,手背在后面,颠着脚步,看着台阶下的女生,眯眼喷了口烟,惬意地笑着。见他出来,一群女生哗地退了,纷纷低下了头。王老师上前,握着院长的手,不停地感谢。同学们排着队,出了卫生院。前面的女生低着头,很少说话。小军在后排嬉闹着。王老师回过头,瞥了几眼,他顿时蔫了。

回到教室,从课桌抽屉拿出书,同学们低头学习。猜想的好奇没有衰减,顺文瞄着前排的小萍,平时专注的她,看了一会儿书,似乎很难集中心思,搓着绯红的脸颊,轻轻地叹着气,随即趴在桌上,偏头呆愣地望着教室外面的白杨树。她坐直身子,又搓了几下脸,看了一会儿书,又将书覆在桌上,依旧瞄着外面,轻轻地啜气。瞄着她异样的神态,顺文在畅想和遐思中游曳,好像看到纱幔中沉睡的少女,慵懒地起身,瞥见庭院里的老鼠,愕然中荡漾着青春的娇羞。

学校的其他年级放假了,单人单桌,贴好了考号。同学们凭准考证入场。公社初中的学生,来到高中考试。见到原来的同学,顺文异常亲热,引导他们住宿吃饭,学校里弥漫着欢快和谐的氛围。考完语文,大家走出考场,喇叭里播着《祝酒歌》。顺文在人群中寻着白娅,一直没有找到。他红着脸,问原来的同学。同学告诉他,白娅初三上了一个学期,就辍学了。他抬起头,望着蓝天,怅然叹着气。

中考结束了,公社初中的学生离开了。王老师召开班会,总结初三二班一年来的情况。下课后,同学们收拾书籍,抱回宿舍,连同铺盖餐具，绑在自行车上。坐在座位上，顺文愣愣地看着张琳和小萍收拾书包，他知道一年的同学之谊结束了。尽管他们没有交往，也没有言语的交流，可是她们青春萌动的身影，烁刻在他永恒的青春记忆中。好多同学走了。顺文还坐在座位上。张琳提着书包，离开的时候，回过头来，见顺文坐在课桌后面，轻轻地晃了下手，对着他怅然笑了。目送着她离开，这个熟悉的身影，在顺文面前晃了一年，此番离去，将会消失在茫茫人海中，所有的一切，就将成为回忆。小萍收拾好东西，在座位上坐了一会儿，她的头转过来，游离的目光瞥着顺文，然后提起书包离开了。

初中的学习生活结束了。顺文的心还在学校里，干活的间隙，脑海里就会浮现出学校生活的图景。暑期的夜里，看着窗外墙头的茅草和皎洁的月光，一股淡淡的愁思，袭上心头，他感到人生很奇怪：上学的时候，一日三餐都是开水泡馍，他厌倦学校单调古板的生活，向往自家的热炕和飘着辣椒的面条。回家几日，回思中，他琢磨和玩味着学校的生活，留恋朦胧春情的无奈和淡淡的写意。枯燥也许就是生活的本真，回忆和对未来的向往中，人们会附加好多感性的因素，烦腻当下，将回忆和未来，涂抹得绚丽多彩。

承包地种了西瓜，瓜藤茂盛。顺文跟着爷爷，蹲在地里梳花，留下好似指头蛋大小冒着枯花的小瓜。西瓜长到拳头大小的时候，突然就像死面团，瓜秧感恩主人施肥浇水的辛劳，到了碗口大小，就停了发育。瓜地头搭了间悬在半空的瓜棚。提着担笼，顺文每天在瓜地里忙活。中午时分，明晃晃的太阳悬在头顶。躺在瓜棚中，听着收音机播放的《红旗谱》。他眯着眼，顺着剧情，畅想着江涛和春兰之间欲说还休的灵动的爱恋，臆想中自己成了江涛，他将小萍的体态与举止，嵌入春兰身上，闭上眼睛，小萍似乎就在自己身边。

领通知书的日子到了。将自己收拾一番，顺文骑着自行车，回到了高中。小丽和军柱在环形路上散步，毕业了，学校的管束没了，他们旁若无人地有说有笑。教室门前，小军演示着引体向上，身边围着班上的同学。张琳和几个女同学，站在教室门口，抚溜着辫子，亲热地推搡着。小萍坐在座位上，呆呆地望着窗外。顺文撑好自行车，在教室门口晃了下，见小萍坐在那里，他的心腾腾跳着，干裂的嘴唇抖着，压抑多日的思念，变成了吞咽的唾沫。

王老师快步过来。同学们哗地走进教室，坐回原来的座位。他动情地介绍着中考的情况，将通知书发给大家。接到成绩单，同学们交头接耳，嚷嚷议论。顺文不明白，他考了全班第四名，下个学期还在这里读高中；张琳是第六名，却被县一中录取了。王老师走过来，他拿着成绩单，询问老师。王老师看着，不解地挠着头，犹豫了半晌，在顺文耳边说："可能是学校领导和教育局沟通的，得给咱们学校留些好苗子。这件事我不好过问，你们可以找县上，看到底是咋回事。"

听到自己是作为苗子留下来的，顺文心里的气，顺了一些。见好几位同学上了一中，他的心里还是有些不服气。

小萍上了中专的录取分数线。全班同学用羡慕的眼光，看着她，她将从这群人中脱颖而出，率先成为城里人。顺文感到浑身不自在，从这刻起，小萍和自己已经不属于一个板块了，他们间有了道深沟，他站在下面，需要仰望她。她在高处，可以对他垂目怜之。他的心里瓦凉瓦凉的，就像是春兰要嫁给韩老六。他打量着前排的小萍，两只山羊小辫，依旧晃动着。

推着自行车，同学们出了校门。小萍扭动着屁股，看着地面，两只辫子随着摆动着的身姿，一颠一颠的。顺文没有骑车，他推着自行车，跟在她后面。自行车在凹凸不平的车辙里颠着，跃动的链条敲打着链盒，哐当作响。到了十字路口，小萍头也没有回，向东回家了。摸了下口袋，顺文在豆腐脑担子前坐下，要了碗豆腐脑，望着她在自己视野中消失，吸纳着酸酸蒜水，抹嘴叹了口气，他默然间有种胸闷的伤感。酸辣的味道沁到心里，他感到口唇发麻，火辣辣的酸，盯着东去泥泞的路面，他噗喋着嘴巴，忍着酸辣的余味，蹬上自行车，悄然回家了。

回到家里，顺文将通知书递给父亲，将自己达到一中分数线，却没有上一中的事说了。父亲眨巴着眼睛，看着通知书，卷了根旱烟，蹲靠着厨房的门扇，默然望着地面，静静地抽着烟。停了半晌，他缓缓地说："只要有学上就行，到哪里都是读书，关键在自己。城里几十里路，来回也不方便！"

原指望父亲能够找人，问问这件事，见他软弱的性格，顺文理解了爸爸这么多年，都是随遇而安，逆来顺受，从来不和别人争抢的无奈。

夜深人静的时候，望着漫天的星斗，内心里，顺文不服气：一个瘦弱的女孩，考在自己的前面，他感到有失尊严。这种不甘和憋气，最终成了牵挂和掂量，隐埋着情感上征服的冲动。小萍就要读中专了。他们很难再有见面的机会，没了学习竞争的机会，更没了含情脉脉、欲言又止对望的环境。一切都将作为淡淡的痛，留在心中。没有事的时候，顺文拿出班上的毕业照，对着照片，追怀着难忘的初三岁月。

九

开春以后,顺文的个头长高了,上唇布满了绒毛,脸上的痘痘冒着白头。吃了碗凉面,唇上沾满红红的油泼辣子,他张开嘴巴,吸气躺在床上。茫然盯着屋顶上的蜘蛛网,他想起了电影里外国女人脸上的黑丝罩子,他坐起来,拿起柜上的镜子,对着晃了几下。镜子放在窗台上,拿起抽屉里的夹子,他夹住唇上的绒毛,闭着眼,用力一扯。嘴唇火辣辣的刺痛,睁开眼睛,见夹子口沾了排细细的胡须,嘴唇上一片绒毛没了,皮下渗出好像芝麻一样的血点。他对着镜子,盯着脸上的痘痘,就像走在瓜田中,看着满地的西瓜,掂起来敲几下,感到熟了,便摘下来。选定几个目标,两边用手指蛋摁住,用力一挤,白头就像枪管里的子弹,在空中刺溜画过一条弧线,垂落在窗台上,红红的身子,白白的头。毛孔张开,像喷过岩浆的火山口。顺文不明白:同学们和他一样,期待着早日长大成人。当成熟的标记,爬上脸的时候,大家却用自己的方式,拒绝成熟,似乎想永远留在青涩的年代。

太阳偏西,顺文午后歇息。军柱走进院子,叫顺文去水库游泳。刚刚将自己的脸拾掇了,感到脸上发烫,他便跟着军柱,骑上自行车,来到水库。水库像个硕大的葫芦,盛着一瓢清水,凸起在平坦的地上。来到岸上,艳阳下幽深的水面,泛着明晃晃的光,繁茂的水草中，不时传来蛙鸣。对面的岸边，蠕动着一群人影，传来一阵阵嬉闹声，人影在水面蒸汽的折射下，就像幕布上的皮影。走下岸，蹲在水草丛中，他们脱掉衣服，刺溜滑入水中，清凉的水浸润着肌肤，顺文打了个寒战。他们就会狗刨，不敢往里面游，踩着岸边的草丛，聊着学校里的人和事，舒心地扑腾着。马路上有女孩经过。他们不约而同地潜下身子，头埋在水草中，注视着她们。

八月下旬，上学的日子临近了，顺文没有太多的兴奋。枣树树梢的青枣，露出了红脸。他脱掉鞋子，赤足爬上枣树，坐在摇摆的树杈上。隔着屋脊，那边是拳头大小泛着红色的柿子，喜鹊扑棱着翅膀，在枝头盘旋着，尖利的嘴巴，啄着柿子，抖动着脖子，嘎嘎叫着，黑豆般的眼睛，盯着另家的枝头。攀在树梢，看着喜鹊自由惬意地飞翔，他明白了，地面上待的时间长了，围墙、田径和树林就成了界限，每个族群都有自己的空间，不可越雷池半步。空中是个自由的天堂，没了间隔，也没了禁区，只要有果实，那里就是鸟雀的天堂。攀着树枝，嚼着半青不红的枣，任由清风摇摆着树枝，眯着浓密树枝上面的蓝天白云，他的心情异常放松，好像要融于这自由的天宇间。

开学的那天，顺文约上军柱，驮着行李，来到学校。照壁上贴着同学们的分数和分班，站在人群后面，顺文掏出眼镜戴上，见自己分到了一班，分数比第二名高出了二十多分，好多同学不解地议论着。走进宿舍，同学们自报家门，好多新同学瞥着顺文，眼里露着羡慕的光。铺好了床铺，来到新教室，站在台阶上，看着原来初三二班的教室，他想起了小萍和张琳。她们一个上了中专，一个上了一中，怅然间，顺文有种悲凉的感觉。同样的空间，两种不同的心境。

哪个地方有肥美的水草，哪里就是动物繁衍生息的天堂，对于空间，它们没有牵挂。人在一个地方，会日久生情，不知是因为在那个地方，有过爱恨情仇和挥之不去的人生痕迹，牵挂或者厌恶那个地方，还是由于那个地方，让他们想起了昨日的光辉和愤懑辛苦的岁月，才难以释怀。人生的经历和多样的感悟，看似无形，也需放在某个时空长廊中，才变得鲜活灵动。一个空间，就像散发着魔力的匣子，承载着人们的记忆和故事。

早读的时候，顺文依旧来到照壁边上，朝着小萍曾经站立的方位，期待同款的女生，闯入自己的视线。他不知道她是否开学，也不知道她是否亦如原来那样，在陌生的同学面前，低头晃着，飘散着神秘的青春气息。她不会知道木讷的顺文，循着旧时记忆，还在那个特定的空间和角度，依旧苦苦追寻着记忆中的感觉。上课的时候，顺文难以自控地张望着前面，好多羊角辫晃着，只是耳背和脖颈的粗细和颜色，难以和小萍匹配。他感到很奇怪，初三时，心里惦着白娅，对学校的女生，他很难上心，就想着那张白白的脸。过了一个学期，他抛弃了白皙的偏好，对褐色面孔的小萍有了牵挂，随着自己对她脱颖而出的嫉妒，这种思念和挂念越来越强烈。这个时期，顺文的心里只能装着一个女孩，这种起初淡淡的思恋，需要好长时间发酵，当大家分离的时候，才露出尖尖角。走过的路，灵动的情，那些都是真实的记忆。他觉得，未来的一切漂浮未定，思维的深处，他将往日的记忆拆解，按照自己的想象，不断重新组合和拼凑。

几天后，早读的时候，小萍出现在校园里。她和王老师交流着，依旧是看着地面。顺文心里腾腾跳，估计她是来学校办手续，和班主任话别的。他想走过去，又怕打断他们的交流，况且自己和她从来就没说过一句话，走上前有些唐突，也有高攀之嫌。在照壁前打量了一会儿，他想如果小萍看见自己像原来那样，会不会看不起他，如果目光交汇，她的眼神轻视或者视若无睹，那都是他不能接受的。闪到照壁后面,顺文间或伸出头,瞟一眼她,心里和自己梦想的元素黏合,忍不住探头再瞄一眼,又将这番景象存于脑中。小萍走了。从照壁后面出来,课本贴着胸口,顺文呆愣地目送着她,款款走出校园。

几天后,锅炉房打开水,顺文碰到了益群。益群侧过脸,笑着说:"咱们班原来那个小萍,考上了中专,人家不去上,听说去了县一中,读高中了!"

心里踢腾着,顺文故作镇定,笑着点了下头。回到宿舍,他反复琢磨着这件事,感到农村的孩子,能放弃成为城里人的机会,定有高人指点,也说明人家对自己学习的自信。无论怎么说,小萍又和自己站在同一起跑线上了,他心里舒坦了好多,他们间世俗的鸿沟,暂时弥合了。

半个月后,小萍从县一中转回来,分在高一一班,坐在顺文的前面。顺文没有想到,情况会有如此大的变化,看着朝思暮想的人,就坐在前面,他抑制着内心的喜悦,速然将自己包裹起来。当自己钟情的人远离的时候,人们往往将社会性的约束置诸脑后,因为没有了现实的目标,约束没了意义,在自然欲求的支配下,人们会在遐想中游荡;当心仪的人,就在身边的时候,社会性的约束就像一根根沾着水的麻绳,在太阳的烘烤下,束在身上,越来越紧。伟大的爱情不是相拥时的美满,而是为了相拥付出的痴情和苦恋。

小萍并没有因为自己考上中专而沾沾自喜,她和原来一样,像只温顺的山羊,背负着某种使命,用恒久的耐力,埋头学习。顺文常暗问自己,到底喜欢小萍什么?他感到喜欢是个整体,理由就像韭菜,密密匝匝,刨其根本,他觉得就是她瘦弱身躯里蕴含的耐力和专注的精神。她就像一道难题,阴郁的脸上,隐埋着这个年龄不该有的愁苦。顺文心中有恋,更想解开她脸上的谜团,去帮助她。

喜欢的人坐在前面,是件惬意的事。他知道得调整自己,专注学习,这样同学们才看得起,小萍心目中,自己才有分量。

小萍性格内向,没有过多的言语。小丽大方热情,加上原来的同学关系,她们俩课余时间常在一起。军柱分到三班,经常跑到教室的窗户外面,用书拍着窗户,贼头鼠脑地叫小丽出去。班上同学不知他们的关系,抬起头,好奇地看着。小丽坐在教室里,和小萍讨论着题目。军柱拍着窗户,贼溜溜瞥着教室。顺文明白军柱的用心,他要在一班同学面前,挑明他和小丽的关系,让那些刚进校的同学知道,小丽名花有主,不能打她的主意了。军柱瞥看小萍的眼神,顺文觉得酸溜溜的,这让他很不舒服。他担心小萍和小丽裹在一起,军柱会趁火打劫。他了解军柱和别的男同学不同,他花样多,胆子大。

镇上放电影,听说是《等到满山红叶时》,名字充满着浪漫的气息。晚自习的时候,好多同学成帮结伙,出了教室,从墙边溜到大门口,趁看门老汉不注意,闪到门外。军柱敲着窗户,小丽赶紧合上书,将本子放入抽屉,笑着走出教室。等了一会儿,她又回到教室,走到小萍课桌边,拉着她看电影。躲在窗户后面,军柱脑袋一闪一闪。知道军柱的鬼心思,顺文瞪着窗外,就见军柱光亮的分头,就像幕布前的木偶晃荡着。他觉得如果小萍有定力,就不会跟着凑热闹,他们俩谈恋爱,好多人都有议论;如果她跟着小丽出去,他就要尾随在后,看看军柱要什么鬼花样。小丽亲热地拉着小萍的胳膊,小萍就是不和她出去。她松开手,摇着头走开了。

下了晚自习,小萍收拾完桌面,走出教室,站在屋檐昏暗的路灯下,等着东街的女同学。两个人出了校门,后面跟着大明和镇上的几个同学。他们在后面高谈阔论。看着小萍的背影,顺文叹息镇上没亲戚,不然他每天都可以看着她的背影,说不定还能和她说上几句话。晚自习快结束的时候，严书记在教室巡视，知道好多同学跑到镇上看电影，他咳咳着走到门房，对看门老汉说："熄灯号吹了，将大门关上，谁也不能进来！"

书记亲自交代事情，看门老汉有点受宠若惊。他攥着烟杆，哑巴着旱烟，一个劲儿地笑着点头。

电影散场了。看电影的同学回校，敲了几下门，没有回应，就顺着围墙，寻找容易攀越的地方。东边有好多麦草垛子，挨墙的地方有好多树。他们贼头鼠脑，黑暗中像群老鼠穿行，到了东边围墙，大家顺着树爬上去，晃着身子，将脚放在墙头，互相推拉着，从墙头翻过去。

军柱翻过几次墙，他知道小丽翻不了，等到同学们散去，他们还在大门前晃来晃去。寂静和清冷的夜风里，他们贴着墙角，拥在一起。过了好长时间，溜到大门前，军柱吐了口痰，扯了扯嗓子，在门外踱步咳咳了几声。小丽瞪大眼睛，错愕地望着他。

门房老汉躺在床上，刚刚有点迷糊，忽然听到几声咳咳，想到那声音似乎是严书记的，他一下子清醒了，忽地直腰坐在床上。又是几声咳咳，他撩起被子，走出门房，觉得声音像是从外面传来的。站在台阶上，他侧过耳朵，迟疑地辨识着声音的方向。还是几声咳咳，确定了那是严书记的声音，老汉纳闷书记交代看好门，没见过出校门，他现在咋能在门外。他不敢大意，走到大门前，将小门开了个缝，见个女生笑着，倒吸了一口凉气，心想这么晚了，威严的严书记怎么能和女学生在一起呢？倏然间，他觉得这可能是领导的隐私，自己含糊不得。转念一想，他豁然笑了，严书记和女生出去，回来怕碰到看电影归来的学生，故而交代他不能开门。他拉开门，小丽弯着腰，推着老汉，走了进来，刺溜消失在夜空中。老汉手抓着门，伸出头来向门外瞥了几眼，不见严书记的踪影。摇了几下头,搓着满是睡意的眼睛,他感到头晕眼花,他犹豫着关上门,回到门房。

老汉睡不着,捻了锅旱烟,看着墙上的挂钟,吧嗒吧嗒抽着旱烟,依旧留意着外面的动静。他怕书记不好意思,再来敲门。公鸡打鸣的时候,他和衣躺在床上,昏睡过去了。第二天早读,站在台阶上,他举着烟锅,吧嗒着旱烟,望着照壁周围。严书记披着夹袄,从办公楼里出来,迈着方步,顺着环形路,踱了过来。老汉下了台阶,走到路边的树沟,看着严书记过来,不停地笑着点头。见老汉离开门房重地,严书记不停地咳咳着,威严地浅笑,笑容收到了一半,他倏然变轨,眼睛瞥着瞪了他一下。老汉纳闷了,见着严书记走过,他背对着咳咳了两下,好像在提醒他,别忘了昨夜的咳咳声。严书记还是背着手,向前踱着,高傲地懒得搭理他。在树干上磕着烟灰,老汉又咳咳了两下。知道咳咳是自己威严的标志,严书记没有想到,门房老汉也敢用咳咳声,挑战自己的权威。他缓缓转过身,直愣愣盯着老汉。老汉一下子乱了阵脚,慌忙地撂着罗圈腿,怯颠颠回到门房。

小丽为军柱的机智而高兴。她心里感到怪怪的,思前想后,猛然想起去年在文老师门前的咳咳声,会不会是军柱?她追问了好几次,军柱都不承认,和他僵持了好几天,再问他的时候,他只是嘿嘿笑着,到了后来,他承认了。军柱说爱与嫉妒成正比,他苦练咳咳技巧,正说明他很喜欢小丽。小丽笑着原谅了他,每每想起这件事,感到既好笑,又觉得他有点不靠谱。

没有考上高中,小军参军了。到了部队,穿上戴着领章帽徽的军装,他照了几张照片,满脸笑容,英武帅气。他给战友们说,在学校读书时,好多女同学追他,惹得新兵连的战友既嫉妒又羡慕,常常拿他的女朋友开涮。从班长那里要了几个信封,小军装上照片，用庞中华字体，写了几封信，内容一样，称谓不同。投递出去后，他期望能有回信，这样就可以延续自己的显摆。两个月过去了，没有一封回信。战友们见到他，问女同学来信了没有。他挠着头，笑着说她们正处于中考。

收到小军的来信，看着俊美的字体，英武的照片，小丽想到小军曾经在她课本上题过字，她噘嘴一笑，心里还是甜甜的。她将小军的信压在枕头下，照片夹入课本中。周六下午，住校的同学回家背馍，军柱跑到教室外面敲窗户。小丽随便夹起几本书，随他一起到西边的壕里。满壕的玉米黄了，枯黄的秆枝就像穿着野战服的士兵。顺着壕边，找了个阴凉的地方，看了一会儿书，小丽说要上厕所。她放下书，让军柱背过脸去，不许偷看，帮她把风。顺着玉米田垄，她弯着腰，张望着走进田里。军柱北朝玉米地，拿起她的书，随意翻着。听到玉米秆下面，传来簌簌的激流声，他侧过头，弯下腰，顺着玉米秆下面飘着黄叶的空当偷看，见坨白花花的肉团闪着。他赶紧转过头，撩着书页，照片滑落下来。他捡起来一看，是小军的戎装照。

小丽回来了，军柱故意说小军当兵了，就他的文化程度和机灵，过两年肯定会提干或者上军校。他转过头来，细细地打量着小丽。小丽淡淡笑了，扑闪睫毛说，大家同学一场，都希望原来的同学，将来有出息。她拿起书，见照片的角露在外面，转过头来，愠怒地盯着军柱。她抽出照片，抖着递给军柱，嘟着脸说："他当兵了，给同学寄寄照片，有啥大惊小怪的？"

偏头望着壕岸，军柱看都不看照片，拍着裤腿上的土，涨红着脸，叹着气说："哎！我知道那个家伙，给你写过信，他为什么不给我寄照片哩？为啥单单寄给你，说明他旧情难收！"

咻咻笑了几声，小丽扯着他的胳膊，低头瞥了下他，晃着他的胳膊说："吃醋了！难怪你整天说你婆婆做的醋酸，那是因为你家里人爱吃醋。"

军柱轻轻地摇了下头，扯着玉米叶，哼了声，站起来说："我婆做的醋，我爱吃。你做的醋，我闻着就晕。"

拿起照片，对着夕阳晃了下，小丽站起来，扒着他的肩膀，瞟着他的长腿，讪笑着说："军柱，你婆做的醋，你爷肯定不爱吃，你爸也腻味。不信你回去问问。"见他眨眼挠头，满脸懵懂，她抖着照片，晃着续道："哎！常言说，人在衣裳马在鞍。你还别说，小军穿上军装，蛮精神的！"

踹着田垄的土块，军柱趔身，扬起手说："小丽，别以为就你聪明，你在埋汰我婆哩！"小丽摆着手，嘿嘿笑了。军柱红脸瞪眼，指着她大声说："你心里有鬼，既然是张同学的照片，为啥要夹在书中，带在身边？"

小丽推了军柱一把，眼睛白着他，抓住他的手，使劲扯了几下，斥责道："大家都是同学，你为啥那么小心眼。我和小军是清白的，我不许你污蔑我们的同学感情！"

咳咳几下，吐了口痰，摆动着脖子，军柱一副激动的样子。他攥住她的手，瞪眼盯着她说："小丽，我警告你，你现在有两种选择：要么马上撕掉那张照片，我也就不计较了；要么将那张照片带在身边，咱们的关系，就这么结了！"

小丽倏地弯下腰，捡起书，夹在腋下，踢起一脚土疙瘩，哭丧着说："你自便，今后再也不要来找我了！"

她说着，抹着眼泪，转身顺着壕下的田头，快步离开了。

军柱垂头丧气，搓着面颊，脚在地上不停地踹着，间或捶打着大腿，发蒙蹲下。小丽身后的玉米秆晃动着，他抬头望了眼，突然起身，撒开脚步，喊着追了过去。

跑回宿舍，小丽趴在床铺上，晃身抽泣。军柱从壕里回来，站在照壁前，见女生宿舍前人来人往，好多女同学打来开水，站在台阶下面，有的在盆里洗头，有的晾晒衣物，还有几个在洗衣服。女生宿舍前面，男同学常绕道而行。军柱蹲在照壁前的树沟坎上，用喷火的眼睛，瞥着小丽宿舍的门口。他站起来，踱了一会儿，又蹲下去，折腾了好长时间，还是没有瞄到她的身影。搓了几下面颊，平衡着呼吸，他走到照壁前，假装看报。女生宿舍前的人少了些。他散着步子，手插在裤兜里，晃着臀，走了过去。迎面过来的女生，疑惑地瞥着他的两条长腿。到了宿舍门口，他放慢脚步，扭头伸长脖子，向里面看着。有位女同学捋着湿湿的头发，拎着盆子，弯腰出来，见他猥琐的样子，不屑地盯着他，抡了下头发，发梢的水滴，哗哗甩了过来，淋在他的腿上。军柱躲着身子，嘟着脸，快步走开。

军柱蹲在西边的厕所，思默着怎样化解这个争执。缩身踱到女生宿舍后面，估计着小丽的床位，他站在桐树后面，探头向里面瞥着。洗头发的女生，站在床铺上抖着褥子，转身见到两条长腿，又溜到宿舍后面，还在向里张望。那个女生悄悄地推开窗户，对着军柱，嘿嘿笑着。军柱来了精神，往前走了两步，隔着窗户，看见小丽趴在铺上，好像在睡觉。那位女生下床，从床底拿出暖瓶，倒了缸水，轻手轻脚上了床，水缸放在窗台上。她对着军柱笑着，军柱来回晃手，伸脖踮脚，晃身探头，手搭嘴上，低沉地唤道："小丽——小丽——"

见时机成熟，那位女生摸索着端起缸，忽地站直身，头伸到窗外，抡起胳膊，将缸里的开水泼向军柱。军柱知道上当了，撂着步子，趔着肩膀，蹦跶着退后。开水的热气，在空中成了白雾。同宿舍的女同学，趴在窗户上，望着他的狼狈相，笑得前仰后合。

十

教语文的马老师，快五十岁了，小时候得过小儿麻痹，一条腿长，一条腿短，走起路来既瘸又拐。他穿着灰色的中山装，上衣口袋总是别着支老式的掉了漆的钢笔。他很少穿皮鞋，由于走姿的问题，他的布鞋常常是变形的。他戴着灰色的帽子，不那么规整，就顶在头顶上，折断的帽檐耷拉着，垂在额头前，白色圆框的老式眼镜，透明的镜架白中泛黄，镜腿和鼻梁的垫座上，黄里结着靛蓝色的垢。正面看上去，镜片圈圈套圈圈，他那睿智孤傲的眼睛，在圈圈的深处眨巴着。

虽然腿脚不灵便，马老师却有着强大的内心。他自诩为十里八乡不可多得的文人，浑身透着迂腐和老式文人的孤傲。鼻下的嘴巴看似随和，挂在脸上的笑容，是他混迹世俗的招牌。鼻上的眼镜常常露着清冷和自恋，镜片让大家过多关注的是他谦和随性的笑，将他犀利的眼神，隐埋了。他写得一手好字，走上讲台，总是笑着用空蔑的眼神，扫视着学生，然后转过身，将课文的题目写在黑板上。看似娟秀飘逸的字体，他自诩为马体。碰到喜欢的诗文，马老师喜欢亲自朗读。抑扬顿挫中，扣着情景，读着读着，他的眼睛开始耷拉，随即闭上，一副沉醉享受的模样。手上的书，摸索着放上讲台，双手随着感情，悠然地摆动着。

尽管老师沉迷其中,对课文的理解,学生们总是隔着层膜,费解地嘀咕着:"难道有那么美?"马老师的神情,感染了益群。早读的时候,课文背得差不多了,照壁前的花圃中,益群仿着马老师的模样,眯着眼睛,开琢着心絮,挠动着对诗文感知的潜能。军柱也钟爱模仿,对自己的模仿能力,充满自信。瞄着益群笨拙的声韵,他哼哼着,试了下声道,清了下嗓子,嘴巴扑啦啦抖着,完全放松后,习惯性扯了扯喉结,走到人少的地方,模仿着马老师。

用了吃奶的劲,军柱挖空心思地讨好小丽。他们的感情虽有缓和,但她始终不温不火,这让军柱十分闹心。情侣间的磨合,就是由一次次争吵串成的,吵架说明彼此在意对方。争吵后,难以忍受的就是分手,懊悔自责中,心理上就会给对方更多的空间和自由。痴情的那方,由于不愿失去而不断退缩;薄情的那方由于可有可无而步步紧逼。蓦然回首,退缩者迷失了自己,紧逼者也在恣意中蜕变。

照壁前没有几个人,小丽吃完早饭,驻足报栏,心猿意马地浏览着。军柱一看周围没人,他快几步、慢几步地踱到报栏前,不停地向她抛媚眼。小丽知道他在边上,立即背过脸,故意不朝他看。军柱没有办法,学着马老师的样子,朗诵着诗文。循声偏头,见他沉醉的样子,她哧哧笑了。做了个鬼脸,轻轻摆了下手,他转身走向门口。站在原地,小丽犹豫地望着他。他驻步回头,又招了下手。小丽迟疑地跟着他,出了校门。

下了场小雨,清新的空气中裹着泥土的芬芳,一群男生拿着书,踱着碎步,在花圃边早读。益群率先模仿马老师,就像静夜里的公鸡打鸣,别的同学也跟着学起来,个个摇头晃脑。军柱瞄着他们扬扬自得地走过去,站在他们中间,扯了几下喉结,用马老师的腔调,闭眼晃头,抖手朗诵着。同学们大眼瞪小眼,呆呆地看着,怂恿着他说:"如果再有马老师的走姿,那就真成马老师了。"军柱在讨好小丽这件事上,感受到了模仿的妙用,他来劲了,摘下戴得规整的帽子,帽檐折了下,顶在头上,模仿着老师的步履,原地闪了几下,节奏感到了,他就踩着步点,进入了老师的角色。

马老师从厕所出来,沿着台阶,向东晃了过来。见一个熟悉的影子,在花圃前晃动,他瞬间一愣,摘下眼镜,掏出手帕,擦拭几下,戴上眼镜,见影子还在晃动,他低头看着晃闪的腿,驻步再望,影子依旧。他加快脚步,影子越来越清晰,见军柱学着自己的走姿,模仿着自己的神态,有滋有味地陶醉着。边上的同学,瞥见马老师,书搭着嘴巴,悄然走开。军柱沉浸在模仿中,感觉到边上没了唏嘘声,觉得怪怪的,等他睁开眼睛,见马老师靠着树干,手托着下巴,堆着笑脸盯着他,他像被蜂蜇了,突然跳入冰窖里。军柱打了个寒战,低下头,怯愣愣地僵住了。马老师走前几步,笑容可掬地问:"你妈叫个啥?"

军柱不明白老师的用意,翻着眼,瞥了老师一眼,挠着脖子,支支吾吾,踹着地上的树枝,白了一眼边上的同学。马老师仰起头,突然笑了,双手交叉搭在胸前,向前颠了两步,亲热地说:"你是她亲生的?今年多大了?你是哪个村的?"

军柱一头雾水,点头报了年龄和村名。马老师兴奋地原地踱步,含笑看着周围的学生,犹豫了半响,摆着手说:"哎呀呀!不瞒你说,你妈当姑娘的时候,就认识老师。"

军柱瞥了眼老师深邃冷傲的眼睛,脊背渗凉,疑惑地摆头,瞪了眼边上的同学。马老师晃到他跟前,手搭在他脖子上。军柱以为要抽他,缩身趄开。老师揽住他的肩,怜爱地说:"有些事,老师窝在心里不能说。你别怕,老师舍不得抽你。这样吧,你回家后,趁你爸不在的时候,说出老师的名字,问你妈认识不认识我?"

军柱一惊，盯着马老师，上下打量着。马老师嘿嘿着，眼里有了柔光，低声说："你妈心情好的时候，没准会给你讲好多故事。"

军柱脸色骤变，嘴巴哧哧着，就是没有言语。马老师松开他，谦和地摆着手，颠了几步回转身去，看着军柱的长腿说："年轻时，老师和你一样，也是两条大长腿，好多女娃都喜欢，长着长着就变成这个样子了。"

军柱呆头傻脑，依旧摸不出头绪。壕中约会的时候，他将事情的经过给小丽说了。小丽笑出了眼泪，抖着手，点着军柱说："马老师真有才！他这是变着法子骂你，还骂得很深刻！"

马老师骂人的事，在学生间传开了。班上同学议论着，大明从台阶蹦下来，瞄着小丽进教室的背影，附在顺文耳边说："看！马老师未来的儿媳。"学生们笑了，大明低声说："别看马老师那个样子，他自尊心很强，看不起别人。村里的人都不敢惹。你们别在他面前放肆，不然他年轻时，又多了个女朋友，班上又多了个他儿子。"

领教了马老师的厉害，军柱心里有些怯。课间休息时，马老师含笑闪到他面前，嘘寒问暖，越是这样，他感到越是难受。他不想成为同学们的笑料，看见马老师，他便远远躲开。老师拿着教具，向教室走来。男同学围在树下，比赛跳起来摸树叶。军柱打篮球，跳起来摸了几下，引来一片喝彩。马老师闪着，跨上台阶，看到军柱助跑跃起的背影，想到近来很少碰到军柱，他约莫着，军柱躲着他。上课铃响了，同学们哗啦进了教室。想着军柱一步三蹦的身影，马老师咧着嘴，哼哼几下，眼里露出不屑和厌恶。他腿脚不好，忌讳别人在自己面前耍胳膊弄腿，觉得那是戏弄他。走上讲台，瞥了眼后排的军柱，拿起粉笔，掰掉头，踱步笑着说："世风日下呀！同学们！村上的几个小伙，不孝敬父母，见到老人，躲得远远的。他们也不扪心自问，没有父母，哪来的自己。"

莫名其妙地听着，同学们睁大眼睛，疑惑地盯着马老师。军柱搓着脸，低下了头。

马老师给一班上语文课，黑板上刚写完第二个成语。坐在前排的小丽，轻声读了出来，嘀咕着成语的含义。他忽地转过身，谦和地笑着，镜片后面的眼睛，眨巴着看她，缓缓地说："世事乱了，蛋还在屁股里面，鸟已经喳喳叫了！"

小丽的脸，羞臊得赤红，怯弱地低下了头，吐着舌头，盯着地面。顺文喜欢琢磨马老师的眼睛，感到老师的眼睛和嘴巴，正好是相反的，他嘴巴嘟囔着的时候，眼睛泛着温柔慈爱的光，说明他心情愉悦；他突然咧着嘴巴，开心大笑的时候，眼睛里的光往往是清冷怪离的，说明他笑里藏刀，骂人不带脏字。

大明和小萍自小是同学，家在镇上，哥哥做生意，是镇上有名的万元户。他喜好张扬，家里的新鲜玩意多，经常拿到学校倒腾，惹得好多同学好生羡慕。他骨架小，瘦瘦的脸，像团面挂在钩上，自然垂落，小鼻子小眼就像在面团上，随意抠出来的。同学们心目中，城里人的下限是县城的人，镇上的人不算城里人。镇上的同学，将家不在镇上的同学，叫作乡里人。他们心中，自己就是乡里人心目中的城里人。

大明的头发有点黄，他将头发烫成卷毛，成了学校一景。好多同学背后指指点点，估计严书记肯定会管。大明对什么事都不上心，一副财大气粗的气势，讲话时常蹦出几句普通话，让大家感到他的生活，是和城市接轨的。他将家里的收录机提到学校，藏在桌下，自习的时候，看到外面没有老师，他悄悄拿出来，后排的同学围过来，好奇地看着，轻轻地摸着。他给两个同学使了个眼色。同学过去，将教室的门关上。他从口袋掏出一个褐色的盒子，将磁带放进去，摁了下键，收录机传出轻柔婉约的歌声。这种声音，同学们从来没听过。同学们纷纷转过头,呆愣愣地看着大明,仿佛要钻进歌中。大明站在边上,移动着脚步,闭着眼睛,摇头晃脑。教室外有了响声,大明赶紧关掉收录机。同学们正在兴头上,歌声戛然而止,大家留恋地望着,不甘地转过头。顺文知道,那就是靡靡之音,大明摇摆着的是迪斯科。同学们私下给大明起了个绰号,叫靡靡之音。同学们喊靡靡之音,既是叫大明,也内含着让他给大家播放靡靡之音的诉求。

倾心女孩的时候,男孩有种平时没有的直觉玄妙,他能透过模糊的触角,感受到她周围,还有哪些人追求她。早读的时候,小萍蜷缩一隅,盯着窗台上的书,背对着大家。大明拿着书,在她的面前晃着,晃动中带着摇摆,摇摆中蕴含着挑逗。站在照壁后面,顺文冷冷地瞥着,好在小萍对他的摆弄,似乎没有回应。下了晚自习,小萍出了学校的大门。大明跟在后面,晃着臀部,一副兴奋狂妄的神态。看着他们走出校门,顺文既为小萍担心,又为自己的无能为力而叹息。

高中来了位老师,姓方,原来在县一中教语文。方老师五十多岁,窄长的脸上,竖着道道条子肉,面色褐黄,总是油油的,乌黑的头发硬硬的,靠着发胶整成了带着顶棚的分头。他浑身上下,透着城里人的气息,不像别的老师,总在农村人和城里人的过渡地带。一中的老师能到镇上高中任教,整个学校震动了。老师和同学们,用别样的眼光望着他,盛满了尊重。看见方老师,严书记也会走下台阶,背在后面的手,放在前面,笑着嘘寒问暖。

过了两个星期,方老师的儿子转来上学,分在高一一班,成了学校的焦点。他叫方杰,褐黄油亮的脸,挺拔的身材,昭示着雄性的勃勃生机。从县城来到镇上,方杰身上洋溢着一览众山小的气势,他没有腼腆和害羞,眼睛滴溜着,只要他喜欢,总是要盯着对方，直到人家垂下眼睑。见他像只骄傲的公鸡，在校园里晃动，严书记走过来，威严地盯着他。他平和地盯着书记，没有折服的意思。对视中，严书记能体会到他的桀骜不驯。他也用眼神告诉书记，他和别的同学不同，家长制的灌输于他无用。到了后半段，严书记笑了，用笑容告诉他：管束你是为了你的将来，只要你爸愿意，放任就放任吧！方杰咧着嘴巴，也笑了，用笑容回应书记：自己是城里人，将来肯定有个铁饭碗，您老就别操心了。

早读的时候，方杰站在别人很少去的办公楼前面，后面是严书记的办公室。他将书放在砖墙上，身后有两棵松柏，站在这里，能阅到校园前半截的景致。高台踱着碎步，眼睛滴溜着，他盯着关注的女同学，见她羞涩地垂下头，他哧哧笑着。过了一段时间，早读的时候，台下散布着成群自认为不错的女生，她们晃动着，不时怯懦地偷偷瞥着方杰。接受着不断闪来的暧昧的目光，方杰有了王子的感觉。站在办公室门口，端着茶缸，啜了口陕青，看着松柏下的方杰和成群的女生，严书记不住地摇头。提着带尖的铁壶，方老师到锅炉房提水，和严书记招呼着，见儿子前面晃动着好些女生，他惬意地笑了。

小萍依旧在原来的位置，背着身子早读。顺文心态平和，没有危机感。他感到小萍就像一只船，停泊在码头上，下面是坨重重的锚，任凭风吹浪打，依然岿然不动。他不能判定她有没有定力，他能够感觉到，她好像有一种使命和夙愿，为了达到目标，她将自己密实地包裹起来，用理性屏蔽着环境的滋扰。

方杰的面前，小丽晃来晃去，笑着瞄着他。他感到，她有点怪异，竟敢与自己死死对望。想到在与书记的对望中，书记都妥协了，方杰有了征服的欲望。他垂下手，高傲的眼神调到冷冷的频道，死死地盯着她。小丽偏着头，坦然地瞄着他，表情柔美丰富，夹裹着暧昧的情愫。感到她的目光中,有股暖暖摇曳的蓝焰,方杰的眼中慢慢地有了温度。觉得他眼神中的冷融了,小丽挠颈晃脑,歪头掩嘴,哧哧笑着。感到她的可爱和怡情,他眼神里有了火星。

站在教室檐下,愣愣地盯着这边,军柱感觉到,他们在凝视交流,就像一壶冷水,在光的聚焦下,慢慢晃了起来。军柱心里堵得慌,一股冷气从耻骨腾起,看到脚下的石子,他跃起来,对着方杰的方向,用力踹了过去。小丽正在转悠,突然感到小腿一阵疼痛。收起对望,她咬牙蹲在地上,扭过头来,向石子飞来的方向望着。没想到小丽会闪过来,见石子弹在她腿上,军柱赶紧低下头,溜进教室。

自习课的间隙,军柱总是跑到一班教室外面,对着窗户,叫小丽出去。小丽装作没看见。他变着花样滋扰,他要让方杰知道,小丽是他的女朋友。感到军柱常在教室外面招呼,也不是长久之法,她嘟着脸,低头出了教室,责问他什么事情。军柱一惊,他没有见过小丽在同学面前,对自己发火,感到面子丢尽了。压住内心的怨气,他说要跟她谈谈。小丽正想找个时间,向军柱申明自己的原则,便随他出了校门,来到西边壕里。

坐在柴秸上,撩起裤脚,小丽揉着腿肚子上的青斑。军柱走过来,忽地蹲下,伸出手要帮她搓揉,被她挡了回去。他指着那块斑,气冲冲地问:"谁弄的?告诉我,我打断他的腿!"

小丽瞥了他一眼,噘着嘴说:"军柱,你以后别在教室外面鬼头鬼脑地咋咋呼呼了。让同学看见多不好呀!"

军柱木讷着,嗅到了小丽要和自己分手的味道。他涨红着脸,脸憋得像个气球,固执地歪着头,瞪着远方,沉默了好长时间,吞吐着说:"我答应你,只要你做我的女朋友,不和其他男同学好,我什么都答应你。"

她扑哧笑了，看着他说："咋的啦！要谈婚论嫁呀？你觉得可能吗？"

说着她忽地站起身，头也不回地走了。

秋日的夕阳，纯美温厚，壕岸上的白杨树，叶子黄拉拉的，夕阳透过树梢，映到壕里，橙黄飘荡的树叶和壕下灰拉拉的背阴，形成了明显的对比，一半在阳，一半在阴。军柱揉着赤红的眼，瞪着她的背影，感到女人就像天上的云，随处飘浮，说变就变。蹲在壕岸下，他默然无神地瞭望着，这里曾经留下了他们美好的回忆，难道这一切，就这样结束了？他茫然地靠在壕背上，眼泪从眼角簌簌滑落，流进嘴角。

夜幕初盖，渗凉的地气从屁股下面腾起。晚自习的时间到了，学校的铃不停地响着。军柱扯开衣领，他感到浑身发热，肚子胀胀的。农家的炊烟，袅袅升起，一种家舍的温馨。他想起自己的父母，这个时候，他们应该弯着腰，拉着架子车，从田里归来。念及父母的辛劳，他猛然清醒，这一年春情荡漾，学业也荒芜了，如今却落了个鸡飞蛋打的下场。他再也控制不住自己的情绪了，抓着地上的土，捏成粉末，失声痛哭。听见学校里的喧闹声，他木然了，那似乎和他无关。温情撩人的校园，在小丽决然离去的瞬间，在他的心中就荡然无存了。想到学校，他就是一股凄然的悲凉。

军柱走回校园，站在照壁前，瞄着一排排灯火通明的教室，他鼻子泛酸，再也没有跨进去的勇气了。他脚步踉跄着，回到宿舍，推门上铺，撩起被子，倒头蒙起被子，昏睡了过去。同学们回来的时候，他迷迷糊糊地感到，依旧蒙着被子，徜徉于梦境与现实间，琢磨着小丽决然离去的缘由，思默自己该如何面对这样的变故，而周围的同学又会怎么看待自己。

周末回家，顺文端着碗，走出头门，见一堆人聚在老槐树下。

端着凉面,他慢腾腾过去。半仙蹲在粪堆顶,碗放在脚下,唇上沾着红红的辣椒。槐树寨的半仙,远近有名。他眯着眼睛,给村民解着面相。站在边上,顺文听得云里雾里,就记住他说的,耳朵硬的人心也硬,耳朵软的人心也软。回到学校,坐在课桌凳子上,他盯着小萍的耳朵,见她的耳朵紧贴着脸颊,没有耳坠,不清楚她的耳朵是硬还是软。小萍举起手,在脖上搓着,大拇指顺着耳朵,撩了几下,就见她的耳朵,随着蹦跳,又恢复了原状,没了抖动,更没有持久地摇晃。他暗想,小萍心肠该是硬的。摸着自己的耳朵,厚实绵软,感到如果梦想成真,他就得顺着她的性子。反过来一想,他又觉得,那是件好事,说明她有自己的原则和定性,不像小丽那样,随性而为。

课间休息,小丽站在台阶上,对着太阳光打了个喷嚏,笑着对周围的同学说,有人在背后骂我。她偏着头,手指在耳洞里挠着。见她厚实的耳廓,颤抖了几下,顺文明白了,她心地善良,却经不住诱惑,时常会丢弃原则。自习课时,顺文做完物理作业,想到耳朵原理,他翻开本子,画了几个角度的耳朵,分析不同角度,耳朵的重力分布。他用细化的分析方法,观察班上的同学,感到半仙的理论,有几分道理。

军柱像蔫了的黄瓜,整天没精打采的,从一班教室前经过的时候,他总是弯着腰,低头快步疾行。晚自习上到一半,他合上书,灰溜溜地走出教室,站在远处的黑暗处,瞄着一班的教室。他默然回到宿舍,蒙头就睡。小丽避着军柱,看见他也会低下头,害怕目光的遭遇。下课后,方杰回教工宿舍。小丽也到教工饭堂吃饭,他们慢慢熟了,有说有笑。过了一段时间,她拿着书,来到方老师的屋子,常和方杰讨论问题。方老师知趣,默然笑着,点上一根金丝猴香烟,悠然走出屋门,在校园踱着。

方杰个子高,坐在教室后排,他经常拿着书,走到前排小丽的课桌前,撅着屁股,双手撑在课桌上,和小丽讨论问题。瞥着走廊上方杰晃动的屁股,顺文感到,他就像匹公马,摆弄着他的健硕和性感。小萍低着头,不时怯羞地瞥着方杰翘起的屁股。顺文恨不得找条棍子,拦腰敲断,让他变成断了脊梁的癞皮狗。方杰从来不在意大家怎么看他,他向来就是我行我素。下课后,他晃着从走廊上经过,手在空中一搓,随着啪的一声,小丽赶紧合上书,笑着快步走出去,小跑着跟在他后面。

晚自习中间,方杰一搓手,小丽跟着出了教室,他们站在教室和围墙的夹道间,窃窃私语。军柱准备回去睡觉,见夹道两个影子拉拉扯扯,走前几步,揉了几下眼睛,定眼一瞧,原来是方杰和小丽。他已经心灰意冷了,还是走前几步,隐在暗处,嫉妒之火慢慢燃了起来。他回过身来,顺着教室的台阶,悄悄溜到夹道口墙背后,扯了几下喉结,学着严书记,咳咳了几声。方杰闪开身子,低声对小丽说:"不好了,严书记在那边。"

小丽思默着,笑着说:"别理他,就让他咳去吧!"

瞪着眼睛,方杰惊悸地看着她。他只知道自己勇敢,没想到一个小小的女生,竟然不把书记放在眼中,他感到怪怪的。

小丽识破了自己的诡计,军柱垂头丧气地走了。到了照壁后面,前面树下暗处,两个女生在嘀咕,他随意咳两下,两个女生就像兔子,手拉着手,惊慌地跑开了。他纳闷地想:"这两下自己没扯喉结,为何还有如此的功效,莫非自己完全仿成了书记的腔调了?"

虽然率性,方杰也颇有心计。他一直纳闷小丽为啥对严书记威严的咳咳嗤之以鼻,莫非她是书记的亲戚?确知了严书记和她没有亲戚关系,见她大白天见到书记,也是乖巧温顺的样子,他更加难以解释那天晚上的事。将猜忌埋在心里,他表面上嘻嘻哈哈,内心

十 · 119

却设了道防。有天晚上，从外面回来，学校的大门关着。方杰用力推开校门，门房老汉站在门房檐下。他瞥了老汉一眼。老汉咬着烟锅，冷冷地瞄着他，饱含着蔑视。小丽跟着进门的时候，老汉即刻点头哈腰，满脸献媚的笑容。方杰感到自己随爸爸过来，学校好多人都给面子，没有想到在门房老汉的心中，自己连小丽都不如。压在心里的猜忌，又泛上心头，莫非小丽真有什么来头？会不会是哪位领导，将自己的千金放到乡下，让她在这里锻炼锻炼？

课余时间，方杰变着法子，拐弯抹角询问小丽家里的情况。小丽爱面子，虚荣心强，怕他瞧不起自己，她总是迟疑沉默，在真话和假话间犹豫。看到她挠头搓耳，不愿意说的神态，方杰对自己的猜测，更加确信了。小丽闷想了几天，决定在真实的基础上，适度拔高，给他必要的想象空间。方杰再问的时候，她笑着说："我老家就在塬上。爸爸是教师，伯父是省里的厅长！"

方杰虽然是城里人，听到最大的官，就是县里的局长和县长，很少听说过厅长。感到厅长就是和省委书记一起办公的人。他趔身退了步，挠着脖子，思量了半晌，噢噢应着，豁然间觉得小丽不一般。

篮球场上没了军柱的影子，他躲着同学，背馍的人群中，很难见到他的身影。顺文埋头学习，他纳闷小丽和方杰眉来眼去，看不到军柱，他有些揪心，想找个机会，问问军柱。军柱变得面黄肌瘦，郁郁寡欢，两条长腿撑着本来健硕挺拔，现在总是弓着背，蜡黄的脸上，眼窝陷了下去，迷茫的眼睛间或眨巴着。他已经空了，没了嫉妒的力气。回到家里，父母看着儿子变成这般模样，心里十分着急，问他肚里是不是有虫，咋就黄瘦成这个样子了。围着问前问后，他总是犹豫着摇头，一副爱理不理的样子。尽管他不作声，父母依然伺候着。他感到了家的温暖。原先回校的时候，他总是兴高采烈的，现在想到返校，他倏然心悸。

十一

军柱回家背馍，站在照壁前，等着顺文过来。瞄见街道上挂着的参军征兵的条幅，军柱猛然心动，他想去参军，逃遁目前这样的窘境。沿着田埂，絮叨中，顺文问他和小丽的事。军柱眨巴眼，有点激动，驻步抓住顺文的手，叹气摇头，犹豫着说："顺文，你当初的话有道理。咱们上高中，未来谁也说不清，都在铆足劲，梦想着跳出农门。农村和城市，那是两个世界。这些天，我也想通了，我不埋怨小丽。她就像后墙的小鸡，我就是墙角的鸡架，她就是暂时偎在我这个架上，等头上有了更高的架，她就会跳上去的。"

顺文捏着他的手，点头应道："军柱，你能这么想，说明你成熟了。我到西安去了趟，梦里常有西安的景色。现实就是这样，大家都想成为城里人，假若你考上大学，小丽留在农村，你们将来能在一起吗？"

松开了顺文的手，军柱踹了脚地上的瓦砾，笑着说："顺文，你还别说，如果我考上，小丽在农村，我会不负约定，养她一辈子。"

顺文哧哧笑着，晃着手应道："军柱，别嘴硬！我相信你的话，但我怀疑你能不能做到。"

揽着顺文的肩，军柱低头，附在他耳边说："行了！说实话，我能考上大学，那是白日做梦。这点，我有自知之明。考不上，我说的那种情况就不会有，我的承诺也就没有意义。顺文，这段时间，我想了好多，我和小丽就是好到高中毕业，她考上大学，我考不上，也会是今天这个结局。如果让我捣鼓着，她也考不上大学，大家都留在农村，讲老实话，我会愧疚一辈子，就是过活在一起，也没幸福可言。"

顺文驻步，上下打量着军柱，笑着说："军柱，咱们从小光着屁股，一起长大，我本来想劝你几句，你有这样的想法，我也就不多说了。总之，要想娶个颜如玉，自己就得有点出息。"

捋了捋领扣，直起腰，揪住裤腿，军柱抖抖着说："顺文，我想曲线救国。考大学，你也知道，我不是那块料。我想去当兵，将来考军校。小丽喜欢军人！"

扯着军柱的胳膊，顺文偏头笑了，竖起拇指说："军柱，你就是块当兵的料，就你这两条大长腿，穿上军装，还能找不到女朋友？你还别说，我表哥就是当兵，考上了武汉的后勤学院，有军装穿，还有工资拿，比地方考上大学的人好。"

回到家，军柱乐呵呵地吃了一老碗凉面，抹着嘴上的辣子，对着檐下父母说："今年征兵，我考虑再三，想报名参军。"

爸爸在乡上工作，期望儿子能考上大学，猛然听到儿子要弃学从军，他趔身挪动屁股，瞥了眼系着围裙、收拾着碗筷的老婆，瞪着眼问："好好的学不上，咋就想起了当兵？当兵，那是不得已的出路。"

妈妈撩起围裙，擦着手，点头应和着。趔身肩靠在树干上，眯着树梢的日头，军柱哼了几下，摆着手说："爸！这事我不是和你们商量的，我就是告诉你们一声。兵我是当定了，乡上和大队的事，就靠你了。我锻炼好身体，就等着体检了。"

虽然在外面人五人六，有些霸道，遇上这样比自己还霸道的儿子,军柱爸讪笑摇头。等了半晌,见儿子进屋,他站在门洞,喷了口烟说:"军柱,爸听说今年的兵,要去新疆,那里艰苦。我看今年咱就算了,你再刻苦一年,明年有好地方,咱再考虑。"

军柱瞪了爸爸一眼,蒙起被子,不再搭理他了。父亲蹲在厨房外面,抽着烟,打量着当空的日头,心里一阵悲凉,难道自己这辈子,就没有出个大学生的命了。默然起身,走到村头,望着马路上回校的学生,他怅然叹气。军柱罢课了,躺在炕上,不愿意返校。在院子收拾好东西,妈妈不住地喊着,馍装好了。撩起围裙,走出村口,军柱妈瞭见自家男人蹲在田头,抽着闷烟,她说娃不愿上学了。两口子回到家,坐在炕边上,拉着儿子的胳膊,耐心劝导。军柱平躺着,呆呆地盯着屋顶,听着父母千篇一律的絮叨,他忽地转过身,对着墙,就是不吱声。

父母的话像回锅的酸汤面,吃到后面没了味道。他们垂头顿足地叹息,看着柜子上面小花和她解放军哥哥的剧照,不知如何是好。知道父母不易,见没了声息,军柱忽地坐在炕上,扯着妈妈的胳膊说:"你们别操心了。就我这样的文化素质,到了部队,考个军校,那是十拿九稳的事。到时回家探亲,咱既有军装穿,又是军校的大学生,多风光呀!"

想着儿子的描述,看着那张剧照,军柱爸将小花想成了儿子的对象,一下子豁然开朗了,脸上绽放知足而又期待的笑容。

军柱报名参军,他爸在政府上班,过程十分顺利。体检结束后,他回到校园。他从抑郁惆怅中,慢慢走了出来,用军人的眼光,审视着学校里的人和事。在学校饭堂打了碗面,见小丽和方杰端着碗过来,他淡然地盯着。照面的时候,他蛮有风度地笑着,朝他们挥了下手。小丽以为他要滋扰自己,瞥了他一眼,冷冷地背过头,和方杰说说笑笑。军柱收拾好自己的铺盖,益群跟着顺文,帮他将铺盖绑在自行车上,推着自行车,将他送出校门。经过西边壕岸的时候,军柱下了车,将自行车靠在杨树上,摸出最近办事需要的香烟,捻出一根烟,叼在嘴上,点着后猛吸了几口,呛得他弯腰低头,一串搅心挠肺的咳咳,他的眼睛湿湿的,清涕从口鼻淋出来。手夹着烟,袅袅的青烟像香火一样飘升,木然地打量着壕堘田渠,这里曾经留下了自己生命跃动的记忆,他要好好看上一眼,将此番景致,埋在心里,留作永恒的纪念。上课的铃响了。军柱缓缓地回过头,懒懒地眨巴几下眼睛,骑上自行车离开了。

给了方杰模糊的印象,小丽知道,要延续虚飘的指引,她得有所改变。听着学校的喇叭,她和西安过来的同学聊天,学着普通话,琢磨西安话常用的口头禅。从方杰众多的恋者中脱颖而出,她内心无比自豪。好多女生嫉妒她,这种嫉妒不是言语和行动,更多的是眼神和表情。眼神和表情的疏离,让小丽感到了她们的妒忌,她更加神气了,阳光一般的笑容中,添加了清傲。

军柱领了军装,回到家,将自己洗漱一番,穿上了崭新的军装。口袋里揣着香烟,在父亲的陪同下,在村子里走了一遭,见到邻里长辈,便走上前,递上香烟,寒暄几句。瞄着穿上军装的军柱,邻里直夸他是个军人的料。军柱三爸端着老碗,刨着面条,接过香烟后,放下老碗,点着烟抽了几口,笑着说:"你娃名字叫军柱,到部队要好好干,将来成为军队的柱子,才对得起你这名字。"

军柱知道三爸喜欢开玩笑,憨憨地笑着。走开的时候,他三爸从粪堆站起来,拎着老碗,打了几个嗝,喘口气说:"军柱,这次出去,如果有出息,也不枉你爸这辈子的折腾!"

军柱将自己初中和高中主要的书找出来,扎在行李中。明天就要出发了,躺在炕上,望着窗外暮暮的月光,想到奔赴南疆戍边,他心里既兴奋,又依依不舍,还有丝丝的无奈。小丽此时在明亮的教室里，专心学习，还是和方杰拥在昏暗的角落亲昵，他不得而知。父亲在院子里擦自行车，车链嗒嗒响着。妈妈蹲在炉膛前，用麦草烧锅，将焦黄发起的锅盔，翻来翻去。她拿起筷子，对着锅盔，扎了几个眼，锅盔的醇香飘起，盖上锅盖，她往灶膛里扔着麦草，拨灰戳弄着。灶膛的火苗，忽闪摇摆。愣愣地坐在灶膛前，木然瞄着火苗，她抹着眼睛，脸庞一明一暗地闪着。

暮暮的日头，从东方升起，泛着青白色，就像开膛后裹着油罩的猪胸腔。初冬时节，田野凄然萧瑟，光秃秃的树枝，挺立在村前屋后，好像还没有睡醒。公鸡跃上墙头，好像记起了什么事，伸长脖子，抖着火红的冠子，对着蒙了层薄纱的天宇叫着。泛黄的麦根，露出稀疏的绿叶，上面是白白的霜，霜上飘着层雾。田舍的烟囱冒着炊烟，村民们开了门，懒洋洋出来，来到军柱家。穿着军装，背着背包，军柱从家中出来，跟着嘴巴上叼着烟卷的父亲和抹着眼泪的母亲。

快到乡政府的时候，远远就听见敲锣打鼓的声音。军柱和父母走进院子，姑娘手里拿着红花，瞥着他的大长腿，咯咯笑着，帮他戴上大红花。看着她秀美的笑，他想起了小丽。政府杀了头羊，算是给新兵送行。军柱爸在政府上班，他带着老婆和儿子，掰好锅盔，将碗放在案板上。煮馍的师傅，是乡上的大厨，笑着和军柱爸聊着天，将碗里的馍肉，倒入翻滚的汤瓢，加着粉条、豆腐和葱花，另一只手来回掂着瓢，在呼啦啦的火口上翻腾着。临出锅时，大厨掌起铁勺，在盛着羊油的盆子里勾了下，放入锅里，搅和了一会儿，将泡馍盛进碗里。

新兵上了卡车，站在车厢的两侧，锣鼓声中，卡车驶出了乡政府的大门。军柱的父母站在下面，裹在送行的人群中，挥着手和儿子告别。车子顺着公路，向县城进发。镇上有集市，街道上挤满了人。汽车鸣着笛,推着人流,缓缓前行。赶集的人纷纷转过头,喧嚣声小了,看着车上的新兵和他们胸前的大红花,遇见认识的人,人们便跳到街边,仰头攀谈着。军柱站着车厢后面,扶着护栏,瞄着熟悉的街区,他想起了和小丽牵手游逛的情形。忽然间,他看见马路边卖醪糟的担子前,小丽和方杰坐在那里,勺子搅动着碗里的醪糟,亲热地说笑着。他索然垂下头,宽容中夹裹着嫉妒,妒忌中添加着无奈,无奈中浸着淡淡的不舍。

汽车鸣笛,小丽撅起屁股,将小凳子往前挪动着。她抬头看着车厢的一排新兵,瞧见军柱站在后面,她愕然瞪着眼睛,甜甜的嘴僵住了,下意识将小凳从方杰身边,挪开一点。方杰低着头,觉得小丽有点异样,刚转过头,她笑着说:"不够甜!"机巧地将方杰的注意力引了回来,小丽举着碗,让卖家给她加了勺白糖。汽车离开了。她感到有些愧疚,转过头,茫然地望着同样颜色中不同的脸。她突然问方杰:"如果让你当兵,你会咋办?"

方杰轻蔑地瞥着车上的新兵,漫不经心地偏头应道:"没有如果。咱这商品粮身份,就我爸在县上的关系,还愁没个工作。我从来没有想过,自己会去当兵。那都是农村的小伙子没有办法的出路,就想出来,混个商品粮!"

方杰对农村人的轻蔑,让小丽有点反感。想到方杰心里,自己那也是城里金贵的千金,她回过身来,笑着点头,付了钱,挽着他的胳膊回校了。

坐着绿皮火车,军柱来到了新疆。三个月新兵连生活,他累得够呛,没有时间想别的事情。基训结束后,他和几个战友,来到军人服务社,在照相馆照了几张相。新兵们排好队,站在操场上,营长站在旗杆下,点着名,将战士分成几堆,军柱被分到边防团。一个月后,他穿着棉衣棉裤,披着厚重的毛大衣,穿着二十多斤的毛皮鞋，骑着马，踩着二十多厘米积雪，来到帕米尔高原的边防哨卡。战友们挎着冲锋枪，站在国旗下，他为国戍边的豪情，一下子喷涌出来。他拴好马匹，脱掉大衣，站在白茫茫的山顶，瞭着银装素裹、重峦叠嶂的山峦，兴奋地喊道："帕米尔，我来了！"

喊声随着呼啸的北风，在莽原上回荡。班长走出营房，压了压毛帽的扇扇，伸出大拇指，嘿嘿地笑着。

充盈着军人的豪情，军柱为自己原本卿卿我我的儿女私情，感到可笑，他的心胸和这里的天地一样宽广。严寒的冬夜，战友们围坐火炉旁，该讲的话慢慢讲完了，情趣慢慢移到女人身上。班长让每个人讲自己的恋爱史。好多战士当兵以前，没谈过恋爱，有的家里定了亲，和女方没见过几面，他们就将道听途说的乡野逸事，添油加醋地讲出来。每当这个时候，战友们将腿蜷起来，头放在膝盖上，盯着讲述的人，炉火映照下的脸庞，红扑扑的，不时会问些青涩的问题。

开春以后，山上的雪慢慢瘦了。军柱知道，春天不远了。在战友们嬉笑撩拨和窥视欲的蛊惑下，沉积在心里的恋情，又开始发酵了。他感到，没接触过女孩的战友，无论故事多么香艳，总是朦朦胧胧的，就像一阵风，来得快，说走也就走了。他的情殇是撕心裂肺的，情到浓时，难以自拔。如果说战友的憧憬和遐想，是张白纸；军柱的怀想，则是立体和跃动的，里面有图景和人物。理智捆绑的激情，一旦死灰复燃，具有摧枯拉朽的澎湃动力。军柱给小丽写了封信，附上戎装照片，他知道来回需要一个多月。放飞了希望，他一下子轻松了。他拿出书本，空闲的时候，开始看书学习。

阳春三月，鲜花和绿草就像化好装的演员，站在幕后，等着节气的鼓点，准备碎步出来。军柱感受迟到的春的气息，他盘腿坐在草坡上，看了会儿书，瞥着进山的峡口，期盼着小丽的回信。

小丽能讲流利的普通话了，时常还会蹦出几句西安城的俚语，原来说着她与西安城的关系，时常有些心虚，现在她觉得自己就是西安人。随着腔调的变化，她越来越感到她和别的女生不同，除了收获同性的嫉妒，她还拒绝着异性迷离的挑逗。方杰到传达室拿报纸，看到一封从部队寄给小丽的信，他好奇地拿起来，折了折，感到里面有照片，将信封放在太阳下瞄了几眼，褐色的牛皮纸，遮得啥都看不清。他手指一搓。小丽走在照壁前。她循着声音，嘻嘻笑着过来。他将信递给她。看着信封，小丽估计又是小军在多情，她莞尔一笑。小丽看着方杰，为了证明自己的不贰，她晃着信封，问他："想不想看看？"

方杰挠着头，笑着说："信是个人隐私，偷看不道德！"

小丽感到，方杰不介意自己的交往，说明他没有把她当回事；如果他的操守真的到了那个高度，她又感到高兴。她觉得自己要坦白，不能让他心里犯嘀咕，男孩和女孩一个样儿，常常都是口是心非。

扯着方杰，他们来到去年小丽和军柱约会的那个地方。她晃着信封，笑着说："别介意！信是我请你看的，我就是要证明自己的忠诚！"

爽快地撕开信封，从信瓤中抽出相片，见是军柱，她一下子呆了。心想自己真是没事找事。回过神来，她将照片递给方杰，飞快地撩起信瓤，快速浏览了一段，全是追忆往日的交往。信瓤揣入裤兜，蹲在方杰边上，瞥着军柱俊朗的面容，她想起曾经的一幕，心扑腾扑腾着。方杰将照片从远到近，在太阳下晃着，笑着说："小伙子好面熟，好像在哪里见过，没错！就是那个痴情的家伙。"

学校的铃声响了，小丽松了口气，如果这样搅和下去，肯定要露馅。拉起方杰的胳膊，附在他耳边，娇滴滴地问道："别的男孩子追我，你咋想的？生气就说出来。"

方杰哧地笑了，摆着手说："我生啥气，我高兴还来不及哩！说明你是抢手货！那个小伙子不错！比林立果好。"

回到教室，小丽心情很难平复。她本想测试方杰对自己的感情，理想的结果就是他嘶吼着，斥责自己，一副伤心的样子，没有料到，他是那种态度。他讲得也有点道理，说明他并不在意她。小丽十分反感他将自己归类为"货"，那是莫大的侮辱，自己快要和猪成邻居了。一股悲凉的伤心，涌上心头。她想如果自己放弃，好些女生就会乘虚而入，同学们会一股脑认为，方杰抛弃了她，她那居高临下好不容易才固定下来的阵地，即刻就丢了。想到他将军柱比作林立果，那可是副统帅的公子，暗示在他心目中，她还是尊贵的，她的心绪一下子振奋了。方杰在看林彪罪证材料，在方老师宿舍，她看见过，里面有张坠机的照片，断胳膊少腿的男女，莫非他将军柱比作林立果，又是变着法子，埋汰她？苦思冥想地分析，她的心情就像价格曲线，上下波动着。小丽明白，她对方杰的爱恋就是价值，无论自己的心情怎么波动，只要价值尚在，心情就会匍匐于情苑中。

下了晚自习，小丽没像往常那样，和方杰在校园散步，也没有跑到老师房间，求教问题。她随着班上的同学，洗漱回到宿舍，早早地躺在床铺上。见同学们进入梦乡，她从枕头下，拿出手电筒，蒙起被子，在被窝里读着军柱的信。军柱回顾了他们交往的时光，倾诉自己当兵的因由，发自肺腑地道出了他的痴情和生不如死的爱恋。读着读着，她悄然流下了泪，用被子捂着嘴，在被窝里抽泣着。脑海里飘着信中道及的情形，好像她又和军柱，重新恋了一场。

早读的时候，小丽望着花圃，想起军柱为了讨好自己，颠着步子，学着马老师，被老师羞辱了半个学期。门房老汉端着脸盆，出来倒水,她又想到那个凄冷之夜,为了她能进门,他扯着喉结,在大门外学着严书记咳咳,歉疚之情顿生。她犹豫着要不要给军柱回信,回信会旧情复燃,方杰这边咋办?和方杰散步的时候,他转过身,后退着,笑着问:"那位解放军哥哥的信,回了没有?"

小丽拍了下他的胳膊,娇媚地摆手应道:"回啥哩!他就是单相思。"

方杰摇着头,劝解道:"热爱解放军,要落实在行动上。那么荒凉的地方,人家就是一帮战友,回个信安慰几句,也是人之常情!"

小丽蒙了,她不明白天下还有鼓励自己女朋友,和其他追求者通信的男生。一股难解的惆怅,涌上心头。

同学们知道军柱为情所困,当兵是为了解脱。好多人在背后,对小丽指指点点。同学面前,小丽没事一样,和方杰的关系,更加亲密了。

顺文坐在小萍后面,只要没人打她的主意,顺文都是坦然平和的心态。他和军柱聊过,知道军柱有他的盘算,听到议论,含笑不语。他用各种理论和公式,推测着小萍,觉得她是道难解的题。他研究她的神态举止,在和小丽的比对中,慢慢有了眉目。他感到:塬上的男孩子,内心或多或少都有点大男子主义,举止言行坚守着男女授受不亲的古训,内心强烈地想走出农村,即或现在心有所归,将来待在农村,一切都是枉然。他们内心自卑,偶然灵动的暗示,得不到回应或者被女孩冷落,便会触碰他们脆弱的心理和固执的个性,为了维持心理上的自尊,他们即刻就会退缩到壳子中。塬上的男孩和女孩,都有颗怀春的心。初春时节,万物复苏,他们就像苜蓿地的田鼠,嗅着春天的气息,头伸出洞外,抖着须毛,眯眼眨巴着明媚的阳光,不肯迈出洞口半步。他们也像碗里的黏面,虽然是面，没有过过水，还在懵懂的状态。

和农村的男孩不同，方杰没有生活压力，未来斑斓多彩，他的人生是个自然绽放的过程。他是春天里恣意蹦跳的马驹，也是过了水的凉面，见多识广，挥洒自如。小丽像春天纷飞的蝴蝶，蜷缩在高高的树梢，给了百花园春的气息。塬上呆头愣脑的小伙，含羞怯弱的姑娘，龟缩在壳子中，瞄着马驹炮蹄，晃着尾巴，追逐着满园的蝴蝶，恣意嬉戏。顺文多思忧郁，他明白了：青春岁月，春的花蕾舒展随性，将来的人生往往肤浅。青春像坛老酒，也像壶陈醋，更像三伏天的一瓮浆水，得捂着，才能发酵，这样的人生将会醇厚芬芳。如果刚有点味道，就顺着淌出，一时的惬意中，却丢了人生的酵素。

盼不到小丽的回信，军柱的情绪，跌到谷底。春天到了，雪层慢慢瘪了，现出褐色的雪线。蓝天白云，凉风习习，艳阳当空，白雪就像羊群，转场去了峰巅。脱下厚厚的棉衣，战友们骑着马，策马扬鞭，尽情地驰骋在辽阔的山脊上。山脚下是道河谷，夹岸是郁郁葱葱的林带。哨所矗立的山脊上，雪融草青，战友们沿着边境线巡逻，左右几十公里。

绿色的海洋中，军柱有些沉醉，他没见过茂盛肥美的草原，看着望不到边际的绿，嗅着叫不上名的娇艳的花香，他深深地震撼了。他和战友骑着马，走下山坡，来到河谷的林带。马拴在树干上，他们靠着树干，明媚的阳光就像调皮的姑娘，从茂密的枝叶中，露出笑脸，咯咯笑了下，转眼就不见了。哗哗的溪水，恰似姑娘银铃般的歌声，虽然听不懂，却能感受到欢快的气氛。几只松鼠，眨着黑豆般的眼睛，翘着尾巴，在树丛中飘动。军柱忽地站起身，撒腿扑过去。松鼠顺着树枝，爬上树冠。战友哈哈笑着。过了林带，是成片舒缓开阔的草原，飘着五颜六色的鲜花。远处的山脊下,蠕动着成群羊。骑马扬鞭的牧人们,围着羊群奔跑,突然勒住缰绳,仰望蓝天,传来了悠扬激越的歌声。

夕阳坠落,军柱和战友们回到哨所。他摘下帽子,坐在山坡上,夕阳下,远处的山峰黄澄澄的,半山腰的林木,尚有清晰的轮廓,山脚下黑魆魆的,偶尔传来野兽的咆哮声。军柱耳朵灵,听了几次野兽的叫声,躺在山坡上,扯着喉结,试着模仿,慢慢有了感觉。再次听到这种咆哮声的时候,他站在山脊上,双手捂成喇叭状,对着山下的林带嘶吼,时常得到回应。

秋天到了,站在哨卡前,仰望着阳光下远方山峰上的雪层,往下是陡峭突兀灰色的悬崖峭壁,半山腰是墨绿的林带,林带下面是泛黄的操场;谷底是婉转的清流和河谷两岸淡黄的林木。军柱朝山下走了一段,坐在山脊上,欣赏着美景,心里蓦然想起小丽。如果自己还在老家上学,此时会是个什么状况?他心中涌起了失落和无奈。酽酽的秋色,让人感到生活的绚丽和深沉,也暗示着生命的宿命和寥落。

大雪封山了,军柱和战友们重新回到冰天雪地的状态。孤独落寞中,对家乡的思念涌上心头。彼此间该说的话,似乎已经说完了,心思装在心里。两个战友在老家定了亲,和女娃见过一面,忍受不住孤独和寂寞,他们铺开信纸,咬着笔帽,听着窗外呼啸的寒风,瞄着炉台噗噗喷气的水头,给老家的姑娘家写信,不时向军柱询问写信的技巧。看着他们趴在床头,揣着暖暖心绪,释放着情愫,军柱心里痒痒的。他感到,春夏时节,山花烂漫,芳草青青,在自然的天宇间,人的春情和自然的朝气,融为一体。到了严冬,自然的多彩闭合了,成了单调的白色,人的心绪也蜷缩了,没有对溪水、野花和山林的倾诉,只能用书信传情,寄托自己的思念。

没有等到小丽的回信,军柱知道没有希望了。他掂量了几日,想再叙旧情,望着窗外风卷着的雪花,他轻轻咬着嘴唇,用理性缚住了恣意蔓生的青春之焰。他明白如果不能考上军校,前途就是一片黯淡,与其在藕断丝连中悲悲切切,不如在痛定思痛中,趁着这清冷孤寂的环境,发奋复习,兑现临行前向父母的承诺。

十二

放暑假了，天气酷热，顺文遵循着每天割两担笼青草的规矩。无论在玉米地里，还是在沟渠边，抑或是赤身蹲在水库的草丛中，他都会想到小萍。暮暮的愁思中，他期望开学，那样就能够看到她。太阳火辣辣的，水库草丛中，顺文泡了一会儿，穿上裤子，赤背坐在岸边的草丛中，他蓦然想起军柱，这些年暑假，游水的时候，他们都是结伴而来的。军柱来信，打听小丽的消息。顺文没有渲染她的趣闻，说军柱走了，她成熟了好多，埋头学习，和方杰的交往也少了。

高二快开学了，连续十几天的阴雨，天气渗凉。铺盖裹了层塑料纸，顺文绑在自行车后座上。刚出锅的馍，放在窗户下面，去了热气，妈妈帮他装进褡裢。炒辣椒时，妈妈加了勺豆酱，青椒裹着酱色，飘着豆酱的香味。吃过午饭，淅淅沥沥的雨还在下着，屋檐瓦楞垂下的雨丝，滴在阶下的青砖上，溅起了水花。爸爸蹲靠着门扇，抽着旱烟，眯眼看着阴沉沉的天。他让顺文等等，雨停了再走。放下书包，摸着脸上白芝麻粒般的痘痘，顺文快步进屋，拉亮电灯，对着柜台的镜子挤着。雨还在下，实在等不及了，他披上塑料纸做成的雨衣，推着家里的旧自行车，冒雨上路了。

村子里泥水横流，树沟积满雨水，雨丝落在水面，起着水泡，混着柴草和猪鸡的粪便。踩着路边的柴草，车轮沿着车辙泥水刺溜滑行着，走了几步，顺文停了下来。望着雕琢各式脚窝泥泞的路面，他换了口气，抹着额头的雨水，弯着腰，撅着屁股，颤颤巍巍地踉跄前行。到了村口，自行车后轮的瓦圈，塞满了混着柴草的泥巴，车子像赴屠场的猪，后蹄蹬在地上，任由屠夫后推前拽，就是不迈步子。将自行车撑起来，放在水沟，他捡起一根树枝，摇着踏板，抠着车胎和瓦圈间的泥。车轮慢慢动了，向车轮撩水，离心力的作用下，车轮形成的水柱，冲掉了瓦圈里面的泥，飞溅的泥水飘上他的脸。他走一阵，停一下，天色暗下来的时候，回到了学校。

洗了把脸，顺文提着书包，走进教室。从门缝看见小萍坐在教室里，他心里腾腾跳着。他垂着目光，瞭着小萍。她垂目看书，目光瞬间轻轻从三十度变成了七十五度，用流利的眼光，瞥了眼他胸部以下的身体。他坐下来，从书包掏出课本，看了一会儿，瞄着她的脖子，从颜色有无变黑，判断她暑假有没有帮家里劳动。

脱下了洗得泛白的黄上衣，益群穿上了灰色的税务装。顺文随着益群，提起暖瓶，去锅炉房打水。益群看见张琳推着自行车，从照壁后面过来。他驻步一愣，扯着顺文胳膊，下巴摆着问："呀！那不是张琳吗！一中好好的，咋又回来了？"

转过头，顺文看着张琳笑呵呵地走过来，拎起暖瓶，晃了几下，笑着喊道："史道婆！"

扯起税务装，抖了几下，益群跨步上前，瞥着她自行车后座的行李，眨巴眼睛问："张琳，咋回来了？县城多好呀！"

白了益群一眼，张琳打量着顺文，摁住车头晃动的书包应道："顺文，不错呀！能讲英语了。"

挠着脖子，顺文摆着手说："我不会音标，靠的是拼音加联想。我们大队原来有个道观，住着个神婆，姓史。我一想，原来英语的站住,就是道观姓史的道婆。比你们叨咕那些歪歪扭扭的音标简单。"

张琳捂着嘴巴,瞥着顺文,摇头笑了。益群扣起领扣,摸着车头问:"张琳,回来分到几班了?"

晃着头,想了瞬间,她转身瞄了眼身后的教室说:"还不知道哩!我想去一班,应该没问题吧!"

益群点着头,目送着她向宿舍走去。顺文拎起暖瓶,抵了下他,低头笑着问:"咋的?有点意思!"

嘿嘿笑了,益群掂起暖瓶,高声说:"快走!晚了,就没开水了!"

装好了开水,益群转过身,见叔伯舅舅,脸上蒙着炭灰,从夹道过来。他招手,将益群叫过去,塞给他一条冒着热气的烤红芋。揣在袖筒,益群走回来,将顺文叫到台阶上,掰了半截,递给了他。

高二的数学老师,姓杜,他四十三四岁,上海人,一副白净的面皮,戴着精致的白色圆框眼镜。他身材消瘦,典型文弱的书生,脸瘦长,不像塬上人,大都是国字大脸。杜老师的脸,像上海的里弄,地方有限,五官挤在脸上,小鼻子小眼,薄薄的嘴唇精巧红润。他从小就对新中国成立前的交通大学情有独钟,查找历史由来,和几位同学,慕名考入西安交通大学,钻研计算数学,筹划着毕业后回到上海。没想到国家统一分配,他留在了西安,在铸造厂当技术员。一介书生,他没有力量,干了一年,调到厂子的子弟学校教书,几经辗转,来到了镇上的高中。

杜老师在陕西工作了二十多年,依旧是普通话裹着上海话。陕西话就像三秦大地的山水,粗犷豪放,又像碗里的棍棍面,声声有着面纹和筋性,合脾气了,咋样的都行;心里有了疙瘩,即刻写在脸上。秦腔吼着唱,关中话时常也是喊着说。同学们喜欢杜老师的课，除了他讲得好，他那文绉绉的普通话里夹裹的吴侬软语，更是女同学的钟爱。杜老师喜欢安静，他和别的老师交往不多，穿着件洗得泛白的蓝色中山装，见到谁，他都是露牙一笑，没有问题，很少主动攀谈。关中人好客，知道人家上海人，留在塬上不易，老师们将配给的大米，竞相兑给杜老师。

回上海是杜老师的梦想。尽管有漂亮的姑娘和女老师，撩拨着他的琴弦，他紧紧关闭心扉，他知道要回大上海，就得找个上海老婆，用分居的名义调回去。如果说二十多岁的时候，杜老师的心还开着条缝，间或沐浴外面的春风；那么过了三十五岁，他回上海的愿望，越来越强烈了，曾经晃动的心扉，慢慢闭上了。他知道一旦在陕西结婚，就得永久地留下。学校里住着好些西安城来的女同学，在塬上学生的心目中，她们是高不可攀的金枝玉叶，骨子里，她们也看不起乡下人。在杜老师面前，她们又好像是土气的乡下人。每到周末，她们结伙，帮着杜老师洗衣服，收拾屋子。坐在台阶上，杜老师给她们讲数学题。

学校的师生没见杜老师和哪位女性亲近过，他像一道难解的数学题，好多女生都想解开，他就是不给已知的变量和必要的参数。信心饱满的女性，为了测试自己的魅力，也为了在同伴面前，证明自己的与众不同，千方百计地接近他，即或擦出零星的火花，都能成为她炫耀的谈资，终了还是一鼻子灰。他是全学校师生心目中，高端城里人的象征，他像一个清心寡欲的清教徒，让女生可望不可近。杜老师明白，自己稍有放纵，身后就会留下一串逗号，这些逗号就会成为他返回上海的羁绊。

两年前，镇上的高中来了个校医，叫周玲，刚从卫校毕业，住在杜老师隔壁。她长得俊俏白嫩，走起路来，屁股一晃一摆，她有两只水汪汪的大眼睛，齿白唇红，两个酒窝能夹住黄豆。杜老师回上海了,她断断续续听了些有关他的传说,心里有点好奇。杜老师订的杂志,放在宿舍门缝下。坐在台阶上,晒着太阳,风中杂志的封皮扑啦着,她走过去,抽出《计算数学》,翻了几页,里面全是长串公式,她摇着头,将杂志放回原处。卫校的时候,周玲是校花,几个同学为了追她,打了好几次架。她总觉得:自己是那种男人看了一眼,就想看第二眼,看了第二眼,她就会进入男人梦乡的女人。这种感觉是她原来的男朋友说的,并在后面几任男朋友中,得到了印证。

杜老师回来了,他收拾好屋子,提着壶打水,推开门,见周玲站在台阶上。以为她是学生,他便没搭理。周玲在窗台晒鞋子,她望着杜老师的背影,将自己知道的事,打包嵌入背影里。提着壶,杜老师上了台阶,瞥着窗台上的鞋子,手捏住鼻子,进屋关上门。周玲从来没见过哪个男人对自己是这种态度。鞋子里有自己绣的垫子,上卫校的时候,只要她的鞋子晒在外面,男同学经过的时候,好多准会低头凝望,挤眉弄眼地笑着。从宿舍出来,她见过那个叫大勇的男同学,拿起自己的鞋子,喘气嗅着,闭眼回味。从那以后,她对自己的鞋子和鞋垫,有了新的认识,那是她和男生传情的方式。杜老师的神情,深深刺痛了她的自尊心。她走过去,拿起鞋子,置于鼻下,闻了闻,虽无闺香,也没异味。她嘟着脸,提起鞋子,转身进屋子。

夜深人静的时候,坐在床上,靠着被子,台灯下,周玲翻着传染病防治的书,听到簌簌的声音,她以为顶棚上有老鼠。放下书,站在床上,盯着竹席搭起来的屋顶,她竖耳静听,没有老鼠走动的声音。夜半时分,睡意蒙眬中,听到嗒嗒的声音,她揉眼坐起,怀疑是不是屋顶滴水,想到前几天下雪,不可能会漏水。她蒙着被子,想来想去,摁亮台灯,抬头瞥见墙上男性的人体挂图,她明白了,那是男人对着夜壶撒尿的声音。她没听到过这种声音,应该不是西边那位老师的,她确认了声音是杜老师的,她忍不住咯咯笑了。

吃饭排队的时候,杜老师站在前面,和马老师聊天。两个同样圈圈套圈圈的眼镜,谦和温情地对望着。马老师颠着步子,眼镜里露着尊重和欣赏的光。见周玲站在后面,他对杜老师说:"你回家了,这位是校医小周,住在你隔壁。以后有什么头痛发烧的,看病多方便!"

周玲谢着马老师的介绍,她笑着点头,瞥了眼杜老师。杜老师侧过脸,很有分寸地笑了。从食堂出来,马老师端着碗,跟在杜老师后面,好像有讲不完的话。杜老师走了几步,又被他的话题叫回来,最后索性迈着碎步,陪着马老师,走回宿舍。

闭眼嗅周玲鞋窝的大勇,成了周玲卫校毕业时的男朋友,分到县卫生防疫站。工作一年多,他找到关系,调到镇政府。放好行李,他风急火燎地跑到高中,前来报到。杜老师坐在门前,晒着太阳,看着杂志。大勇骑着自行车,在周玲门前,来了个急刹,车子卷起的尘,袭了杜老师一脸。杜老师站起来,瞥了他一眼,回到屋子,带上房门。大勇坐在车上,脚跨蹬台阶,他高一声低一声唤着玲。推开门,见是大勇,周玲扑哧笑了,将他让进屋子。走进屋子,哐地关上门,一把将她揽在怀里,他喘着气说:"玲,想死我了!"

狂吻中,大勇拥着周玲,挪着身子,顺势将她推到床上,喘气解带,猴急着释放激情。想起夜里的声音,感到他们的折腾,隔壁的杜老师准能听到,周玲便推开了他。大勇不明白咋回事,一下子愣了,冒火的眼睛瞪着她。她将他拉回来,在他脖子撩了几下,耳语几句,手牵着手出了屋,他们骑着自行车,哐当着走了。

坐在宿舍前面洗衣服，周玲捋一捋手上的泡沫，见杜老师上课回来，想起昨天屋里的事，她红着脸，白了他一眼。杜老师嘿嘿笑着，没有任何异样的表情。她知道了，在杜老师眼里，她不算什么，她就是怎么折腾，都难以撩起他的关注。自尊受到了打击，周玲收敛着和大勇的温存，顾忌着他的感受。过了两个星期，从杜老师的神态中，她感到人家根本就没有往心里去，可能在他眼中，她和大勇激情的温存，就像顶棚上老鼠恣意嬉戏。蹲在门前洗衣服，望着杜老师上课去的背影，周玲突然胸闷气憋，她呼地站起，拎起衣服，在空中抖着。水淋在她的脸上，她感到那是老天爷给她脸上吐口水。

几个西安来的女同学，拿着书，敲杜老师房门。杜老师热情地迎出来。坐在台阶的凳上，几个同学围成圈，西安话提问，他用普通话裹着上海话解答。站在门口，靠着门扇，周玲瞥着他们温情的交流。虽然自己卫校毕业，吃上了商品粮，但在他们眼中，她还是个农村人。辅导结束了，几个女同学有的提水，有的抹桌子，有的帮老师洗衣。杜老师不让，她们硬是让他坐着。感到过意不去，杜老师无奈地摇着头，笑着看着杂志。为了显示自己也是专业人士，周玲将卫生箱打开，在门框的阳光下，用药棉擦拭着注射器和一大堆医疗器具。

秋季到了，大地就像上了年纪的老人，忽然没了火气，早晚渗凉。连日阴雨加速了秋天的到来。周六下午，顺文回家，村子的人开始烧炕。当大地没了火气的时候，人们习惯蜷缩在炕上，身下是温热的炕，外面是湿冷的天。顺文家前院和后院的枣没有卸，红了大半个脸的枣，索啦啦压弯了树头，在凄冷的秋风中摇摆着，垂落的枣滚在泥水中。吃过中午饭，爷爷捡起一颗枣，指甲一掐，半个已经烂掉了。他原打算等天晴了，将枣卸下来，到集市上卖，看来今年的愿望要落空了。

　　雨停了，太阳从云层中，闪出了半个脸。走上台阶，爷爷招呼全家人，午饭后卸枣。他端来梯子，拿着竹竿，站在树杈，挥着竹竿，红枣噼里啪啦，散落下来。顺文跟着弟弟，捡起枣放在担笼中，将枣倒进檐下接雨水的缸中，挽起衣袖，搅和几下，水浑了，枣干净了。天暗了下来，爷爷从梯子上下来，交代将枣蒸熟，让家里人敞开吃。在学校的时候，就是开水泡馍就着炒辣子，看到冒着热气、香喷喷的熟枣，顺文想起街道镜糕上的那层枣，他美美吃了一顿，肚子圆滚滚的。第二天，一家人又吃了两餐蒸枣。顺文背着蒸馍，踩着雨水，回学校的时候，眼睛依旧盯着锅里的枣。

　　回到学校，晚自习的时候，顺文拿着书，总感到恍恍惚惚，难以集中注意力。他趴在桌子上，瞄着小萍的背和头上的山羊辫，心里空落落的。下课铃响了，他合上书，觉得肚子特别胀，想打嗝又打不出来。小萍穿着水鞋，踩着泥水，昏暗的灯影中，消失在丝丝秋雨中。他蓦然伤感。回到宿舍，顺文感到浑身无力，悄然上了床，他扯开被子，躺进被窝。被窝慢慢热了，他搓着胸口，感到舒服了一些。

　　周一早饭的时候，顺文还是没有食欲。想起"人是铁，饭是钢"的口头禅，他掰开蒸馍，冲上开水，看着蒸馍泛起，逼自己吃了下去。上课的时候，他胸部发闷，额头直冒虚汗，浑身乏力。他想回宿舍睡觉，想到自己的使命，他强忍着，坚持到了晚上。快下晚自习的时候，顺文感到心里发潮，有点头晕。正常的步态出了教室，踉跄着扒着窗户，他感到眼前飘着紫色的玻璃球，他赶快蹲下来，随着一阵咳咳声，肠胃像翻江倒海，哗啦啦呕出了一大摊。他眼睛湿湿的，胃里的东西呛进了鼻孔，裹着鼻涕，流了出来。他喘着气，晕乎乎勉强抓着树站起来，借着教室的日光灯，见混着泥水的地上，躺一堆红红的枣皮。刚刚缓了下，顺文又觉得腹部绞痛，沉甸甸的，胯裆告急。估摸着不会跌倒，他踩着泥水，一个趔趄接着一个趔趄，向东边厕所晃去。走到厕所门口，他紧紧抓住砖墙，怕自己跌倒，缓了口气，他死死地收住下面，扶着墙，走到靠墙的便坑，刚蹲下去，就是电闪雷鸣般猛烈的喷射。该呕的呕了，该泻的泻了，他蹲在便坑上，木然地打量着冷雨中昏黄的夜灯，回味刚才的情景，似乎就是阴阳两界。

晚自习铃声响了，为了不让同学耻笑，顺文试着，慢慢站起来，晃了几下，感到还能控制，才慢慢走出厕所。凄冷夜色中，同学们缩着脖子，灰溜溜地跑着，他看不清面孔。回宿舍的路上，他站在照壁前，扯开衣领，任由冰冷的雨丝滑进脖子。抹着脸上的雨水，肠胃还咕咚翻滚，盯着学校的铁门，看着同学们结伙走出，他吃力地巡视着，就是不见小萍的身影。蓦然间，他想嘶吼一声，肚子又有了下坠的感觉。小丽打着把花伞，挽着方杰的胳膊，亲昵地说笑着，从教室檐下过来。不愿让他们看到自己的狼狈相，顺文便转过身，盯着黑黑的报栏。

快到宿舍檐下的时候，顺文不知道，晚上会是个什么情况。这个时候，他想到家里的热炕，想到爷爷瘦弱而坚强的身板，想到父亲木讷期待的眼神。想到学校里有校医，他便寻着方位，来到校医门前。他捂着肚子，轻轻地敲着周玲的房门。没有动静。屋子里有灯光，她应该在宿舍里。顺文将耳朵贴在门缝，听见里面吱吱簌簌的声音。顺文心里有点发潮，他举手，拍了几下门，屋内传来："谁呀！"他应道："学生，肚子痛，要你看看！"

等了半响，周玲撩着蓬乱的刘海，从门缝探出头，用责备而又不情愿的眼神，上下瞥着顺文，见他蜷缩着身子，痛苦地站在门口，没有好气地说："你等一下吧！"

顺文估计屋子有人，他心里有点不好意思。他觉得来得不是时候。腹部下坠，扒着窗台，顺墙蹲下来。杜老师开门，出来倒水，见顺文蹲在窗户的光影下。他弯下腰，问："咋回事？"顺文指着肚子，再指指周玲的房门，示意叫她开门。

顺文扒着窗台，站起来，呆愣地露出抱歉的微笑。踹掉鞋底的泥，他走进屋子，屋内弥漫着奶香的味道，他默然地坐在靠窗的椅子上。大勇坐在床上，夹着香烟，一口接着一口抽着，用火辣辣的眼睛，瞪着顺文。顺文耷拉着头，见砖地上扔着六七支烟头，床上的被子胡乱地堆着，他隐约感到，自己扰了人家的好事。拿来温度计，抡了几下，周玲递给顺文，让他夹在腋下。她让顺文解开上衣前襟，冰润的小手，在胸部敲了几下，又在他的腹部，摁压了一会儿，听诊器的圆坨坨摁在他的胸口，移动着听了半晌。她摘下听诊器，接过温度计，对着光管瞥了眼。冒着冷汗，顺文问："咋的啦，周老师？"

扬起手，摸了下他的额头，周玲不冷不热地说："估计是肠胃炎，我给你开点药，吃了好好睡一觉，明天看啥情况再说。"

顺着檐下的台阶，顺文晕晕乎乎地回到宿舍。同学们躺在铺上，轻声地聊着天。益群刺溜爬过来，问他咋的啦？顺文摇头，摁着肚子说，校医说肠胃炎。益群帮着他，从窗台拿来碗，倒了一碗水，让他赶紧喝药，搀扶着顺文，和衣躺进被窝。顺文刚刚缓过神来，他脑子全是周玲屋里的画面，这是他第一次到女人的房间，他不明白屋子里弥漫着青色的烟，为什么他偏偏就嗅到了奶香，按说校医没孩子，香没有错，奶味从何而来。大勇的神情，无言地刺激着他，他们迟迟没有开门，他想象着屋内的情形，淡淡的嫉妒中，混杂着朦胧无序的冲动。顺文遐想着，那间可人的小巢里，如果将周玲换成小萍，大勇变成自己，那该是一件多么惬动的事。他估计今夜的情景，如果小萍在自己身边，怯羞的眼神看上几眼，或者拍下自己的胳膊，他也不会这么狼狈，他会精神百倍地走出病痛。当病痛来袭的时候，人本能地将身体潜能调动起来，对付病魔来犯；当病痛缓释的时候，遐想就会跳出来，天马行空地将好多事，放在生命临界的幕布上掂量。

厚厚的云层终于变薄了，日头扒开云层，间或露出无精打采的脸，爱理不理地瞄上大地两眼，又钻进云里，睡觉去了。早读的时候，顺文感到浑身乏力，他坐在教室里，懒洋洋地看着书，不时瞟着站在实验室屋檐下晃动的小萍。早餐时候，他排着队，打了碗糁子，馒头泡在里面，尽管肠胃还在罢工，他还是吃了下去，肚子一下子暖和了。校医开的药吃完了。顺文的肚子咕咕响着，他每天要去四五趟厕所。

扛到周六，顺文随着同学，顶着暮暮的太阳，回到家。吃过中午饭，他对妈妈说了声不舒服，就倒在炕上，昏睡过去。黄昏时分，他爬起来，走进厨房。妈妈在烙锅盔。坐在灶膛前，他帮着烧锅，膛火照在身上，暖暖的，他的精神好了些。妈妈将锅盔撩起来，撂在案板上，拍了几下，边上掐了块，递给顺文。顺文掰下锅盔上黄黄的皮，放在嘴里嚼着，感到筋道绵软，泛着碱味的面香。听说他拉肚子，妈妈在膛火里埋了一估堆蒜，她拨刨出来，拍掉灰，撕掉烧焦的蒜皮，焦黄的蒜瓣露了出来。咬了几颗蒜瓣，吃上一口锅盔，顺文哈气嚼着。

周日下午，院子核桃树下的绳子上，揭下晒干的靛蓝色的粗布裤子，顺文换好衣服，背着蒸馍，朝学校走去。秋日泛着光晕的太阳，挂在偏西的头顶上，天空青白，田野蒸腾着暖暖的秋意。在家里将息了一天，顺文精神好多了。太阳的照耀下，泥水路变得好像面团，踩上去软软的。满渠赤褐色的水，快速流淌着，漂着柴草，恰似一条液体的褐色兵团,给人力量,也暗示着自然的狰狞。远处的喇叭里,播放着《虎口缘》,顺文跟着激越的唱腔哼着,晃头瞄着玉米地掰苞谷的人影。

病了几天,顺文勉强地坐在课堂上,看着同学们专心学习,他既羡慕,又感到力不从心。晚自习的时候,他将上一周讲的课,拿出来,复习了一遍,刚刚松了口气,他感到两条腿痒痒的,间或刺痛难忍。顺文不知道咋回事,他撩起裤腿,却抓不到刺痛的物件,只好隔着裤子,使劲地揉搓着,大腿泛起一溜隆起的斑。两条腿的刺痛,像农村的狗叫,一只狗叫,别的狗就跟着狂吠,更像是半夜里一只鸡叫,唤起村子所有公鸡嘶鸣那样。刺痛的点,遍腿开花,刺痛后就是灼热的麻。顺文心想:不就是几只小虫子,又死不了人。他坚持着学习。后来,他感到腿上有东西蠕动,他想到了蛇,心里一惊,合上课本,走出教室,撒腿跑回宿舍。

拉亮电灯,顺文跃上床铺,抖开被子,在被窝里脱掉裤子,见两条腿遍布着一溜溜红疙瘩,指甲挠着抠着,疙瘩暴怒,赤红着抬起了头。他将裤子翻过来,见粗布裤子的缝隙中,粘着一道道白丝裹成的好像火柴梗一样的东西。他捏了一下,感到软乎乎的,指尖掐开口,撕开白丝,见里面是条好多腿,像幼蚕一样白色的虫。指尖顺着衣缝捱了过去,虫子变成了青色的黏汁。他将裤子清理了一遍,提起来用力抖动着,随着蹦跶声,白色的丝飘在空中。住校的同学,一条裤子要穿好几天,很少多带裤子。扯开益群的枕砖,没有见到裤子,顺文站起来,抓住裤腰,扑啦扑啦抖了一会儿,肚子又咕咕响了,他硬着头皮,穿上裤子,跋上鞋子,跑向厕所。

寒潮来了,北风怒吼,卷着纷纷扬扬的雪花,洒向大地,校园里落了层雪。早读的时候,学校的喇叭通知:每个班级将教室和宿舍前的雪扫干净;按照分配区域,清扫操场和马路上的雪,堆在树沟。同学们散落在校园的每个避风的地方,缩着脖子,抄抄着手,盯着胳膊搭着的书,不停地移动着步子,间或跺上几下,那不是春夏时节的对望时的示情,是脚冻得发麻时的无奈之举。他们撩着围脖,给冻僵的手掌,哈上股热气,来回搓着,发热后在冻得干裂的脸上搓着。

好多女生附会着亲戚,以各种由头在老师房间搭了床,有了个温暖的窝。好多老师的屋子里,支了几张床。晚自习下课了,她们从纷飞的雪花中,跑回老师宿舍的门口,撩着头上的雪花,拍着棉衣上的雪片,踹着脚上的雪泥,毛巾中露着冻得红扑扑的脸蛋,露着白牙,打着寒战,推开了老师的房门。几个同学围着老师,听完辅导,回到自己的床铺上,坐在被窝里,听着外面的寒风,昏黄的灯光下,专注地看书。被窝热了,人的精神就蔫了,她们半靠着,喃喃中进了梦乡,手里还攥着书。

住在大通铺的学生,下了晚自习,将自己的被子铺好。好多人拿着书,围在老师宿舍亮灯的窗户外,有的站在昏暗的路灯下,即使厕所围墙外的灯下,也站着几个同学。风冷雪疾,他们用毅力抵挡着风雪,只要有灯光的地方,就能见到同学们的身影。雪落在头上,敷在身上,眼眉粘着霜雪,他们成了雪人,只有间或晃动的身影和口鼻喷出的缕缕白气,能够将他们和周围覆盖着雪的物件区别开来,那一双双间或转动的眼珠,证明他们还在记忆和思考。

勤奋的同学,干脆将自己的铺盖,放在教室后面。下了晚自习,同学走了。他们关上门窗,将长条板凳抽走,课桌拼凑成乒乓球台子般的大床,点上油灯,飘浮的忽明忽暗的光线下,坐着一圈人。冻得实在不行了,他们提来被子,抖落开来,披在身上。实在困得不行了,他们就走到教室门口,让门缝的冷风,清醒一下自己。鸡叫二遍的时候,他们开始在台面上铺被褥,和衣钻进被窝,靠身体的热量,焐热被子。早上五点半,学校的起床号响了,教室的同学赶紧爬起来,撩起自己的铺盖,折叠好放到教室后面,将课桌恢复原状,摆好凳子。

镇上有亲戚的同学,回到亲戚家,继续学习。顺文班上有几个夜战王,他们基本上通宵看书,快起床的时候,在被窝迷糊一阵,听到号声,即刻揉眼起来。午饭后,他们趴在桌子上,睡上一会儿,口水流在书上。上课时,哈欠连连,他们搓着脸,用力眨着眼,尽量不让上眼皮和下眼皮抱在一起。上下眼皮长期分居,就像站在云河两岸相爱的男女,看得到却不能在一起。眼皮攒足了对主人无言的怨恨,将眼球捣弄得红红的。同学群落中,眼红那是刻苦读书的标志,是对家里辛勤培育的回馈和报答。同学们得了红眼病,眼红别人眼比自己还红。

一夜飞雪,校园里白茫茫一片,映着淡白泛青的弱光,凄冷静谧中,显得安详和坦然。随着号声奏起,一排排黑麻麻的教室,瞬间亮灯,白啦啦的光,映在教室前后的雪地上。宿舍那边是昏暗的黄光,同学们嗦嗒着,从黑暗中转到黄光,再来到教室炫白的日光灯下,慢慢从睡眠状态中,走了出来。严书记咳咳着,在校园巡视,看有没有睡懒觉的人。赖在被窝里的老师,听到书记的咳咳声,赶紧爬起来,加入跑操的队伍。

马老师刚起床,正在刷牙,听到严书记咳咳,赶紧漱口,撩起毛巾,擦了把脸,推开门,忽闪着来到操场。看见自己班上的队列,他走到内圈,随着体育老师的哨声,一瘸一拐地跑了起来。瞄到马老师的跑姿,方杰指着给同学们看,笑得前仰后合。咚咚的跑步声中,听到他的笑声,小丽回过头,莞尔一笑,顺着他的手指看着。跟着大家跑了两圈,要考虑早操后的讲话,严书记停下来,站在办公室的高台上。天慢慢亮了,他手抄在背后,威严地看着跑步的队列,望见马老师的跑姿,他扑哧笑了。他知道自己的咳咳声为难他了,他曾经也想对他说,早操就不勉强了。马老师自尊心强,特别敏感,话到嘴边,他又咽了下去。

上完语文课,马老师走回宿舍。同学们拥出教室,看着老师的背影,方杰仿照着马老师的走姿,跳了段西藏舞。电影《东方红》里,同学们见过这种舞,大明跟着方杰,蹬腿舞袖。舞弄了几下,方杰来了个终场造型,嘴里喊了声"巴扎海"。由于那个造型很像马老师惯常的姿态,同学们嘻哈着,摆着身段,叫了串"巴扎海"。从此,"巴扎海"成了马老师的绰号。

学校放电影,吃过晚饭,同学们拿着凳子,成群结伙地坐在银幕下。顺文肚子不好,经常咕咕响,刚走出教室,准备看电影,他感到腹部下坠。他将板凳递给益群,收腹跑到厕所,淅淅沥沥了好长时间,还是感到意犹未尽。电影开演了,他走出厕所,晃晃悠悠走到操场,看到班上的同学,他弯腰进去,坐在凳子上。看着银幕上的少年彭德怀,肚子的胀痛搅得他难以安心。大明坐在小萍的后面,他看过这部电影,大声地给边上的同学讲着后面的剧情,就像顺文平时盯着小萍的脖子那样,他也在愣愣地盯着,不时晃过头来,侧面瞄她一眼。顺文浑身不自在,他捂着肚子,蔑视地望着大明轻佻的表演,嫉妒憋在心口。电影放到中间,他的肚子又开始翻滚,他能感到一股股浊流,在肠道回荡。实在忍不住了,他撩开同学,捂着肚子,走了出来。

顺文从厕所出来,走到照壁前,电影已经结束了。同学们拿着凳子,回到教室,他远远看见大明跟在小萍后面,依旧手舞足蹈地侃着。他折回身,回到宿舍,默然地靠在被子上,看着外面熙熙攘攘的人流。快熄灯的时候,他感到肚子痛得厉害,来到校医房门口,听见里面有男人说话的声音,他犹豫了,肚子瞬间痉挛了几下,他扬起手,敲了几下门。周玲将门开了一条缝,闪出半个脸,满脸不高兴地问:"这么晚了,啥事?"

顺文弯着腰,脸抽搐着说:"肚子痛,一阵一阵的。"

周玲让他等下,关上了门。顺文靠墙蹲下,手捂着肚子,另一只手搓着面颊,不时痛苦地侧过头,听着屋内的说笑声。门缝中伸出条胳膊,里面传出话来,让他先将药吃了。

周玲的房子和杜老师房间的隔墙,建房子的时候,工人偷懒,胡基扎起来,没有泥墙,隔着竹席顶棚,从下面看不到。杜老师喜静,没有什么声响,秋冬季节的夜便,撩起了周玲的遐思。穷尽了她能想到的试探方式,望着他不冷不热的脸,她慢慢放下淑女的做派。和一帮干部喝完酒,大勇坐着三轮摩托,在校门口下来,跟跄着推开周玲的房门。他硬着舌头,说了大串粗话。刚开始,周玲不就范,却慢慢软了下来,想到杜老师那张脸,她索性放松了。粗话夹裹着喘息和呜咽,床板吱吱响着,大勇不知道房间不隔音,他更是肆无忌惮,嘶吼中彰显着乡镇干部的威猛。大勇走了。周玲躺在床上,半梦半醒中,她听到隔壁细微的叹息声,杜老师起了五次夜,好像整个晚上都没睡踏实。

第二天中午,周玲在门前洗衣。杜老师下课归来。她抬头白了他一眼,低头羞怯地笑了。杜老师脚步迟疑着稍稍顿了下,将鼻梁上的眼镜推了推,杜老师笑着,转头瞥着她。盆子里搓着衣服,她随手将花花的内衣提起来,在空中抖了几下。阳光透过碎花底裤,映在她白皙的脸上。她抬起胳膊,衣袖撩着脸上的汗,侧头的瞬间,见杜老师愣愣地站在开着窗户的桌后,镜片后那双精致的眼睛,直勾勾瞥着她。她心里一热,感到自己的魅力,又回来了。周玲拿起饭碗,去饭堂打饭。杜老师推开门,跟在她后面。直觉告诉她:杜老师在关注她,看着她的背影,他琢磨着昨晚模糊的情形。

她甚至能够感到，他在出神地盯着她那一扭一扭的屁股。

马老师走下台阶，远远就和杜老师招呼。杜老师缓过神来，笑着点头。他用话题将杜老师缠住了，尽管他飞快地蹽着腿，还是需要杜老师的迁就。周玲回过头，瞄了眼，想放慢脚步，却没有共同的话题，又怕杜老师觉察到，她像往常那样，哼着靡靡之音，欢快地向饭堂走去。勉强聊着天，杜老师眼前蠕动的屁股，越来越小，变得模糊不清了。马老师找着话题，都是有内涵的。杜老师哼哼哈哈地应着，没了自己的观点。

几天后，杜老师恢复了平静。他常常关上门，在屋子看书，城里学生来了，他就帮着辅导一会儿数学题。周玲感到自己的魅力，刚露了个芽，杜老师的火焰，刚出了个头，像黄豆那么大，乍地扑棱了几下，就无缘无故立马熄火了。晚上睡觉的时候，她思前想后，感到男女之情，就像干柴烈火，一旦燃起，就很难熄灭。隔壁又恢复到一次夜便的状态，她不明白杜老师到底咋回事，听到隔壁的嗒嗒声，她从床底下，拿出自己的夜壶，为了响亮，她撅起屁股，对着夜壶，憋着气，吱吱狂喷，隔壁依旧没有反应。

周玲不需要备课，寒冬的夜里，她坐在床上，打开收音机，织着毛衣。大勇经常过来。老师备课，同学们借着老师的窗光夜读的时候，他们靠在床上，嬉闹着调情。杜老师的门半掩着，坐在桌后，给西安来的同学讲解题目。站在外面，书放在窗台上，张琳听着他的讲解。周玲宿舍北面的窗下，顺文和益群正看着书。城里的学生走出杜老师的宿舍。他关上了门。张琳用羡慕的眼光，瞥着城里的女生。她们咯咯笑着，轻快离开了。

听到异样的声音，张琳没有在意，依旧专注地看着书。声音越来越大，夹杂着喘息和火烧火燎的粗话。她放下书，弯腰将耳朵贴在杜老师的门扇上。想到杜老师不讲本地话，更不用说本地的粗话，她好奇地循声移耳，晃到周玲的窗外。她害羞地捂着嘴巴，扯来叫小妹的女生。小妹将耳朵贴上去，她们相视一笑，弯腰双双溜走了。益群感到异样，他滴溜着眼睛，直朝周玲窗户上瞄。看到四周没人，他将耳朵倏地贴上去，口鼻喷着白啦啦的气。顺文跟着凑上来，头贴着窗户，喷着白气。

他们直起身子，机警地瞥着四周，装模作样地瞄了几眼书，见没人注意，又倏地贴上窗户，直到里面的演出谢幕。他们红着脸，估摸着里面的画面，互相递了个眼色，弯腰打量着，恋恋不舍地离开了。出了宿舍的檐头，北风呼啦啦吹得他们直哆嗦，跑到照壁后，他们跺脚避风。他们缩着脖子，嘀咕着刚才的画面，突然好像从纱帐中走了出来，朦胧奇幻的遐想，原来就是这番状况，明白了人生还有这般美妙的时刻，感到自己瞬间长大了。他们约定守住这个秘密，互相攥着胳膊，像战场上凯旋的战士。

村子的鸡叫了，两个人窃笑着，弯腰上了宿舍的台阶。他们低头猫腰，见前面宿舍的窗户，咣当弹开，一坨白白的肚子，闪到窗外，上面是捂着嘴巴的哈欠声，下面一根小棍，蹦跶着上下弹了几下。回味着刚才的情景，见这番状况，知道情况不妙，他们刚想跑开，一股冒着热气的尿流，呈抛物线，嗒嗒落在地上，随着一股北风，温热的尿雾，飘在他们脸上，手抹了下脸，一股腥臊味。窗户吧嗒关上了。他们气得直跺脚。推开宿舍的门，想找撒尿的人，见一排排被子外，露着一排排头，七形八怪的睡姿，都睡得很香，他们只好作罢。

下了晚自习，按照商量好的轮值安排，益群晃荡着，瞄着校医门前。见大勇的自行车，靠在前面的杨树上，他跑回宿舍，朝着顺文挤眉弄眼，顺文心领神会，和他来到校医窗户外看书。间或有老师经过，见学生们在寒冷的冬夜，这么发奋用功，老师送上微笑和嘉许的点头。三心二意地看着书，他们留意着里面的动静，等了好长时间，屋里只有瓮喃的说话声，没有听到火星。他们交换着眼色，露出焦灼的无奈。屋子黑了，声音没有，他们就像溃败的逃兵，灰溜溜心有不甘地离开了。

周玲期望杜老师眼里，重新燃起焦灼期许的光，她却没有想到，任凭屋里怎么折腾，他就像碗中平静的水，寒冬里结成了冰，根本没有晃荡的涟漪。游转的时候，她期许就像那次去饭堂打饭，杜老师跟在后面的情景发生，她失望了，对自己魅力的自信，又跌到谷底。早读的时候，走到照壁前看报，她感到身后面有几双眼睛，喘气盯着自己，她心里一喜，估计杜老师定在其中。她看着报纸，晃动着屁股，摆出撩人的姿势，她沉醉在被人欣赏的氛围中，将脑海里杜老师曾经瞥她的眼神，放在自己背后畅想着。时间差不多了，火候也到了，她猛然转过身来，见身后两个男学生，用喷火的眼神盯着自己。她的微笑本来是给杜老师的，没有见到他的身影，她即刻嘟着脸，甜美的笑容，成了轻蔑的一瞥。益群羞臊地垂下头，扯着顺文，赶紧转过身。

过了一段时间，周玲的心态有变化，她觉得杜老师那千篇一律的笑容中，如果说原来仅仅是对自己不上心，现在却包含着对自己的蔑视。她本想通过和大勇的激情，催化杜老师的火焰，没有想到得到的却是他的鄙视。她与大勇的幽会，改到大勇的宿舍了，晚上起夜的时候，不再撅屁股了，也不用憋气了。

阳光从窗户照进屋，映在墙上的人体结构图上。她想杜老师没啥稀奇的，男人的身体，她看得多了，就是图上那个样子，要说强壮，大勇的身体能将她装进去，还要在四周垫上海绵。周玲坐在椅子上，双手扣在一起，放在脑袋后面，两只腿蹬着桌子，她悠然地晃着。杜老师从门前晃了过去，瞄着他棉衣下瘪瘪的屁股，她想如果杜老师生病，他就得放下他的高傲，解开衣襟，请她听诊，自己脱下裤子，请她打针。她甚至预想到，如果给杜老师打针，他会不会害羞，她是飞快地扎针，迅速地摁完药水，还是用手掐起药棉，蘸上酒精，慢慢地摁着他的屁股，让他完全放松，然后指头揉着，缓缓地推下药水。想到这里，周玲扑哧笑了。

益群报的几次消息，都是空炮，顺文有点埋怨。早读的时候，瞄着校医的身段和摆动的屁股，益群想入非非，欲罢不能。想到顺文的埋怨，他思前想后，觉得要主动出击。上完下午的第二节自习课，益群走出教室，站在照壁前面，装作读报纸，眼睛不停地向校医门口瞥着。同学们进了教室，他快步走到教工宿舍前，忽然弯着腰，摸着肚子，满脸痛苦的表情。校医的门虚掩着，他嗷嗷叫着，走了进去，一下子蹲在地上，痛苦得直喘气。周玲赶紧走过来，蹲在他面前，摸着他的额头问："咋的啦？"

益群的脸集成一堆，紧紧拱卫着鼻子。他痛苦地吞吐着，蹦出几个字："肚子痛！肠子好像要断了。"

指着椅子，周玲让他站起来。他试着抬起屁股，腿弯到了九十度，又呼哧蹲下去，他摸着自己的额头，指着她的床。

犹豫了几下，看着益群生不如死的表情，周玲搀着他，挥手让他躺在床上。他就像老戏里的丑角，蹲在地上，晃着屁股，侏儒般移到床前，躺在床上，他嗅着枕头和被褥的气息，将场景和气息，融化到记忆中，又在续展着痛苦的表情。周玲转身，去拿起听诊器。盯着她的屁股，清晰地颤着，他有点眩晕。回过身来，她将听诊器放在他的胸口，听了一会儿，又在他的肋下，摁了几下。益群的手捂着腹部，看到她脸上不经意露出的笑容，他知道快要露馅了，便憋了口气，身体向上蜷曲着，气沉腹部，连同蜷起的上身，变得紧绷绷的。他感到有了效果，就是一阵哎哟。周玲的手，顺着他的裤带，插了进去，搓揉了几下，她愕然瞪眼，帮他解开裤带，柔软的手在他的肚脐附近来回搓揉着。益群憋着气，挺着身子，呼哧喘着气，脸上沁出层汗。摸着他的额头，她让他不要紧张，放松身子，将他的肩膀往下压了一把。腹部紧绷的肉带，迅速松开，他赶紧憋气，放松的肉带又绷了起来。

周玲给益群揉着。他感到舒坦极了。他的肚子，小时候只有奶奶揉过。他的眼睛咕溜着，巡视着她的房间，换气的时候，他抬起上半身，轮换支撑着绷紧的腹部。周玲坐在床边，揉了好长时间，不见好转，她便停了下来，对益群说："可能是肠道痉挛，不行得到镇上的医院瞧瞧。"

听说要到镇上的医院，益群赶紧松了口气，捂着肚子，试着从床上缓缓坐起，弯着腰慢慢站起来。他抹着额头上的汗，瞥着她，感激地勉强笑着说："老师，谢谢你！我感觉这会儿好多了，我回宿舍躺一会儿，再看看情况。"

弯着腰，缓缓走到照壁前，益群回过身，见身后没有人，旋即挺直腰，窃笑着跑回教室。刚要跨进教室，他感到腹部胀胀的。他顺着教室的台阶，走进东边的厕所，蹲在便坑上，回忆着刚才的状况。他下意识地将手放在腹部，学着校医的手势和力度，缓缓摁压，畅想中，他慢慢闭上眼睛，将手借给了校医，体会着她的搓揉摁压。下课铃响了，他蓦然从遐想和回忆中出来，极不情愿地扎好裤带，晃出厕所。

下了晚自习，益群在校医的门前转悠一阵，见好多同学回到了宿舍，冷清的寒夜中，只剩下借光夜读的学子，他悻悻地向宿舍走去。顺文蹲在宿舍门前，见益群从夜影中出来，眼睛泛起希望的光，再看他垂头丧气地摆手，他知道没希望了。他们垂下头，手搓着脖子。看见顺文失望的神情，犹豫了瞬间，益群拉起他，来照壁前的树沟边。蹲在那里，益群将他看病的经过，添油加醋地说了。顺文炯炯地盯着他，红着脸，喘气畅想着。想起上次去看病，也是肚子不好，他咋就没有这种待遇，他觉得自己太老实了。顺文站起来，挠着脖子，瞅着校医宿舍的门。

学着益群的套路，顺文第二天下午，躺上了周玲的床。周玲纳闷：怎么连续两个下午，几乎相同的时间，有两个同学肠道痉挛，神情和语言同出一辙。要命的都是对检查不太情愿，对揉肚子情有独钟。她搞不明白，想应付下，看到顺文痛苦的表情，想到上学时老师挂在嘴边的"医者父母心"的教诲，她耐着性子，帮他搓揉了好长时间。第二天上午，总务科开会，部署完工作，总务科长看着大家，问最近工作上还有啥问题？想到这两天的情形，周玲建议加强学生食堂管理，说最近好多学生闹肚子，到校医室就诊。

隔了两天，下午同样的时间，益群又来到周玲的房间。她警惕起来，不紧不慢地问着，在他的胸腔上听着，就是不触碰他的肚子。益群捂着肚子，说他到镇卫生院去了，吃了开的药，还是不管用。他不断地将话题给肚子上引，她又转到后背听诊。益群脱了棉衣，撩起内衣，一阵哆嗦，心想再这样晾着，就会感冒。他忍不住了，哼哧着说："老师，肚子痛。"

摘下听诊器，周玲笑着说："下面痛不是下面的问题，病根在上面。"

益群倏然抓住椅背，哎呀哎呀地捂着肚子，蹲了下来，指着校医的床。周玲笑着，让他躺在床上，她要看看他，还有什么花样。他将腹部鼓得邦邦的，期待校医的摁压。她端起茶杯，舒缓地喝了口水，瞥着他折腾。她拿了一把尺子，走过来，坐在床边，压着他的肩膀，让他张开嘴巴，伸出舌头。他的肚子瞬时就像稀泥晃着。挥起冰凉的尺子，她在他的肚子上敲了两下。益群嗷嗷着坐起来。

她伸出手，搓压的瞬间，他对着她的背，喘了口粗气。她觉得手指尖，起了油腻，撩起一看，是黑色的垢，棉裤的腰间，还有芝麻点晃动，明白了那是虱子，她顿时暴怒起来。拎起尺子，将益群从床上打起来，她嘶叫道："装！我叫你装！"

渴望着美妙时刻的到来，益群没有想到校医狂怒。他赶紧跳下床，提着裤子，跃出房门。一边系裤子，一边狼狈地回头张望着。

听到动静，杜老师不知发生了什么事情，他赶紧推开门，见周玲头发蓬松，手里拿着尺子，追到门口，益群勒着裤带，惊慌着跑了。隔着厚厚的镜片，他上下打量着周玲，见她穿戴整齐，他推了推鼻梁上的镜框，关切地看了她几眼，觉得没有什么忙可帮，浅笑着走回宿舍，带上了门。周玲明白了，肚子疼是装的，都是想让她帮着揉揉肚子，她怒火中烧。向领导汇报，这两位同学就会名誉扫地，也不知道师生们怎样说道。不给学校汇报，她又咽不下这口气。她想到了大勇，如果给他讲了，就他那烈马一样的脾气，定会闹得沸沸扬扬。她掂量了好久，觉得都是些孩子，心绪也慢慢平复了。她咬着嘴唇，呆愣地看着窗外光秃秃的树枝，知道了青春不光是身体的成熟，还有心理的跃动。

看着手指黏着的黑黑的泥垢，周玲赶紧站起来，给脸盆倒上水，用香皂洗了两遍。她走到床前，看着褶皱的床单和挽成团的枕巾，想起了虱子。她走过去，撩起床单和枕巾，走到屋外，站在台阶上，用力抖落了几下，搭在树间的铁丝上，拿来扫把，拍着扫着。回到屋子，她依旧不放心，用医用消毒水，加上一些水，撩洒在地上和褥子上，将地面清扫了一遍。杜老师咳咳了几声，她停住了清扫，想他是不是感冒了，她期盼着接下来的咳咳，想验证自己的判断，却再也没听到他的咳咳声了。

让校医赶出了屋子，益群惊慌失措地跑到照壁后面，定了下神,又怕校医追来,他掉头跑回宿舍,抖开被子,蒙着头,趴在床上。最后那节自习课下课了,他翻过身来,撩开被子,见门外同学经过,知道暂时没有事了。懒散地坐起来,他不断搓着脸。顺文没见到益群,跑回到宿舍,看到他没精打采的样子,知道他出师不利。他坐在床边,追问情况。益群瞥着窗外,断断续续低声说着。顺文笑得前仰后合。益群瞄着,觉得在取笑他,看到顺文笑得刹不住,益群咧嘴哼哼着,随着笑声,恐惧即刻烟消云散了。

十三

天气阴沉沉的，刮着刺骨的寒风。早饭时候，学校来了担豆腐脑，摆在饭堂前面。同学们拿着碗，缩着头，七扭八歪地排着队。顺文在锅炉房打开水，见有豆腐脑买，他噗喋着嘴唇，摸着口袋里的几毛钱，他一直拉肚子，没有什么食欲，口里总是苦苦的。回到宿舍，他咬着牙，下定决心，要改善伙食。从窗台上拿起洋瓷碗，夹在棉衣胳膊下，他兴致勃勃地站队，排在后面。看着同学们端过来的油汪汪的豆腐脑，香味顺着北风飘过来，他赶紧吸上几口气，禁不住吞咽着口水。

轮到顺文了，就听见后面几声咳咳，同学们赶紧让道。严书记披着大衣，走了过来。卖豆腐脑的师傅，赶紧站起来，点头哈腰，接过他的碗，放在缸盖上。他移开盖子，拎起凹进去的铁片，对着蠕动的泛着青黄色的豆腐脑撩几下，倒进碗里，然后操起小勺，像母鸡啄食，在排排瓶瓶罐罐中，点了几下，一碗调制好了的豆腐脑成了。纱布擦掉碗边沾着的蒜末，他捧起来，笑着递给严书记。严书记笑着，要付钱。师傅摆手摇头。严书记点了下头，浅笑着撩起肩头的大衣，转身走了。

碗递给师傅，他撩了两片薄薄的豆腐脑，调好味给了顺文。他看了眼，只有严书记的三分之一，比其他同学少。他瞥了眼师傅。

师傅抬头瞪着他，好像在说："咋的，有意见？有意见别来呀！我又没请你来。"顺文有点不服气，他不情愿地付了钱。回去的路上，他反复琢磨这件事，师傅要给严书记面子，给他舀的豆腐脑多了，他就要在学生的头上克扣下来，等到扣得差不多了，就恢复到平常的量。师傅给书记舀完豆腐脑，克扣的心正起，就轮到他了，活该倒霉。

回到宿舍，顺文掏出两个冷蒸馍，没勺子，豆腐脑撩成碎块，他咬口蒸馍，呷口豆腐脑。吃完豆腐脑，碗边沾了层油辣子，碗底还有些蒜水，他掰了几块馍，顺着碗边，擦得干干净净，蘸上碗底的蒜水，放在嘴里，津津有味地嚼着，倒了碗开水，冲洗干净，吹着气，咕噜着喝掉了。

回教室的路上，顺文一连打了几个嗝。马老师走上讲台，讲授《丧家的资本家的乏走狗》。他平时喜欢用文绉绉的语言骂人，这篇杂文正合了他的脾气，他越讲越来劲，闭上眼睛，仿佛自己就是鲁迅，感受着骂人后的酣畅淋漓。顺文的肚子又开始咕噜，他憋了口气，想将肚子的气闭回去，让肠胃少出声，肚子偏偏不听他的指挥。小萍坐在前面，不时拿着钢笔，从脖子伸下去，在后背上挠着，有时将背磕在桌沿，来回搓着。每当这个时候，顺文总是在后面抵住桌子，不让桌子后移。

手伸进裤腰，大明摸索着，一会儿捻起两个虱子，放在课本上。他用笔尖撩着，看着虱子包着红点透明的身子，好像是即将被处决的犯人。马老师解着"乏"的妙用，一副陶醉的样子，等到他转过身，在黑板写字的时候，大明叨咕着"乏走狗"，指甲盖将虱子抿了。嘣咻一声，好像子弹穿透犯人的胸膛，虱子命丧课本，血团刚好染在"乏"字上面。他举起书本，指着血迹，笑着给大家看。

下了晚自习，顺文撩起衣领，缩着脖子，弓腰随着益群，朝操场西边靠着围墙的锅炉房跑去。锅炉房里堆满了炭,黑乎乎的,煤灰、细土和炭渣混着,飘着呛人的气味。益群掏出麻绳上的钥匙,跺着脚上的雪,打开门。屋内暖烘烘的,蜷缩的身子舒展了。益群用半截砖头,在煤堆靠墙的地方,搭了几块木板。他们拿来铺盖,对着炽烈的炉膛,抖着烤了几下,铺在床板上。他掏出蒸馍,揭开锅炉盖,烤着蒸馍。

益群的叔伯舅舅,给学校烧锅炉。凌晨四点多,他揉着眼睛,蜷着身子,在凛冽的寒风中来到学校,给师生烧开水。益群攀上了舅舅。舅舅家的老黄牛,快要生牛犊了,那可是他的心头肉,他便将烧锅炉的事,私下托给了益群。

同学们回到宿舍,见益群的铺盖没了,知道他有了温暖的去处。大家拿着冷馍,结伙顺着围墙的雪线,悄悄地溜到锅炉房,聊天烤馍。天气越来越冷,聚的人多了,为了不被关注,益群常关上门。

益群拧开龙头,开水泡脚,不时脱光衣服,洗个热水澡。他的脸上布满绛红色像柿子的冻疮。手上粘着层黑黑的污迹,随着手纹的闭合,闪着红红的口子。他的脚冻得红肿,套着棉袜子,才能勉强塞在窝窝。一段时间的温润和泡洗,他的脸色红润了,手背塌了,脸上的雪花膏,随风飘着香味儿。锅炉房的洗润,益群褪去了农家的底色,越来越像住在老师宿舍的城里娃。

外形变了,益群有了信心。他暗恋着张琳,但没有主动接近的勇气,更没有表白的胆量。春情的愁思和淡淡的挂念闷在心里,他默默地享受着这种难以言表的甜蜜。前段时间,晚自习后的寒夜里,他在校医的窗外看书,无意间偷听了校医和她对象无忌的折腾。青春的芽苞在寒冬里迅速抽条,他明白了男女情事的底色。他难耐痒痒的心,装着病,着实让校医帮着揉了两次肚子,体会了激情的冲动和难以抑制的渴望,就像炉膛中的赤焰,将他熏烤得难以自制。他对于张琳的思念，不再是纯情的羞涩和朦胧的惦念，每一次看到她，他就会将她同化在激情的画面中，把校医抠出来，将张琳镶进去。

张琳长得白嫩，脸蛋起了堆红红的冻疮。她爱美，出了教室，用头巾将脸包得严严实实，只留下两只黑溜溜的眼睛。早读的时候，见益群红肿的脸蛋塌了，露出红润的面皮，她感到纳闷，不知他用了什么偏方。自从上次装病，闯进校医室，益群的胆子大了好多，他不再是远远地打量着她，而是伺机和她搭讪。张琳害羞，怕人说三道四，见益群接近，她时常咯咯笑着，故意走开。笑容给了益群续展的希望，行动却是无言的拒绝，他不解她矛盾的表现，好在他有足够的耐心和不断膨胀的胆识。

舅舅家的老黄牛生了个母牛犊，他兴奋得不行，有益群帮忙，学校的差事也没疏漏，他打心眼里感谢这个不亲的外甥。舅舅和学校的厨师关系好，家里有了牛犊，他就像得了个宝贝，后勤的临工们嚷着让他请客。舅舅没有办法，趁着周末，将几个人叫到了镇上的餐馆，要了瓶西凤，弄了几个碟子，最后是扯面，一群人喝得晕晕乎乎。

家里背馍回来，益群路过那家餐馆，见舅舅那辆破旧的永久自行车停在路边。他驻足张望。舅舅剥开一瓣蒜，咬了口，用筷子挑起两根面，正准备入口，见他站在玻璃窗外。舅舅笑着举起筷子，摆动着让他进去。益群摸着褡裢里的软蒸馍，犹豫地摁着挎包，撩开厚厚的棉帘，走了进去。舅舅满脸都是红红的血丝，像戴着丝罩，眼睛有点迷离。看了益群一阵，他放下面碗，呼哧嚼了几下，打了几个饱嗝，嘴唇咧开，露出褐色的牙，眼睛笑成了一条缝。他指着益群，吸了口气，对大家说："伙计们，这是我外甥。下牛犊期间，帮了我不少忙，娃都将铺盖搬到锅炉房了！"

益群挠着头，呆头愣脑地笑着。舅舅给他介绍每位师傅，完了，他都会叫声叔。舅舅拍着他的肩膀，豪气地对大家说："咱外甥，你们得关照一下！"几个人夹着菜，打量着益群，直点头应着。

　　回到锅炉房，益群掀开火口的门，给炉膛加入两锹炭，里面吱吱响着，就像烧煎的油泼在辣面上。益群关上门，接了两盆热水，脱光衣服，站在煤堆后面，连冲带抹，洗了个热水澡。他对着墙上沾满炭灰的镜子，将湿漉漉的头发，梳成三七分，手摁着翘起的刘海，拿着书带上门，走到锅炉房前向阳的檐下。

　　方杰提着两只暖瓶，头发湿漉漉的，从操场过来。小丽跟在后面，他们又说又笑，旁若无人地打量着操场上稀拉的同学，一副洋洋自得的样子。益群顺着墙根，溜到锅炉房，推开门，关掉开水。他返回来，拿起窗台上的书，准备看方杰的笑话。方杰和小丽将暖瓶排开，揭开塞子，拧开龙头，冒着热气的水哗哗流出，热气没了，他们还在嬉笑。估计差不多了，他低头见水没有了热气。他用手指撩了下，冰凉冰凉的。他收住笑容，瞪着眼睛张望着。他又将手放在水龙头下，他就像骡子踩上了蛇，尥着蹄子蹦了起来。他骂骂咧咧地走到锅炉房后面，见门关着，只好走回来，倒掉冷水，提着空瓶，离开了。

　　太阳快落山了，清冽的晴空中透着暖色的晚霞。张琳提着暖瓶，向锅炉房走来，她拧开水龙头，见没有热水，正在纳闷。益群嬉皮笑脸地走过来，打量着她问："没有热水了吧？"

　　瞄着四周，张琳笑着点头。益群低着头，靠近她，神秘地说："你在这里等下，把暖瓶给我，我从后面到教工饭堂，给你打热水去。"

　　还没缓过神来，益群操起她的暖瓶，从墙角消失了。

　　张琳撩着衣角，头巾往上提了提，瞭着操场上的人，生怕别人看到。益群提着暖瓶，从墙根闪出，瓶塞缝喷着热气，他对张琳说:"我进去加了两铲炭,水起码是一百零二度。"

张琳低头,翻着眼睛,扑哧笑了。临走时,益群摸着自己的脸,指着她的脸说:"你的脸蛋都冻成柿子了,要想冻斑下去,得找我,你看我都没了!"

收住了笑,张琳摆着手,红着脸匆匆地走开了。

进入腊月,下了两天雪,学校的树沟墙角堆满了雪。白天暖阳当空,屋顶的雪融了,瓦楞断断续续流着雪水,滴在头顶,滑在面颊,潜入脖颈,都是刺骨的冷。太阳西沉,寒风掠过湿淋淋的地面,褐色的雪线即刻冻住了,就像巧克力蛋糕上堆了层白白的奶油。寒风吸吮着冰冻地面上的寒气,在过道墙角聚在一起,顺着建筑恣意游荡。下了晚自习,好多同学仍在冰冷的户外夜读。顺文和益群跺着脚,缩头缩脑地跑到锅炉房,一股热气迎面扑来,他们的脸色红润了起来。

吃了个烤蒸馍,喝了一缸水,益群有点尿急。扣好棉衣的对襟,他缩着头,抄抄着手跑向厕所。他抹下裤子,撩起上衣的下摆,对着便坑嗒嗒而注,一股白啦啦的热气腾起,冻结的粪坨在热尿的喷洒下松动了,顺着斜坡缓缓掉了下去。走出厕所,一扇亮灯的窗户下,张琳和小妹蜷曲着身子,哆嗦夜读。益群慢慢地走回锅炉房,又折返回来,见她们在寒夜中跺着脚。他鼓起勇气,缓缓走过去,笑着说:"外面多冷呀!你们过来,我给你们找个好地方,光线好又暖和。"

张琳看着他,笑着不迈步。益群不断地招手。小妹哈了口气,吸着流下的清鼻涕,轻轻点着头,看着张琳,似乎在说咱们两个人,怕啥呀!张琳捡起窗台上的书,牵着小妹的手,跟在他后面,一步三回头地来到锅炉房。

顺文靠在床上,手举着书,另一只手揣在裤腰里,抓摸着捻虱子。益群走到门口，故意咳咳了几下。顺文没有留意。他快步过来，将顺文拉起来，赶到煤堆边的砖堆上，指着床，让后面跟来的女生坐下。张琳她们来了，顺文知道益群这趟厕所没白上。张琳取下头巾，和小妹坐在床上，好奇地打量着黑乎乎的屋子和扁圆形的锅炉。益群倒了缸水，放在床前的砖头上。她们搓着手，冻疮麻麻的，低头看着书，嘴巴噗喋着。张琳和小妹享受着锅炉房的温暖。夜读的时候，她们就会结伴，鬼使神差地来到这里。

　　周末回家，益群走到后院，下到地窖，用担笼提了些红芋上来，装在袋子里，埋在锅炉房煤堆角。下了晚自习，他回到锅炉房，揭开炉膛，铲上些末子煤，撒在边上。他刨出几个红芋，放在炉膛中。张琳在锅炉房夜读了几天，感到身上的冻疮麻痒痒的，硬块慢慢变软了。益群让她用热毛巾敷脸，用开水泡脚。她总是用书掩着嘴，露出含笑的眸子。

　　屋外寒风怒吼，一阵猛过一阵。锅炉房灯光昏黄，堆着黑黑的煤，有呛人的煤味，暖融融的，是冰天雪地中的避难所。张琳看了好长时间的书，掩卷打哈欠。益群站起来，掀开炉口，手伸到里面，头侧在外面，眨巴着眼睛，闪着笑容，取出几个黑乎乎的东西。张琳和小妹好奇地站起来，围了过来。他将烤焦的红芋，放在铁锨上，在门口吹了会儿，他撩起一只，拍了几下，上面的炭灰落了。他用指甲抠开皮，慢慢地撕开，露出焦黄沙润的瓤。他掐掉头上的结疤，从中间掰开，笑着递给她们。张琳放下书，笑着接过来，咬了一口，红芋露出粉白的断面。她笑着不住地点头，嘴唇挂着红芋瓤的白点。

　　张琳走出锅炉房，闪到黑暗处，犹豫了瞬间，突然转身，对益群咪眯笑了，临别时，摆了几下手。益群躺在床上，脑子里闪着她出门的举止和神情。他转过头，笑着问顺文，这般神态，莫非张琳对他有意思？坐在床边，顺文帮他合计着，觉得如果张琳是城里人，可能没有什么深的意思，在这男女从不言语的乡镇中学里，那是需要勇气的。躺在床上，盯着屋顶，听着房门的咣当声，他们翻来覆去，不时嘀咕几句。

周日下午，张琳早早回到学校。益群在锅炉房前转悠着。她拎着暖瓶走来，趁大家不注意，钻进锅炉房。益群操起脸盆，接了盆开水，让她泡脚。她瞅着益群，就是不脱鞋，偏着头突然问："那次你说加了两锨炭，水的温度是一百零二度，为什么不说成零三度哩？"

益群蹲在门口，注视着外面，转头笑着说："那二度说的就是我，你不觉得我最近有点二吗？"

张琳咯咯笑着，不住地摇头。他瞄了外面一眼，转头盯着她说："你难道没有感到，我见了你，二病就犯了。我自己都不知道，这是咋回事！控制不住。"

盆子冒着热气。益群忽地站起来，蹲在张琳前面，拉过她的脚，要给她脱鞋。张琳笑着狂踢，不让他近身。益群瞪着她，温柔地说："听话，乖乖脱！不然我的二劲就上来了。"

张琳红着脸，害羞地慢悠悠脱下鞋子和袜子，将脚放在水中，烫得她闭上眼睛，嘴巴啜着细气。益群想到给她洗脚，坏笑着过来，伸手就要入水。张琳明白了他的意思，捡起床上的课本，挥打着将他赶开。

水没有了热气，张琳看着书，脚在盆里互相搓着。益群瞥了眼，站起来，拿起脸盆，接了半盆开水，给她兑上。盯着她赤红的脚，他突然叫道："你的脚和别人的不一样。我刚才以为你的脚冻肿变形了，细看，你这是实脚，不能走远路。你将来不能报考地质院校，人家不收你。"

听他说得有鼻子有眼的，张琳放下书，摸着自己的脚丫，纳闷地看着。益群脱掉鞋子,在自己脚底起拱的地方比画着,严肃地说:"你得好好读书,田里种地,你这脚也不行。你的出路就是坐办公室。"

盯着益群穿着袜子的脚,摸着自己的脚底,张琳煞有心思地看着。益群蹲下来,给她的脚面撩着水,抬头问:"你学习那么刻苦,你爸肯定给你说过这种情况。"

张琳摇着头,依旧摸着脚底。益群撩着水,续道:"你爸知道你要强,怕伤了你的自尊心,可能会拐弯抹角让你好好读书,千万不能回村当农民。"

张琳飞快地点着头。益群一把轻轻地攥住她的脚,给她讲解实脚的结构。她试着想蹬开,他却抓得更紧了,在她脚底轻轻地搓着。张琳爸下地回来,常将鞋子放在窗台上。她经过时,会嗅到难闻的脚汗味,在她的心目中,脚都是臭的。看到益群像摸弄宝贝一样,搓揉着自己的脚,她有点感动,一股惬意舒坦的感觉,在身子里萌生。

过了几天,张琳来到锅炉房,说益群身上有股味道,让他洗洗脚。益群接了盆水,坐在砖墩上泡脚,抠着脚腕的垢迹,一副洋洋自得的样子。张琳坐在床上,她放下书,走到锅炉侧面的水龙头前,接了盆开水。益群以为她要泡脚,撕着脚底的死皮,抬头嘿嘿笑着。张琳走到他跟前,突然将开水倒入他的盆子,斥责道:"让我看看你是不是实脚,人家都说实脚耐烫。"

像被蝎子蜇了,益群腾地站起来,咧着嘴巴,刺啦刺啦地叫着,从盆子蹦出。他趔着身子,在炭屑上跑了几步,到了门口,忽地蹲了下来,手搓着脚底,就见脚底有几道炭渣刺的血口子。张琳拎着盆子,觉得解气,见他脚底冒血,她放下脸盆,拿来窝窝,让他趿上,扶着他瘸着腿,走到床边坐下。益群抬起脚,从冒血的脚底抠出尖利的炭渣，笑着对张琳说："没事！咱就是有这股二劲。别说几个炭渣，今儿个你就是剁掉我的手，我的眼眨都不会眨，我还会笑着安慰你。"

张琳眼睛湿湿的，翘着嘴唇，像做错事的孩子，她低声说："谁叫你骗我，说我是实脚哩。"

撩了下她的头发，益群从褥子开口，撕了团绺子，火柴点着，用燃尽的黑灰，敷在出血的地方。他穿上窝窝，原地蹦跳了几下。张琳笑了，含情脉脉地看着。

刚开始到锅炉房，张琳会带上小妹，除了是个伴儿，也让益群规矩点，更为避免别人说闲话。她和益群恋上了，小妹去得越来越少了。顺文住在锅炉房，看着他们眉来眼去，奔着成人之美，他搬回了集体宿舍。按照益群的吩咐，张琳将毛巾浸在开水中，拧下敷在脸上，除却冻疮。没有人的时候，她干脆靠在床上，敷着毛巾，露出眼睛，举书看着。益群蹲在门口，打量着外面，毛巾没了热气，赶紧走过来，用开水加热。

家里的姊妹多，父母很少关注张琳。益群细心的体恤，周到的关心，让她有了公主般的感觉，她慢慢接纳了他。周末返校后，她拿着脸盆，跑到锅炉房，让益群从外面锁上门，在里面洗漱一番。益群在外面转悠着，生怕有人偷窥。想起在校医窗外偷听的事情，他踱着步，难耐自己的窥私欲，轻轻地走到门口，眼睛贴在门缝，左右滴溜着。炭堆后面飘着热气，一个白花花的后背，忽上忽下。盯了一会儿，他缓过神，回身蹲在墙角，抓起一把雪，在脸上搓着，拧着自己的脸蛋，扯了几下，一副自责的样子。

门开了，热气飘了出来，张琳捋着头发，像仙女一样，从雾气中走来。她咯咯笑着，露出两排整齐的白牙，白皙红润的脸庞挂满水珠，像朝露中摇曳的水仙花。益群看呆了，他挠着脖子，走进里面，站在炭堆后面，黑黑的炭淋上水，乌亮乌亮的。他哼哧着，像猎狗一样嗅着，好像在找寻什么。张琳站在门口，用毛巾托着头发，搓揉擦撩，见他神经兮兮在她洗澡的地方转悠，将他叫出来，笑着问："看啥哩！有啥好看的。"

　　肩膀搭在门框上，益群愣愣地盯着她。停了半晌，好似梦游一样，喃喃道："好香！就像仙女。"

　　张琳拎起毛巾，轻轻地拍着他的胳膊，笑着说："啥仙女？仙女哪有从煤堆出来的。煤堆爬出来的，肯定是成了精的蜈蚣。吓死你！"

十四

陈老师上大学时，已经结婚了。四年大学，他有了两个儿子。他先分在县城，后来回到镇上的高中。陈老师不到四十，个子不高，穿着黑色的粗布棉衣，头顶着蓝色的毡帽，无论走到哪里，手里总是攥着烟锅。他皮肤黝黑，脸上的褶子松弛地下垂着，他走路写字甚至脸上的表情，总循着力学原理，都是最节省的。他会掐好时间，哧嗒哧嗒走向教室。第二遍铃响，他准时迈进教室。

陈老师慢悠悠的，学生们要竖起耳朵，才能听清楚。他写字不多，很少举起手在黑板的上头写，都是垂手写在黑板中间。他很少看同学，嘴里讲着，愣愣地盯着屋梁，像在琢磨房梁的力学结构。他很少眨眼，眨了眼，要几秒才能睁开。他宁愿看物，看物的时候，他不需要费心，想咋看就咋看，物不会有意见。他不愿意看人，感到看人的时候，得接受人的表情神态，夹杂着太多的东西，还要想着怎么回复，太费力。他穿着农民的衣衫，抽着农民的旱烟，讲着农民的土话。学校里，陈老师有点另类，除非学校开会，他很少出宿舍。同学们遇到他，笑着问候，他摘下烟锅，咳咳几声，就算应了。老师们见到他，和他说了半晌话，他瞥一眼，嘴角僵硬地上提着，露出三颗门牙，便咳咳着走开了。

陈老师的小儿子思量，和顺文同班，坐在益群前面。好多老师的孩子，考上了大学，为父母争了光。想到自己曾经是大学生，年轻时也是响当当的人物，陈老师有点心急，迫切希望儿子们能延续自己的辉煌。

思量个子不高，鬓角有少许白发，生得壮实，长着一双牛眼。陈老师的青蛙眼，主要看大自然，内含着出世的恬静、孤傲和清高。思量的牛眼常布满血丝，蕴积着少年的不羁和冲动，既炯炯有神，又像头狂踢乱跑，见了人就刨蹄子的马驹。他是纯正的教工子弟，吃的是教工饭堂，住的是热床，有种天然的优越感。除了方杰，他看不起班上的其他同学。思量像股旋风，浑身有使不完的劲，在年级恣意张扬着。知道人家是教工子弟，同学们也不和他计较，任由他显摆。老师们更是明哲保身，父亲对儿子都是睁一只眼，闭一只眼，自己又何必多事。陈老师很少和别人来往，对思量的做派无从知晓。

为了儿子考学，陈老师借来辅导书，研究题目，为儿子量身打造物理学习方案。下了晚自习，两个儿子回到房间。他拿出精心研究的题型，搬来椅子，坐在床边，辅导物理。儿子们分坐床头，有时也会提问，随着软乎乎的褥子底下热气的腾升，他们肌肉松弛，骨头麻酥，哈欠连连。他顺着讲课不看学生的习惯，盯着顶棚上的竹席方格，抑扬顿挫地讲着，慢慢地自己把自己讲得激动了，佩服自己独到简单的做题思路。他低下头来，见两个儿子，手里拿着书，靠在床头，嘴上挂着口水，进入了梦乡。看着儿子困倦的样子，他感到功课紧张，还要拉着辅导，是不是过分了？他咳咳着，儿子揉着眼睛，拿起书问讲到什么地方。陈老师抽着旱烟，哭笑不得。

张琳物理不行。她买来辅导书，看来看去，还是不得其要。寒冬夜读，经过陈老师的宿舍，平时支支吾吾，从来没大声说过话的老师，用激昂的腔调，辅导着儿子。她和小妹来了兴趣，书放在窗台上,从窗户缝听着他的讲解。寒风盘旋,一阵阵袭来,刀子般撩着面皮。她们跺着脚,自己云里雾里的问题,经老师点化,瞬间通了。知道了这个秘密,她们下了晚自习,无论天气多么寒冷,都咬着牙,到窗外听陈老师的辅导。

推开房门,思量朝树沟倒洗脚水,见张琳站在寒风中,瑟瑟颤抖。他拎着盆子,让她们进屋喝口水。张琳摆着手。小妹擦着唇上的清鼻涕,哼啦着。他笑着进门,又退回一步,伸出头来,对张琳笑了下,带上了房门。躺在热床上,思量觉得一排二十多个亮灯的窗户,张琳却选择了自己的窗户,是不是对自己有点意思?他有个习惯,没事的时候,总喜欢将班上的女同学,放在头脑中,一遍遍地筛选。每当这个时候,他感到自己就像皇帝,喜欢谁就是谁,张琳从县一中回来,在他心中和班上的其他女生不一样,和他教师子弟的身份比较搭。

靠在热床上,听着父亲的讲解,思量有点困倦,眼皮不停地拥抱着。想起窗外的张琳,他一下子来了精神。他装着尿急,从床上下来,趿着毛头鞋,轻轻地推开门。张琳还站在窗外。他心里大喜,飞快地跑向厕所。回到房间,坐上床,热气没有蚀却着让他睡过去,他脑子想着张琳,怜悯之情在心里涌动。他装模作样地听着,眼睛不时瞥着窗户,不知窗外的张琳是否还在跺着脚,缩着脖子,在寒风中颤抖着。

辅导完了,陈老师垂下眼睛。大儿子呼呼睡了,思量眼睛还是那么有神。他放下书,站起来,拍着大儿子的肩膀。老大抹着口水,睁着惺忪的睡眼,呆呆地笑着。陈老师捻了锅旱烟,摁在烟锅上,喷了几口烟,对老大说:"你是哥,得有个样子。我看思量比你强,你都睡了一觉了,思量还是那么精神。"

父亲表扬自己,思量瞥着窗户,傻傻地憨笑着。

思量感到，他是教工子弟，他不明白为什么那么多女孩，总在方杰面前晃来晃去。激情在发酵，优越和自傲像锚，沉在水底，即使船帆飘飘，仍然难以起航。船帆的推力和锚的重力，弄得他十分焦灼。方杰游刃有余，惬意地享受着青春的激情。思量心里不服气。父亲是老牌的大学生，教物理的；方老师师范毕业，就会溜嘴皮子。自己个子不高，那双炯炯有神的大眼睛，配上高挺前弓的鼻子，戴着军帽，那也是电影里标准男主角的气势。方杰个子高，青黄的面颊上，一双凸起的眼珠滴溜着，就像电影里的汉奸。他内心自问：改革开放，难道正面人物的形象就不值钱了？他放不下架子，没有追求女孩的勇气，他期望中意的女同学，能主动向他示好，他就像贵族那样，犹犹豫豫中纳了她。他怕屈驾追个女同学，万一有闪失，他固守的自尊，就会瞬间瓦解，被同学耻笑。

张琳站在宿舍的窗外，思量感到，这是明显向他示好。女孩害羞，她先表示了，自己就该主动些。早读的时候，平时坐在教室台阶的思量，挪了位置。来到照壁侧的树沟前，他蹲在沟坎上。张琳拿着书，在办公楼高台下踱着步，瞄着东南方向，有时书搭在脸上，露出眼睛，瞥着高台上的松柏。思量站起来，来回走动着。张琳瞟了他一眼，依旧注目东南，瞥望高台。他往前走了几步，见益群拿着书，在东南的墙下晃着，盯着张琳。转过身来，瞄见方杰站在松柏下，俯视高台下晃动的女生。思量心里暗想，益群和他不是一个档次的，只要他出手，益群就会灰溜溜地退却，他到时还得安慰他几句。

跑完了操，教体育的董老师吹了下哨子，扬起手，解散队列，让同学们自由活动。思量掏出双面胶球拍，站在球台，撅着屁股，挥拍练习。方杰接过小丽递来的球拍，站在另一头。小丽站在边上，给方杰助阵。张琳和小妹过来。思量顿时兴奋起来。他故意让着方杰。方杰喜欢抽球,他就给他供球,每抽一板子,小丽就跳着,喊声好。比赛开始了,思量拉球中,有了旋转。方杰仗着前面的气势,依旧挥着拍子狂抽,旋转过度了几拍,思量开始反抽,方杰没了还手的机会。小丽不再跳跃了。思量每次俯下身子,上悬抽球的时候,她都会偏头,身子缩一下,间或还有招架的叫声。张琳捡起球,递给思量。思量抹着脸上的汗,笑着点头。他抽着打球,间或瞥着张琳,她的笑容和助威,给他力量;瞥着小丽痛苦的表情,他就像在抽她的耳光。

学生们回家背馍,校园里冷清好多。思量在教工饭堂吃完饭,提了两瓶开水,洗了个头。他用爸爸的剃须刀,修整茸茸的唇毛,搓着脸上的雪花膏,走出房门,站在台阶上晒着太阳。他手插在裤兜,打量着返校的同学,像老师看学生。走到照壁的报栏前,他看着报纸,手指挠着耳。方杰和小丽紧挨着,胳膊夹着书,有说有笑地走来。他侧过头,瞥着他们按照同样节奏摆动着的腰臀,沉浸在打球的快感中。张琳低着头,背着馍,快步走向宿舍。他转过身,踮着脚趾,瞄着她的背影,像首长观察女战士。

张琳端着盆子,里面放着毛巾,向锅炉房走去。思量瞥了她一眼,看着晚报,心想爱干净、讲卫生是个好习惯。他浏览着报纸,感到不对劲,按说女生洗漱,都是将开水提回宿舍,她没有回来,会不会有猫腻。他碎步跨上高台,心想自己毕竟是教工子弟,不能像农村同学那样,沉不住气。他手插裤兜,眯着眼睛,瞄着泛着光晕暖暖的太阳,慢慢地游荡在操场上,见锅炉房前没了张琳的影子。他心里一沉,想快步过去,看个究竟,又告诫自己要稳住。走到单杠前,他跳跃着攥住横杆,第二个引体向上的时候,瞄见张琳端着盆子,捋着湿湿的头发,容光焕发地从锅炉房后面出来。他愣了下,身子哗地垂了下来,挂在单杠上。张琳低头快走,没看见单杠上的思量。看着她充满活力的身姿，思量就像烧红的刀具，瞬间淬在水里，冒着青烟，发出吱吱的声音。他有点气短，还是咬着牙，在单杠上耗尽了体力，松开手，蹲在沙坑中，大口喘着气，涨红的牛眼，盯着锅炉房。

定了定神，思量缓步走到锅炉房的侧面，从墙角溜过去。锅炉房散着热气，发出汩汩嗡嗡的闷响，刺鼻的炭味随风飘来。他缩回脖子，手挥了几下，换了口气，再次伸长脖子。益群坐在门口，背对他，心神不定地看着书。思量想过去，又不知道怎么叙问。锅炉房是学校临工居住的场所，万一和益群说撑了，传扬出去会丢教工子弟的脸。

周三下午，饭堂的厨师叼着烟锅，牵着头山羊，从大门进来。山羊好像预感到，此去凶多吉少，四蹄抓地，撅着屁股，就是不往前走。益群站在边上，招呼着师傅，掰下一根树枝，打着羊屁股。羊晃动着羊角，用伤心忧郁的眼神瞪着他，似乎在说："小子，这事是他干的，你就别跟着掺和！"老师们站在宿舍前面，聚着聊天，看着倔强的山羊，他们知道明天早上，有羊肉泡馍吃了。

益群回到锅炉房。围墙和教工饭堂后门的夹道，大师傅叼着烟锅，靛青色的烟冒着，他踩着断气的山羊。羊头挂在树枝上，滴着泡沫一样的血，估计是头颅的余气将血冲了出来。大师傅挥着弯刀，割着羊皮，对蹲在锅炉房门口的舅舅说："羊没有买好，走眼了，有点瘦，油货不行！"

舅舅站起来，拄着铁锨，笑着问："要不要帮忙？"

大师傅停下手，拿开烟锅，咳咳了几声，笑着说："晚上没事过来吧！帮忙烧烧锅，天亮前得把肉煮好！"

下了晚自习，益群在照壁前碰到张琳，悄声说："我舅晚上在这里，你只好挨冻了。明天晚上看我眼色，估计有羊肉吃。"

张琳点头，笑着走开了。

回到锅炉房，舅舅将屋内扫了遍，正在给起灰的地面洒水，笑着对益群说："你好好看书，我等下到那边去，晚上煮肉。"

拿出课本，坐在门口的砖墩上，看着舅舅忙活的身影，益群想到平日有张琳围坐陪读，那是件多么快乐的事呀！舅舅躇着腿，消失在夜色中。他掏出馍，在锅膛中烤，想着烤好送给夜读的张琳。他揣着热馍，在教师宿舍前后转了圈，没有看到她的身影。他忐忑着回来，吃了半个馍，将另一半放在锅炉的沿上。

西边村子的鸡叫了。益群睁开眼，舅舅没有回来。他翻了个身，又睡了过去。鸡叫二遍的时候，舅舅回来，一股羊肉味窜进屋子。舅舅打开水龙头，给锅炉中加满水，揭开膛盖，操起铁锨，加了几锨煤，浓烈的炭味覆盖了羊肉的香味。舅舅拍着被子，将他叫醒，指着砖墩上的两个碗，低声说："刚出锅，泡上馍趁热吃！"

揉着眼，坐起来，益群趿着窝窝过去，见是一碗羊肉和一碗油汪汪的汤。他一连咽着口水，拿起半个馍，在汤碗上蘸了下，张开嘴巴，两口将半个馍送进肚子。舅舅走过来，让他赶紧吃。想起张琳和自己给她的承诺，益群笑着说："我将肉和汤放在角角，用书本盖住，中午再吃。"

吐了口烟，舅舅脸上的血丝像网袋，抖着收下了。脸部的肌肉展开，露出笑容，他眯着眼睛，叮嘱道："趁热吃！凉了就不好了。"

教工饭堂飘着阵阵羊肉味，打水的同学嗅到味道，用羡慕的眼神，打量着饭堂进进出出的人流。按照平常的规律，快上课的时候，厨师会将煮了羊肉的锅和灶具放在开水锅里煮，除羊臊味，将教工饭堂剩下的葱花，倒进锅里，然后打开门。外面等待的学生，蜂拥进去,趴在大锅边,将缸子伸进去,加满混着羊肉味的水。

午饭时候,益群蹦跶着出了教室,回头来了个飞眼,手在空中搓了下,指着锅炉房的方向。张琳明白了,掩嘴笑着。开了锁,推开门,屋内的煤烟散了。他掩上门,将两个碗端出来,揭开锅炉的膛盖,放在里面,合上盖子。他走到门口,倚着门框,不停张望着,盼着张琳的到来。

张琳拿着碗,没有随着人流走向学生饭堂,到了厕所边,她顺着围墙向北走,注意着周围。走到锅炉房的侧面,前面挤满打开水的人,她闪到墙角,见没有人关注,倏地跨进锅炉房后面的夹道。教工饭堂后面,挂着的羊头,在寒风中晃动着。她吃了一惊。益群赶紧将她让进去,随即关上门。张琳忽地转过身,警觉地看着他,示意他将门打开。益群挠着脖子,笑着说:"别人看见不好,没有别的意思!"

走到锅炉前,益群揭开盖子,用毛巾衬着,将碗端出来,放在砖墩上,拿出蒸馍,让张琳赶紧泡馍。馍掰好了,他用筷子将肉夹在张琳的碗中,将汤上浓汪汪的油汁倒给她,将馍放在清汤中搅和着。张琳过意不去,硬是要将肉给他几片,益群就是不要。

蹲在煤堆边,益群呼噜着,连吃带刨,几下就吃完了。张琳坐在靠门的砖凳上,细嚼慢咽。太阳从门缝中进来,形成一道光面,她的脸在光中一晃一摆的,像透光的玉。她小巧的嘴巴啜吸着,薄薄的嘴轻快地嚅动着,唇在油脂的浸润下,变得光润柔滑。益群接了碗开水,将碗边的油迹和馍屑撩下,冲净碗沿,将漂着油腥的水喝了。他打了几个嗝,惬意地喘着气,将碗放在煤堆上。张琳吃完了。他接过碗,用开水冲了好几遍,闻着没了羊肉的腥臊味,将碗还给了她。她站起来,走到门口,一股冷风吹来,门框中菱形的光柱中,飘着乌七八糟的纤尘。她伸出脖子,歪着脑袋,瞟着那只晃动的羊头，露出伤感的神色。

  吃了羊肉，思量打量着乡下的同学，他们吃着开水泡馍，黄蜡的脸上嵌着一双双呆滞布满血丝的眼睛，他咂巴着红润的嘴，骄傲和幸福溢在脸上。自习课的铃声响了，张琳走进教室，坐在他前面。思量感到味道不对，他抬起头，对着她的后背嗅了嗅，闻到浓烈的羊臊味和淡淡的煤灰味。益群慢悠悠走进来，路过思量课桌的时候，他摆了下头。随着他的身影，思量哼哧着，还是羊肉的味道。他拨弄着钢笔，不明白他们怎么能够享受到老师的待遇，难以理解他们成双成对吃羊肉。他盯着张琳的脖子，眼睛慢慢地凸了出来，衬着红红的血丝，眉头皱成了团。

  上完物理课，同学们拥到教室外。顺文和益群站在杨树下。顺文说上课没听清，问益群老师讲课的内容。益群往手掌吐口唾沫，曲着身子，准备爬树，摆手摇头，想起张琳也曾絮叨过听不清，他随口说："讲课就像女娃娃放屁，谁能听清？"

  思量刚好站后面，忽地转过身，一把勒住益群的衣领，眼里喷着火，咬着牙，腮帮子一抖一抖的，指着他的嘴巴，厉声问："说啥哩？是你爸的娃，再说一遍！敢再说一遍，今儿个就把你废了！"

  益群知道理亏，硬僵着只有自己吃亏，他扯着思量的手，笑着说："开玩笑，没说啥，你别当真！"

  顺文夹在中间，将二人隔住。思量怒火难平，手不停地扇着。益群知道，一味地服软，他就得寸进尺，让他知道自己也不好惹。想到这里，他推开了顺文，上前攥住思量的胳膊，猛地一拉，将他拉在怀里，附在他耳边说："兄弟，是不是想打架？想打架，咱们明天下午五点半，西壕里见。现在打起来，我吃亏不要紧，我爸看不到。你要是鼻青脸肿的，我咋向陈老师交代哩？"

思量松开了手。益群温柔地拍着他，对围观的同学说："大家别介意，我们就是开开玩笑。"

走两步，益群倏地转过身，退了几步，防止思量突然袭击。思量的脸憋得像球，眼睛噙满泪水，愣愣地站在那里。益群知道他不肯善罢甘休，心里有点发虚。思量没受过这般委屈，坐在课堂上，他呆愣愣地瞥着屋顶，老师在讲台上晃来晃去，他的眼睛还是不动。回到爸爸房间。哥哥打来饭。思量靠在床上，看着窗户下的桌子，不管爸爸催促，还是哥哥拽扯，他就是不起身。陈老师将饭碗放在椅子上，拎起旱烟袋，带上门出去了。

明天还要打架，思量感到不能空着肚子。他端起碗，吃完面条，蒙着被子，昏睡着琢磨着决斗的策略。听村子人说，男人最要紧的就是裤裆的那串玩意，击中了要害，他就乱了章法。他也听爷爷说过，打架要先下手为强，瞅准时机，猛击关键部位。晚上睡觉前，他又将想了大半天的策略，回顾了一遍，伸手摸着胯部，扑哧笑了，感到信心十足。

下课了，思量走出教室，抓着一棵杨树，叭叭几下引体向上，攀到树梢，瞄着下面的同学，他有了一览众山小的气势。益群低着头，和顺文说笑着出来。思量落下，摆着脖子，活动着拳脚，走了过去，用喷火的牛眼瞪着他。益群本想用话将他岔住，没想过要打架，见他活动着手腕，挑衅地瞪着自己，踌躇满志的样子，他有点不服气。顺文走过去，将思量扯到边上，劝了几句。思量推了顺文一把，瞪眼说："闪开！别狗拿耗子多管闲事。"

顺文转过身，推着益群。益群揽他的胳膊，贴着他的耳朵边说："不给他点颜色看，他会得寸进尺。"

推开顺文，益群摆了下手，手搭在思量肩上，嘀咕了几句，回身对顺文说："思量同意了，你来当裁判！"

顺文跟在他们后面，走出校门，来到西边壕里。

太阳露着半个脸，田野和村舍罩在青白色的雾气中，麦田的雪融了大半，褐色的麦根丛中竖着半融的冰碴子。见益群犹犹豫豫，思量猜到他怕了，教工子弟的优越感，让他觉得要让益群为自己嚣张的戏言付出代价，他要为荣誉而战。见到一堆玉米秆，思量转过身来，示意在这里摆战场。益群摆了下手，朝北边走去，思量跟在后面。他侧着头说："思量，你爸是我的老师，常言道，一日为师，终身为父。昨天是我不对，我给你赔个不是，对不住陈老师。今儿个我要是把你揍了，就是错上加错，更对不起老师了。"

思量瞪着牛眼，哼哧喘着气，摆出誓战到底的架势。顺文驻步回头，笑着说："算了吧！回到学校，你就说揍了益群，就算扯平了。"

见益群成了软蛋，思量想这家伙怯场了，想起课本上"一鼓作气"的训导，他走上前，对着他的胸膛就是一拳。益群向后闪让着，刚站稳，思量飞起一脚，踢向他的裆部。益群听村里人说，塬上人打架，很少击打那里，那是让人断子绝孙的事，他瞬间明白，架是非打不可了。

思量倏地扑过来，抡起拳头，对着益群击过来。益群抓住他的手腕，两个人顶在一起。思量晃动着腿，试图踢他的裆。益群闪躲后退着。思量忽然松开一只手，弯腰用黑虎掏心的拳法，抓向益群的裤裆。益群刹那间愤了，他顺势后退几步，抓着他的衣领，用力一扯，勒住他的腰，将他压在身下。思量就像蝎子，蠕动着蜷曲的身体，想从益群的身下挣脱，他憋着气，瞅准时机，试着扯拉他的裤裆。顺文跺着脚，扯着益群，想将他们分开。益群发毛了，瞪眼呵斥着，让顺文闪开。他跪在思量的肩胛上，摁着他的胳膊，抽了几个耳光。思量的鼻血流出，他手抓着泥雪，血流进口里，他舔了下,感到涩涩的。思量手一摸,见出血了,他用尽吃奶的劲,在地上蹦跶着,抓狂地反扑。见他还没屈服,益群横下心,又抽了几个耳光。思量哇地哭了,反抗的手没了力度。益群跃起来,跳到边上,捡起树枝,攥在手里。思量躺在冰冷的还没有完全冻住的麦地上,抹着眼泪,愣愣地看着黑麻麻的天。

　　思量站起来,靠着玉米秆。寂静凄冷的夜中,摸着脸上的泥血,他感到这样回校,老师和同学们会耻笑。愣愣地哼哧了好长时间,他想到爷爷,每当他委屈的时候,爷爷都是他的守护神。他站起来,顺着渠岸,迎着呼啸的寒风,深一脚浅一脚地向老家走去。

　　思量的爷爷是东家的少爷。新中国成立前,他就把家财折腾得差不多了。老汉一辈子硬气,眼里容不得沙子,他像一团火,脾气上来,谁都不认,对上脾气的,咋样都行。陈老师虽说是大学生,没有秉承父亲铮铮的骨气和黑白分明的为人,遇到什么事情,都是哼哼唧唧的。想到这些,老汉抽着旱烟,咳咳着吐了口痰,不住地摇头。两个孙子长大了,那虎实的样子,让他感到断开的门风又回来了,思量那动不动就瞪眼的神态,好像就是自己年轻时的翻版。每每想到这里,老汉喷着旱烟,露出惬意而满足的笑容。

　　老汉正在烧炕,院子弥漫着呛人的烟。他披着羊皮袄,攥着烟锅,从村子慢慢出来。走到村头的壕岸上,他蹲在麦草垛子前,看着灰蒙蒙的天,一连抽了两锅旱烟。渗凉渗凉的天气中,他缓缓站起来,顿时感到浑身舒坦了好多。回到家里,他脱掉窝窝,盘腿靠在门房的炕沿上,搓开收音机。一段《下河东》,豪放悲凉的声韵中,他叼着烟锅,眨巴着眼睛,摇头晃脑,自己仿佛就是赵匡胤。

　　思量推开门,气冲冲地蹦进来。老汉正沉醉在秦腔的韵味中,眯着眼睛,见孙子满脸泥血闪了进来。他倏地睁大眼睛,慌忙放下烟锅,松开盘着的腿,忽地从炕上下来,没有来得及穿窝窝,快步走到跟前，摸着他沾满泥巴的头，跺着脚，晃着弯曲的身子问："咋的啦？谁欺负你了！快给爷说！"

思量突然抽泣起来。奶奶从后院出来，见他这般模样，拍打着他身上的泥巴和草秸，不停地骂着。妈妈操起炕上的笤帚，刷着他身上的泥，问他有没有吃饭，想吃啥？张罗着给他做饭。临出门的时候，她回头说："你先人还是先生？娃都让人打成这个样子，还当什么先生！"

蹲在炕前，抽着旱烟，爷爷唉声叹气地跺着脚。他颤抖地挥着手说："甭急！先让你妈给你下碗面。吃饱了，爷跟你找他去。"

吃完饭，洗了脸，思量换了衣服，走到门房。爷爷磕掉烟灰，将烟锅插入腰带，忽地站起来，将草堆的镰刀放进担笼，提起担笼，拉着他往外走。奶奶弯着腰，拍着腿，担心地叮嘱道："问问，吓唬一下就行了，千万别好事！"又转过身，对儿媳妇埋怨道："都是快要见阎王爷的人了，咋还是那火暴的脾气。"

说着，她摇着头，无可奈何地走回后院。

夜空闪烁着几颗若明若暗的星星，村子传出阵阵狗吠。虽然一把年纪，爷爷走起路来，依旧风风火火。思量跟在后面，不时还得跑上几步。爷爷追问打架的原因。思量支吾着说，那个同学骂爸爸，他上去理论，那人将他约到壕中，将他打了一顿。爷爷说这娃不在学校打架，看来是滋事打架的老手。他觉得这个学生，敢当着孙子的面，骂自己的儿子，又将孙子揍了一顿，是不能容忍的事，下面两代人都让他作践了，他得出面，讨个公道。

晚饭的时候，陈老师看不到思量。碗里的稀饭凉了，他走出屋子，在照壁前转悠着，还是没有儿子的踪影。他知道思量饭堂吃腻了，会偷偷溜出校门，到镇上改善一下。他的心宽慰了一些。回到屋子，他拿出课本，坐在椅子上，抽了锅旱烟，准备着给儿子辅导的教案。突然有人敲门,喊着自己的小名。陈老师一愣,是父亲的声音。他从椅子上弹了起来,快步走过去,拉开房门。老父亲提着担笼,站在门口,身后是嘟着脸、满脸委屈的思量。父亲瞪着他,径直走到床边坐下,抽出烟锅,烟袋中捻着旱烟,气呼呼地问:"你这先生是咋当的?连儿子都保护不了,还教啥书哩?传出去让人用屁股都笑了!"

将思量拉到边上,陈老师问:"发生了啥事?"思量将事情的来龙去脉说了遍。陈老师气得抖了起来,平时病恹恹的他,跺着脚,指着思量呵斥道:"你个不成器的东西,你看人家农村的孩子,大冷天里,还在外面借着窗户外的月光看书学习。你好吃好睡,就知道游荡滋事。我不知哪里亏了人,要了你这样的孽子!"

思量本希望叫来爷爷,给自己出口气,没有想到却遭到父亲一顿臭骂。思量看着爷爷,低头站在墙角。老汉抽着烟,见儿子训着孙子,眼睛瞪了起来。在鞋底磕掉烟灰,他走过来,将思量拉着,坐在床上,摸着他的头,对儿子说:"娃看到人家骂你,心里不服气,和别人吵架,又让人家打了,你反过来还责骂思量,你说娃委屈不委屈?"

老人忽地站起,提起担笼,扯着思量的胳膊说:"你爸是个软蛋,提不起来。爷给你做主,走!带我找那个家伙去!得讨个说法!"

知道父亲的火暴脾气和不到树梢不罢休的性格,陈老师笑着上前,拿过担笼,放在墙角,倒了杯开水,递给父亲。老汉瞥了他一眼,摆了下手。他将水放在凳子上,蹲在边上。他指着儿子的额头说:"好!咱来文的,不来武的。去!把校长找过来,让他主持个公道!"

屁股向外挪了几下,陈老师看着父亲,笑着说:"我就是个普通的教师。这学校里七八十号教工，一千多学生，弄不好传扬出去，让我这脸给哪里搁哩！"瞄着父亲倔强的神情，他又说："爸，这可不是咱们村子，吵了就吵了。这是学校，咱做事得有个分寸。"

晚自习下课的铃声响了。窗外传来熙熙攘攘的声音。大孙子推开房门，满屋飘着靛青色的烟，呛得他难以进屋。见爷爷攥着烟杆，气呼呼地坐在床上，他快步过来。老汉脸上绽开笑容，放下烟锅，站起来，上下打量着。大孙子问："咋回事？"

陈老师将事情说了遍。大孙子知道，给爷爷讲太多的道理，他听不进去，他要的是有点筋骨的态度。拉着爷爷的胳膊，他劝解道："爷！您都这把年纪了，划不来跟个碎娃较劲。这事交给我，以后谁敢欺负思量，我的拳头硬硬的，这关不好过！"

终于听到想听的话了，老汉味味笑着说："有种！这才像我孙子。"瞥了儿子一眼，他晃着烟锅说，"别像你爸那样，整天蔫不唧的，挺不住个筒子！"

话说开了，事情也有了着落，老汉心里敞亮了。祖孙三代人，挤在宿舍里，聊着家事村事和宗族的事，烟雾飘绕中，弥漫着温馨的气氛。张琳和小妹站在窗外，听着一家人天南海北地聊天，知道辅导没了，看了会儿书，她们哆嗦着，朝锅炉房走去。

早上，一家挤在两张床上。起床号响起来，老汉倏地坐起来，惶恐地问："咋了？还要集合？"

陈老师坐起来，笑着说："这是学校的起床号。天还没亮，你再睡一会儿，甭理号呀铃呀的！"

孙子和儿子洗漱完，出去了。床暖暖的，宽敞了好多。老汉怕挤到孙子，一夜没有睡好，他舒展着身子，蒙着被子，呼呼睡了过去，呼噜声一阵高过一阵。

高高的聚光灯下，师生们踩着影子，随着哨子声跑步。严书记跟着队伍，跑了一段，觉得老师不多。他停下来，沿着老师宿舍台阶，看到没起床的房间，便咳咳几声。前面传来隐隐约约的呼噜声，他有点来气，觉得同学们都在出操，老师为人师表，这么大的呼噜，让学生听见了，有损教师的形象。他手抄在后面，迈着方步，循着声音过去。陈老师房间的灯亮着。他咳咳了几声，里面的呼噜声瞬间小了。他摇着头，走了几步，呼噜声又大了起来。他转过身，听了一会儿，走了过去，又咳咳了几声，呼噜声更大了，好像在对抗自己的咳咳。他站在窗外，觉得陈老师温和自知，他想推开房门，又觉得人家这把年龄，这会让他难堪。犹豫了一会儿，又咳咳了几声，他走开了。到了台阶的尽头，严书记驻足看着跑操的队伍，依稀瞄见陈老师有气无力地跟在边上，弯着腰，低头跑着步。他回头看着，纳闷屋子里会是什么人，睡觉那么大的动静。

　　天亮了，到了早读的时间。顺文和益群站在照壁前，拿着书走动着。思量蹲在教室的台阶上，用冒火的眼神，挑衅地瞥着益群。益群浑身不舒服，他不愿招惹他，便拉着顺文，走到教师宿舍前的花圃，背对着思量，蹲着看书。

　　回到宿舍，父亲还在睡觉。陈老师想这么多年，父亲第一次到学校，他心里有了淡淡的愧疚。这个时间，镇上的羊肉泡馍馆，生意正旺。他拿定主意，请父亲到镇上吃顿泡馍。

　　上午没课，陈老师将房门开了道缝，坐在椅子上，抽着旱烟。父亲撩开被子，坐起问几点了。他笑着说，没事就多睡一会儿。他让父亲洗了把脸，说到镇上吃羊肉。老汉摆着手说："就别破费了，喝碗稀饭，吃两个馍，肚子才舒服。"

　　陈老师说灶上没多余的饭，还是到镇上吃。老汉停住手中的毛巾，疑惑地眨巴着眼，摇着头，勉强答应了。站在台阶上，满院都是读书的学生，老汉虽是天不怕地不怕的性格，还是有点无所适从的茫然，露出怯羞的神情。儿子蔫蔫地走在前，他低着头跟着，烟锅攥在手里，想咂摸几口，又不好意思。益群看见老汉，问顺文那是谁。顺文笑着低声说："那是思量的爷爷。和我隔壁村，一生脾气火暴，有名的歪人，没人敢惹！"

到了镇上，老汉蹲在豆腐脑担子前，拉扯着儿子，吃豆腐脑。陈老师说自己有羊肉牌子，别人给的。老汉才站起来，跟着他走进泡馍馆。陈老师要了两个锅盔，和父亲掰馍。老汉三下五除二掰好了，将碗推到桌子中间，拿起块锅盔嚼着，拍着手上的馍屑。父亲碗里垒起的馍块，像拖拉机犁完的地，大太阳晒了好长时间的田。老汉捻了锅烟抽着，单脚撑在板凳上，看着儿子就像女人绣花，指尖掐着馍沿，他挥着烟锅，笑着说："多亏你是个先生。如果农村人都像你这样掰馍，那还不把人给急死了，地里的庄稼都荒了。"

陈老师扑哧笑了。他拿起父亲的老碗，让服务员先给他煮。

出了泡馍馆，老汉打了几个饱嗝。陈老师走到街边，买了一锭镜糕和一串麻花，提过来递给他。老汉满脸不高兴，拍着肚子说："你咋还花钱哩！吃得饱饱的，还给哪里吃哩？"

陈老师笑着说："行了！就当赶了一趟集。"

老汉将烟锅插进腰带，提着吃食和担笼回家了。走在渠岸上，见四下没人，田野一片萧瑟，老汉哼哧了几下，调了调气，找了下音调。他瞪着眼睛，脖子像根气管，脑袋一胀一瘪的，上半身抖动着，吼了一段《下河东》。

益群瞥见趴在担笼中寒气袭人的冷森森的弯刀，想到刚将思量揍了，他心里腾然透凉，额头沁出层冷汗。他赶紧低下头，背过身去。陈老师的声音大了，转身写字的时候，学生们齐刷刷看着益群，向他道喜。益群搓着脸，低下头，冷对着大家的目光。陈老师转过身，看着屋顶，匀速地讲着课。益群抬头，打量着他，看不出他有啥异样。做题的时候，站在讲台上的陈老师，装了锅旱烟，走下讲台。他看着屋顶，溜了一圈，站在益群后面，默默地抽着烟。益群心里发怵，就听见吧嗒吧嗒的声音。

午饭的时候，益群坐在锅炉房门口，老汉、弯刀和瞥着他的眼神，不断在脑海里飘浮。他放下碗，搓着面颊，想到自己有错，做得过分了，让老师下不了台。他思前想后，感到得诚心诚意地认个错，祈求老师原谅。张琳过来，见他嘟着脸，无精打采的样子，问遇上什么事。益群说了自己的打算。张琳晃着身子，扑哧笑了。思量最近怪怪的，总在她面前晃，变着花样和她套近乎，她明白了他们打架的理由，又不便讲出来。想到她常站在陈老师的窗外，听他辅导，她赞许益群去道歉。

抱定好汉做事好汉当的勇气，益群走出教室，在照壁前转着，他不时朝教师宿舍瞥着。见没有人，他溜到陈老师房门口，跺着脚上的泥。门半掩着，陈老师抽着烟。他侧立门外，喊了声："报告！"

陈老师愣了下，欠起身子。又一声"报告"，他应了声进来。益群弯着腰，低头进来，站在桌边。陈老师缓缓地吐着烟，翻着眼，瞅着光管，停了半晌问："啥事？是不是我讲课声音小，听不清？今天的声音不是大了吗！"

益群带着哭腔说："陈老师，都是我犯浑，冒犯了您，又和思量打了架。您就抽我几个耳光吧！这样我心里好受些。"

陈老师垂下目光，看到他诚恳的态度，颇有感触地说："老师教了几十年书，什么学生没有见过！常言道，有理不在声高。老师讲的是科学，不是唱戏，也不是小贩沿街叫卖。"

益群向前走了一步，哭丧着脸说："陈老师，都是我不懂事！你下不了手，我就给你认个错！"说着，他抡起手掌，搧了自己几个耳光。陈老师站起来，拉住他的手，斥责道："有个态度就好。别这样，现在不兴这样。"

益群点着头，咪眯笑了。陈老师笑了，抽着烟说："认真学习的学生，会觉得老师讲课声音小点，他有种神秘感。科学研究和探索的内在动因，就是神秘感的驱使，声音的神秘感和新的教学内容，能激发学生的好奇。声音高了，神秘感没了，学生容易疲劳。"

益群没有想到，蔫不塌塌的陈老师，对教学有这么深的研究，他更为自己的无知而羞愧。拍着他的肩膀，陈老师晃着烟锅说："打架的事，不能全怪你。思量也不是省油的灯。行了！这件事就到此为止了。好好学习，父母不容易呀！"

益群激动地给老师鞠躬，第二个完了，头刚要点下去，陈老师摁住他的头，笑着说："行了，多一个我就受不起了。"

十五

高二的第一个学期结束了。这个冬季,顺文过得十分辛苦,他的肚子一直有问题,原来壮实的身体,一下子消瘦了好多,面色蜡黄。他靠着顽强的意志力和坚忍的耐力,总算撑了下来。身体的虚弱,让他变得多愁善感,心像布满口子干涸的土地,迫切需要抚慰和滋润。看到小萍坐在前面,他的心里总是暖暖的。每天晚上,他目送着她的身影,消失在夜色中,早操的时候,看见她的身影在前面晃动,他就有了力量。夜深人静的时候,他早早躺在床上,蒙着头,听着外面呼呼的北风,将当天所学的功课在脑子里过一遍,然后就是小萍的一颦一笑。

领到通知书,顺文看了自己的分数,除了英语外,其他科目的成绩还算理想。好多同学没有打算回家,他们打算利用寒假的时间,加紧学习。看着他们搬弄铺盖,顺文心里有一丝羡慕,想到自己的身体,他又无可奈何地摇头叹息。他不知道小萍会不会留在学校,看着大明朝气蓬勃的气势,他知道假期是情事多发的时候,担心会不会有什么意外。疲倦的顺文,在羡慕、担心和无助中推着自行车,离开了校园。

过年前,家里很忙。顺文感到没有什么力气,他没事就躺在热炕上,将肚子贴着炕席,会舒服些。家里人知道他肚子不好,规定的劳动取消了。奶奶帮着他，在灶膛中烧蒜。吃完饭，妈妈将灶膛中的生铁灰架挑出来，毛巾包着，让他放在肚子上。钻在热被窝中，看一会儿书，想一会儿心思，淡淡的惆怅中，他想象着学校此时的情景，如果自己留在学校复习，会不会在学习的间隙，能和同学们结伙，去镇上游荡一番。

将息了几天，顺文感到有了精神，他帮助家里收拾屋子，拉土搅水，张罗着过年。年二十九，昏沉沉的天空，飘起了雪，村子里传来猪的嚎叫，坐在灶膛前，瞄着红红的膛火，他知道有的人家杀猪了。下了一夜的雪，到了年三十，塬上盖了层厚厚的雪。农家忙活着煮肉、装碗子和蒸包子。孩子们串伙在一起，攥着包子，裤兜揣着爆竹，村前屋后疯跑嬉闹。狗似乎也放松了，摇着尾巴，跟在孩子们后面。

踩着雪，走到门前，顺文看见老饲养室前面，围着群人，看着屠夫杀猪。他走过去，站在边上。屠夫挽着袖子，腰带后面的烟袋耷拉着，精瘦的身子好像有使不完的劲。他摸了下自己的肚子，无奈地叹着气。他觉得肚子发凉，弯着腰回到家，躺在炕上，透过窗户，看着墙头枯黄的茅草和邻家树枝屋瓦上厚厚的白雪。一群麻雀找不到食，落在树干垒起的苞谷棒子上，吱吱叫着，嘴巴啄着玉米粒，怎么倒腾，都没有效果。几只乌鸦飞过来，啄着苞谷棒子。邻家人看见了，站在院子里面，吆喝叫着。乌鸦低头看着，吞着玉米粒，一副爱理不理的样子。一根竹竿拍了过来，乌鸦和麻雀扑棱棱飞了，天宇间传来苍凉的拖着尾音的嘎嘎声。

肚子闹腾了一个冬季，顺文感到可能就是肠胃炎、痢疾和细菌性感染，用一阵药就会有效果。他瞅着窗外，琢磨了半天，猜想可能是去年秋雨时节的熟枣皮，贴在肠道上。农家每一年过年前，都要糊窗户，到了来年过年，旧的窗户纸烂掉了，难道趴在自己肠道里的枣皮，就那么结实？顺文过年没有走别家亲戚。在妈妈催促下，他到舅家转了圈，坐在炕边上和外婆聊了几句天，就匆匆回到家。一个冬季的开水泡馍，让他对荤腥和油货，食欲大开。知道身体虚弱，他也想趁着过年，好好补补。酸汤面是他的挚爱，吃饱了，他最后还要吃碗臊子、喝碗汤。午饭时候，他掰开软蒸馍，夹上两片肥肉，敷上一层酱辣子，攥在手里。看着从缝隙泛出的绛红色的油汁，他张开嘴巴，几口就是一个蒸馍。吃了好几天，家里人都睁大了眼睛，让他悠着点。

过完春节，学校开学了，好多同学提早几天回到学校。经过春节的调养，顺文精神好多了。他骑着自行车，收假前最后的下午，回到学校。铺好床铺，他背着书包，走进教室，看见密密麻麻地坐满了人。他知道一个寒假，自己在学业上，又落下了不少。见小萍坐在教室里，顺文心里一热，他没有看她，感到她好像扫了眼他。坐在课桌后面，拿出课本，他仔细打量着前面的小萍，看她有没有穿着新衣服、围着新围脖，分析着她的年过得怎么样。

过了正月十五，顺文看见小萍围着条白蓝间隔的毛茸茸的围脖，侧面看过去，就像春节时家里贴在柜上边女演员的剧照，高贵典雅。围脖遮住了她的脖子，就留下两只山羊小辫。下了晚自习，小萍走出教室，大明跟在后面，他的脖子上，也围着条同样款式不同颜色的围脖。他的心一下子紧张起来，赶紧合上书，塞进课桌下，尾随着走到照壁前，愣愣地看着他们消失在夜色中。

回到宿舍，顺文感到心里憋得慌，蹲在台阶上，望着马路上提水洗漱的人群。方杰和小丽从教室出来，路灯下他们保持着间隔，黑暗的地方，小丽挽着方杰的胳膊。顺文感到困惑：都是高二的学生，为什么有的人不畏人言，过得随意洒脱，享受着青春时光；有的人困顿在自己编织的牢笼中，在遐想和虚化中，沐浴着春情之雾；有的人在情感的湍流中，难以自拔，忍痛选择逃离。躺在冰冷的通铺上，他感到小萍在向别人靠近，他有一种撕心裂肺的痛。细想一下，他从来没有向人家表白过，她也有选择的权利，他有什么理由和权利，来妨碍她的选择？心绪就像一团糨糊，不争气的肚子就像不渗水的渠，食物就是匆匆的过客，没有给予他能量。

学校就像个装在网子里的球。严书记攥着网口，见哪里有问题，他就会紧一下网子。开学不久，严书记调走了，网子松开了，球蹦了出来。新来的张书记，留着大背头，穿着灰蓝色的中山装，一副和蔼可亲的样子。周一早上，师生们站在办公楼前，升完旗，张书记走到高台前，讲了通开放自由的理念，强调自己不是高压式的专制管理，他尊重每位老师和同学，给大家充分的自由，让大家在自由的气氛中，享受学习的快乐。老师们站在边上，望着张书记，点头笑着；学生们低着头，交头接耳，传来一阵嗡嗡声。教务主任走上前，让大家安静。张书记瞥了他一眼，笑着摆了下手，对边上的老师说："嗡嗡也是自由的一种形式，要有允许学生嗡嗡的雅量。"

学校就像上好的发条闹钟，按着统一的规则，井井有条地运作，每个人基于对权威的尊崇和敬畏，克服着自己的惰性。张书记是师范大学政治系毕业的，从内心崇尚平等和自由。他读书很多，讲起道理来，激情澎湃。

学校就像蜂巢，一下子没了蜂王，或者说蜂王让蜜蜂自己弄自己的事。蜜蜂们无所适从，到处乱碰乱窜。学生出操的时候，好多老师还在酣睡。上课铃响了，好多老师匆匆爬起来，来不及洗漱，拿起课本，捋着头发，半跑着跨进教室，随着记忆，夸夸讲授，临下课的时候，才知道这节课讲过了。学生更像是圈养的马驹，打开了圈门，在草地上任性地活蹦乱跳，恣意撒欢。男女同学之间的篱笆，斑驳凋腐了，含情脉脉的眼神，像城市夜空的光柱，在校园上空交相辉映，呈现出春情勃勃的斑斓色彩。小丽不再避忌别人，她常常挽着方杰的胳膊，像情侣一样，在校园里徘徊。张琳将自己的馍褡裢，挂在锅炉房，吃饭的时候，径直跑到锅炉房，和益群搭伙。他们买了个铁锅，有时改善生活。张书记强调的平等自由，集中在思想和精神方面的，现实中，却物化成向惰性和散漫的回归。

早春时节，乍暖还寒。麦地的雪没了，褐色的冻土经过反复消融，像发酵的混着巧克力的面团，撩开能看到里面泛着蜂窝般的酵眼，赤着脚踩上，虽也冰冷，却是软绵绵的。蹲在照壁前的花圃中，顺文用拼音读着英语，感到枯燥别扭。脚踹着松软的土，他觉得男女的恋情，就像这褐色的土层，只有经过严冬的洗礼，大雪的闷盖，初春的反复融冻，才能变得有利于麦苗茁壮成长。望着不远处早读的小萍，他默然感叹，他青涩闷思的漫漫情路，还不知要经过怎样的曲折迂回。

慑于严书记的威严，大明原来仅烫了个刘海。严书记走了，没有几天，他来了个爆炸式的全烫，他的头发本来就黄，加上走起路来屁股一翘一翘的，从背后看，有点像外国人。电视上正在热播巴西电视剧《女奴》，看到大明，想到他对村子里住校同学的轻视，班上的同学便想到里面的主人公莱昂修。益群当着面，叫他莱昂修，大明不但不生气，而且欣然应允。他感到自己家在镇上，哥哥做生意，是人人皆知的万元户，他就是镇上财东家的公子。

随着电视剧的热播，莱昂修的名字成了飞扬跋扈的代名词。大明也慢慢进入了角色。他每集都看，嘴唇上蓄起了浓密的小胡须，穿戴更加潮流了，他用鹰一样的眼睛，盯着女同学，好像她们都是来他家的庄园读书的。看不惯他的做派，顺文没有办法，只能在暗中关注他对小萍的神情，他欣慰小萍依旧岿然不动，像只兔子，安然地静卧在自己的巢穴中。课间休息的时候,大明走出教室,嘴巴哼着《女奴》中的主题曲,举着手,一步三晃地跳着舞。同学们没见过这种舞步,用羡慕的眼光,好奇地打量着。

学校的大门口突突着,腾起一溜黑烟,一辆红色的摩托车,飙了进来。门房老汉出来,站在台阶盘问。摩托上坐着个穿着乌亮皮衣的家伙,披着头泛黄的卷发,形状就像冬季绵羊肚子下的毛,他鼻梁上顶着一副银边的大墨镜,脚上蹬着高高的皮靴,鞋跟上绽着明晃晃的掌,挂着索啦索啦的铁链子。他一只手抓着摩托,一只手将冒着烟的雪茄放在嘴上,露出褐缝的黄牙。见老汉问他,他挥了下手,好像说了句洋文,一转油门,摩托车飙进到办公楼前面的空地上。

早读的学生们,只在电视机上看到这般穿戴,他们放下书,围了过来。那家伙更加来劲了,他咧着嘴巴,眯眯笑着,轰足油门,空地上飞快地打转转,恣意炫耀着车技。学生们惊呼起来。他更加来劲了,速度越来越快,圈子越来越小。消融的地面,松软得就像发糕,正当他扬起一只手,举着黑棒棒,对着人群振臂叫唤的时候,摩托车倏然倒地,飞快地滑向办公楼前的空格砖墙,哐当撞了上去。墙头的盆景栽了下来,景泰蓝的盆子碎了,苗木趴在摩托车后轮上。那家伙在地上翻滚了几下,皮衣的线缝开裂了,几片皮子耷拉着。他挣扎着爬起来,坐在地上,搓着腿,嗷嗷叫着。

后面的操场上转悠的张书记听见摩托声,看着飘起的黑烟,他想是不是文教局来人了。从篮球架下过来,见前面围了好多人,他纳闷局里来人,到了就该熄火,不会骑着摩托乱转。刚踩上办公楼的台阶,见那个黑家伙张牙舞爪地坐在摩托车上面,就像杂技演员。下了台阶,见自己从县局带过来的蜡梅,掉了下去。他心里一痛,匆匆走了过去。看见地上散落的墨镜和依旧冒着烟的黑棒棒,张书记叱问门房老汉:"咋不拦住他哩!谁让他进来的?"

指着嗷嗷叫的家伙,老汉唯唯诺诺地应道:"这人疯得很,笑了下就飙了进来。"

大明跑了过来,推开人群,扑到那人身边,揽着他的头问:"哥,你咋跑进来了?"

那家伙揉着腿,哎哟着说:"路过,就想进来看看你!"

大明搀起他。那家伙一条腿跐着地,另一条腿提在空中,搓揉着,脸上露出痛苦的表情。张书记挥了挥手,让大家散了。走到砖墙下,见景泰蓝瓷盆碎了,他蹲下去,拼着瓷片,拎着那株蜡梅,心痛地看着,手捋着根须。大明扶着他哥,一瘸一拐走到摩托车旁边,见张书记捣弄碎了的花盆。大明他哥嘿嘿笑了,点着头说:"不好意思,盆子多少钱,我赔!"

张书记回过头来,打量着一身皮货的卷毛,冷笑着说:"这盆子跟了我多年,现在碎了,有点心痛。这不是用钱能买来的。"

卷毛局着的脸松开了,肌肉和皱纹重新组合,露出歉意的笑。张书记摆着手说:"这是学习的地方,以后没别的事,别往里面蹿!"

大明扶起摩托车,倒腾几下,点着火。卷毛扶着墙,勉强坐上去,大明骑着摩托车,将他哥送回家。

十六

马老师讲着《梦游天姥吟留别》，他捧着课本，敷在胸前，晃着脑袋，闭着眼睛，一副陶醉的神态。顺文肚子咕噜咕噜响着，他怕边上的同学听见，低着头憋着气。等了一会儿，他感到肠胃中东西下泻，腹部胀胀的，他收紧胯部，想坚持到下课。当老师讲到"云青青兮欲雨"的时候，他实在忍不住了，来不及向老师请假，拔腿跑向厕所。一阵狂泻后，顺文看见坑内的便物不只清稀如水，还有黏黏的血丝，他估计可能得了痢疾。

学校大扫除，喇叭播放着祝酒歌，值日的同学忙活着，整个校园烟尘雾罩，弥漫着土腥味。站在教室前面，大明哼哼着节奏，摆弄着舞姿。方杰用书捂着脸，瞥着小丽，会心地笑着，用蔑视的眼神打量着大明。小萍站在远处的台阶上，拿着书，嘴巴嚅动着，不时向这边打量几眼。顺文走出教室，浑身乏力，胳膊夹着书，弯着腰，灰溜溜地出了校园，下到西边的壕里。他顺着壕走着，来到向阳的地方，见有几个同学蹲着，他便坐在边上。靠在玉米秆上，眯着眼瞄着暮暮的太阳，虚弱的身体让他没精力再去关注别人了。他不想将自己仅有的能量，消耗在看不见结果的情感的黑洞中，他忽然有了一种超越凡尘清幽的恬静感。他想到了《红楼梦》，感到悲泣的基础，就是黛玉的身体不行，病人需要抚慰，当爱情和病情的精神需求契合的时候，那种悲凉能有谁人知？顺文感到，自己算是真真切切体会到了其中的哀与爱、思与怜。

益群过来，见顺文脸色蜡黄，无精打采，问他肚子好了没有。顺文瞅着他，勉强地笑着，摇了几下头。坐在边上，益群背靠壕崖，缩身来回搓着。他眯着眼，瞥了几眼暖暖的太阳，瞧着周围没有女生，索性脱下棉袄。他将棉袄翻过来，用力抖动着，边上的同学嚷着虱子，笑着躲开了。顺文想跑着躲开，感到没有力气，他索性原地不动，也算是和同桌患难与共了。益群将棉袄放在腿上，一阵冷风袭来，他打了个喷嚏，将衣缝掰开，对着线缝间密密麻麻挤着的一溜虱子，伸出长长的指甲，顺着衣缝，刺啦划下来，衣缝沾满了虱子的尸酱，指甲缝里红红的，都是虱子掠夺的血。瞥着他屠夫般的表情，顺文想起上次到医院抽血，自己咬牙忍着，如果在身体上优化培植些虱子，化验的时候，放几个虱子进去，既不疼痛，还可除去痒痒。

麦子抽穗的周末，顺文回到家。父亲问他身体咋样，顺文停住筷子说，有了痢疾，要到医院看看。舅舅过来串门，摘下叼在嘴巴上的旱烟卷，哈哈笑着说：“去找镇上医院的薛院长，他是附近的名医，和咱是个老亲戚。你给他提一下舅舅的名字，啥事都能解决了。”

爸爸从裤袋掏出五块钱，递给顺文说：“看你脸色，蜡黄蜡黄的。赶紧按你舅说的，到医院看看！"

放下碗，顺文接过钱，揣在上衣的兜兜中。

上完数学课，接着是体育课。同学们换上运动的衣衫，嬉闹着准备好好疯一把。顺文坐在教室，看着窗外明媚的阳光，摸着瘪瘪的肚子，感到浑身酸软，就想找个地方，躺下来睡觉。教室门前排好队，同学们随着体育老师的哨子，跑了起来。缓缓走到教室门口,顺文向老师请了假。坐回教室,望见小萍课桌底下放着的物件,如果她对自己有意,这么长时间,他病得这么辛苦,却从未见过她温情的表示。顺文呆呆地坐在那里,不免有点伤心。想到父亲的嘱托,他弯着腰,走出教室,向镇医院走去。

初三毕业时的体检,顺文记忆犹新。黑房子里,想象中那个院长给女生体检的情景,仍在眼前晃动,他感到那个院长猥琐。想到自己如今这般情况,还在为人家抱不平,他伤感地笑了,真像课文里说的"多情应笑我,早生华发"。田野里黄灿灿的油菜花败了,枝叶伸出向着天空,黄色的花瓣脱落了,沾在菜籽秆上。几个农民蹲在地头,抽着旱烟,聊着今年庄稼的长势。

进了医院大门,院子里空荡荡的,后面屋子的台阶上,聚着一群人,间或传来嬉闹声。顺文知道那就是院长的诊室。他顶着太阳,额头冒着汗,不知是冷汗还是热汗。顺着院子中间砖路,走到诊室前面,看到屋子里挤满了人,他坐在桐树的树荫下,缓了几口气。院长穿着白大褂,胸前挂着听诊器,坐在桌子后面,前面的瓷缸和铝合金盒子里,放着一大堆叫不上名字的器具。病人和家属围着医生,站了一圈。顺文前面还有两个人。边上的妇女抱着孩子,孩子突然哇哇哭了起来。胳膊上颠着孩子,她哼着小曲,不停地拍着,希望他安静,没想到孩子哭得更凶了。她叱骂着,抡起手掌,好像要打,其实是在拍着孩子。薛院长撩开人群,对抱孩子的妇女说:"娃哭得人心慌,还咋看病哩!先把娃抱出去,轮到了再进来!"

那位妇女红着脸,走了出来,蹲在台阶上,举着孩子的腿,让娃撒尿。顺文懒洋洋地看着,憔悴地笑了。

轮到顺文了。坐在医生对面的椅上,他笑着报上舅舅的名字。医生说了声谁,他又说了声舅舅的名字。医生愣了一会儿,突然想起来了,笑着说:"噢,你是槐树寨的?"

顺文点着头,默然笑了。院长问:"咋咧?"

顺文将病情从前到后讲了一遍。医生挂上听诊器,在胸腹听了一会儿,严肃地说:"病从口入,吃东西得注意点!"

屋外响起了自行车链条的嗒嗒声。顺文侧过头来,见一辆崭新的大链盒轻便自行车的轮子,停住门口,一只穿着白白运动鞋的大脚,踩在台阶上。他回过头来,望着医生,等着问询。医生抬起头来,笑着望着自己的头顶。顺文抬头一瞅,见一个浑身都是肌肉的家伙,正在自己头顶,蠕动着喉结,对医生说:"院长,她不舒服,你给她看看!"

一个俊俏的扎着两只小辫的白皙的姑娘,从他后面挤到前面。院长眼睛一亮,咽着口水问:"咋的啦?"

男的扯着姑娘的胳膊,挠着头说:"我也不知道,让她说。"说着将姑娘推在医生面前。

院长摆着手,让顺文起来。顺文乏力地眯着眼,瞥了一下那个女的,只见她低着头,晃动着身子,手捻着衣角,羞怯地瞥着医生。他愣愣地站了起来,扶着椅子的靠背。姑娘坐了上去。看着她的耳廓和脖颈,顺文想起了白娅。院长问:"哪里不舒服?"

姑娘低着头,眼睛翻着,瞥了一下周围的人,身子轻轻晃着,难堪地说:"肚子痛,好几天了。"

院长噢了一声,站起来,走向屋内,哗地拉开了挂在铁丝上的布帘,指着诊床说:"过来,躺上去,我检查一下。"

姑娘站起来,红着脸,羞怯地瞄着那个男的,慢吞吞走到床前,瞥了医生一眼,垂下目光,脱了鞋子,像一只小绵羊,乖巧地躺在床上,两只小脚不停地互相搓着。院长转过身,抓着布帘子,用力一扯,哗地拉起来。见椅子空着,顺文坐了上去,能看见她的脸和脖子。

肥硕的白大褂，嘟拉着起着几道褶子的颈肉，布帘上晃着翘起乌亮的头发。听诊器挂在耳孔，从透着光的花布帘子望去，院长爪子伸到姑娘的胸前，低声说："把扣子解开，我听听。"

姑娘犹豫着，伸出手，在院长的注目下，从下面逐个解开上衣的扣子，听诊器镀锌的亮光，就像面镜子，随着医生不断地晃动，映出的光坨，在屋顶和墙上刺溜着。姑娘的脖子不时扭动，间或用求助的眼神，瞥着那个男的。顺文抬起头，依旧是蠕动的喉结。屋子的病人，没有了喧哗，齐刷刷瞪着眼睛，床头是姑娘恰似泥头娃娃般娇羞的脸，中间是透着太阳光的皮影，泥头艺术和皮影文化，聚在一张床上。号啕大哭的孩子，从妈妈的怀中挺直身子，清澈的眼睛吱溜瞄着，攥着的小拳头不停挥着，吐着沫沫，嘴唇咯咯嚅动，没了病象，就是个懵懂的小观众。

晃动了下身子，院长伸出手，摁着姑娘的肚子，轻声说："松下裤带。"

瞥眼那个男的，又扫了一眼屋内的人群，她垂下眼睑，撅着屁股，挺腰松开裤带。银色的光坨，溜进她的裤腰，院长就像妇女站在案板前揉面，来回搓弄着。姑娘的头轻轻地晃着，脸蛋上的红散垂到面颊和脖颈，身子不住地挺着，头抬起来又放下，羞怯埋怨地瞄瞥着院长。太阳映在她的脸上，她那小巧红润的嘴唇，颤抖啜吸着，用祈求的眼神，望着那个男的。顺文抬起头，上面还是蠕动的喉结。

检查完了，姑娘松了口气，躺在床上系着纽扣，紧着裤带。她怕院长拉开布帘，让自己难看。停了一会儿，院长转过身，在架子上的脸盆洗了手，红着脸回到桌后的座位上。见姑娘下了床，顺文赶紧站起来，将椅子让给她。她坐在那里，低着头，一副委屈的样子。院长拿出处方纸,龙飞凤舞地写了几行字,递给姑娘。姑娘低着头,没有反应过来。那个男的伸出长长的胳膊,接过处方,不住地笑着道谢。他们走出屋门。院长站起来,瞄着他们的背影,叮嘱道:"那是个慢病,需要一个过程,过两天还要过来看看!"

那个男的回过头,笑着点头。

顺文好不容易拿到了处方。院长说:"肠胃炎,急不得。吃了药,感觉好了,就不用再来了!"

划了价,交了钱,顺文拿到了药。黄的蓝的和白的,不是土霉素,就是黄霉素和罗红霉素,装在裤带中,有半斤重。他记起来了,校医给他开的,也是这几种药。他有点失望,略略知道痢疾要用抗生素的,他不知道这些药算不算抗生素。带着对院长的信任,他出了医院。他记起了,刚才那个男的,就是公社初中的体育老师。县体校训练了几年,出不了成绩,就回来当了体育老师。他身体强壮,篮球打得不错,穿上白球鞋和运动衣,特别帅气,他是好多姑娘心目中的白马王子。顺文想到了院长,也许他的检查,都是按照医疗规程做的,原来的体检也是,只是农村人少见多怪,将人家想歪了。他又隐隐感到,院长定非良辈,他的眼睛没有淡然的恬静,隐埋着龌龊的欲望。如果院长对姑娘有过分的举动,她只能眼睁睁地忍着,一切都在众目睽睽之下,一切都披着诊病这层高贵的外衣。体育老师不断地吞咽着口水,蠕动着喉结,他也不能揭开这层外衣,临了还得赔着笑,点头示谢。

回到学校,已经到了吃饭的时间。顺文回到宿舍,他弄了碗开水泡馍,勉强地吃完了。他拿出药包,按照用量,每种六片,放在手中,就是一把。他闭着眼睛,将药片溜到嘴里,喝了几口水,吞下了药,祈求奇迹的出现。午后的太阳暖洋洋的,照得大家有点困倦。顺文想迷糊一阵,又怕同学们笑话。缓缓踱到报栏前,他想浏览些有趣的事,调节自己的心情。身后传来一阵笑声,他回头一看,小萍和同街的女同学走在前面,大明和几个男同学跟在后面,大明用蹩脚的西安话,讲着笑话。他的心里紧了下,肚子下沉,感到透骨的凉。

去年冬季,顺文肚子不好,中意躺在被窝里,听着窗外怒吼的北风,将小萍糅在梦中,常有个甜蜜的睡眠。开过年后,他用理性勒着自己的情思,支撑着虚弱的病体,白天似乎什么都放开了,晚上躺在被窝,理性无奈地松弛了,他感到透心的伤感。他将这两年学校生活中小萍的身影、表情和眼神剪辑,在脑海里反复回放。记忆成了个陀螺,经过雕琢和粉饰,虽没有激情难忘的华章,却也飘溢着灵动温情的芬芳。只要他躺下去,盖上被子,这个陀螺就开始转动,他想用理智的丝线牵引,闷思像任性的孩子,蹦跶着,收不住了。

鸡叫时候,听着同学们均匀的呼吸,轻微的鼾声,间或呓语,顺文蒙起被子,依旧没有睡意。他打了个哈欠,摸摸干涩的眼睛,翻来覆去,就是难以找到睡眠的入口。为了让回忆的陀螺慢下来,蒙在被子里,他集中心思,搜罗着其他的事情。感到温热的大腿上,有几个点轻微地蠕动着,接着就是蹒跚的痒痒。知道那是虱子,却不去惊动,任由虱子在腿上恣意地驰骋,他感受着虱子前行的速度。虱子让人讨厌,那是人们冬季弃之不掉的苦恼,百无聊赖中,它又是一种玩具。益群上课的时候,从裤腰掐出虱子,放在课本上,用圆珠笔尖拨弄着,趴在桌上,盯着它肥嘟嘟的身子翻腾着,老师提问或者走下讲台的时候,他用笔尖摁着虱子,扑哧一下,便处决了。顺文瞟了几眼他的课本,凡是重要的公式定理和化学反应的式子上,或者精彩的成语上,都会有摊褐色的血迹,边上粘着虱子瘪瘪的皮囊。

顺文属灵巧型和触类旁通型的学生,他很少开夜车,假期依旧帮着家里干活,内心中,他看不起实干加苦干的同学。他的眼睛本无血丝,失眠中,血丝爬上了他青白的眸子,好多同学纳闷,以为他步入夜战的序列。午饭时,感到眼睛干涩,开水浸湿毛巾,他敷在眼眶上,舒缓眼睛的疲劳。上课的时候,他感到精力不济,困倦的眼睑站在两岸,就像分离好久的情侣。心里头,他将上眼睑想为小萍,将下眼睑视为大明,他用意志和情欲嫉妒的本能,疏离着,贴面可以,青天白日下拥抱,那是不行的。

麦子灌浆了。顺文回家背馍,身体的虚弱和精神的虚脱,他感到自己的功课在滑坡,好多知识都是以往坚实基础的惯性延展,对于细节的问题,他有种虚空的感觉。路边的野花在风中摇曳,青色泛黄的麦穗成形了,上面是刷子般的麦芒,青中泛白的花絮,就像有磁力线,精灵般挂粘在麦穗上,索啦啦飘动。看着生机盎然的田野,茫然中,感到自己有些气短,他真想坐下来,歇息一会儿。

蹲在厨房,吃了碗面,顺文感到腹部疼痛难忍。他放下碗,跟跄着跑到后院,推开茅房的门,抹下裤子,蹲了下去。老母猪在墙角搓着下垂的颈肉,笨拙地站起来,晃着尾巴,耷拉着耳朵,头上下颠着,哼哼着过来,站在边上,喷着气,愣愣地盯着。顺文感到浑身发凉,四肢发麻,心里发潮,一阵恶心。他挪着屁股,咳咳了几下,食指探入喉咙,喷出一摊和着面条黏稠的稀水。咬牙定了下神,他觉得浑身缩收着,脸上渗出冷汗,无数泛着紫光的玻璃球,在眼前翻滚游弋,玻璃球粘成片,突然变成了一块块黑斑,黑斑涨连,成了旋转的黑洞。扶着低矮的墙,他咬牙站起来,提起裤子,模糊晃动的黑猪,仿佛就是天国的招魂者。他的身子不听使唤,好像飘了起来,荡在厕所外面,天旋地转,脑子不断问着,难道生命就这样戛然了结了?突然间,天地重开,他挣扎着拼力睁开眼睛,阳光透过婆娑的树冠，洒在泥泞的地上，像奶牛身上的斑。树荫在转动，光束在摇摆，顺文叫了声，眼前没了亮光。他栽倒地上，不省人事了。

爸爸在厨房喝面汤。听见后院的喊声，他撂下老碗，推门跑了进来，见顺文蜷曲着躺在地上。顺文妈哇地哭了，用围裙擦着手，跑过来将他揽在怀里，掐着人中，不停地唤着顺文的名字，急促颤抖着问："咋咧？！"

手忙脚乱中，他们将顺文抱起来，背进屋子，放在炕上。妈妈摇晃着他，依旧呼着他的名字。奶奶抹着眼泪，拌了碗糖水，用勺子从嘴缝泅进去。褐色的糖水，大半从他的嘴角流到脖子上，奶奶用手帕擦着。顺文干裂青紫的嘴唇，慢慢张开了，吃力地嚅动。过了半晌，他挣扎着睁开眼睛，打量着家人围在周围，嘴唇哆嗦了几下，恍惚中，露出恍若隔世惨淡的笑容。

用围裙擦着眼泪，妈妈笑了，泪眼婆娑着说："你咋咧？把妈吓死了！"

外婆和舅舅过来了，看着炕上的顺文，张罗着赶紧送到镇上的医院。顺文愣愣地看着，对边上的父亲轻声说："伯，镇上医院不行，得去县上看！"

说着，他又闭上了眼睛。爸爸慌了，大声喊着，将架子车备好，铺上褥子，放上被子。他将顺文背起来，放在门前的架子车上。顺文的舅舅架着辕，爸爸和妈妈伏在两边，飞快地向县医院奔去。

到了急诊室，医生见顺文昏了过去，摸了下额头，竹签撬开嘴巴，打开手电，看了几眼，交代将顺文扶到病床上。她拿起听诊器，胸前腹下听了一会儿，又让顺文爸将顺文翻过来，听了几下后背，摘下了听诊器，坐在桌子后面，拿出一沓单子，问着姓名年龄，飞快地开着化验单。推着鼻梁上的眼镜，爸爸鼓起勇气问：

十六 · 203

"医生，咋样？"

医生嘟着嘴，瞥了他一眼，写完几张单子说："你们这些做父母的，是咋弄的？你看娃都成了啥样子了！先做几项检查，得住院，你们去办住院手续吧。"

爸爸松了口气，瘫软地蹲在墙边。

顺文住进了病房，一连输了几瓶液，天快黑的时候，他睁开了眼睛。他打量着父母，问这是哪家医院？见儿子醒来，妈妈破涕为笑，喜悦的泪水覆盖了伤心的呜咽。父亲眨着眼睛，鼻子抽着拧成一堆，向上提了提，叹着气说："有病别撑着，得说一声。好在今天回家了，如果在学校，那可咋办哩？"

看着输液的塑胶管，顺文问："伯，医生说我得了啥病了？"

弹着烟灰，摸了下顺文的头，爸爸摇头说："消化功能紊乱，急性细菌性肠胃炎，营养不良，还有脱水。"

看着窗外，想到高考的预选考试，顺文心里难受：自己十几年的辛苦，眼看就要开花结果了，却遇上了病。这个时候，学校的教室应该是灯火通明，同学们正在埋头苦读，自己却躺在病床上，干着急没有办法。他焦灼而惆怅。

妈妈端来白米粥，那是医院灶上的病号餐。她舀了一勺子，吹上一会儿，舌头舔一下，放在顺文的嘴边。看着儿子嘴巴噗喋着，她慢慢抬起勺子。喝了半碗，顺文摇头，不想喝了。他转过头，问爸爸有没有吃饭。爸爸摇着头，苦笑着说："你养好病，甭操心我们！"

顺文知道，父母为了自己的病，忙活大半天，到现在还没有吃饭。夜深了，他睁开眼。妈妈趴在病床上，父亲蹲靠在病房外面的过道上。他鼻子一酸，眼眶湿了。他慢慢坐起来，被子的簌簌声，惊醒了妈妈。她揉着眼睛，让他不要坐起来，赶紧躺着。他向上靠了几下，招呼妈妈坐上来，靠在床头眯一会儿。夜深了，顺文上厕所，黑黑的走廊凉风习习，中间有盏昏暗的灯。父亲打着鼾，蜷曲着身子，侧躺在木条做成的条椅上。从厕所出来，站在父亲身边，他扶着墙，看了好长时间，心里窝屈，感到对不起父母，泪水簌簌滚落下来。妈妈走出病房，见他站在走廊上，扶着他回到病房。见身下压着条家里带来的碎被子，他让妈妈给父亲盖上。

天快亮的时候，顺文醒来了。望着窗外泛着青色的天空，恍惚中，他回忆着来医院的过程。他依稀记得，自己睁开眼，见全家人围在他身边，隐约听见妈妈和奶奶的呜咽声。他感到在黑洞中快速下沉，看见洞崖壁有裸露的树杈和根须，他伸出手来，想攀上去，却怎么也抓不住。他哭喊着，觉得自己人生刚刚开始，就坠入了深渊，他悲切地摇着头，仰头看着父母期待的眼神。他们趴在洞口，呼喊着他的名字，他仰头抖着胳膊，呼喊中，想抓住父母的手。一生的事压缩在一瞬间，脑海里飞快地过了遍。好多年后，顺文经历了好多事。事中，他突然感觉到，这件事自己曾在梦中经历过；有时一件事完了，蓦然回首，这件事原来他在梦中已有预言。

一个星期后，顺文的病情好了些，人也精神了。父母轮流照看，他们舍不得花钱，吃着开水泡馍，就着咸菜，累了就趴在病床上，迷糊一阵。他心里实在过意不去。父亲来了，他下了病床，拉着父亲，走出医院，在街道上溜达了一圈。回到医院楼下，他对父亲说："出院吧！我完全好了，功课落下了不少。"

父亲去问医生。医生说："按照病情，还需要住院，观察一段时间。如果你们紧着要出院，我们也没办法。这病很容易反复，学暂时就不要上了，留在家里休养一段时间，每周要到医院复查。药得继续吃，不能断！"

办完出院手续，刚好是中午饭时间。顺文知道父亲细发，舍不得吃喝，看到街上有卖豆腐脑的担子，他说想吃碗豆腐脑。撑好自行车,爸爸从包里拿出馒头,吹了几下递给他。顺文招呼父母坐下一起吃,他摆着手,就是不肯吃。想起医生说不能吃辛辣的食物,妈妈笑着对卖豆腐脑的师傅摇着手,在他耳边嘀咕了几句。出了县城,田野的麦子泛着黄色,公路两边的白杨树风中摇摆着,墨绿厚实的树叶发出呼啦呼啦的声音。爸爸推着自行车,走在前面,顺文跨坐后座,妈妈跟在后面。有了精神头,顺文感到神清气爽,天似乎更蓝了,草更青了,田野更可爱了。

村里人蹲在大门前,拿出收麦打碾的农具,树荫下整理着。顺文拿出了教材,坐在院子里,复习着功课。靠着树干,他掩卷沉思,自己原本考上了县一中,却被阴差阳错地录到了镇上的中学,没有想到阴雨天的一顿熟枣,将自己折腾到如今的境况。上一个学期的功课,学得稀里糊涂,加上英语,这些就像块砖头,时刻压在他的心上,将他本可放飞的梦想牵坠下来。就要放忙假了,如果回校,两个星期就是暑假,下学期就是高考预选,顺文将各种因素组合,思量着未来。学业断开了这么长时间,即使匆匆跟上,加上英语的拖累,就是考上大学,也是二三流的学校,这是他不能接受的,就像他不能接受因病一蹶不振,就此蔫下去一样。他充满了自信,内心默默守护着自己的底线。

坐在院子的树下,顺文将自己目前的困难和处境以及自己的目标,当作一道抽象的数学题,在本子上画出结构图及诸种因素的时序关系,对着图标,他翻来覆去地推理演算,脑子不时回响着政治老师说的"生命是灰色的,学业之树长青"的话。他想到"以退为进"的策略。痛定思痛,他感到要从自己给自己营造的感情旋涡中跳出来。感情旋涡,就像那天去医院自己昏迷掉进黑洞那样,看不到亮光。他下定决心重读高二,洗却心底的凡尘,恶补英语的空白,卧薪尝胆,以期东山再起。

周六下午,同学们回家背馍。顺文骑着自行车,回到学校。带着复杂的心情,他回到教室,默默地坐在自己的位置上。他看着黑板,回忆几位老师独特的风格和神态;瞄着窗外的蓝天和高耸的树梢,他想起了军柱;瞧着小萍空荡荡的座位和她课桌下的书本,他黯然伤感,有些难舍。益群的课本乱七八糟塞在座下,顺文伸出手,在里面摸了下,取出一片锅盔,咬了一口,想起刚入校时,和益群见面的情形。他翻开益群的本子,掏出笔,搓了半晌脸,写道:

益群:我走了!我趁着你们回家背馍的间隙,默然地走了!军柱和你,是我高中最好的朋友。军柱陷入情网,难以自拔,赌气入伍。我肚子不好,上课时咕咕响,扰了你这么长时间,真是不好意思。张琳和我是初三的同学,是个知性的姑娘,好好珍惜,你们一定会修成正果。这两年,吃了你不少的锅盔,你也吃了我不少蒸馍。说实话,你妈锅盔烙得真香,比镇上饭馆的好!天寒地冻的时候,锅炉房给了我温暖,这都是托了你的福。春暖花开的时候,搬出来住,锅炉房的炭灰大,对人不好!我的心思,没对任何人讲过,你可能估摸到了。我内心深深自卑,又敏感自尊,我是理智的,对自己蛮有自信,内心丰富愁思,外表木讷寡言。我的心思,你猜到了,咱们就是知己;猜不到,咱们就是朋友。兄弟,好好学。我走了,心还在这个班上,这里有我的牵挂。噢!说一声,课桌的半片锅盔,我拿走了,留个纪念。记住,我还会回来的,当然,不是胡汉三。

合上了本子,顺文压在课本下面。搓着面颊,回望教室后面的铺盖和张贴成绩的墙报,心里叹问:"难道自己在这个班级的学习,就这样结束了?"怕被同学发现,他赶紧收好自己的书本,装在书包中,出了教室。跨上通铺,他将自己的铺盖卷起来。通铺裸出了一块床板,那会让返校的同学,问及自己,他将两边的铺盖拉过来。站在床下,他感到看不到痕迹了。铺盖绑在自行车后面,他低着头,灰溜溜离开了校园。

十七

英语对于顺文来讲，就像撂荒几年，干裂埋着石子的麦茬地；数学和物理却像水肥充足的麦田。这几年，他开心地在水田里做务庄稼，见到麦茬地就绕开。人家考评的是总产量，水田就是再好，也难以补足撂荒的麦茬地的产量。酷热难耐的仲夏，他不得不戴着草帽，撅着屁股，抡起镢头，开挖麦茬地，捡掉石头和砖块，刨除已经发乌霉烂的麦茬子。他用铁锹翻土，用农家肥调拌土壤，还要浇水下种，培育田苗。他每天都有进度要求，他实在找不出便捷的方式，全凭老黄牛般的耐力。他找出了那年去西安配眼镜买下的《中级英语语法》，硬着头皮，不停地查字典，虽然单词难记，他还是找出了语法的逻辑关系，种子终于发芽了。

暑假快要结束了，临近开学的那几天，顺文有点彷徨，他不知道咋样应对自己留级的现实。当他将铺盖铺在通铺上，看着一拉拉陌生的面孔，想到自己原来总是用轻蔑的眼神打量低年级的同学，如今自己也要与其为伍了，他的心里还是不太适应。顺文很少出教室，早读的时候，他坐在教室里。坐在低年级的教室里，看着原来班上的同学，他心情更是复杂，羡慕他们即将奔赴高考，又暗暗憋了口气，怀揣着来日再见高下的愿景。

提着暖瓶，顺文去锅炉房打开水，遇上原来班上的同学。他们亲热地过来，询问怎么就休学了？咋不参加预选？他笑着说，住了一段时间的院，又按照医生的吩咐，在家里休养了好长时间，功课落下了。

过了几天，益群来到宿舍看他，拿来他妈烙的锅盔和腌的咸菜，让顺文品尝。顺文放下筷子，捏着酥脆的锅盔，点头笑着。大明站在操场上，远远瞥见顺文，依旧是少爷的架势，轻蔑的眼神。

秋雨绵绵，渗凉的天气，让顺文心悸。早读时候，他坐在教室里，大部分的同学走到外面，站在檐下的台阶上。教室北边的门，留着条缝。顺文看着书，书沿上方是教室外面的背景，依稀有个黄色的身影，不停地晃着，他心里灵妙地涌起一股热流，定睛一瞧，小萍站在实验室的屋檐下，隔着办公楼的屋角，透过门缝，凝望着这边。顺文知道她活动的规律，早读她都是在教室附近，很少走这么远。站在实验室的台阶上，他确知她的心里，惦记着自己。理性尘封的平静，潜藏着情恋的激流，这股激流又在他的心怀中，激荡了起来。他在想：自己其实就是个逃兵，她会不会轻视自己；人家半条腿已经踏入了大学的校门，看着还在低年级苦苦挣扎的他，她会是个什么样的心态。

碰上了益群，顺文拐弯抹角地探问，大明有没有追到班上的女同学？益群眨着眼睛，想了一会儿，摆着手说："大明就是个花公鸡，有点心计的女孩子，谁愿意上他的船呀！班上的没有发现，他会不会在外面有女朋友，那就难讲了。"

知道小萍的情闸，依旧闭合着，顺文心里佩服她，更感到她还是一道饶有趣味的变量模糊的数学题。小萍依旧在实验室那边晃着，间或朝顺文这边瞥上几眼。感到自己太被动了，顺文鼓起勇气，走出教室，站在树沟边上，游动看着书，间或驻足，愣愣地望着她站立的方向。目光碰撞的时候，他们就像两根磁棒，虽然溅起耀眼的火花，可一旦攥磁棒的手震麻了，他们默契似的，赶紧垂目，趔身疏离。

旧情一旦复燃，往往蕴藏着澎湃的能量。沉寂的时候，顺文用理性牵引和捆扎着情恋，情恋温顺地皈依着理性，这成为他郁结的痛。时间就像潺潺的溪流，荡涤着恼人的情恋。当人们老年的时候，冥冥中碰到，从尘封的记忆中，抽出年轻时发黄残缺的照片，留下的就是淡然的笑和无奈的喟叹。当蛰伏和沉寂的情恋，经过蕴积发酵，一旦挣脱理性和世俗的甲胄，就会以摧枯拉朽之势，燃烧着熔为一体。顺文穿着理性的马甲，小萍站在理性的牢笼中，间或探头，他们在晚秋中凝望，恰似蜻蜓点水，感受着说不出、道不明暖暖灵妙的春情。

到了严冬，学生们就像田鼠，通过各种关系，找寻温暖的小窝。没有门路的，只好蜷缩于大通铺。严书记的威严，让老师和学生们有所顾忌，大家做事总还有个规矩。张书记的办学理念，让他没了权威，各种新奇的事，时有发生。思绪停顿的时候，顺文会想起小萍，环境的改变，他又为她担心，这成了他生活的底色。他没有过分的奢求，只想在学习的间歇，能看上她两眼。原来小萍坐在他前面，抬头就能看到，他感到那时无比踏实幸福。早读时，如果没有瞄见她的身影，他心里就忐忑焦虑，人群中一旦瞥到她的影子，他的情绪瞬时就平复了。

顺文感到，自己有点神经质，夜里躺在床铺上，他思绪的陀螺，又开始旋转了。他天马行空恣意遐想，学习和对小萍的爱恋，成了两根柱子，柱子撑起的幕布，有时是纪录片，有时是故事片，有时卡带模糊，有时又是立体的图景。他在激情和压抑、痛苦和甜蜜、希望和无奈中穿越。外面寒风呼啸，他将自己的记忆和灵感分拆，随心所欲地组合。当多思的陀螺难以停住的时候，没有规则的胡思乱想中，他将其向学习上诱导。他将每一门功课编织成网，在节点和网线间游走，就像渔夫，找寻着纰漏。迷迷糊糊中，在心灵和肉体无序玄妙的张弛中，他中意偶尔闪现的灵感。当他抓着灵感的头发，用力将其拎出梦境的时候，灵感就像天上的流星，更像阳光下的肥皂泡，倏地灭了。他愣愣地坐在床上，嗅着灵感的味道，灵感的尾巴又会转过身撩他。完全清醒的时候，顺文面对的依旧是多虱的床铺、冰冷的馒头和凛冽的寒风。

睡梦中雕琢的人和事，时间长了，顺文习惯将梦中迷离模糊的暖色，敷到现实中。上街的时候，听到益群说的小萍家的位置，他站在街口，瞭望估摸着那个地方，将那个处所从周围凋敝萧瑟的灰色的图景中，慢慢地抖搂出来，臆想中拔高，屋顶镀上了黄灿灿的光。他真想走到她家门前，真真看一番，又怕同学发现，也怕由于自己的污糟，使得自己梦幻的彩球破灭。他不能接受这样的结果，他宁愿在心里不断上色雕琢，也不愿意鲁莽地撞破它。爱恋于他，就是一个微笑，也是一个回眸，更是一个牵着他前行的念想。情欲涌动的时候，他觉得自己猥琐，他用理性的爪子，挤掉情欲的汁液。爱恋就是阳光下，搭在绳子上多彩无瑕的软软的花布，只要能看到布在清风中多情地摇曳，他就会露出知足的笑脸。

教地理的刘老师，刚调过来，五十多岁，看不到胡须，下巴和整个面颊，粉白粉白的，没有皱纹，生着一张女人脸。他穿着中式的对襟褂衫，戴着深蓝色丝绒帽子，见到谁，都是坦然的笑脸，他颧骨总是红红的。刘老师不抽烟，很会保养。他很少去学校饭堂吃饭。宿舍中，他架起电炉子，变着花样进补。上课时，他夹着本书，放在讲台上，一节课下来，书都没翻开。他拿起粉笔，能精确地画出世界的每一个区域，也能标出那个区域的山丘水系。他心里装着世界，故而自信坦然。

同学们佩服刘老师，给他起了个绰号，就叫刘世界。下课了，刚要走出教室，他不知道学生背后叫他刘世界。一个叫四清的同学，站在他身后，低声说："原来世界是个女的。"

同学们低声哄笑着。刘老师闻听此言，停住脚步，缓缓转过身子，看着身后一圈学生，笑着问："刚才谁说世界是个女的？"

同学们知道老师要发火了，纷纷垂下头，好几个人用眼睛瞥着那四清。四清低着头，手挠着脖子，翻眼瞥着老师，一副准备挨训的样子。刘老师看着他，一把抓住他的胳膊，颇为激动地说："你能悟到世界是女的，不得了，悟性很高嘛！"

四清没有想到，老师会表扬他。他抬起头，朝边上的同学做着鬼脸，望着刘老师，憨憨笑着。

下一次地理课，刘老师兴冲冲上了讲台，将腋下的书放在讲台上，指着四清问："这位同学站起来，你叫什么名字？"

四清报上名字。老师摆着手，让他坐下来。刘老师说："学习不光要刻苦，而且要善于思考和总结，得有点灵性。'世界是女的'这个结论，我教了几十年的地理，这两年才悟出来了，这位同学将来不得了！"

然后，刘老师从大气层、洋流、气团和水循环等好多方面，讲解着地球的多变和水性特色，结论就是地球是女的。

四清来劲了，看着老师讲得津津有味，他举起手。刘老师莫名其妙看着他，笑着问："有疑问？"

四清站起来，理直气壮地说："女人能顶半边天。"

刘老师本想训他，想到应该允许学生提问题，他琢磨了一会儿说："地理课讲的世界，指的就是地球，我们讲的是地球的自然规律。提起世界，大家经常想到的是民族、宗教、国家和历史文化，这两个概念是不同的。你说得没错，你那句话说的天是世界，针对的是妇女的社会地位。"

四清爸属于有点文化、不甘寂寞的那种人。年轻的时候,他有狂热的政治热情,更有宏大的政治抱负。"四清运动"结束后,他留在了公社,成了农民身份的公社干部。

四清出生起名的时候,爷爷找来先生,掐来算去,按照生辰八字,起了几个名字,让家里选。四清爸回到家里,为孩子起名和父亲争执起来。父亲抢着烟锅,跺着脚说:"咋的啦?当了公社干部就不得了啦!在老子跟前,也会吆五喝六的,孙子的名,我说了算!"

四清爸蹲在父亲跟前,递上一根香烟。老汉晃了几下烟锅,嘟着脸说:"去!那玩意没劲,自己留着抽吧!"

四清爸笑着说:"大,我现在好歹也算个公社干部,你让人给娃起的名,叫我咋在人面前活哩!"

一听起个名,还关乎着儿子的前途,老汉顿时软了。他吐了口烟问:"那你说,给娃起个啥名?"

四清爸咳咳着,想起自己在"四清"中起步,进入仕途。他吐了口痰,晃着脑袋说:"就叫四清吧!"

老汉嘴里嘀咕着四清,笑着说:"这个名好!事事清清白白。"

四清爸站起来,推着自行车,准备去公社。老汉磕掉烟灰,追了上去,嘟着脸问:"四清,事情,家里到时会不会有啥事情?"

四清爸走出门,回过头,笑着对父亲说:"大,你就别跟着瞎操心了。只要咱事事都清白,还怕什么呢。"

老汉不理解,常常蹲在老槐树下,抽着旱烟,琢磨其中的道理。四清爸给生产队割苜蓿,拉着架子车回来,见老父亲蹲在壕岸的老槐树下,默然望着日落,满脸茫然的表情。他放下架子车,凑了上去,蹲在父亲身边,拿来他的旱烟袋,卷着旱烟。老汉叹了口气,回过头来,打量着儿子,苦笑着说:"你当初固执,在给娃起名这件事上,不听我的,执意要叫四清。你看这灵不灵,不到两年,果真应验了我的担心。"

四清爸喷着烟,宽慰着说:"大,你甭操心了!现在这形势,就像天气,变得很快,说不定哪一天,我又回公社上班了。"

愣愣地盯着儿子,老汉眼睛里有了亮光。

四清爸有人脉,经过一段时间的折腾,他成了公社革委会主任,取代了书记,成了说一不二的人物,大队的干部见了他,都点头哈腰。爷爷牵着四清,在村子转悠,成了响当当的人物。群众见了,都会驻足问候。四清懂事以后,家里总是人进人出,他有吃不完的点心和饼干。上了小学,他自然成了学生的中心。其他孩子手里攥着红芋,他却端着酸汤挂面,上面还有两个荷包蛋。孩子们嚼着红芋,眼巴巴地盯着四清碗里的面条,不停地咽着口水。四清吃饱了,剩下的面渣和汤水,放在碾子上,他摇头打嗝,便会有不嫌弃的孩子,跑过来,眨巴着眼睛,见四清摆手,就会端起碗,咕噜着打扫干净。

受父亲的熏陶,四清对当官有与生俱来的追求。在他的心目中,公社书记最威风,他对外面的社会不了解,也懒得了解,他的梦想就是要当个公社书记。"文革"结束了,经过审查,四清爸没有了公职,回到了农村,成了生产队社员。

四清爸弄了半辈子政治,到后来才真正体会到了人情的冷漠,也看清了身边好多人的真面目。优越的生活没了,四清在学校的地位,和父亲同步,跌到了谷底。

四清的爷爷正在安享晚年,没有料到儿子又成了农民,他难以接受这样的变故。原来走在村里,男女老少见了,都会上前问候,站起来让座。谁家有好吃的,也会给他端来一碗。儿子回来了,原来的待遇没了,得罪过的人,不断地找碴寻事。老汉不愿意出门,整天叼着烟锅，在院子里转悠。村里人关门睡觉的时候，他推开门，踩着月光，哧嗒到壕岸上，清冷的月光下，蹲在老槐树下，他仰望着夜空发呆，喷着清白色的烟，烟和在夜风中，旋转着飘走了。

那年冬季的一场大雪，四清的爷爷走了，成了雪野中没有雪的一堆土。接着就是包产到户，四清爸半辈子忙着运动，种地是个外行，在四清舅舅的帮助下，承包地总算没有撂荒。家里的日子越来越紧张。万般无奈之下，昔日的公社革委会主任，跟着原来公社建筑队的师傅，在工地上做起了小工。饭前饭后，包工头抽着烟，将原来道听途说的主任的风流艳事抖搂出来，嬉笑盘问，哄笑声中，羞辱着四清爸。

顺文和班上的同学，很少套近乎，他仍然觉得，自己是高年级的学生。四清家的村子，和槐树寨挨着，不在同一个大队，他家的事，顺文知道好多，四清爸也算方圆的能人。他和四清坐在同排，早读的时候，同学们要么读语文，要么读英语。四清蹲在树沟边，将书搭在膝盖上，拿着笔，嘴巴嚅动着，笔画着书。顺文好奇，觉得他的书和别人不同，厚了好多，便走过去，蹲在他边上。四清在好些段落画上线，边上还写了好多麦粒大小的字。他伸出手，四清笑着犹豫了瞬间，将书递给他。顺文一看，是《毛泽东选集》第五卷，字里行间塞满了读书笔记。他问四清，前四卷读完了没有。四清眨着眼睛，拤着树枝，自豪地说："四清，四清，前四卷清了，才能读五卷！"

顺文将书还给他，钦佩之情油然而生。恢复了高考，大家铆足劲学习，除了增长见识，就是为了出人头地，浸透着功利的色彩。四清能够占用宝贵的早读时间，沉下心来，精读《毛泽东选集》五卷，确实不易。

地理课本是辅修科目,好多同学不重视,没有想到班上有了思考和争论的氛围,刘老师也不像以前那样,古板地讲完课,匆匆走回宿舍。得到了老师的重视,四清就像吹着了气的皮球,探索的牛劲上来了,他将自己精读的主席对好多问题的论述,融合到听讲中,总提些稀奇古怪的问题。讲到美国人的饮食结构是肉蛋奶,四清嘟着脸,有点不服气。他拿起笔,飞快地计算着,脸涨得通红。

下课铃声响了,刘老师拿起书,准备下讲台。手里拿着张纸,四清从后排快步过来,唤着老师,要问问题。刘老师放下书,见他的后面,挤了一堆同学。四清晃着手里的纸,执拗地问:"老师,你说美国人天天都吃肉蛋奶,我不相信,认为那是美帝国主义的宣传。我拿自己的情况,估摸了下,不说奶,单说肉和蛋,每天吃饱肚子,起码要九个鸡蛋,二斤肉。按照这个量,我拉平乘了下美国的人口,那是个天文数字,根本不可能!"

说着,他递上计算的结果,指着给老师看。刘老师摁了下头顶的帽子,挠着脖子,想了一会儿问:"如果天天都那样吃,能吃那么多吗?"

边上的同学蠕动着喉结,齐声说能。三明是大明的叔伯弟弟,他三爸在镇上杀猪卖肉,他拨开前面的同学,挤到前面,神秘地说:"你们不知道,街上卖肉的,秤都有问题,一斤肉一般只有九两。一斤生肉煮熟后只有七两。你在街上买上二斤肉,能入口的也就是一斤三两不到,凉拌就是半碗。四清的标准,我是吃不饱的。"

另一位叫安会的同学,眨巴着眼睛,纳闷地问:"美国人也会短斤缺两?"

四清拍着他的肩膀,不屑地瞥了他一眼,咧着嘴说:"少一两还算有良心的。你看美国佬大鼻子,深眼窝,蓝眼珠子咕溜咕溜的，他们奸着哩！不小心就是个套。"

刘老师摆着手，笑着说："说实在的，我在姑婆陵的石马道上，见过外国人，不知道是不是美国人，美国我也没有去过。人家天天那样吃，就像咱们吃面条，你们甭用装满开水泡馍的瘪瘪的肚子去想人家。肉蛋奶让你吃上十天，你想吃面条了！面条让你吃上一个星期，你就想喝稀饭了！"

四清嘘了声，不服气地说："老师，你让我吃一个月，都没问题。不行咱试试！"

见到这样讨论下去，不会有啥结论。刘老师拿起书，夹在腋下，走下讲台，笑着说："行了！大家爱思考问题，这是好事。看你们谁有出息，将来去了美国，就知道了！"

刘老师刚走出门口，四清在后面嚷道："我还是不信，那是美帝的阴谋。咱们可不能上这个当。"

初冬的夜，寒风瑟瑟，熄灯后，同学们躺在通铺上，四清又聊起肉蛋奶的话题。安会躺在他边上。盯着黑漆漆的屋顶，四清笑着说："看那老外，又高又壮，和咱们比起来，就是小四轮和拖拉机。拖拉机肯定比小四轮费油，他们肯定比咱吃得多。他们好面子，跟村里人一个样，蹲在门前吃的，总是辣子汪汪的宽片片面；关起门蹲在家里吃的，就是苞谷糁子。"

四清双手放在枕砖上，不解地问："按说咱的制度先进，人民自古勤劳，你说咱能吃上白面馒头，都高兴得合不拢嘴，他们凭啥整天肉蛋奶。如果是真的，那也是剥削得来的。"

外面的风越来越大了，飕飕地起了哨子。好多同学进了梦乡。安会来了感觉，他瞄着窗外，用本地话动情地朗诵着：《沁园春·雪》。

躺在靠墙的位置，顺文感到这个班级，虽然没高一个年级那个班成绩好,却有好多怪才,有些同学按照兴趣,开掘着自己的潜能。四清他们聊天的声音,成了轻轻鼾声的时候,顺文遐想的陀螺,又开始转了。他知道就目前的情况,小萍考上大学,那是铁板钉钉的事。校园如果没有她,即便是满园春色,在他看来,也会是暗淡无光,他不知道自己的高三,会怎样度过。他真期望小萍考不上,那样来年他们便会读高三,最好分到一个班,如果她能坐在自己的前排,那更是求之不得的美事;可反过来一想,爱恋一个人,就要真诚地祝福她有好的前程。顺文就在这种纠结中迷迷糊糊睡着了。

十八

周玲和大勇结婚了,新房就是学校的宿舍。秋季开学的时候,她的肚子就像抱了个西瓜,圆滚滚的,走起路来,不但左右晃着,而且上下颠着。杜老师猫在宿舍,潜心研究他的计算数学,筹划着调回上海,他每天都要去传达室,看有没有自己的信件。周玲叠着大肚子,坐在台阶晒太阳。大勇从政府带回来的核桃大枣,她都会洗干净,见杜老师出来,送些给他。她的眼里没了娇媚,剩下的都是母性的恬静和温柔。

深冬时节,天气灰蒙蒙的,刮着干冷的风。学生们下了晚自习。周玲有了感觉。她和大勇都是卫校毕业的,也备了好多东西,他们翻着书,按照上面的规程操作着。到了深夜,她的叫喊声中,有了哭腔。杜老师听得心急火燎,在屋子来回踱着,将门开了个缝,想出去问又觉得不好意思。大勇让老婆忍下,说他到医院请大夫,周玲不让他走。僵持了好长时间,他才推着自行车,出了房门。

躺在床上,周玲大口喘着气,间或哭喊着。杜老师听得真切,他的心随着她动静大小蹦跳着。看着凳上放着的红枣,他真想过去,又觉得自己不懂接生,大勇回来了,会将自己打出屋子。周玲见了他,紧张起来,那就适得其反了。他想隔着屋子,安慰几句,那就等于戳破了他们间心照不宣的秘密，让人难堪。周玲的床咣当响了下，她喊了几声，没了声息，好像闭过气去。知道这是生命攸关的事，杜老师急得不停咳咳着，走动的步子，也沉重起来，搓着手掌，盼着大勇赶紧回来。听见杜老师的咳咳声，周玲感到他紧张地踱步，知道他在担心。她感到暖流罩身，情绪瞬间平缓了。

门外响起自行车的哐哐声。杜老师端起脸盆，推开了门，见大勇擦着脸上的汗。他关切地问："什么事情，那么着急！"

大勇慌张着说："老婆生娃，医院的妇科大夫回县城了，你说咋办？"

杜老师拎着脸盆，连忙说："前排教生物的黄老师，好像接过生，我听他在饭堂吃饭时说过。"

脸上刚闪过喜色，大勇又嘟了回去。走进屋子，扶着老婆，他将杜老师的建议说了。周玲觉得在一个学校工作，抬头不见低头见，让黄老师接生，实在不好意思。过了一会儿，她又开始大呼小叫了。大勇无所适从，看着她生不如死的神情，他跑出门，去找黄老师。

黄老师走进屋子，嘴里絮叨着自己没有经验，要不是看在同事的分儿上，他是决然不会来的。他走过去，揭开盖着周玲肚子的被子，来回摸搓着她的肚子，低头盯了半晌，安慰道："好着哩！胎位正着哩。"

周玲闭着眼睛，呼吸一阵紧过一阵。戴上大勇递来的手套，下边倒腾着，黄老师让她放松，调整呼吸。随着哇的哭声，一个生命来到了人间。

听着隔壁的声音，杜老师想象着每个步骤。听到孩子的哭声，他松了口气，酥软地坐了下来。关了灯，躺在床上，杜老师瞪着眼，看着泛着青光的窗户，想到自己将要离开学校，回到魂牵梦绕的上海,他抑制着激动喜悦的心情,想象着未来多彩的生活。隔壁的嬉闹和婴儿的哭声,断断续续持续了半夜,天开亮的时候,他将遐想化成梦,迷迷糊糊睡着了。第二天上午,太阳映进屋子,和着梦里的兴奋,他洗漱刮脸。倒洗脸水的时候,他看见门前的绳子上,飘着五颜六色的小布片。一股寒风袭来,和着淡淡的奶香味和尿臊味,他赶紧捂住鼻子。隔壁台阶上的盆子,浸泡着换洗的尿布,他垂下手,笑着摇头。

调令到了,杜老师忙着办手续。班级的学生舍不得他走,低年级的学生,原指望能听到他的课,也有些伤情的无奈。虽然和学校的老师接触不多,好多老师一想到校园里没了讲软语的杜老师,还是满满的不舍。他是个讲究和挑剔的人,尽管夜夜被孩子的哭声搅扰,他睡得不好,门前尿布味道,他也没那么介意了。在重回大上海的喜悦中,这一切都变得无关紧要了。城里的女同学,成帮结伙,帮着他洗衣洗被,收拾东西。他笑着说,欢迎大家报考上海的学校,将来可以在上海见面。同学们笑着,眼里闪烁着留恋。

张书记觉得,杜老师在陕西工作二十多年,如今梦想成真,要回上海了,自己是他最后单位的领导,应该代表他在陕西工作过的所有岗位,向他表示感谢。他将自己的想法,和校长沟通了。校长觉得,这是做人的礼数,塬上虽穷,不能让人笑话。他们商定,学校买只羊,吃一顿羊肉泡馍,算是给杜老师送行。

周玲得了个儿子,高兴得不行。老师们见到她,开玩笑让她请客。她和大勇商量,也决定买只羊。大勇问学校饭堂,大师傅说,学校要买只羊,给杜老师送行。孩子的满月快要到了,大勇骑着自行车,在各个村子转悠,在村干部的帮助下,买了只又肥又壮的山羊。他将羊牵回学校,拴在饭堂门口。

张书记夹着碗,走到食堂前,见树下拴着只羊。他围着看了圈,心想大师傅动作真快,还没有说啥时买羊,他就将羊牵回来了,这么大的肥羊,吃得完吗?见他在看羊,大师傅叼着烟锅,搓手出来,拍着大腿,将大勇的事说了。张书记为难了,感到私人的事和公家的事撞在一起了,不知如何是好。看出了他的难处,大师傅笑着说:"我看这样,这只羊太大,比咱平时买的羊重好多。不如学校出一半的钱,将两件事放在一起弄。"

摸着下巴,转悠了几步,张书记笑着说:"看来只好如此了。"

学校总务科找到大勇,说书记的意思,给他一半买羊的钱。大勇瞪着眼,涨红着脸,气冲冲地说:"咋的啦!看不起人是不是,如果给我钱,我就把羊牵走了,我娃学校的客,咱就不请了。杜老师要走,我和周玲也舍不得,就算我表示个心意,行不行?"

总务科的人一看他这种态度,知道退钱肯定不行,回去给张书记汇报。张书记摇头笑着,点着烟抽了几口,在办公楼前踱了半晌,转过身说:"这事咱弄背了。你看这样行不行,人家得了个儿子,请同事吃饭,是情理之中的事。学校送杜老师,让人家掏钱,学校还有啥面子?咱干脆将那一半买羊的钱,算作同事们的礼情,买件像样的礼品,送给周玲。这样人家面子上也光彩。你看好不好?"

总务科的人点着头,伸出拇指,直夸书记考虑得周全。

煮肉的那天晚上,学生快下晚自习了,马老师一瘸一拐,来到张书记的屋子。他坐在椅子上,笑着说:"书记,你就当我多管闲事哩!有件事不知当讲不当讲!"

看着他镜片下那双睿智的眼睛,张书记估计他是不是对自己有意见,便笑着说:"你有啥话,尽管讲嘛!我历来提倡大家讲真话。"

马老师含蓄地笑了,将眼镜往上推了下,凑在张书记跟前说:"杜老师是上海人,他不怎么喜欢吃羊肉。弄上海饭嘛,咱厨房没那个水平。我知道他很少吃泡馍,面条他还是中意的。如果就是泡馍,说是给他送行,咱们吃得津津有味,人家却没有食欲,似乎有点不合情理。"

张书记觉得,他的心操得好,站起来,走了两步,抖着手问:"那咋弄哩?"

马老师跟着站起来,走过来说:"简单,让师傅揉好面,好好擀上一案子面,切细。给他来上两碗羊肉汤臊子面,也算咱费心了!"

张书记笑着说:"马老师,你费心了!同样都是羊肉,细节上费点心,效果就不一样了。"

临出门的时候,马老师又转过身,补充道:"杜老师不吃辣子,不能红汪汪的。"

为了给大家多点时间,羊肉泡馍改在中午。大勇早早来到学校,提来几瓶酒。周玲抱着孩子,来到教工饭堂。提水打饭的学生,好奇地望着。从锅炉房后面出来,见周玲抱着孩子,益群的脸唰地红了,他低着头,站在屋檐下,等着让他们过去。老师们走过去,围着周玲,手指弹着孩子红扑扑的脸蛋,又看着大勇,有的说孩子像周玲,有的说像大勇,嬉闹调侃着。张书记和校长陪着杜老师,走进饭堂。大家走上前,纷纷道喜,叮嘱他不要忘了学校,有空回来,看看大家。

打饭的橱窗前,冒着热气,飘着羊肉味的雾气飘了出来。张书记摊平手,轻轻地压了几下,示意大家安静。他代表学校讲了段话,与校长走上前,和杜老师握手,随后又戏逗了几下孩子。杜老师拿出两包牡丹香烟,给大家派烟,和同事们聊着。大家拿起老碗,举着锅盔,开始掰馍。大勇提着酒瓶,走到张书记面前,嘎嘣咬掉盖子说:"书记,今天是个好日子,咱们无论咋说,都得整点!"

张书记笑着说:"你的心情,我能理解。学校和你们政府不同,没有喝酒的习惯,而且为人师表,传出去也不好听。我看就算了吧!"

大勇要了一摞小碗,排成一溜,将几瓶酒倒在碗里,自己端起一碗,递给书记、校长和杜老师每人一碗。他指着桌子上的酒碗,对边上的老师说:"看得起我的,就端起一碗,喝多喝少,咱没有意见!"

看到这阵势,张书记扬起手,对大家说:"能喝的端起来,不能喝的就免了!"

体育老师带头,端起一碗酒,几个人跟着端了起来。张书记笑着说:"大家得感谢大勇,盛情难却,也破了学校的例。那我就借花献佛了,代表学校,恭祝杜老师将要回到老家,也期望大家铭记共事的日子!"

看着周玲怀里的孩子,张书记笑着说:"大勇家的儿子,有这么多老师祝贺满月,将来一定能考上大学!"

老师们很少喝酒,也不会劝酒。大勇喝了几口,来了状态,他一出一出地劝酒,将老师们弄得一愣一愣的。杜老师挣扎着,将碗里的酒喝完了,他有点晕乎,吃完羊肉臊子面,脸烫烫的。他看着周玲和她怀里的孩子,再看看大勇,他们折腾的声音,还在他耳边萦回,他见证了这个生命形成的整个过程。他站起来,晃悠着走过去,笑着端详这个每天晚上哭泣,闹得他睡不好觉的小家伙。孩子看看他,咯咯笑了,手不停扑打着。摸了下孩子的脸蛋,他嘞嘞地戏逗着。

十九

高三年级预选结束了，方杰没有通过，不能参加高考。方老师觉得丢脸，没了笑容，整天拉着脸。一个星期后，他调回县上了。新单位来了辆人货车。小丽忙活着，帮着收拾东西。预选不成，又离开学校，方杰都是一副无所谓的样子。小丽将他送到学校门口。方杰坐在驾驶室后排，手伸出窗外，在空中用力搓了下，随着一声清脆的响声，车子冒着烟，顺着马路颠簸着走了。汽车扬起的尘，随风吹过来，落了小丽一身。她没有躲避。望着尘土中汽车的屁股，她知道方杰在新的学校，很快又会有新的女朋友。她就像棒球赛中的垒，仅仅是方杰歇息的驿站，有了机会，他就会跑向下个垒，只要他有体力，他会一直跑下去。筋疲力尽的时候，也不知他最后会趴倒在哪个垒上，还是被球击中，无奈地下场。想到这些，一股情断的伤感，涌向她的心头。

方杰走了。小丽给他写了几封信，刚开始，他还轻描淡写地回复，后来就杳无音信了。她就像断了线的风筝，一下子没了着落，心里空荡荡的。她又将碗筷搬回宿舍。好些女生幸灾乐祸地瞥着她，用酸溜溜的语言，刺激着她。有的同学故意用西安话，问候她，当她用西安话回应的时候，边上就是哄笑声。她的一口正宗的西安话，没了用场，倒成了同学们耻笑的对象。同学们鼓足劲，全力冲刺高考。恍然间,小丽清醒了,心里着急。瞄着窗外的景致,她难以自制地想起和方杰在一起的日子。清虚的心境中,她时常走神。这两年,沉醉在二人世界中,她和班上的同学疏离了。当她试图融入的时候,却感到有层厚厚的甲。

高三的预选成绩出来了。入选同学按照名次,名字张贴在教室侧边的墙报栏。吃饭的时候,好多同学伸长脖子,踮脚瞭望。提着开水瓶,顺文站在后面,从脑袋晃荡的空隙中,瞄见小萍是全校第二名。他心里填满了说不出的滋味。早读时候,小萍没有站在实验室门前。他心里空荡荡的,是不是她看到即将要踏进大学的校门,要了却这种若即若离、混沌朦胧的青涩的闷恋?

拿起书,顺文走出教室,溜达到后面的操场上,靠在双杠上,在繁星一样的空间里,窥探小萍的身影。他从左到右,又从右到左,浏览了两遍,凭着感觉知道她不在其中。他往操场里面走,靠在篮球架上,装模作样地看了一会儿书,借着模糊的视角,凭着独特的直觉,又在人群中晃了遍。教室侧墙和围墙的夹道处,围墙倒掉了,留下一道豁子,外面就是村民的玉米秆。他觉得她该在那里。他注视着,过了好长一段时间,果然看见她拿着书,从玉米秆堆后面,走了出来。她好像没有看见顺文,或者看到了,觉得他和别的同学,没有什么两样,没有给予过多的关注,她匆匆走回教室。顺文踱着步,从门缝眺望她和她身后的位置,一股淡淡的惆怅,笼罩在心头。

睡觉的时候,顺文思绪的陀螺,又开始转动了。凭借他对小萍的了解,正常情况下,她不会从学校的围墙走出去,这里面一定有猫腻。刚开始,还是个一闪即逝的念头,闪烁了几次,这个念头连成了线,横在他的心里。被窝里,他摇头苦笑着,感到人家情有所归,自己凭什么,又有什么资格去埋怨别人。尽管他不断用理智的棒槌，捶打驱离这种恼人思绪，这个念头就像空中的沙袋，捶打得越凶，弹回的冲击越有力。

　　第二天早读的时候，顺文的好奇心，挣脱了理智的缰绳。他跑到操场上，寻找着小萍的身影。快上课了，他又见她从那堆玉米秆后面走了回来。上课的时候，他觉得如果说她今天在这里，明天在那里，那也无可厚非，两次她都是从少有人去的地方回来，一定有什么因由。他慢慢确信了自己的判断，莫非她真的心有所依了。他想起了大明，方杰走了，他成了学校时髦和新潮的化身，莫非他和小萍有了火花？

　　压抑了几天，脑子不停地胡思乱想，顺文觉得，即使不能干涉别人，也该弄清情况。早读的时候，他夹着书，从学校的大门溜出去。他向东走进村子，又向北走了段路，快到那个位置的时候，他躲在麦草垛子后面。他伸出头，见断墙对面有几户人家，门前有一棵粗壮的老榆树。茂密的树冠上，缀满指尖盖大小白中泛青的榆钱儿，晨风中索啦啦摇曳着。初升的太阳，映在花瓣上，闪着亮光。榆树下拴着头老黄牛，下面是和着牛屎尿的稀泥。

　　估摸着定了下神，顺文弯着腰，缩着头，一口气从一个连着一个的柴草堆，溜到老榆树后面。他侧着脸，伸长脖子，从牛的屁股后面，隔着两堆低矮的柴草，瞭望过去，见小萍坐在玉米秆堆上，专心地看着书。顺文的心，一下子松弛了，感到自己敏感过度，杞人忧天。老黄牛抖落了几下脖子，铁环缰绳索啦啦响着，它偏着头，瞪了顺文一眼，微微扬起头，闷声闷气地叫了几声，咀嚼的嘴巴流着口水，尾巴扬起来，摆动几下，后退挪动着跨开，青黄的尿流哗哗而下，接着就是嗒嗒垂落的牛粪。粪坨落在尿摊上，和着尘土，飞溅在顺文腿上。他闪着身子，忽然看见小萍对面的柴堆，坐着一个男生，笑着瞥着她。他的心倏地收紧了，看了好长时间，却没见到他们交流。上课铃响了。顺文顺着草堆，溜到路上，跑回了学校。

排队打水的时候，顺文拎着暖瓶，见到了坐在小萍对面的那位男生，他是顺文原来的同学。他感到小萍有眼光，没有和花里胡哨的同学黏上，心里稍稍轻松了一些。想到那天他们对面坐着，并没有亲昵的交流，自己就在心里，将人家放入一个箩筐中。他摇着头，感到好笑。那位同学装满水，转身过来，向顺文打招呼，他还是那种灰呆呆的神情。顺文估计着，这位同学有那个意思，他们还没搭上线。

放假前一天早读的时候，小萍拿着书，回到实验室屋檐下。她隔着办公楼的屋角，透过教室的大门，望着坐在里面的顺文。顺文知道他们要放假了，他放下书，头搭在撑起的掌上，愣愣盯着她。他知道，再不好好盯着她，她就要从自己的视野中消失了，不知何时才能相见。她也没了往日的羞怯，同样愣愣地望着顺文，好像在说："身后的同学，我先走一步了。你要继续努力，不要气馁，一定会成功的！"

高三的同学收拾东西，打扫卫生，就要离校了。坐在办公楼的台阶上，顺文看着他们嬉闹告别。他想：如果自己没有病，现在也是他们中的一员。同学们挎着书包，走向宿舍，收拾铺盖。顺文低着头。当小萍从教室出来的时候，他茫然地打量着她的步子和头顶晃动的羊角辫。见顺文坐在台阶上，小萍放慢了脚步，打量着他，似乎就要停下来，好像想说两句话。边上的同学扯着她的胳膊。她迟疑着，趔身张望着走了。快到照壁的时候，她回过头来，瞥了顺文几眼。顺文一下子感到心里空空的，瞄着她晃动的身影，目送着她走出校门，他鼻子泛酸，眼眶湿湿的。

校园里空荡荡的，有些冷落。学习的间歇，顺文会情不自禁地朝教室外面瞭望，幻想着小萍走进视野，即或是虚幻的影子，也能抚慰他郁闷的心。自习课的时候，他拿起书，走到操场上，打量着高三教室。见没有人，他走到小萍原来班级的教室前，推开门，走了进去。他站在讲台上，从老师的视角，观察她的座位。他拿起讲台上断掉的粉笔头，在黑板上书写着"挈妇将雏鬓有丝"的诗句。走下讲台，坐在小萍后面的位置，他感受着春情萌动的心境下，闹肚子的情形，追忆朦胧的苦涩和淡淡的甜蜜。他站起来，坐在小萍的位置上，学着她，头往后偏了几下，感受着那年她用那种姿势，偏头瞥自己时，应该是咋样的心态。

走出教室，顺文来到断掉的围墙的夹道前。清风撩起柴草，盘旋着尘土，袭了过来，给他个下马威。跨过断墙，看见一个接着一个的柴草垛子。小萍坐过的地方，依稀可见屁股的轮廓。他犹豫了一会儿，蹲了下去，坐在那个位置，拿起书看着，体会她看书的心境和传情的韵味。他抬起头来，张望着对面那位男生坐过的地方，又走过去，坐在男生坐过的地方，向小萍坐的地方张望着。顺文知道，人的心绪多变，很难用外在指标来判断。即或如此，他还是不能自控地琢磨着：一定的心态下，人会选择最能满足心理要求的空间，有利于情绪的外溢和延展。观察和分析那个人对空间偏好的变化，就能测试和揣摩她的心境。东边老榆树下的老黄牛，又便解了，和着屎尿的气味，随风飘了过来。顺文感到，这般气味都没能让她毅然离去，可见此地那人已经入她的心了。

高考结束后，毕业班的同学回到学校，填报志愿。考得好的同学，满面春风，在同学和老师间串来串去，询问填报什么学校和专业。考得不好的同学，对填报提不起兴趣，围坐在一起，搓着脸，唉声叹气，合计着要不要复读，到哪里去复读。顺文正在上课，从教室的门缝中，他瞄着照壁前熙熙攘攘的人群，寻着小萍的影子。

下课铃响了。他走出教室，看着昔日的同学蹲在地上，将志愿放在膝盖上，挠腮商议着。他本想过去，和他们招呼，却始终迈不开步子。站在台阶上，来回晃着身子，他渴望心动的人从人群中跃动出来。上课铃响了，他一步三回头地回望着，悻悻地回到教室。

放暑假了，安会和几个同学，约顺文早点回校，一起复习功课。顺文勉强地笑了。这熟悉的校园，会激起他无尽的愁思和伤感，没有小萍的校园，一下子成了黑白底色，没了绚丽的色彩。大半年的恶补，顺文的英语有了很大的长进，虽然口语不行，语法和阅读总算赶上了，这让顺文信心十足。坐在自家门前的槐树下，望着树荫中闪烁的太阳，理智告诉他，只有从情殇中解脱出来，发奋学习，自己才有未来。

在闷热的玉米地里，家里人忙碌着。顺文感到愧疚。他恢复了每日割两担笼草的习惯。他将功课装在心里，戴着褐色的塌塌草帽，在树沟渠岸上割茅草，心里却在琢磨着题目。劳动疲惫了他的肉体，学习内容的反复思考，让他将肉体和思想闭合起来，荒天闷日中，他排解着心里难言的相思之苦。

夕阳西坠，提着草担笼，顺文从一人高的玉米地里，弯腰探身，走了出来。上了水库岸，眯着夕阳下泛着红光的水面，他顿时感到浑身惹了层泥垢，黏糊糊的。钻进草丛，脱光衣服，揪着岸边的芦苇，他狗刨了一会儿。背阴处的杂草，变成了墨色，知道时间不早了，他赤身站在草丛中，抹着身上的水珠。他穿上衣服，提着担笼，走到水库的闸门边。

路上响起一串自行车的铃铛声和链子碰在车架上的哐当声，后面飘动着溜烟尘。顺文对着灰墨色的玉米地，听见有人叫他。他站起来，摘下草帽，原来是益群。益群下了车子，走了过来。顺文笑着问："考上了没有？"

益群不好意思地挠着脖子，摇头笑着说："不行，还得复读。"

看见边上的草担笼和扎在上面的镰刀，益群不解地问："别的同学为了考学，屁股都冒烟了，你还是田园风光，割草游泳。"

顺文笑了。看着黑森森的水面，他摇着头说："命里有时终归有，命里无时莫强求。顺其自然吧。"

低下头，顺文急切地问："原来班上的同学，哪些同学考上了？"

蹲在他面前，益群扳着手，指道着名字。听到小萍的名字，也许是刚游完泳，也许是晚风送爽，他咯噔打了个寒战。益群打量着他，突然笑了，倏地站起身，点着手指说："张琳也考上了！你说我咋办？你的心思，我明白。你外表木讷，内心却是一腔钟情。"

搓着面颊，顺文嘿嘿笑了，转过脸说："益群，你不怕，你爸在西安税务上班，你迟早都是城里人。"

益群一把抓住顺文的胳膊，附在他耳边，低声说："顺文，你也不用怕！你是神仙，会算命。"顺文瞥了他一眼，推了下益群。益群揽住他的脖子，眨着眼说："不瞒你说，我爸说税务局准备招干，他给我报名了，过两个月，我要去西安考试。"

顺文抬起头，用羡慕的眼光盯着他。益群笑了，贴在他的耳朵边叮嘱道："顺文，你给我本子上写的那段话，我放在书包，经常读读。你是我最好的同学。这事没人知道，我就告诉你了，帮我保守秘密，别对人讲。"

益群走了，太阳坠了下去。天的尽头，是一抹红霞。靠在闸门的水泥柱上，听着汩汩的流水声，瞭望着晚风中晃动的玉米叶子，嗅着割下来草秸的清香，脚下草丛中，不时有蟋蟀的鸣叫和蛐蛐的簌簌。顺文拿起镰刀，看着田野，茫然地剁着面前的杂草，任由时间随着他机械地起落,缓缓地流逝。远处的渠岸上,传来祖籍陕西韩城县的唱段。他站起来,跃上水泥台子,循声望去,就见黑麻麻的玉米叶子晃着,有声无人。水库东南方向的玉米地边,围拱的土塬,是附近几个村子多年的坟地,密布着大大小小的坟冢。他没有害怕,手搭在嘴巴上,对着阴森森的坟地,声嘶力竭地狂吼了几声。他的身子张开,又蜷缩,最后就像蜗牛,盘曲成一团,嘶吼的尾音中,他闭着气,续了几声哼哧,他突然瘫软在斜坡的草丛中,身体中有种轻快的感觉。他想起看《三滴血》时,隔着银幕与白娅对望的情景,他的眼睛湿润了,伤心的情绪直往上涌。草虫蹦进他的裤腿,他赫然跃起,抖着裤腿,揉着眼睛,抿嘴咬着牙,望着清冷夜空眨着眼睛的繁星,跳下心中的戏台。镰刀扎在草担笼上,一憋气,顺文哼哧着,弯腰将担笼扛上肩头,手扶着笼盘,趔趄前行,吼起了秦腔。

吃完晚饭,顺文在灯下看了一会儿书。门前的老槐树下,爷爷和村里人纳凉聊天,他走进门,咳嗽了几声,将头门咯吱关上了。顺文扬起胳膊,抖落几下,打着哈欠,扭动着腰。他走进屋子,搓着脸,眨巴着眼睛,继续看书。夏夜的月光皎洁如霜,给田畴村舍镀了层白,天籁如此静谧,传来门房中爷爷的鼾声。顺文困了,他放下书,拉灭电灯,靠在被子上。他闭着眼睛,迷糊了好长时间,脑子还在飞快地转着。他睁开眼睛,呆愣地看着窗外檐下的月光和墙头的茅草,淡淡的哀伤浮上心头。

几年前,爸爸的表弟部队提干了。回家探亲,他来到槐树寨,探望姨。多年不见,表兄弟见面,异常亲热。离别的时候,表弟送给表哥带拉链的黑皮夹子。爸爸甚是喜欢,想象着拿着夹子,走上讲台的神气劲。顺文妈看到了,坚持要留给儿子,等他考上大学时用。夹子包在包袱里,放在柜子中,过年前收拾柜子,她总要拿出来，拍着上面的纤尘，眼里满含着期望，笑着对顺文说："不知你啥时能用上它。"

秋季就要开学了。知道小萍就要上大学，顺文筹划着，要给她送件礼物。思来想去，他揭开柜子，拿出皮夹子，放在自己的铺盖中。秋雨绵绵，他回到了学校，看到原来同班的好多同学，回校复读，他心里平衡了好多。夹子裹在被子里，回到宿舍的时候，他总要伸手，在被子中摸索几下。他期盼小萍能回学校，却始终没有看到她的身影。阴雨停了，太阳从云层中露出了脸，他感到不能再等待了，他将夹子揣在夹袄中，踩着泥水，走出学校。

镇上的街道上，两边商铺的雨水，流到马路中间，和卖小吃的洗碗水、牲畜的粪便混在一起，阵阵恶臭。顺文拎着裤腿，深一脚浅一脚来到街上，站在新华书店门口，他眯眼向小萍家的方向眺望着。大明开始复读，他吃完饭，穿着高筒泥鞋，不惧泥水，和两个镇上的同学，高声聊着天。看见顺文站在那里，他瞥了一眼，咳嗽了几声，朝泥水中吐了口痰，昂头走了过去。顺文仅有的一点勇气，瞬间化解了。人家现在是大学生，又是镇上人，自己凭什么给她送东西，万一被她的父母冷言几句，吃了个闭门羹，那就是自讨苦吃。他犹豫了好长时间，远远地瞄着小萍家，失落中默然离开了。

坐在教室，顺文早读，他抬起头，眼神不听使唤地瞄着实验室檐下，期望那个熟悉的身影。站在照壁前，他就会想起当初懵懂的瞭望。躺在宿舍的通铺上，他幻想着小萍会不会拿着香甜的面包，戴着校徽，在西安城楼边转悠，她的宿舍应该不会是大通铺，冬天肯定有暖气。没完没了的提问中，顺文焦虑着，他不知道自己整天想着她，她是否像自己这样，偶尔也会想到那个叫顺文的同学。

跟着高三复读了两个星期，益群请假，来到西安，按照干部子弟，参加招干考试。考完试，他跑到张琳的师范大学，带着她游了趟兴庆公园。回到镇上高中,他憋不住,将顺文拉到锅炉房,递上从西安带回来的水晶饼,讲他与张琳游公园的精彩。

元旦前后,益群的招干手续办好了。回到学校,收拾好铺盖,他给表舅买了条烟,感谢他这两年来的照顾。他和顺文来到锅炉房,拆开一包烟,燃起抽着,追忆寒冬腊月锅炉房温暖的日子。益群使劲地吸着烟,眯着眼,看着炭堆后面的位置,靛青色的烟雾中,他弯着腰,陷入沉思。

益群走的时候,跑到教室,将自己剩下的饭票,给了顺文。走到思量课桌前,拍着他的肩膀,说了几句道歉的话,叮嘱他有空到西安玩。思量偏着头,瞪着炯炯的眼睛,嘻了声,认为益群向他炫耀。益群出了教室,他偏着头,嘴里嘎嘣一声,一副满不在乎的样子。

放寒假了,天快黑的时候,顺文收拾好东西。他推着自行车,出了校门,来到镇上的十字路口,扶着车子,瞭望着小萍家的方向。快过春节了,她说不定已经回家了。他犹豫再三,推着自行车,从她家门口绕道回家。冰冻的地面硬邦邦的,布满了一条条车辙,自行车蹦跶着,从高坎滑到辙里,冰冻的链条,磕碰在车架上,凄冷的傍晚,声音异常清脆。顺文低着头,缩着脖子,将帽檐摁得低低的,机警地瞥着四周稀拉的行人,越靠近她家,他的心跳动得越厉害。

小萍家出现在他的视野中,头门上是厦房,安装着普通农家的黑木门,门前是几棵细细的白杨树,树下堆着从院子扫出来的雪,边上是个小小的土堆。顺文放慢脚步,幻想着小萍推开头门,寒冷的夜色中,望着他推着自行车,愣愣盯着她家的样子。门紧紧地闭着,去年春节贴的春联,边角脱落了,在呼啸的寒风中,扑啦啦抖着。他似走非走蠕动着,见邻家的妇女推开门,在自家门前抱柴火,他蠕动得快了些。小萍家的门口,到了身后,顺文正准备加快步伐,听见她家的门,吱啦响了声。昏黄的门洞中,闪出瘦弱妇人的影子,她提着担笼,踩着她的影子,缓缓走出门。扯了一担笼柴火,她站起来,对着树下的雪堆,哼哧了几下,手捏着鼻涕,抹在树干上,又吐了口痰。她提起担笼,弯腰回家了,影子间或有小萍的神态。顺文知道了,她就是小萍的妈。

骑上自行车,车子颠簸着,顺文的思绪翻腾着。普通的农舍,平凡的妇人,为什么在自己怯怯羞羞的心幕上,经过情殇陀螺的摇荡,失去真实的容颜,变成了亦真亦幻的仙界圣地。如果自己住在小萍家隔壁,她也许就是邻家其貌不扬的小妹,他不知道为什么经过自己的涂抹和雕琢,她就成了自己心中的偶像。更加奇怪的是,明明知道她并没有他粉饰的那么靓丽,他就是走不出来,难以自拔。他宁愿沉醉于自己编织的花篮中,也不愿意活在本真的情景中。想到哲学上物质第一性的理论,顺文感到在恋情方面,实在没有客观性可讲,正所谓萝卜白菜,各有所爱。

过年前几天,镇上一连唱了三天大戏。塬上人没了农事,纷纷赶到镇上,坐在戏台下,沉浸在秦腔的悲壮苍凉之中。顺文似乎想开了,坐在家里的热炕上,他专注地看着书。最后那天,四清在村头遇到他,硬是拉上他,去镇上看戏。戏楼离小萍家很近。戏楼前面,坐在小板凳上的人,椭圆形散开;后面是坐在高板凳上的观众;再后面是站立的人群;接着是站在低凳上的人群;最后面是站在高凳上的人群。墙边的树杈上、麦草垛上和墙头上,挤满了攀着坐着的人。整个戏场就像切开的大白菜,一层包着一层,里面的紧,外面的松。四清将自行车撑起来,站在后座上,缓缓地伸直身子。听着唱腔,顺文在人群中转悠,寻着小萍的身影,也关注着那位瘦弱的妇女。心想找到那位妇女,小萍就在她周围。看了一会儿戏,四清将顺文喊过来,他有点过意不去,自己拉着顺文来看戏，人家却没地方坐。他让顺文过来，站上自行车后座。顺文摆着手，让他不要管自己，顺文的眼神，依旧在人群中串着。

预选结束，英语成绩提了上来，顺文的总分，排在前面。他的激情和信心，一下子爆发了，看到自己多年梦寐以求的跳出农门的夙愿就要实现，想到自己即将和小萍站在同一个平台上，他异常兴奋。周末回家的时候，父亲给他五块钱，让他加强营养，把身体弄好。妈妈从案板下，拿出个瓦罐，摸索着掏出几个鸡蛋，放在他的褡裢里。叮嘱他小心鸡蛋，别弄破了，要他每天早上，用开水冲着喝。一股暖流涌上心头，他点着头，决心全力冲刺，给父母一个满意的交代。

二十

学生食堂上，顺文办了些饭票。直径约两米的大锅里，烧开了水，师傅提起袋子，将学生交来的玉米碴子，抖着倒进去，站在边上，拿起铁锹，顺着锅底搅着，撩了半勺碱面，撒在锅里。玉米的面性出来，黏黏的，上面泛起牛眼一样的气泡，气泡慢慢胀起，嘟嘟着变薄，揪着黏稠的粥面，突然噗地爆了，喷出一股热气。师傅攥着烟锅，调小火候，拎着铁锹，操着锅底，醇香的气味飘了起来。

早上打饭，学生们排着长长的队，手里拿着碗，口袋揣着饭票。师傅蹲在灶台上，叼着烟锅，手拿着马勺，看着学生将二两饭票，放在凹凸不平的铝盆里，马勺添上糁子。顺文读了几年高中，一直没在学生饭堂搭灶，就是开水泡馍。端着盛着糁子的碗，回到宿舍，他将馒头掰碎，浸在热腾腾的糁子里，筷子搅了几下，糁子凉了，馒头热了，刚好入口。大锅的糁子打完了，锅底是圆形的筋筋。老师灶上的大师傅，端了碗辣子蒜水，顺着锅的上沿，淋上去。边上的人，赶紧将蒜水均匀地抹好。拎着铁锹的师傅，摘下烟锅，放在锅沿上，撅着屁股，铲锅底的筋筋。随着吱啦吱啦的声音，筋筋嘟拉着，褶褶皱皱地爬起来，坐在锅底上。师傅推开食堂的后门，对着锅炉房益群的舅舅，扬一下手。益群的舅舅拎着碗，撒腿笑着跑过来。几个人端着碗，蹲在地上，对着从窗户照进来的阳光，筷子夹起筋筋，抖动着看了几眼，放在嘴里，呼啦呼啦嚼着。

饭堂吃面条，学生要给饭堂交面。师傅解开面袋子，拿起长长的铁勺，探入袋子底下，搅和几下，撩上一勺面，手指搓弄几下，合格了才能过秤，按照斤两办饭票。麦子的品种不同，面粉的黑白有别，粗细不同，新旧有异，倒入面柜，师傅操起铁勺，得搅拌均匀。压面的时候，师傅抓起面絮，抖落在面斗中，反复碾压，总算定型了。面片放上案板，中间衬上玉米粉，防止面片黏住，两个师傅用铡刀般的切面刀，将面片切成条状。一切准备停当，几个师傅蹲在厨房台阶上，抽着旱烟，瞅着日头。估摸着时间到了，他们呼地站起来，走进厨房，拉开鼓风。开水冒泡的时候，他们撩起面条，抖落着撒进锅里。

拿着碗，顺文排队，打了碗面条。走出饭堂，他夹着筷子，撩拨了几下，面汤就像糨糊，他夹起几根面条，还没离开面汤，就被面汤粘住断掉了。回到宿舍，他拿出馒头，放了些炒辣椒，顺着碗沿，筷子撩出面条，嘴贴在碗边，刨进嘴里。嘴巴收紧嚅动了几下，他没有感到面条的筋道，面条化在汤中，没了踪影。喝了口面汤，四清笑着对顺文说："那伙怂吃筋筋，上瘾了，能把面条做成稀饭，他们就等着锅底的筋筋哩。"

几个同学放下碗，转身点头，纷纷附和。

光阴如梭，转眼又到了高考放假的时候。想到即将离开这所中学，顺文心里有种淡淡的伤感，这里装载着自己的压抑、病痛、挣扎和永久的殇情。他多愁善感，他要将好多东西捣碎，装在心里，慢慢发酵，他不敢随便揭开发酵的瓶子，默默承受着情殇的苦涩。小萍离校的瞬间，他默然地坐在办公楼檐下的台阶上，默默地注视着她，走出校门，那种用理智包裹着的心碎，依然历历在目。收拾好东西，顺文在学校的角角落落，转了一圈。每到一个地方，他都会驻足，追忆起这方空间中，自己和小萍灵动的一瞥。到了下个地方，他又会将这个空间的画面，闭眼回味一番。走到和小萍上过课的教室，他趴在窗户上，打量着她曾经坐过的位置，一幕幕温情的画面，在他的脑里翻腾着。

推着自行车，顺文出了校门。校门口聚着好些同学，大家相互鼓励，互相打气，相约两天后的考场。骑上自行车，顺行了一段，顺文拐进朝北的巷子。老榆树下的老黄牛，对着他叫了声。他捏着手闸，踩在踏板上，望着对面的柴堆，下了车子。后退了几步，他看见断掉的墙已经补上了，柴堆依旧，小萍坐过的痕迹没有了，变成了扯柴的洞，夹道中飘着柴火腐烂的味道。到了渠岸，他踩着自行车，但见渠水哗啦流着，闸门前漂浮着的玉米秆，夹裹着白涨的死猪，散发着阵阵恶臭。

赶往县城的那天中午，家里买了西瓜，炕桌上切开。爸爸给顺文面前，放了几牙瓜，好像是为他奔赴考场饯行。顺文打着嗝，骑着车子，来到水库。正午的阳光毒辣辣的，照在身上发烫。蹲在水草丛中，踩着草下的淤泥，他享受着闷热天气下的清凉，调适着自己的心情，集聚着高考的能量。心里默许着，如果自己能考上，期望命运之神指令水中的鱼儿，啄下自己，给个暗示。双手合抱在胸前，他闭着眼睛，清虚的意境中，将全身的神经调动着皮肤的表面。水草丛中冒了几个气泡，他感到命运之神就在身边，就看它是否垂青于自己。突然，他感到背上痒痒的，好像有一根轻柔的羽毛撩着，他本想跃起来，又觉得既然鱼儿负命而来，就别惊扰了。鱼儿在水中跳溜跃动了几下，顺文慢慢站起来，脚下泛起的青泥，浑浊了水，水草丛中一片昏暗。

太阳偏西了，村里人午饭后，迷糊了一会儿，他们扛着农具，打着哈欠，懒洋洋下地了。换上妈妈洗好的衣服，将几本书放在包里，顺文骑着车子，来到县城。到了师范学校，里面挤满了人，镇上高中的同学，聚在墙报栏前，有说有笑。他走过去，询问考场的位置。安会给他指着。撑好自行车，拿着准考证，他找到了教室。教室的门关着，每张课桌上贴着张白纸，上面写着考号。他仰着脖子，顺着窗户走了一圈，寻到了自己的考位。

姑父早年部队提干，姑姑后来随军，他们在新疆待了几年。前两年，姑父转业，安排在县法院工作。姑姑没了工作，租了两间民房，靠加工衣服操持家用。顺文凭着自己的方向感，边走边问，在县城北边的巷子里，找到了姑姑。姑姑在院子洗衣服，见顺文推着车子，探头进来，她连忙笑着站起来，围裙擦着手上的水，将他迎进屋子。姑姑带他走进厨房，指着水缸前的床，让他晚上睡在这里。屋顶是茂密的树冠，水缸下面的地湿湿的，有种荫凉的感觉。床上挂着蚊帐，他撩起来，好奇地看着。姑姑说晚上有蚊子，得用蚊帐。走到水缸前，拎起案板上的马勺，他移开缸盖，舀了半马勺凉水，仰头就要喝下去。姑姑走过来，拦住了，给他倒了杯开水，放在边上。

顺文早早地爬起来，洗了把脸，在街道旁的小吃店，要了碗豆浆，两根油条。他没有吃过这些，知道那是城里人的早餐。酥脆的油条和醇香的豆浆，他感受着城里的滋味。

两天考下来，数学题目太容易了。顺文习惯做难题，他感到考得一般。语文有好些阅读文章，答问的题目，这是他的弱项，他的思维是质疑和发散的，硬要将自己的思考同化到标准的模板中，他心里十分反感。经过一年多的死记硬背，应该有个不错的成绩。政治有好些多项选择题，这是他的优势，就在他做完题目，画完最后一个句号的时候，考试时间到了，他感到出题的老师，似乎就是按照他的速度出题的。

考完最后一门课，走出教室，顺文看见爸爸蹲在树沟边，不住地抽着旱烟。他走过来。爸爸站起来，陪着他走了一会儿，支支吾吾地问："考得咋样？"

看着父亲，顺文笑着说："肯定能考上，关键是上什么学校！"

父亲绷着的脸，顿时松弛了下来，露出开心的笑。他们边走边聊，来到姑姑居住的地方。姑姑正在蒸凉皮，庆贺侄子高考结束。临走的时候，姑姑卷了沓花花的内裤，递给顺文，让他上大学穿。塬上农家的孩子，即使读高中，也很少有人穿内裤。顺文感到上大学的一个标志，就是今后要穿内裤了。他觉得内裤宽松，花花的，像是女人穿的，不肯要。临出门的时候，姑姑硬是塞进了他的包里，笑着说："穿在里面，谁能看到！"

二十一

　　填报了高考志愿，顺文回到家里，感到身心一下子轻松了。几年来，朝思暮想的姑娘，将他折腾得神经衰弱，他想通过高强度的体力劳动，在肉体困乏中，排解心中的郁闷。四清的三叔建国，是个泥水匠，跟着包工头，在县城干活。看到建国骑着自行车过来，顺文招着手，跨过树沟，拦住他的车子，笑着问："叔，工地上要不要人？我想跟着你，到城里干活儿。"

　　建国掏出一包烟，抽出一根，叼在嘴上，划着火柴问："三伏天儿，工地上可不是人待的地方，你能受得了那个苦？你家里人同意吗？"

　　顺文笑着说："咱考不上学，也得是个合格的农民，是吧？！"

　　建国喷了口烟，抹着脸上的汗，笑着说："最近走了几个小工，正缺人手哩！你不嫌弃，明天跟我去县城。"

　　吃完晚饭，一家人坐在厨房里，爷爷靠在后面的门扇上。顺文说了去县城干活的事。爸爸抽着烟，盯着地面，猜想顺文是不是考不上学，那天的话莫非是在安慰自己，不然咋就想起去建筑工地上下苦力。瞥了顺文一眼，他叹了口气。爷爷眨了下眼睛，爽快地说："好啊！年轻人就是要吃吃苦。这世上好多东西，都不是白来的,得靠劳动。我像你这么大的时候,随着大人,独轮车装着一百二三十斤的粮食,要从平凉推回来。年轻时吃些苦,以后遇到困苦,也就不当回事了。"

工地在县工商银行的后面,要盖栋四层的家属楼。来到工棚,建国扯来片破旧的凉席,放在通铺靠边的空隙间,捡起一块红砖,吹掉上面的灰尘,枕在凉席上,笑着说:"天热得不行,也不需要盖的!席子和枕头都有了,你就睡在这里吧!"

看着头顶上的油毛毡,四周木架上钉着的塑料纸,瞧着通铺上横七竖八的砖头和汗渍的席子,顺文将包放在席子上,点着头应道:"行!叔,你就放心吧!"

顺文来到工地上,师傅们站在脚手架上,手提着灰刀,拎着一块砖,正在砌墙,和他招呼着。建国站在下面,说找来一个小工。上面的人笑着说:"反正是按量计酬,只要你同意就行了!"

地上堆满了水泥袋、沙子和红砖。建国带着顺文转了一圈,指着拌好的砂浆说:"你要用手推车,将红砖堆到砌墙的地方,放在匠人手能摸着的地方。拌好水泥砂浆,用两个桶不停地倒换,不能让我断砖又断浆。"

开饭了,工友们端着老碗,盛上凉面,攥着馒头,蹲在树荫下的砖堆上。吃完饭,每人盛了碗面汤,咕噜着喝了,纷纷倒在床上,鼾声此起彼伏。顺文怕误工,他撂下碗,跑到工地上,操起手推车,将砖块转到建国要砌的墙的下面,方方正正地垒好。又回到沙堆前,铲起沙子,撂在筛子上面,石子和沙子分离了。他将沙子铲着堆在和砂浆的铁皮上,拌上水泥,提了桶水,正准备倒水。身后传来咳嗽声,站在架子上的工头过来,夹着香烟,笑着说:"小伙娃不错嘛,有眼色!砂浆现在不能和,等用的时候再加水搅拌。"

顺文摘下草帽,袖子擦着脸上的汗水,嘿嘿笑了。

天快黑的时候，工地收工了。一个下午，顺文感到的确良黄军装水渍渍地粘着身上，裤子的腰上和裤裆浸满了汗水，走起来哐当哐当地响。他咬着牙，将匠人的工具洗好，晾在边上。吃完晚饭，建国跟着工友，上街转悠，问顺文去不去。顺文摆着手，回到工棚，呼啦躺在席子上，浑身酸痛酥软，酥软中他觉得很舒服。肉体困乏到了极限，可以稀释和泯灭天马行空的臆想，遏思的陀螺停了，他睡了个好觉。

仲夏的清晨，天气凉凉的，特别舒服。通铺上坐起来，顺文感到腰酸背痛，他趿上鞋子，缓缓地站起来，走了两步，觉得骨头和肌肉在吵架，他立马蹲了下来。建国拿着毛巾回来，见他痛苦的面色，连忙问："咋的啦？不行就说一声，别硬撑着！"

顺文抬起头，看着建国，笑着说："没事，刚开始有点不适应，这很正常。慢慢就好了。"

怕别人笑话，顺文咬着牙，矫正着姿势，扯起毛巾，拿起牙刷，随着工友去洗漱。

睡了一个晚上，汗渍渍的衣服干了，变得硬硬的，挂在身上，散发着浓浓的汗腥味。干了一会儿活，顺文开始冒汗，浑身也活动开了，得闲时看到砖块，他不再像原来那样，刺溜坐下，他宁愿蹲在地上，拉伸腿部的肌肉。手掌起了几个泡，洗完手后，死皮隆起，成了花生大小的粒。

干了几天的活，顺文慢慢适应了。他吃得多，睡得好，好像换了个人。上衣湿了干，干了湿，白色的汗迹一圈套着一圈，弯弯曲曲的，就像地图。手掌上的水泡破了，爆出泛黄的液，使劲地挤了下，赤红没皮的肉上涌出血水。沙灰和砖屑粘在破落的水泡中，浸入肉里，新出的嫩茧泛着黑灰色的光，像豌豆大小的黑痣。新茧变成了老茧，干活时手掌就像衬了层垫子，顺文知道，自己完成了从学生到建筑队小工的转变。

建国的烟抽完了,他停下泥刀,伸直腰,让顺文到街上买包烟。顺文摘下草帽,拎在手里,边走边扇。他买了包烟,刚要转身,听见马路上传来熟悉的声音。他戴上草帽,侧着头瞥了眼,大明坐在摩托上,边上站着几个推着自行车的同学。他们的后面,站着两个其他班上的女同学,一起聊着高考的情况,相约去爬华山。顺文怕让他们认出来,趴在柜台上,盯着商店墙上的挂历。等到他们散去,他缓缓转过身,撒腿走回工地。

建国操起铁锨,搅和着砂浆,见顺文回来,笑着问:"咋那么长时间?"

递上烟,顺文接过锨把说:"街上遇上几个同学。"

建国撩起裤腿,蹲在砖堆上抽烟,看着他搬砖提浆。顺文知道,高考结束,认为能够考上的同学,家里人忙活着准备上学的被褥,他们的心早就离开了这片土地,认为自己已经是半个城里人了。他们怠于太阳下辛苦的劳作,常骑着自行车,串在一起,畅想着美好的前程。

工地西边有个过道,后面有几排平房,那是银行的家属院。吃完午饭,躺在床板上,顺文感到关节酸痛。他转过身,半趴在床板上,眼睛透过飘着的塑料,愣愣地打量着过道。迷迷糊糊的时候,听见了一阵脚步声,他倏地睁开眼睛,心里颤了下。接着又听见了说笑声,他心里涌动着一股热流,坐起来,感到疑惑。过道蠕动着三个影子,中间那个梳着羊角辫,辫子晃动着。他仰起头来,瞪着眼睛,看见穿着连衣裙的小萍走在中间,左边是位中年妇女,抱着一个西瓜,右边是个中学生。顺文忽地坐直了。建国睁开迷糊的眼睛,看着他问:"咋的啦?"

顺文笑着说:"尿急!"

说着,他便弯下腰穿鞋,溜到过道边上。他猫着腰,顺着砖堆走着,听见小萍一口一个妗子地叫着。他明白了她们之间的关系。妗子问小萍什么时间开学,要她在自己家里多住几天。小萍说还有好多事要做,住几天可以,时间长了,恐怕不行。边上的表弟嚷嚷着,要她辅导功课。摸着他的头,小萍笑着应了。

回到工棚,躺在床板上,顺文没了睡意。二十多天的劳作,他的心里简单了,刚从对小萍恼人的思恋中出来,她又鬼使神差地出现在他身边,他的心里又涌起了波澜。下午收工后,他顺着脚手架,爬到三楼屋顶,坐在支架板上,瞄着落日下的几排平房。银行的人下班了,平房中人进人出。男人们坐在屋前的炕桌边,挥着扇子,拿起切开的西瓜吃着。女人们系着围裙,择菜做饭。中午那个妇女,将碗筷摆上炕桌,忙活着吃饭。她对着屋子喊了声。小萍和她表弟拿着书,走了出来,坐在炕桌边。

建国端着饭碗,蹲在地上吃饭,没看见顺文的影子。他站起来,嚼着蒸馍,对着工地喊了几声顺文。楼顶上应了声,顺文愣愣地站起身,顺着架子上下来。建国抖动筷子,笑着问:"饭不吃,跑到楼顶上做啥哩?"

挠着头,顺文苦笑着应道:"上面有风,凉爽些!"

吃完晚饭,顺文没有跟着工友们去街上溜达。他爬上楼顶,望着后面的院落,寻着小萍的影子,对建国说:"叔,楼顶凉快,晚上我就睡在上面了!"

建国笑着,摇了摇头。

县城没几栋楼房,站在楼顶,向南能看到县城的百货大楼,向西就是县政府。皓月当空,清风习习,街道偶尔传来汽笛声,亮着一扇扇昏黄的窗户,弥漫着温馨的气氛。后面院子里,大家围坐在树下,喝着茶,摇着扇子,传来电视的声音。盯着那间屋子,顺文没见到小萍的影子，估计她正在忙活着，给表弟辅导作业。顺文买了包烟，点着一根，抽了几口，呛得直咳嗽。他喜欢独自坐在这一览众房矮的屋顶，瞥着一闪一闪的烟头，感到闪烁的灰烬，似乎在和他对话，灰飞烟灭的瞬间，他又感到无助和焦灼。后面屋子的灯熄了，整个县城就像一座偌大的村子，没了现代气息的粉饰，沉浸在静谧中。星星眨着眼睛，对着顺文嬉皮笑脸，恣意撩拨着他多愁善感的遐想。

第二天晚上，吃完晚饭，工友们出去溜达了。顺文决定到后面的家属区，探寻一下。他戴上草帽，见没有人，顺着墙根，朝前晃悠着。到了家属院，他不敢进去，隔着花墙，伸长脖子，从砖墙的空格，向里瞭望着。小萍坐在台阶上，前面是张炕桌，上面挂着盏电灯，她弯着腰，在给表弟讲数学题。她舅舅撩起裤脚，优哉游哉地看着报纸。身后响起自行车的嘤嘤声，站在身后的人问："哎！弄啥的？看啥哩？"

顺文转过身，见一位敞着衫子对襟、穿着背心的中年男子，瞪着眼睛过来。想起自己将要上大学，他的底气顿时有了，坦然地看着那个人，拿起草帽，扇着凉，随口说："没事，转转！"

中年人打量着衣衫上下皱巴巴，沾着白色汗迹，飘着汗腥味的顺文，将轻便自行车的头提起来，摆了一下，呵斥着问："你找谁？"

顺文走上前，盯着他的脸说："说实话，我在前面工地上干活，吃完饭，进来溜溜。"

中年人挥着手，厉声喊道："走！走！快走！这是家属区，进来要在门房登记，不是随便进的。"

顺文能够感受到他对自己的蔑视，他瞪了那人一眼，大步走了出去。

给脚手架放砖的时候，顺文看见小萍和她表弟，出了院子。他干着活，瞄着过道，始终没见她回来。吃完午饭，太阳正猛，他戴着草帽，在过道转悠了一会儿，最后干脆坐在靠近过道的砖堆上。毒辣辣的太阳烤着，他穿着高中几年钟爱的军装上衣，下面是条蓝色的裤子，背上是一大坨湿的汗印，他将草帽压得低低的，夹着根燃起的香烟，任由汗水从脸颊滚落，他就是不擦，像尊雕像，岿然不动。中年男人骑着自行车回来，见砖堆上坐着个人，回头瞥了几眼，想到这么毒的太阳，坐在那里晒着，这人脑子肯定有问题。顺文感到汗流顺着前胸后背，向裤腰下渗，他猛地吸了口烟，狠劲地瞅着就像熔炉中铁水一样的太阳，他为自己的毅力窃窃高兴。

街口的拐角，小萍走到树荫下，伸着脖子，向西边张望。一会儿，她表弟抱着个西瓜，走了过来。他们顺着西边墙角的阴凉，缓步走了过来。顺文垂着手臂，汗水从指头淋下，湮灭了香烟，烟成了灰色的梗。他从帽檐下瞄着，汗水浸到了眼中，加上近视，眼睛涩涩的，视线顿时模糊了。小萍瞥了眼顺文，唤着表弟，加快了脚步。顺文知道，她将他归类成了街上流浪汉，他心里隐隐作痛，添加着稍稍的快意。看着他们过去，他微微抬起头，擦着眼中的汗水，咳了几下。小萍停住脚步，回过头来，摆着头望了几眼，视野里只有砖堆的雕塑。她愣了瞬间，扭头走了。

太阳偏西，顺文隐在树荫下，搅拌砂浆，看见小萍推着自行车，从过道经过，她妗子和表弟送着她。顺文停住手中的铁锨，他愣愣趔身偏头，看着他们过去。想到她要回家了，顺文顿时有了种失落感。站在架子上，建国瞅着顺文蔫不唧的样子，拎着灰刀，对着架子磕着，催他快点。顺文缓过神，扬头笑了下，挥动着铁锨，飞快地搅着砂浆。他每只手提着只砂浆桶，绷着身子，走到下面，将桶挂上铁钩，拉着滑轮的绳子，送了上去。又给担笼装上砖头，用滑轮送到三楼的架子上。

吃完晚饭，几个工友肩膀搭着衣服，赤露着上身，走出工地，顺着街边溜达。来到卖冷饮的小店前，他们要了几瓶冰镇的啤酒，咬开盖子，咕噜着喝了几口。边上墙上，挂着吹胀的气球，塑胶凳上放着支气枪。店主的儿子怂恿他们打枪。建国递上钱，打了十发弹，破了三个球。店主儿子捧起枪，晃着让顺文试试。工友们哄闹着，他交了钱，操起枪托，心里想着三点一线的原理。他闭上一只眼睛，集中瞄准，啪啪一溜过去，十个气球破了。店主的儿子伸出手，攥住枪，扯着拿了过去，嘟脸瞪着他。他递上钱，想再玩一局。店主的儿子噘着嘴，直向他摆手。回去的路上，工友们絮叨顺文枪法好，是不是要交好运了。

爸爸来到县城，走进建筑工地。工友们见到了，喊着顺文。顺文走过来，看见炽烈的阳光下爸爸舒展的笑脸，他预感到是不是录取通知书到了。见儿子晒得黝黑，身上的衣服就像化肥袋子，硬邦邦搭在身上，头发满是灰垢，就像冬季雪层里枯黄的麦苗。他鼻子一酸，有点激动。走到阴凉处，从上衣口袋掏出个信封，他递给顺文说："今天上午来的。"

见白色的信封上有毛体浅蓝的落款，顺文知道自己被第一志愿录取了。他指着边上的砖堆，让爸爸坐下，掏出大雁塔香烟，递给爸爸一根，自己抽上一根，燃起用力地吸了几口。见儿子抽烟了，爸爸瞥着他，想提醒几句，看到信封，他又沉默了。父子俩坐在背阴的砖堆上，抽着烟，沉默了一会儿。爸爸抬起头说："给建国说声，把工钱结了，咱们回家吧。"

顺文的眼眶湿润了，他不好意思看父亲，侧过脸说："剩下五天，就整一个月了，你先回去，做够一个月，我就回家。"

爸爸眨着眼睛，嘴角抽搐着说："不然这样，你回家。剩下几天，爸来替你。"

从脚手架下来,见顺文爸来了,建国过来,递上香烟。听说顺文被全国著名的重点大学录取了,他看顺文的眼光变了,笑着说:"你这娃有城府。我原以为你来建筑工地做小工,考大学肯定泡汤了,没想到你还真的考上了。"又转过头对顺文爸说:"哥,你有福!娃有知识,又能吃苦。真不多!"

爸爸向建国叮嘱,一个月满了,让顺文赶紧回家。

二十二

　　吃饭的时候，建国将顺文考上大学的事，对工友们说了。大家息声了，放慢了嚼咀，用羡慕的眼光看着顺文，拍打着向他道喜。顺文很平静，睡了个午觉，下午干活更加卖力了。那个中年人走进工地，后面跟着两个银行的人。见顺文站在手足架上，他挥着手，对身后的人说："看好了！就是那个穿着黄褂褂的，贼眉鼠眼的，经常在家属院溜达。"

　　中年人对着顺文，摆手喊道："小伙，甭干了！先下来，有话要问你。"

　　顺文知道是咋回事。他攀着脚手架，跃着身体，轻快地下来。中年人对边上的人说："看见了吧！这身手，攀爬挺专业的。"

　　边上的人将工头叫过来，询问情况。工头让建国下来，对中年人说："放心吧！这位是师傅，小伙娃是他带过来的，没啥问题。"

　　建国来气了，瞪着那几个人说："咋的啦！有怀疑吗？告诉你们，他们家三辈子没拿过人家一根针。再说，人家娃能考上全国重点大学，这县城也没几个人。说实话，人家娃就是来体验的。"

　　顺文将帽子往地上一甩，瞪着那个中年人，对建国说："叔，别跟他们废话，看来这活我是做不下去了。给我算了工钱，到时捎给我。"

说着,他走进工棚,收拾自己的行李。走出来时,他驻步瞅着那个中年人,瞪眼问:"我现在能不能走?要不要去公安局录个口供?"

中年人的脸涨得通红,愣愣地站在那里。边上的人哎了几声,抖着手说:"你看咱弄了个啥事呀!"

工头对中年人说:"主任,你们一直催工期,我们好不容易找来的人,又被你们弄走了。人不好请呀,延了工期,你可别怨我们。"

顺文憋了一肚子气,午饭时回到家里。妈妈从厨房出来,望着像难民一样的顺文,愣了一会儿,上前摸着他的手,伤心地说:"看你成了啥样子了!赶快换掉衣服。"

顺文不好意思地笑着。爸爸回到家,问顺文,咋这么快就回来了。顺文不好意思说,他挠着头,憨笑着。他让父亲帮着理发。爸爸拿出推子,手指攥着,弹了几下,紧了紧前面的螺丝,揭开煤油灯的盖子,用油芯往推子淋着油,手指不停地弹着,推子嘤嘤地响着。摁着顺文的头,刚搭上推子,就夹住了。挠了顺文的头,发现头皮上积着铜钱厚的灰垢。从窗台上拿来刷子,爸爸对着他的头,狠狠地刷着,头上腾起了土尘。头皮露了出来,顺文感到轻松了,原来这么多天,自己一直戴着厚厚的盔。

妈妈做好了浆水面。蹲在屋檐下,顺文三下五除二,呼噜着吃了两碗。他撂下碗,抹着嘴巴,说要到水库里好好洗洗。妈妈不断叮嘱:不要往里面游。走到厢房,她拿出换洗的衣服和肥皂,递给顺文。骑着自行车,看着两边的玉米地,顺文心情爽朗。脱下厚重的好似盔甲般的衣服,他跳进水里,憋着气,扎了个猛子。城里人对他的怀疑和蔑视,深深刺痛了顺文,他默想着,现在是自己人生的一个界面,入水前自己就是个农民,出水的时候,他就是一名大学生了。想到自己的生命,即将步入新的轨迹,他暗下决心,要活得像个人样,不能让别人看不起。他呼地跃出水面,抹着脸上的水珠,大口喘着气,双手在空中有力地抖动了几下。

　　静静地躺在水草中,顺文闭着眼睛,将鼻子露在外面换气。水凉酥酥的,穿透了他的皮肤,浸润着他的肌肉。他就像睡着了,随着水波摇晃着,鱼儿在水中撒欢,弄起了一个个小小的一闪即逝的水窝子,在他的身下汩动着。太阳西坠,水库堤坝有了背阴,他的脸在阳面,身子在阴凉中。他想象着,如果浮在水面的草头,是从自己身体里生出来的,那他就不用吃饭了,躺在水里,任凭风吹雨淋,通过自然的光合作用,就能享受到生命的纯美。他站起来,涂上肥皂,洗了几遍,顿感神清气爽。

　　马路边是两排挺拔的白杨树,茂密的叶子正面深绿,背面泛白,微风中,正反面交替摇摆着,发出呼啦啦的响声。绿油油的玉米地,就像密实的植物方阵,威严地挺立在大地上。黄中泛白的土路,笔直地延伸着。顺文骑着自行车,撅着屁股,晃着身子,在凹曲不平的土路上疾驰,身后拖着一溜土尘。白杨树就像阅兵时站在前面的礼兵,后面就是绿色的方队。他仰头看着田野,有种想融入自然的感觉。村里的人,见顺文过来,停住手里的活,擦着额头的汗,笑着恭贺。爷爷提着一担笼草,走在前面。他赶上去,提起草担笼,放在自行车后座上,他推着车子,听爷爷絮叨着。

　　回到家里,妈妈在院子缝被子。叔叔蹲在门背后,弯腰堆干透了的木头,张罗着给他做个箱子。家里养了头肥猪,那是家里人掐着他上学的时间,养了一年的成果。拌上精饲料,爸爸将猪喂得滚圆,赶上架子车,他架着辕,和顺文到食品站交猪。经过半个月的准备,顺文上学的东西备好了。大红的木箱、丝绸的被子和粗布的单子,虽说有些土气,那也算是农家最好的东西了。

　　进入九月,淅淅沥沥的秋雨下个不停。院落枣树的冠伸出屋檐,耷拉在屋顶上,半红的青枣喀拉拉的,压弯了树枝,风雨中晃动着,在屋檐的瓦楞上磕碰着。瓦楞的雨水拉着丝,忽闪着垂在台阶前的青砖上,溅起水花。风雨中的初秋,给人一种伤感悲凉的气息。顺文躺在炕上,瞄着屋瓦下的枣,瞧着墙头褐色的水线上面绿中泛黄的苔藓。他渴望走出潼关,看看外面的世界,从秋雨秋愁中解脱出来。他掐算着日子,对家人和老家,有种难舍的依恋。

　　行前的那个晚上,吃完晚饭,一家人围坐在厨房里,昏黄的灯光下,听着外面的风雨声。爸爸吸了两口烟,眨巴着眼睛,瞅着黑乎乎的夜空,期望明天是个好天气。爷爷靠在后门的门扇上,屋檐的雨丝随风飘来,落在他胳膊上。揉着浑浊的眼睛,他叮嘱顺文,要息事好学,有了本事,走到哪里,干什么都不怕。坐在灶膛前,妈妈拍着油裙的土,茫然中飘浮着淡淡的不舍。弟弟坐在顺文边上,依恋中夹裹着羡慕。黄黄的灯光,无言的静默,凝重的惦念,木讷的浅笑,恰似一幅油画,定格在顺文的记忆中。

二十三

　　披着雨衣，踩着泥水，抬着箱子，家人将顺文送到公路口。汽车启动的瞬间，他隔着缀满雨滴的玻璃，瞄着站在凄冷秋雨中的家人，心里涌起了悲凉和不舍。到了西安，顺文没了几年前的那种兴奋，隔着公共汽车的玻璃，他贴窗瞥着秋雨中撑着雨伞、稀拉行走的路人。到了火车站，他挤到售票窗口，拿着录取通知书，买了学生票，走进候车室。检票开始了，望着父亲，想到天色已暗，也不知还有没有返回家乡的汽车。转身离去的瞬间，他瞄见父亲趴在焊接钢管的大门外，额头和脸颊挂满了雨水，枯滞的脸上绽着笑容。他赶紧走进回廊，知道自己再次回头，就会哭起来。上学本是件高兴的事，绵绵秋雨中，辗转折腾，还有泥水的搅和，却变成了悲伤的离别。

　　火车拉了几声汽笛，哐当了几下，缓缓驶出了站台。顺文以前没有见过火车，车厢走了一圈，坐在自己的座位上，他默然地打量着窗外一闪即过的建筑。火车出了城市，秋雨中泛着水烟的田畴和村舍映入眼帘，经过一座桥梁的时候，他突然想到顺着这条河南行，就是小萍的学校。顺文站起来，走到车厢连接处，看着雨雾中蜿蜒模糊的河，他不知道小萍现在在干什么，一股伤情的愁思，涌上了心头。

　　靠在椅背上，顺文侧着头，看着慢慢暗下来的天幕，就像高中时，躺在通铺上那样，任由思绪飘荡。高中时一幕幕画面，特别是自己和小萍无言互动的各种情景，就像夜里亮着灯的穿行的车厢，随着火车的哐当声，在大脑中闪现着。路过华山，他想起村里人说，每年都有挚情相恋的男女，因各种原因，携手相拥坠崖殉爱。他感动那是种在爱欲中燃烧焚身的境界，生命永远定格和休止于爱的界面，只有经过大爱浸泡和发酵的人，才能明白站在爱的巅峰上，藐视生命存在的那种境界。

火车停靠了几个站，站台传来各式的叫卖声。有些乘客在站台买了东西，放着座位间的台上。火车开了，他们津津有味地吃着，咂巴咂巴地喝着，边上的乘客看得嘴巴痒痒的。他们嚅动着油油的嘴唇，狂侃着自己山南海北的阅历。顺文愣愣地看着，感到那也是人生一种惬意放松的状态。火车哐当着经过潼关，外面黑麻麻的。他贴着窗户，专注地望着外面，远处的山沟里，间或闪烁着零星的光，农家淳朴的温情，撩拨着他的心弦。火车就要离开三秦大地了，迷迷糊糊中，随着火车的晃动，他进入了梦乡。

入校后的第三个晚上，新生们拎着小板凳，排队来到电影院，观看《女大学生宿舍》。大学是新奇多彩的。女大学生对于顺文来说，更是个多彩的谜。《女大学生宿舍》将这些新奇和多彩，放在暧昧的香闺中，更勾起了他灵动的遐想。随着故事情节的推进，顺文将主人公置换成小萍，他好像看到了她大一年级的校园生活。

开学典礼后，新生们排着队，参观图书馆。一个新的群体，男同学睇溜着眼睛，在长长的队列中，左顾右盼地打量着女同学。女同学低头掩口，像叽叽喳喳的喜鹊，不时羞怯地打量着男生的群落。他们关注的重点依次是本班、本系、本院和全校，根据口音、神态和服饰，判定着同学们的籍贯，遇到老乡，更要多看上几眼。顺文跟在同学的后面，他收敛着目光，心里想的还是小萍。与女同学目光遭遇的时候,他的眼睛里总是幻化出小萍的身影,她虚幻地站在女同学身边。比对中,觉得差异甚大,就在心里过一下。见影子与实体相近的,便会高度关注。偶尔看见神态体型高度契合的,他眼前一亮,愣愣地望着,遐想着在校园里遇到小萍的感觉。

湖光山色,错落有致,中西合璧的建筑,掩映在橙黄的秋色中。顺文蜷曲的心绪,散发着浓浓的醇味和淡淡的情殇。课余时间,他泡在图书馆,沉浸在不同思想的碰撞中,新的思想和哲学流派,让他感到新奇兴奋。他感到自己原来就是只鸡,整天盯着眼面,嘎嘎寻食,现在这只鸡跃上了树杈,有了更广阔的视野。他依旧习惯性地将爱恋看作一道难题,挖空心思地想揭开情殇之谜。读书思考中,他觉得恋爱就是个互动协同的序列,到了某个阈值,就会发生突变,要将突变的结构固定下来,就要调适环境参数,形成感情皈依的耗散结构。

奇思妙想中,顺文觉得,经济学讲究等价交换,春情萌动的序列中,好多因素都是非线性耦合的。他从情恋互动的非线性机理出发,梳理着刺激—结构—功能的关系,企图解开这个魔方。他从经济学最小和最大的基本路径出发,以少走弯路和提高效率为指向,试图用经济学的方法,构建情恋的程式,期望构建情恋经济学。经过苦读慎思,发现密布着非线性的湍流,也就放弃了这个幼稚的想法。他也在哲学和心理学的范畴中,想提炼出情恋的变量和参数,用那些别人看不懂的公式,勾画着模型的离散。

学校里的好些男同学,烫了卷发,穿起了牛仔裤,脚上是钉着铁掌的皮鞋。宿舍的过道上,有的同学们举着棋谱,宿舍摆着棋子;有的同学躺在床上,专注地看着武侠小说;有的挤上鞋油,用刷子使劲地擦拭皮鞋。似乎女朋友就在棋谱里,在小说中,也会从飞搓的刷毛中蹦出来。吃完饭,顺文背着装满书的包,默默地回到教室，坐在角落，潜心研究着他的模型。

两个星期后的周末，镇上中学考到同座城市的袁震同学，过来探望顺文。他们沿着小河，在湖边散步。夕阳下，宽阔的湖面，泛着淡红色的光，波浪涌动，闪着银白色的水链。坐在湖边的亭子里，他们抽着烟，聊着中学的人和事。顺文吐了口烟，瞭望湖对面灰森森的松林和远山上依稀可见的亭子，一股愁绪涌上心头。他吞吞吐吐怯羞地讲了自己的心事，说想先找个同学，问一下小萍的地址，寄一个明信片过去。袁震笑了，让他放心，说自己原来班上有个同学，就住在小萍家隔壁，他们常有联系。

寒潮来袭，气温骤降，同学们缩着脖子，早早回到宿舍，窝在被窝，靠在床头。一觉醒来，推开窗户，白雪遮盖了山丘河岳。宿舍的好多南方同学，没有见过下雪，望着银装素裹的校园，欢腾雀跃。顺文蒙着被子，纳闷下场雪，有什么稀奇的。宿舍的同学嬉闹着，结伙出去了，一下子安静了。顺文撩起被子，靠着枕头，坐起来，瞄见窗户外面白茫茫的，临窗的树枝缀满雪絮，霞光中婆娑着。他穿上衣服，跋上鞋子，毛巾搭在肩上，拿起牙具，缩着身子，来到走廊尽头的洗手间。隔壁寝室的留着披肩发，蓄着胡须，穿着牛仔裤的同学，叼着香烟，怀里抱着吉他，泛着蓝光的镜片后，忧郁的眼睛瞥着曲谱，摇头晃脑。挤上牙膏，吐掉一口冷水，顺文牙刷入嘴，身后传来了阿里——阿里巴巴——阿里巴巴是个快乐的青年，噢——噢——芝麻开门的歌声。他搭空的腿，晃动的头，挥着牙刷的手，跟着节奏，动了起来。

披上刚买来的大衣，顺文沿着回廊，从陡峭敞开的台阶，爬到楼顶。成排的建筑，蕴着中西合璧的精妙的设计，依山而建，楼顶和山顶连成了平台，后面是古旧的图书馆。厚厚白雪，盖住了平台，湛蓝的天宇中，坠着艳阳，吹着清冽的风。挂着雪絮的塔松，傲然挺立，默然注视着这些学子。顺文撩起大衣，裹紧身子，踩着积雪，缩头站在平台的沿边。眯眼望去，珞珈山的松林和行政楼，披上了银装，蓝天丽日下，熠熠生辉，蕴积尊者的傲气，沁泛着智者的睿智。手搭在护墙上，俯身瞭望，雪枝垂映的樱花大道上，裹着红头巾的女生，怀里抱着书，匆匆疾行。露天放映场边上的湖，结了冰，柳条垂在冰面，轻轻地晃着。凛冽的寒风中，传来忽长忽短，忽强忽弱的喧闹声。顺文搓着手，跺脚活动着身子，从婆娑颤抖的树梢中，瞄见山坳的斜坡上，这边是群穿着红红绿绿艳色羽绒，毛线头罩坠着晃动绒球的纤细的身影；那边是穿着军大衣或者灰色羽绒，戴着毛帽的粗壮的群体。他们踩着积雪，弯腰掬起一掌雪，揉成雪球，手湿润着雪球的表面，猫腰溜到对方的身后，隐在树杈间，突然闪出，抡起胳膊，追着对方，将银蛋射向对方。嬉闹中，雪球空中乱飞，碰到身上，随即开花，这边是雄壮的嘶吼，那边是轻快退却中混着笑声悦耳撩人的尖叫声。顺文想起了塬上高中严冬的雪，也不知道那炭灰飘荡的锅炉房，还是不是学生的钟爱。呆呆地打量着山坳，他陡然感怀，这便是幅在自然景致激荡中，回归自然的图景。

南方沿海的同学，没见过雪，他们穿着单薄的衣服，趴在雪里，恣意打滚。生命是个时空序列，不同的环境，塑造了人们与环境契合的性格，不同的环境，也让人们体会到生命多彩的棱面。蜷缩一隅，时间在滴答，生命的画卷往往是单调和没有层次感的。顺文想象着，有朝一日，踩着酥软的沙滩，望着碧绿大海翻滚的白浪，听着哗啦哗啦的涛声，自己也会振臂高呼。

红日从东边的山丘间露出了脸，艳艳的，恰似活泼调皮的小姑娘。暖暖的阳光从窗户方正地照进宿舍。屋檐瓦楞和颤动树枝上的雪融了，雪水结成晶莹的水滴，闪着粼粼的光，像钻石一样，坠在枝梢。得到了小萍的地址，顺文买了套学校的明信片，拆开摆在桌上，思默着选幅最中意的图景，寄给小萍。他的头脑里，全是硬邦邦理性的辞藻，拿着笔想了好长时间，他在绵软肉麻和僵硬的理性间徘徊。到了图书馆，找本时尚的杂志，想寻几句温情的话语，他又觉得自己是大学生，那样有失颜面。他本能地拒绝肉麻，倒入理性的怀抱，写了段晦涩的人生感悟。

明信片投入邮筒，随着唰的一声，顺文又觉得不够温情，有稍稍的后悔。过了十几天，饭堂打上饭，他端着饭盆，踱到报栏前，读报吃饭，吃饱读完，他拐入开水房，接上半盆水，晃着滚掉盆底的油汁，边走边喝，上了宿舍前的斜坡，他打着嗝，走到宿舍值班室，一堆信件中，查寻有没有小萍的回信。一连几天，他都失望而归。吃过晚饭，顺文背起书包，准备去图书馆。同寝室的同学，端着饭盆上楼，挥着张片子，叫住了他。接过明信片，见是小萍寄来的，顺文心里一热，见上面写着"元旦快乐，学习进步"一行字，他觉得没有一点温情，不汤不水的，心顿时凉了半截。

坐在图书馆，顺文拿出那张明信片，从选图到内容，再到落款，仔细分析了一遍，他看不出小萍有特别的用心。想到总算建立了通信联系，他又感到踏实了好多，况且自己的片子上，也是僵硬的字句，没有必要要求人家先热起来。

广东的阿喜同学，带来两盘磁带，在寝室常放谭咏麟的白话歌曲。他除了看武侠小说，就是给老家的女朋友写信，他的女朋友每周都会来封信。看着他甜蜜的神情，顺文羡慕。寝室剩下他们两个的时候，他向阿喜请教，怎么写情书。阿喜放下武侠小说，嘿嘿笑了，眨着小眼睛，惊奇地问："你还没有写过情书？"

顺文不好意思地挠着头。阿喜从枕头下，拿出一本书，转身递给他。顺文一看，是本《恋爱大全》，装订粗糙的程度，定是野路子出来的。顺文靠在自己的床铺上,翻看了几页,开头讲如何亲昵的称谓,并且列举了几种肉麻的叫法,接着讲怎么虚构浪漫的情节,编造惊险的偶遇,把自己塑造成铮铮硬汉,让女孩子动心。顺文觉得,人各有异,让他弄虚作假地哄女孩开心,肉麻的甜言蜜语,这有悖他做人的底线。

信封写好了,贴上邮票,就差信瓤了。空信封装在书包好些天,坐在教室里,攥着笔,顺文既不想肉麻缠绵,又不想枯燥僵硬,他写出了一篇上大学后流水账似的感悟。写完后,他赶紧装进信封里,不敢检查,怕自己反悔。信寄出去后,估摸到了回信的日子,他又操着饭盆,往传达室跑。心里就像个塑胶套子,他给小萍设想了好多条不能按时回信的理由,又用这些理由,支撑着自己的期盼和耐力,依旧向传达室跑。门房的老头,披着黑色的大衣,举着烟锅,站在边上,望着学生找自己的信件。顺文每天坚持着来,却又灰心丧气地走,老头喷着烟,轻轻摇头,不知道他碰到了什么难事。

期末考试的时候,小萍回信了。顺文不敢拿回寝室看。信放在书包里,他来到教室,坐在靠窗的角落。他飞快地取出信,撕开封口,抖开信纸,一口气看完了。小萍讲了她学习的情况,也回忆起镇上高中的趣事,问了顺文现在学的专业,将来有什么打算。顺文感到心里暖乎乎,多年期待的情恋,终于破土发芽了。窗外飘起了雪花,教学楼和对面宿舍白啦啦的灯光,将两栋楼之间的空间,映得白刷刷的,晶莹的雪片轻柔地在光的空间中,惬意自由地飞舞着。瞄着屋外洋洋洒洒的雪花,顺文顿时感到,天地的伟大,生命的美好。抑制不住内心的喜悦,他真想站起来,对着飞舞的雪花,振臂大喊几声。

顺文的班级提前三天,考完了试。一场大雪,激起同学们浓烈的思乡情。同学们结伙，踩着冰溜子，来到付家坡火车站车票预售点。前面几个同学，都没买到当天的车票。售票员说，规定的时间没到，不能提前售票。轮到顺文了，他走上前，递上学生证，低头对着窗口，叫了一声"同志"。穿着铁路制服的售票员，放下方形铝盒中热气腾腾的方便面，嘴巴油乎乎嚅动着，瞥了他一眼，摆着手，不耐烦地说："只能买三天后的车票，这是规定。"

接过三天后的车票，顺文夹在学生证中，他撩着下巴，眯了眼暮暮的日头，他转身踹了脚冰碴，和几个同学站蹲在树根下雪堆边。后面跟着那位抱着吉他，整天在楼道，喊着将阿里叫爸爸的同学，他家在银川，和顺文坐一趟车。抱起吉他的时候，他眨巴着忧郁的眼睛，满脸的孤傲，放下吉他的时候，他流里流气的，嘴巴特别甜。他弯着腰，递上学生证，低头瞄着售票员，咪眯一笑，先叫了声"大姨"。售票员愣了下，心想我哪里有这样的侄子。他央求着说："我妈妈病了。我得提前回家，去医院照顾，您就帮帮忙吧！"

搓着学生证，盯着上面的照片，售票员思量着，他叫我姨，他妈就是咱姐姐。姐姐病了，躺在医院，侄子孝顺，想早点回去，陪护姐姐，求咱方便下。不方便就有点不近人情了。她收了钱，给他扯了张当晚的车票。拿着当天的车票，那位吉他手窃笑着，转身挺直腰，举起指间的票，嗖嗖吹了串口哨。大家围过来，讨教他的秘诀。他笑着说："关键是称呼，你们猜我怎么叫的？"

同学们七嘴八舌，说出了几种称呼。他都摇着头，神秘地说："我叫她大姨。"

同学们伸出拇指，直夸他会来事。阿喜没买到票，撩着脖子，挤到窗口，眨巴着小眼睛，递上学生证，低头叫声"小姨"。售票员笑了，拿起学生证对着隔壁同事嘀咕："哎！你看，又是个侄子。"

同事白了她一眼,转过头问:"你妈妈姐妹多?"

售票员放下身份证,对同事摆了下手。她瞥了眼阿喜,低头望了眼窗外的队伍。她的同事站起来,端起茶缸,抿了口茶,转过身说:"认了这个侄子,后面那些学生都是你的侄子侄女了。"

想起海边的女朋友,阿喜依旧捧着笑,眨巴着精致的小眼睛。售票员推出学生证。阿喜还是笑着,僵持中,睢溜的小眼睛哀求着。售票员摆着手说:"你弄错了,广东那边,我家没亲戚。"

阿喜摇着头,退了出来。吉他手围过去,见他灰着脸,拦住他的肩膀说:"你看,都是姨,要看谁来叫。我叫大姨,让她觉得诚恳。你叫她小姨,瞄着你那迷离的小眼睛,人家心里高兴,面上却不帮你。当然,你还得寻个让她心头一热的理由。"

回去的路上,十二路车站边上的音像店,传来了《芝麻开门》的节奏。吉他手眯起眼睛,手搭在腹前,扭着身子,满头的长发飘来荡去。顺文扯了下他的胳膊,看着边上同学说:"你整天坐在走廊上,喊着你那叫阿里的爸爸,现在大街小巷,好多人都在叫阿里爸爸。原来你们都有个爸爸,叫阿里。我估计那个售票员,也在喊阿里爸爸,这样下来,你们还真是亲戚。"

上学的时候,妈妈从柜子取出个包袱,拿出一双军用胶鞋。顺文穿了一个学期。就要回家了,见这个学期的零用钱还有结余,他跺了下脚,索性来到中南商场,转悠了半天,买了双皮鞋。回到寝室,借来同学的鞋油,他擦了好几遍,放在窗台吹着风。离家半年,乡情乡思压在心头,搓着车票,顺文归去的心就像箭,瞬间搭在弓上,弓随着呼啦的寒风,摆动的树枝,一拉一放,他的心跃动了。

天快亮的时候,火车到了西安站。穿上军大衣,拎着帆布行李箱，顺文出了车站。站在站前广场上，撩起大衣褐色的毛领，他缩着脖子，头隐在衣领中，眯眼回望，湛蓝色的夜空透着白，"西安站"那几个霓虹大字，挂在泛白的夜幕上。撩着灰尘的寒风，打着转转，从他脚下掠过，撩起大衣，倏地钻进裤腿，他一连打了几个寒战。往前走了几步，灰麻麻的巷子和商铺的台阶上，蹲出几个棉嘟嘟，戴着红蓝头巾的妇女，她们举着牌子，拉扯着问要不要住店。顺文掏出关中话，应了下。她们缩着脑袋，退了回去，消失在夜色中。肚子咕咕叫。他站在街边，见昏黄的街灯下，有几家喷着热气的饭馆，也有路边的食档。饭馆的大肚子师傅，叼着烟，站在冒着热气的锅前，随着鼓风呜呜的鸣响和炉膛呼啦的火焰，转动着铁勺，搅动着沸腾的烩面片。顺文驻步，转头闻了几下。路边有馒头稀饭。他走过去，坐在食档的板凳上。他要了碗稀饭，两个馒头。师傅给了他一碟小菜。他低着头，呼噜吃着。边上的老太太，坐在小板凳上，腿间放着个馍笼，盖着层白纱布。她撩开纱布，亮了下雪白冒着热气的馒头，嘟嘴瞥着档主，噘着嘴说："心那么重。人家馒头都是两毛钱，你却收了两毛五，人家学生娃容易吗！"

　　太阳冒出头，街上的行人多了起来。公共汽车站，挤满了上班的人。好多人穿着大衣，戴着口罩，蹬着自行车，疾行在清冽的晨风中。顺文不知道小萍要不要考试，他站在车站，估摸着时间，犹豫着上了车，来到她的学校。如果说自己的学校是个大庄园，那么她就读的学校，便是个置办了田产的小富农。学校的门和原来中学的门大小差不多，两边矗立的方柱，显露着庄重。大门关着，靠近传达室的小门开着。坐在对面商铺前的台阶上，打量着进出的人流，顺文寻着小萍的影子。他想走过去，又怕门卫盘问。见门卫老汉端起窗台上的茶缸，撩起厚厚的帘子，进了屋子，他拎起箱子，飞快地跨过马路，从侧门走进校园。

拎着箱子，顺文在校园里走着，到了宿舍区，凭着外面晾晒的衣服，他来到女生宿舍前面。三三两两的同学，经过的时候，瞥见他站在宿舍前，伸长脖子张望，用好奇的眼光，打量着他，弄得他就像做贼似的。掏出信封，见有位同学提着暖瓶过来，他走上前，询问小萍住的宿舍。那位女同学笑了下，眼睛瞄了几下，说就在这栋楼的四楼。一位四十多岁的老太太，坐在门口，戴着红袖筒，正在看报，间或抬起头，和进出的同学招呼着。有位男同学要进门，让她拦住了。她用疑惑的眼神，从镜框上面盯着他，盘问了几句，摆了下手，放他进去了。

开学以后，顺文没有去过女生宿舍。虽然看过女大学生宿舍的电影，在他心中，那里依旧是个神秘的地方，他有探究神秘的欲望，却没有跨出去的勇气。他壮着胆子，走到宿舍门口，没有等宿管开口，他递上学生证，说明了来由。宿管接过学生证，翻着看了几眼，笑着摆了下手。他拎着箱子，顺着楼梯，爬上四楼。宿舍里有暖气，他浑身冒汗。他脱掉大衣，拎在胳膊上，瞄着好像地道般阴森森的走廊，和走廊上挂着的五彩内衣，嗅着闷热的空气中弥漫着的香皂味道，他有点晕，也有点怯场。

顺文不好意思敲门。他怯愣愣地站在楼梯和走廊交汇处，期望小萍能如天仙那样，从走廊的经幡中走来，掩着嘴巴，娇羞地对着他，莞然一笑。站了好长时间，还是没有人。顺文拎着箱子，款着大衣，趔身避着经幡，缩脖晃脑地荡到走廊尽头。他推开走廊的窗户，透了几口气，摸出一根香烟，叼在嘴上，掏出火机，哧地燃起火苗，又怕女生责斥，他熄了火，攥着香烟，瞥着窗外干枯的梧桐树。走廊飘来一位披着长发，穿着睡衣，趿着拖鞋，端着盆子的女生。吧嗒吧嗒声音越来越响，模糊的身影慢慢变得清晰，发髻的轮廊中，露出一张神气的脸。她抬起头，瞥了顺文一眼，严肃地问："找谁？"

顺文笑着，报上小萍的名字。她转过身，努着嘴说："尽头朝南，第二间！"

他笑着点头，忐忑地拎起箱子，踯躅着踱了过去。

站在寝室的门前，顺文犹豫着上前，扬起手，轻轻地敲了两下。里面没有回应，莫非她去课室了？他抬起头，望着门口的内衣，不知哪件是小萍的。等了一会儿，他觉得屋子有人，又敲了两下。里面传来了"谁？"，顺文不好意思报上名，就是报上名，人家也不知道，他更不好意思。站在走廊，絮叨自己来意。他咳咳了几声，告诉屋内，自己是男性。门缓缓开了道缝，露出一张粉脸。顺文赶紧说明来意。粉脸上下打量了他几眼，笑着说："你等等。"

走廊上过来了几个女同学。顺文侧过脸，瞄着走廊尽头蒙着雾的窗户。门开了，粉脸将他让进来，笑着说："你等下。她在教室，我去找下！"

寝室两边是两溜上下铺的铁架床，几张桌子并在一起，放在中间，围着桌子是只能容人侧身走动的廊。站在门背后，上面挂着洗过的衣服，临窗靠右下铺的棉被隆起，褶皱在床上。他凭着感觉，寻着小萍的床铺，看着桌子的摆设，判断哪张桌是她的。屋子里的暖气又干又焗，他将大衣搭在箱子上，松开领扣。被子蠕动着。顺文吓了一跳。枕头和被子的接茬，慢慢动着，一个毛茸茸的东西，缓缓滑了出来，原来被子里睡着个女生。她好像知道，有男生在屋子，依旧面朝着墙，屈身躺着。顺文紧张起来，擦着脸上的汗，坐立不安。他心里盘算着，见到小萍，该怎么招呼，也不知她现在变成什么样了。

走廊响起了嘎达嘎达的走路声，一听就知道是高跟皮鞋。顺文站在门缝后面。声音息了,小萍站在门外,她在推门,顺文在开门。门扇一转,她上下打量着顺文,浅笑柔和地惊叹道:"咦,顺文呀!原来是你。"

走进屋子,她将几本书放在桌上,拿来一个凳子,让他坐下来。顺文仔细打量着她的一颦一笑,原来娇小干瘦的她,变得丰满了。她笑着说:"我还有门课,要考试,你先住在我堂弟那里。"

拎起大衣,提着箱子,顺文跟着她,走到楼下。走出宿舍,他长长吸了口气。站在树下的乒乓球台前,暮暮的阳光,从干枯的树枝间,洒落下来。看到她还要考试,顺文觉得自己留在这里,要让她操心。便笑着说:"我不住了。在外面半年了,也想早点回家!"

没有注意小萍的表情,顺文便提着箱子,朝学校门口走去。还没到门口,小萍说她要看书,扭头就走了。站在公共汽车站,他感到不妥,更有点后悔。他想折返回去,却抹不下这个面子,而且离家越近,归家的愿望也愈加浓烈了。

坐上了回家的公共汽车。顺文知道几天后,小萍也会坐上这班车,从这里回家。如果自己有点耐心,压住归家的欲望,他们就会一起坐车回家。他后悔了。望着车窗外一闪而过的景物,他纳闷这些年自己一直想着和她见面,为什么当初填报志愿的时候,却没有选择西安,偏偏地跑到外省去了。萧瑟的田园映入眼帘,他感到十分亲切,那田间沟渠,曾经留下了他劳作的身影,一股浓浓的乡情,溢上心头。

父亲接着顺文,他们提着担笼,顺着渠岸,走回村子。妈妈嘱托父亲接到顺文,顺道扯点菠菜,她打算用菠菜豆腐混着肉末,来包包子,做儿子的接风餐。路上,有位姑娘骑着自行车,从西边村口的桥上过来,包着红色的头巾。顺文驻步望着,他又想起了小萍。

寒风夹带着雪花,在空中盘旋飞舞,田畴和村舍着了层薄薄的雪,麦叶的尖露在外面。顺文跟着父亲,来到田间,刨开雪层,看见几行菠菜。菠菜的根茎上裹着圈黄叶,中间耷拉着几根深绿厚实的叶。他们蹲在地上,揪下绿叶,留下根茎。村子笼罩在青灰色的雾气中,炊烟和烧炕的烟尘,顺着屋舍和树冠,袅袅腾起。料峭的严冬里,一个个院落,一个个热炕,就像树梢的鸟窝,更像田头堆着刨出黄土的黄鼠窝,都是生命栖息的场所。

二十四

这年春节,顺文考上了大学,家里的年过得有味道。顺文家都是本分的农民,没有人在外面干事。从他记事起,每当过年的时候,有人在外面干事的人家,那家孩子手里,拿着糖果和点心,总在他面前炫耀,要么是他三爸带回来的,要么是他二姑送的。顺文将儿时的气短,隐埋心里,期望有朝一日,改变这种状况。今年回家,家里总算有人在外面了,他内心有一丝自豪。他本不喜欢串亲戚,无奈家里安排得满满的,他心里不情愿,却不愿扫了家人的兴。爷爷有个外甥,与小萍家同村,隔了几家。顺文打算趁着走亲戚,到那个村串串。没想到几个月前,赶集的时候,爷爷将不争气的外甥骂了几句。外甥扬言要跟舅舅断绝关系。家里待客的那天,外甥没来。爷爷伤心,原以为就是个争执,没有想到外甥记在心上了。外甥不来看舅舅,舅舅也不可能派儿孙登门去探外甥。

转眼到了正月十二,顺文来到西安,买了回学校的车票。车站广场上熙熙攘攘,他瞥了眼候车楼上的大钟,距离开车还有三个小时。他提着行李箱,顺着马路,向南走到五路口,坐在一间没有开张商铺前的台阶上,茫然地打量着来来往往的行人。公共汽车站,挤了堆人,人们缩着脖子,跺着脚,北风卷着树叶,吹袭过来的时候,齐齐地背过脸去。田野的雪还在,城里马路上没了雪痕,只有背阴处的墙角和树根下面，能看到雪的踪迹。垃圾桶边上，倒着堆赤黄色的蜂窝煤渣，夹裹着葱皮和鸡蛋壳。餐馆前面靠马路的树根下，面渣和辣椒汤混在雪里，结成了薄薄的冰溜子。

眯眼瞄着灰白天幕上暮暮的日头，顺文从大衣口袋摸出一包烟，点上一根，靠在墙上。想起二十多天前，他去看小萍，那时的激动和慌乱，依稀荡在心间。他就要提着行李，远行上学，他不知道小萍有没有开学，心里不时闪过想去探她的念头。陌生的街道上，走着同样口音，似曾相识的行人。小萍经常穿行于这条马路上，他不知今天能不能看到她。

顺文怅然地靠在商铺的门扇上，寒风袭来，沿着墙角，呼地撩起来。他闭了口气，将头埋在腿间。掐灭了烟头，他感到自己有些不正常。没有见到小萍的时候，朝思暮想，静夜十分，更是撕心裂肺，她成了自己生活的底色。鼓起勇气，见到了她，他又十分敏感，稍稍的刺激又会让他逃遁。也许他的情恋只有闷在心里，在他营造的多思伤感橙色的空间中，才能安妥，一旦走出来，反复的搓揉中，一切都是那么的脆弱。当现实和他的心里的预期有了偏差，为了维护心里暖色的橙色空间，他就会惊慌失措地缩回去，沉浸在自己的世界里，偏好苦涩的闷恋发酵。

老家的隆冬正酣，江城已经有了春意。过了正月十五，家住汉阳乡下小镇的宏森，邀同寝室的同学，去他家春游。八个同学结伴，乘坐公共汽车，到了汉阳的动物园，又转乘郊区的汽车，顺着汉沙公路，来到江汉平原上的那个小镇。顺文从小经常听村里老人絮叨，关中是白菜心心，天下的一等福地。他的内心继承了祖辈对家乡割舍不掉的眷恋。

下了汽车，瞭望着一望无际的江汉平原，顺文惊呼起来。他们放下行李，结伙踩着田埂，揪着渠边的野花，蹲在渠边，撩起清水，抹着脸颊。

返青的麦田，油汪汪的，与一块块满目橙黄的油菜花，交相辉映，给人勃勃的生命力。顺着田埂，徜徉在油菜花丛，挥打着随时都可能碰到脸上的成群的蜜蜂。顺文郁结心头的苦闷和惆怅，在大自然的花海清流中，慢慢稀释了。他们跟着村民，去鱼塘撒网，操着铁锹，在池塘的淤泥中，铲泥刨藕。坐在屋檐下，望着檐上垂挂的腊肉腊鱼，江南水乡清幽的韵味，袭上心头。

夕阳坠落，映在水塘西边的油菜花地，给橙黄的视野镀了层淡淡的水红。顺文叹了口气，估计小萍此时可能还在料峭的寒风中，缩着脖子，提着暖瓶，去锅炉房打开水。他畅想着，这般美景，如果有她共坐身边，共赏落日下的南方水乡图景，该是件多么惬意的事。

二十五

　　樱花节是学校一年一度的盛事。上课或者课间转换教室的时候，同学们刺溜钻进树丛中，看着树枝上密密麻麻的浸满春水的芽苞，瞭望着湛蓝的天宇，期望天地赏面，有个缤纷绚烂的花季。回到宿舍，同学们给自己的挚友和心仪的人写信，邀他们来赏樱。住在附近的老乡，提前过来串门，寝室的同学陪着，校园中散步，估摸着花期。袁震过来了，和顺文聊了一会儿天。他们拿着饭盆，食堂打上饭，坐在树冠下的石凳上，看着含苞待放的花蕾，相约到时照几张相，寄给家人和朋友。

　　春韵中的好多树，都是先有叶子，再有花蕾。叶子是花的侍应和门童，只要当一切准备停当的时候，花瓣才羞涩地款款应出。花瓣娇弱地舞着袖子，像戏里的旦角，惊慌地瞥着春天，悠韵地抬起头来。樱花之奇，在于先有芽苞，再成花蕾，花瓣落尽，叶子才会出来。樱花盛放，是出春戏，她没有其他花蕾的排场和讲究，锣鼓一响，素服紫翎的仙子，便会一抹地出来，向自然绽放春之精魂。

　　寝室的同学出去了，顺文单手撑着头。阳光映进屋，几枝树枝在窗前晃动。他出神地盯着几枝弯曲的枝，青白色的花瓣从芽苞的束裹中伸了出来，花瓣白艳厚润，坠着晨露。轻柔的晨风中，树枝摇曳着，花蕾就像一只只洁白的小铃铛，索啦啦抖着。他想到人面桃花相映红的韵致，如果水灵的姑娘，站在樱花丛中，她那红扑扑的脸颊，更能彰显生命的活力。如果小萍站在窗前的花枝下，理智告诉他，她偏黑的脸颊，应该不会有什么好的效果，雅致的神态，倒能契合樱花的韵味。大脑里，他臆想着给小萍的脸颊上色抹白，将她的雅韵的神态一起放进花丛中，他呆呆地笑了，仿佛看到了小萍，也在对他回目咯咯笑着。

　　暖阳高照，蓝天白云，校园里的樱花竞相怒放。从老图书馆出来，走到楼顶的平台，顺文俯瞰下去，人流如织，在隔着几层花枝的大道上，缓慢蠕动着，传出阵阵喧闹。环着山腰是条椭圆形的樱花大道，两边的樱花树将马路上空遮盖了，变成了环形的白色缎带。学校的建筑，都是利用山势，附贴着山丘而建。蓝蓝的琉璃瓦，在婆娑的花丛中，若隐若现。站在宽阔的楼梯顶端，顺着山体的楼梯上，是几道圆拱形的门，边上是回廊过道，连接着两边的房子。从楼梯俯瞰，拱门就像欧式的镜框，里面装着满目的樱花背景和嬉闹游逛的人流。

　　袁震来了。顺文带他回到寝室，喝了杯水。走廊和宿舍人来人往，同学们尽地主之谊，招呼着一批批的客人。袁震抽着烟，趴在窗户，瞄着下面，回过头笑着说：“下面人太多，站在窗户前，看起来更好！”

　　顺文拉着他，下了楼梯，走到古旧的好似金鸡奖奖杯的雕像前，照了几张相，算是樱花节的纪念。吃过午饭，袁震走了。在图书馆看了一会儿书，见别的同学的客人，一拨接着一拨，他有点失落。瞥着窗外依然喧嚣的人流，他觉得头昏脑涨，背起书包，来到山坡僻静的樱花树下。躺在草地上，头枕在手掌上，他木然地望着花枝和天空。索啦啦的花蕾盛开了，白色的花瓣开叉翘了起来,蒂下是淡淡的紫,裹着道道白,几条丝线般紫色的粉丝,从花瓣中央伸出,尽头是毛茸茸的蕊。清风袭来,花瓣完全张开,成群的蜜蜂游弋在花蕊间,汲着自然的甜蜜。顺文觉得,蜜蜂很伟大,人们往往吟咏的是蜜蜂的勤劳,其实蜜蜂最可贵的品格是无论花蕾是什么味道,它采集的蜜总是甜的。好些同学们谈情说爱,都是那么的自然随性。他的情恋却是苦涩的。

他总喜欢在苦涩压抑中,回味那淡淡的自己调制出来的甜。

照片洗出来了。顺文没有相机,是花钱拍的照片。寝室的同学交换着照片,人家照片用柯达胶片,好些是自己拍出来的,色彩灵动。他的照片估计是用国产胶片照的,看起来呆滞,没有活性。他不好意思给别人看照片,夹在书本里,来到邮局,买了两个信封,寄给家里和小萍。走出邮局,一阵滂沱的大雨,人们挤在屋檐下。拿出自己的照片,顺文越看越不顺眼,他想揉碎扔掉,又觉得花了六毛多钱,有些舍不得。

雨停了,顺文踩着雨水,来到教室,刚才还白啦啦的樱花,坠在草丛间。地上一层花瓣,行人不断地踩踏,和泥水混合,没了洁白的娇艳,也荡却了安然的雅韵,成了脚下的花泥。站在池塘边上,看着滴水的树枝,他觉得有些渗凉。刮了一阵风,树枝颤抖着,拎起道道水线。丽日下春意盎然的樱花林,变得清凄悲凉,昭示着繁华褪去的失落和宿命。池塘对面,有对情侣拉拉扯扯,似乎在争吵。男的面有愧色,不住地拉着姑娘的胳膊,瞥着四周道歉。姑娘噘着嘴,瞪着男的,不依不饶。也许恋爱中,男的就要变着花样,讨好女孩子,还要忍受她百变的矫情,这样才能绵长。顺文感到自己就像脸上的青春痘,闷在里面发着,留下的伤痕只有自己知道。

照片寄出去了,小萍没有回音。刚开始,顺文还到传达室溜达，留意着自己的信件，每每失望后，他干脆不去了。大学的后面几年，寝室的同学学会了跳舞，蓄起了烫发，从萝卜裤到牛仔裤，不断追赶着潮流。下围棋的慢慢有了女棋友，后来成了女朋友了；看武侠的在探讨韦小宝的过程中，有了共鸣，也有了女朋友了；擦着皮鞋，集中精力在舞场游荡的，女朋友更是像走马灯地换；叼着烟卷，拨弄着吉他，闪着忧郁眼睛，整天坐在楼道上，披头散发，动不动就号叫的，成了女生心目中的王子。顺文似乎不入流，内心坚守着农民的淳朴，周围潮流和时尚，他也难以破除行为上的桎梏。他依旧留着平头，拒绝跳舞，还是那几身洗得泛白的衣服。

皮鞋开裂了，他让补鞋的师傅，上了几次线，鞋子前面翘起，就像一只船。最后一次补鞋的时候，师傅戴着老花镜，举起像船的鞋，打量一番，摘下眼镜，撩起边上的蓝布，下面有几双皮鞋。他让顺文自己选，鞋不要钱，掏个手工费就行了。顺文满脸臊红，他知道师傅没有埋汰自己的意思，可能还是一片好心。他还是坚持修补自己的船。回到宿舍，他将鞋子放在床下，很少再穿了。

泡在图书馆，顺文将好多学科的知识，揉在一起思考，总想用新的方法突破。人就是个球，精气神就是球中的气，气顺着爱的孔喷出，其他的孔便没了力度。顺文情恋的孔堵死了，不但出不了气，牵肠挂肚中，还闷积了好多气。他需要出口，排解自己的烦恼。广泛的兴趣，就像几个细孔，纾解着他的苦恼，让他看到了人生多彩的断面。苦思中，他执着地构建情感互动的结构模型，有了新的进展，他就写信告诉小萍。他没有奢望她能回信，他将她放在心灵中最柔软的地方，夜深人静的时候，在心里跟她对话。

上铺的小马，女朋友在另座城市读大学。冬季来了，躺在被窝里，他从来不吃早饭，很少去上课，没有人知道他睡在蚊帐的被窝里干啥。他的被褥没有洗过。蚊帐垂落的时候，倒也安然，撩开蚊帐，有股浓烈的汗腥味。他每天常吃一顿饭，菜很简单，米饭却是满满的。吃完饭，他就上床，垂下蚊帐，继续着若梦若实的生活。他的头发自然卷曲，腮下是黑溜溜的胡须，他很少洗头，自然的油汁使得他的发须，乌泽光亮。吃饭的时候，他趿上拖鞋，梳几下头发和胡须，显得飘逸潇洒。食堂的路上，消瘦的脸颊和棱角分明的脸庞上，盖着满头的黑发，好多同学瞥到他，就想到了南美领袖玻利瓦尔。见他眨眼一笑，没有反对，"玻利瓦尔"便成了他的绰号。

玻利瓦尔的床，成了宿舍的禁区。班上的活动，他很少参加。班主任组织几个班联欢，要求每个人都要参加，他极不情愿地晃着脑袋，趿踏跟在后面，嘴巴噗喋着，满腹牢骚。班上的女同学，好奇地瞄着他，才将名字与人对上了号。其他班上的同学，才知道玻利瓦尔的班级了。上完课，同学们结伙，回到宿舍，阿喜摆手，让大家安静，他轻轻地推开门，缓缓走到窗前，呼地撩开小马的蚊帐，扇着冒起的味道，身后同学，捂着鼻子，趔身退后。瞄着他那胡子拉碴、眼窝深陷的瘦脸，宏森伸长脖子说："玻利瓦尔同志安好！大家不用担心。"

小马闭着眼睛，裹满胡须的喉结动了下，手滑出被窝，拍着床边说："革命尚未成功，诸位还须努力。"

同学们呼啦散开。阿喜攥住他的手，笑着扯了下。小马慢慢地睁开一道缝，眼珠滚溜着，手轻轻地摆了下，有气无力地说："小声点，别伤了气，身体元气都是粮食转化的，要节约。"

知道小马静躺，是为了节约粮食，寝室的同学也就很少扰他了。

周末的清早，寝室的同学都在睡懒觉。小马外校的高中同学推门进来，拎了瓶白酒。酒瓶摁在桌上，一包花生砰甩在台上，他大声喊了几声小马。寝室的同学撩起蚊帐，探出头来，瞄上一眼，知道他们要搏杀了。刺溜撩开蚊帐，小马呼地坐起来，拎起盆子，哧嗒着出去了。走到楼下的小卖铺，他买了同样牌子的酒和花生，端回来，放在桌上。坐在桌子的两边，他们挽起袖子，喊着家乡话，开始划拳。随着几杯酒下肚，热情迅速提升，他们脸色涨红，眼睛充血。小马腾地站起来，单脚踩在凳子上，撅着屁股，弓着身子，抡起胳膊，咬牙切齿地喊着酒令。顺文探出头，看见平时静卧安神的小马，像头雄狮，出拳的瞬间，胳膊颤抖着，两只手随着口令和挥拳，越靠越近，节奏越来越快，直到分出胜负。放下酒杯，捻起一粒花生，嘎嘣嚼了下，他们又抹着嘴巴，撩起袖子，愁思着新一轮从远到近的搏杀。

小马的同学喊酒令的舌头硬了，乌拉了起来。寝室的同学起床了，围在边上观看，气氛异常火爆。酒干光了，桌子上满是花生壳子。小马的同学拿起酒杯，举在空中，张开嘴巴，接在下面，随着最后一滴酒垂落，他的嘴唇嚅动着，发出嗞嗞的声音，还是意犹未尽。小马摆着手，哧哧笑着说："回去吧！就这个量，还来挑战。"

寝室的同学，将小马那位摇摇晃晃的同学送下楼，回来一看，小马又钻进被窝，回归到冬眠状态。

趴在被窝中，小马常给女朋友写信。看见传达室有他的信，同学们就帮他带回来，从蚊帐的缝隙中投进去。过了几天，看到同学去上课，他从蚊帐缝隙中，递出一封贴好邮票的信，让人帮助投递。小马不看武侠小说，也不拨弄乐器，更不啪啪地落子下棋，他沉迷于静修。四级英语考试，对好些同学都是个坎。顺文英语基础差,他没指望通过,也不想得个难堪的分数。考试的那天上午,小马跟着顺文,走进考场,坐在前面带着写字板的凳子上。阳光从窗户照了进来,课室里透亮透亮的。座位间隔很宽。顺文一头雾水,稀里糊涂做完了。走出考场,小马神秘地说,他肯定能过。顺文摇着头说:"你从来不上课,如果你能过,班上的同学就不会有不及格的了。"

小马狡黠地笑了,指着前面穿着连衣裙的女同学,偏头问顺文:"她能不能通过?"

知道她是英语学霸,顺文推了小马一把说:"人家肯定没有问题。你能跟人家比吗?"

指着她穿着连衣裙的胳膊,小马伏在顺文耳边,贼溜溜地说:"她坐在我左前方,答案都是涂圈。我隔着她的腋下,一眼能看到五道题的答案。我的圈圈大致和她一样。就是她的腋毛晃着,干扰了我。"

顺文停住脚步,拍着他的肩膀,嘿嘿笑了。摸着下巴的胡须,小马揽住顺文的脖子,侧脸盯着他的眼镜说:"我睡着蓄神养气,你们私下笑我。这下明白了吧,咱的神和气聚在眼睛上,就有这等功力。你们整天蹲在教室,灯下费神泄气,关键的时候,哪能和我比。"

小马端着盆子,走进厕所边的洗衣房,撒上洗衣粉,冰冷的水里,揉搓着好像帆布的牛仔裤。顺文见小马下床,好奇地打量着他。他将滴水的裤子,挂在窗户外的衣架上,对着镜子,坐在凳子上,拿起剪刀,理发剪须。裤子干了,他去澡堂洗完澡,换上裤子,拎起书包,独自出了校门,他买了火车票,看望女朋友去了。

三个星期后,小马回到学校。他放下书包,撩起蚊帐,钻进被窝,又开始冬眠了。他是孤独的静修者,离去的时候,没有人关注,回来的时候,没有人知道。只要油渍渍蚊帐垂落着,散发着浓浓的汗腥味,那就是他上学的标注。

顺文和小马去打饭,不解地问他,为啥每天吃一顿饭。他诡秘地笑了,缓缓地说:"这就是爱情的力量。我将家里给的钱,每月二十三块的补助,加在一起,在保证每个学期能去看望两次女朋友情况下,匡算到每一天,我只能吃一顿饭。"

顺文感到,小马是爱情的务实派。为了实现爱情,他宁愿忍饥挨饿,在静修的状态下,节衣缩食。虚空的层面上,顺文习惯于徜徉在情恋的遐想中,在相思中煎熬。

二十六

　　一九八九年的春节，顺文乘坐火车，天刚麻麻亮的时候，到了西安。他提着行李，走到五路口，上了早班的公共汽车，到了玉祥门长途汽车站。走进一家冒着热气的餐馆，他要了碗烩面，刚喝了两口热汤，见门外一个穿着褐色大衣，系着红头巾的女生闪过。他眨着眼睛，抹着睫毛上的气雾，眼睛又眨巴了几下，突然放下筷子，撒腿跑到店外。直觉勒着他的大脑，黯然告诉他，那就是小萍。见客人跑了，没有付钱，店主放下手里的铁勺，撩起围裙，追到店外。见他的行李堆在桌下，他又笑着回来。顺着清冷的街道，顺文跑到十字路口，踮脚喘气，急切地向四周瞭望着，期望小萍的出现，失望中，他放下了脚步。悻悻地往回走了几步，他掐着脸颊，不相信那是幻觉。蹲下来想了一会儿，他又走回街口，伸长脖子张望着，看到的却是寒风中飞舞的枯叶。

　　就要毕业了，学校安排顺文，去广东特区实习。家里养着奶牛，妈妈和弟弟十分辛劳，他在本地开了张实习证明，寄给了学校，算是有了实习单位。割草挤奶垫圈的间隙，坐在院子的枣树下，他以《传统文化的理性回归是中国经济有序运行的内置密码》为题，撰写着毕业论文。顺文虽在家里，仍不时地通过电视新闻关注着国内外的动向，干农活的时候，也在思索着自己将来的人生方向。

割了笼青草,他躺在渠岸的斜坡上,瞄着灌浆的麦苗和黄灿灿的油菜花,他揪起几根蒲公英,舔入嘴中嚼着,想到了已经工作的小萍,听说她分在一个研究所,也不知她现在有没有对象。

集市人头攒动,村子的人趁着收麦前的闲暇,到镇上置办农具,为开镰收麦做准备。弟弟交完奶,买了堆红中泛白的西红柿,从奶桶倒出来,浸在脸盆的水中。顺文割草回来,抖着露水打湿的裤脚,蹲在脸盆前,洗净个拳头大小的西红柿,张嘴咬了口,汁扑哧喷了出来,淋在胸前。黄黄的西红柿籽,就像芝麻,密布在黏稠的汁肉中,红白的格挡和肥厚饱满的壳肉,起着点点沙,恰似三伏天西瓜的沙瓤。

就要返校了,顺文挚爱和迷恋塬上这块土地,劳作的间隙,他品味着乡情的韵味。骑上自行车,顺着哗哗流淌的渠水,他来到镇上。懵然间,他到了高中,自行车靠着树干,他贴着门缝,眯眼向里面张望着。正是课间休息的时候,院子一片喧闹,下课的老师,走回宿舍,上课的老师,走向教室,同学们依从着性别,自然聚成一团,嬉闹中羞怯地瞭望着。上课铃响了,同学们就像蜂群,老师就是蜂王,大家蠕动着,进了就像蜂箱一样的教室。瞭望着照壁、环形的砖路和教室及宿舍,读书时的一幕幕情景,直在他眼前飘。

街道挤满了人,路边的小吃档,沿路摆到南边的田野。他随着人流,缓缓前进。铁匠铺的风匣,扑哧扑哧响着,炉火就像颗没有卷起的红白菜,随着风匣的节奏,抖动着叶子,菜底变成了靛蓝色,上面是扑棱蹿喷的赤红。师傅胸前系着粗厚沉重的围裙,交替抡着锤子,锤打着铁墩上的铁器,落锤的瞬间,火星四溅。铁匠铺里间的门帘撩了起来,有个女的侧着身子,牵着个孩子,背着个幼童,探身出来。顺文感到眼熟,正要离开,就见那褐色的脸盘扬起，一愣，咧开一口白牙。她看着顺文，快步走来，惊奇地问："顺文，你不是上大学了吗？咋在这里！"

顺文扬起手，见是黑雅，他撩着头，打量着孩子说："都两个娃了，多幸福！"

黑雅扬起手，咧嘴笑着，拿起台子上的铁器，让顺文拿。顺文摆着手，摸着跑过来的孩子的头，聊了几句，就顺着人流走了。

食店门前的大锅，冒着热气。师傅揭开锅盖，拎起银锣，放在案板上。他撩起边，撕下光润有弹性的面皮，放在案板上，撩着水淋在上面，折成条状。大刀哒哒，均匀筋道的面皮从刀口弹了出来。他抓起一把，空中抖着，瓢和地放在碗里，排成一排。有了买主，他端起碗，用扁平的勺子，撩上调货，勺子在油泼辣子里搅腾着，匀了几下，淋上辣子，浇上蒜水，插上筷子，递给食客。边上的熟肉档，切了碟肉片，给食客看，问要不要拌上凉肉。看着肉片，食客嘴唇舔了几下，喉结蠕动着，点了下头，肉片落入碗中，他用筷子搅着。顺文馋了，想到以后很难再吃到地道的家乡美食，坐在食摊前的凳子上，要了碗凉肉拌面皮。

"多大了？"身后的一个行人问。

"才十五岁，蛮可惜的！"另一个应道。

"那娃被公安逮住了，一副满不在乎的神情。"那个行人说。

另一个叹息着说："跟他舅一样，壳子硬着哩！就是他妈怪可怜的。"

顺文转头瞥了眼。那个行人说："公安正在验尸哩，不让人靠近！"

吃了一碗凉皮，抹着嘴巴，顺文站起来，随着人流，向南走去。街上的人都在议论这件事，人流涌向南边的油菜地，他跟着过去了。渠岸上、塄坎上和地头的树沟上，挤满了人。几个穿着白大褂的公安,从油菜地里出来,摘掉口罩,抹下手套,张开嘴巴喘着气。从人缝里慢慢挤过去,顺文看见黄灿灿的油菜花下,刚浇过的泥地上,静静地躺着个姑娘,头和身子盖着白布,只有一双小花鞋,露在外面,身上萦着群飞蚁,不知是苍蝇还是蜜蜂。

  远远地望着,顺文突然感到心里发潮,他赶紧摸出一根烟,叼在嘴上,点着猛吸了几口。几个老年妇女抹着眼泪,为那个姑娘的逝去伤心。边上的人,七嘴八舌地吵吵着:读高一的姑娘,家里定了亲,男的也在镇上的中学上学。姑娘和班上的男生谈恋爱。定了亲的男娃,忍了好长时间,几次警告无果,在同学们的耻笑中,他感到那位男生,吃过了界,怒火在发酵。定亲的男娃去邻家串门,见牲口圈的土炕上,放着本没了封皮的《水浒传》。他揣在怀里,一口气读了一大半。潘金莲和西门庆的奸情,让他心里痒痒的,他约莫到了那是咋回事。激情和嫉妒的烘烤中,他失去了理智。武松杀了潘金莲,为兄报仇,让他感到过瘾又痛快。他冷眼静观,筹划着报复的方案。他悄悄从家里带了把刀子,藏在书包里。学校的围墙塌了。早读的时候,好些同学走出校园,去田野里看书。定亲的男生尾随着,见女生跑进油菜地里,和男生幽会。他将刀子藏在腋下,跟着女生,摸进一人多高的油菜地里。撩开粗壮的油菜秆,他弯着腰,瞪着赤红的眼睛,突然扑向恋爱的一对。他攥着刀,咬着牙,喊叫着戳了过去。本想让男生一刀毙命,没有料到男生闻声,搂起女孩晃了下,松开手拔腿跑了,边跑边喊。刀子扎进女孩的胸腔,鲜血扑哧喷了出来。女孩尖叫了一声,转身倒地的时候,回头愣愣地盯着定了亲的男娃,举手指着他,嘴里乌拉了几下,摔倒在地上。

  抬起头,瞄着落着黄花的地面上女孩的那双花鞋,顺文感到似曾相识。他眨巴着眼睛,晃了几下头,用衣襟擦了擦积满汗渍的镜片，戴上眼镜，定眼一瞧，他透口凉气。那不正是小萍上学的时候，常穿的那个款吗！他不敢往下想，退了几步，蹲在路沿上，愣愣地盯着树沟里的蚂蚁窝。

回到家里，那双花鞋总在顺文脑海里晃动，他不由自主地就会想起小萍，也许此时她真的和男友，徜徉在黄澄澄的油菜地，享受着爱情的惬意和浪漫。村头也有片油菜地，割完草，他蹲在地头，打量着油菜花枝。蜜蜂花间游弋，他没有一点诗情画意的感觉，倒是懵懂地体会到了生命凋零的玄虚和无奈。

六月一日，顺文到了西安，街道上闹哄哄的。买好了火车票，他走进候车室。好多学生模样的乘客，围成一团，讨论着国家的现状和出路。临出门的时候，家里人给钱，他知道返校后，每个人能领一百五十多块钱的实习费，就没有要。顺文提着书包，手里揣着车票，坐在条凳上，听着他们激情澎湃的争论。检票了。他排好队，随着乘客往前蠕动，耳边还是一阵高过一阵的讨论声。检票员接过车票，手掌中的剪刀咔擦了一下，将票递给他。到了去站台的地道，顺文低着头，快步前行。行李换手，他抬头瞭望着地道中晃动的人流，突然看到前面一个熟悉的身影在晃动。他愣了下，定眼细看，觉得那是小萍。有个男的提着包，和她有说有笑。顺文弯着腰，在人群中侧身窜溜着，远远看见他们上了二号站台。他走过去，看着通往二号站台的楼梯口，呆然地盯着她的背影，上了站台。他愣愣站着，犹豫着要不要上去，打个招呼，也不知道那个留着长发的男人，到底是她什么人。他担心贸然上去，让别人尴尬，让自己蒙羞。地道里的喇叭响了，催促顺文那趟车的乘客，抓紧时间上车，说火车就要开了。

上了站台，顺文转过身，看见那个背影站在站台的立柱边，男的手里夹着烟。那趟车是西安到宝鸡的普快。他期望她能回过身，让他看个究竟。汽笛声中，一列火车冒着烟，哐当哐当进了三号站台，遮住了他的视线。列车停稳了，他走上前，趴在车窗前，隔着污迹斑斑的两层玻璃，望着对面站台。那个背影随着长发，上了火车，站在车厢走廊时，他本想看下脸，无奈后面的乘客挺直了腰，遮住了她的脸。四号站台的火车，拉了几下汽笛。乘务员吹着哨子。顺文转过身来，跑步跨上了车厢。火车咯噔了几下，徐徐驶出了站台。

火车过了临潼，顺文靠着窗户，摇晃的咯噔声中，木然无神地打量着掠过的麦田和树林。远处的南山是自然的造化，他想到，深深恋着的姑娘，跟在别人的身后。顺文鼻子发酸，眼圈湿湿的。顺文在发酸的汤底里，闷煮着毕业要不要回去的面条。回西安，他不知道该如何面对。他瞬间感到，梦里数度魂牵梦绕的西安，倏然褪去了光鲜迷人的颜色，亦如赤黄的黄土地，沉积在生命的底色里。青涩的闷恋，像盏放在炕头的煤油灯，瓶中蕴积着他日积月累，朝思暮想的思恋之油，倏忽的火苗映着，给他希望和梦想，如今火苗灭了，油芯掉了，顺文真不知道这盏油渍渍的灯，该安放在何处？

顺文怅然站起，随着车厢的晃动，踉跄着走到车厢连接处，扶着护栏，一口接着一口，猛吸着烟。窗户半开着，夏夜的气息呼啸着窜进来，青烟像蓝色的妖孽，更像团变形的精灵，倏忽中飘向车厢。一串汽笛，对面货车呼啸着，扑了过来，扭动着巨型的身子，路基在晃动，一溜粉末飘了扑来，顺文眯着的眼睛，紧紧闭起。货车过去了，又恢复了单调的哐当声。他惜然间感到：定型的感情是车沙石，火车的颠晃，会让沙石密实，体积变小。炽烈的尚未交互定型的情恋之焰，随着火车的颠簸，又像发酵的面团，迅速胀大。

火车在山沟和山洞中交替穿行。车内的灯光一明一暗，像是两个年代，洞中是苦涩的高中时光，沟边是明媚夹裹着愁思的大学时光,不变的是主人公。

顺文耷么着眼睛,车厢里声嚷着,他将音频同化到火车低沉的咣当声中。他眼睛干涩,进入恍然的昏睡的状态,火车进偃师站时,迷糊中,顺文知道大概的位置,依稀感受到窗外昏暗的灯光,隐约听到站台的脚步声和叫卖声。现实交织着梦境,虚幻而迷离。

太阳一竿高的时候,火车到了信阳车站。顺文宁愿徜徉在翻来覆去的想象中,也不愿意睁开眼睛,真真切切瞄上外面几眼。火车哼哧着,癫了几下,吱吱着停了下来,一抹炫目的光照,他感到面颊发烫,眼睛用劲挤着,抵不住光的透视。晃着头,他贴在边上乘客的肩上,依旧躲避不过炫目的光。对面的乘客笑着问:"小伙子,好长时间没睡觉了吧,看你困倦的样子,从北京回来的?"

顺文咧着嘴,勉强地嘿嘿了几下,站起来,活动了几下筋骨。

半个小时后,火车像头老黄牛,慢慢驶出站台,没了澎湃的咯噔声,都是舒缓的节奏。窗外的山峦,清晰了好多,像几个人抬着幅油画,让乘客欣赏。没有了疾驰中风的抚慰,车厢闷热起来。乘客的情绪变得躁动:有的拿着手里的杂志,不停地扇凉;有的干脆脱掉上衣,手搓着身上的汗迹和污垢。一堆人站在车厢的接茬处,手里夹着烟,身子晃动着,还在交谈。

正午时分,火车进了广水站。一路上没下车,肚子咕咕叫,舔了下干裂的嘴唇,喉结蠕动着,顺文的喉咙冒火,口渴得不行。车停稳了,乘务员从腰间的皮带解下串钥匙,拣出根长长的钥匙,插进锁孔,拧着打开门。乘客像群蜂,涌了出来,站在阴凉处喘气。来到卖稀饭的推车前,顺文口里苦苦的,买了个包子,一碗稀饭,边吃边喝,一副饿死鬼的神态。推车后面的中年女同志,笑着问:"看你这模样,是不是从北京过来的?"

嚼着包子,呼噜喝着稀饭,顺文的头在空中打着转转,不知是点头还是摇头。她揭开铝锅盖子,拎起勺子,给他的塑料碗里加了勺稀饭。他噗喋着嘴巴,弯腰点头,回到车厢。

火车在广水站停了个把小时,乘客们下车,问站台的工作人员。穿着铁路制服的工作人员,挥着旗子,指着前面,歉意地说:"前面堵住了,我们也没办法!"

乘客传递着消息,上上下下,悚惶地张望着。车头喷出了股白烟,汽笛呜呜两声。乘客们赶紧跑上车。火车动了,大家缓了口气,车厢顿时静了。火车走走停停,像吃了一肚子绿食的蚯蚓,在山峦中蠕动着。快到花园站的时候,火车停,车厢顿时成了个躺在铁轨上的铁皮蒸笼。汗水从毛孔中刷地涌出。孩童偎着妈妈的奶,突然抬起头,抖动着手脚,张开嘴巴,哇哇地哭叫起来。乘客的情绪躁动,喊叫着乘务员。穿着白色衫子的乘务员,背上湿成一片,隐约可见胸衣的扣带。她让大家安静,说没有到站,开了车门,就是违反规定,很不安全。铁轨边传来嬉闹声。顺文脸贴着窗户,见路基下一群村民,跑过来,抱着黄瓜。他们站在外面,说火车都停在铁路上了,嚷嚷着让乘客买黄瓜。乘客们呼啦围过来,手里攥着钱,隔着窗户讲着价。五毛一根黄瓜。谈定价格,大家纷纷递上钱,窗户缝接过黄瓜。也不管黄瓜是否干净,乘客拿起来,就嘎嘣咬上一口,况且况且地嚼了起来。边上的乘客擦着汗,咽着口水,羡慕地看着,不住地摸着口袋。等到他们攀到窗口,卖黄瓜的村民已空手离开了。

乘务员过来,说打开车门,让大家下车透透气,叮嘱不能站在铁路上。乘客们下车,爬上路边的山坡,见进站的铁轨上,停了一溜儿。一个老汉,提着条蛇皮袋子,盯着路基下,捡起几个塑料瓶子,直起腰,挥着手说:"长江大桥堵了,火车停了一溜儿,一时半会儿走不了啦!"

抹着额头的汗，顺文跑上山丘，见西南方位有几栋高点的建筑，估计那就是花园县城。回到车厢，拿上行李，他顺着山坡跑下，上了条公路，按照路标，徒步走向县城。顺文边走边问，走了近一个钟，来到花园汽车站。车站里挤满了人，都是火车下来的乘客。他戴上校徽，从人缝中挤到售票窗口，问有没有去武汉的票。售票员瞥了他一眼，看见他胸前的校徽，笑着说："武汉进不去，只能坐到孝感。"

顺文去过孝感，感到孝感就在武汉的边上。身后人头攒动，他掏出仅有的三块钱，买了张去孝感的车票。走出车站，搓着裤兜里剩下的一块多钱，他坐在街边的小凳上，要了碗馄饨。他连吃带喝，将空碗递给店主，问能不能再来碗馄饨汤。店主用围裙擦了下手，接过碗，看着他胸前的校徽，笑着问："从北京回来的？"

顺文端着碗，咕噜喝着汤，碗慢慢扬了起来。他翻着眼睛，从碗沿看着店主，举着碗和脑袋，一起晃着。店主挠着脖子，纳闷地打量他。喝完汤，抹着水啧啧的下巴，顺文不好意思地掏出仅有的一块两毛钱。店主接过钱，指着墙上的价格表。他将上衣口袋撩出来，递上学生证，要给店主写欠条。将学生证还给顺文，店主笑着摆手，让他走了。

坐上汽车，过道挤满了人。顺文推开窗户，见路边小吃铺的店主，忙活着招揽客人，觉得人家也是小本生意，自己还占了便宜，有点歉疚。破旧的汽车，冒着黑烟，呜呜颤抖着，颠出大门。他朝店主挥着手，大声喊道："谢谢了！师傅！"

店主正在舀汤，循声见趴着车窗的顺文，举起滴汤的勺，笑着抖了下。

靠在窗户边，乘着傍晚清凉的风，不知不觉中，顺文睡着了。嘴角挂着抹口水，起着微微的酣，没有梦境，更没有剪不断的情恋。繁星点点的时候,车子停在路边。乘客走完了。师傅抬腿过来,拍着顺文的肩膀。警觉地抖了下,抹着口水,眨巴着眼睛,见乘客走完了,他不好意思地站起来。师傅盯着他胸前的校徽,看着他下车,站在车门口,挥着手说:"要回武汉,就往前走两百米,右转就是去武汉的公路。"

顺文停下来,回过头,对师傅笑着摆了摆手。

街边的店铺打烊了。稀拉的路灯,泛着昏黄的光,下面是坨飘浮盘旋的飞蛾。按照师傅的指点,看着路标,顺文打算徒步回武汉。出了县城,路灯没了,远处的村舍依稀闪着豆点大小的黄光。黑漆漆的四野,静悄悄的,偶尔传来几声狗吠,看不清路标了。到了分叉口,顺文犹豫地张望着。前面路边亮着几盏夜灯,他走过去,见是家食店,前面摆着几张桌,几个人赤身露背,举起啤酒瓶,碰着聊着。对面路边,停着辆汽车,摞着装空啤酒瓶的框子。从背光处过来,见驾驶室门上写着"东西湖啤酒厂"的字样,顺文蹲在路边,估摸着这是辆拉空瓶子回武汉的货车。走到车后,踩着车厢下的钢筋环,扒住后沿,他爬上车厢,箱子间挤出道缝,蹲了下去。

两个司机喝完啤酒,走过来,手抠着牙缝。他们坐上驾驶室。汽车突突几下,打着火,闪着道白光,碾着光向武汉爬去。到了工厂门口,司机下车,和传达室的人絮叨的时候,顺文翻身下车。前面有条铁轨,凭着判断,他踩着枕木,向武昌方向行进。走了两个小时,枕木和石子间,飘着阵阵屎尿的臭味,他知道到了有客车同行的主干铁路了。灼热的铁轨和烘烘的石子,排泄着白天太阳的热量,他感到浑身汗渍渍的,散发着怪味。顺文突然想到,自己拎着根棍子,提着个袋子,像是个拾荒者。

东方泛白,顺文猛然瞄见江边的电视塔。黎明青灰色的路上,路灯昏黄的光影中,早起清洁工抡起扫把,机器一般,匀速的节奏唰唰地清扫着街道,撩起道道烟尘。水罐车闪着黄灯,鸣叫着音乐,将水帘铺在路面上。晨风阵阵,黏湿中有些凉意。熬了一夜的路灯,没精打采地眨巴困倦的眼睛,等着太阳来接班。太阳露出额头,蒙着两条紫黑的抬头纹,四周却是一窝红霞。宽阔的江面上,波光粼粼,漫着薄薄的雾,霞光钻进雾里,现着奇妙的水红色。

趴在江堤的护栏上,看着鸣着喇叭的轮船,顺文伸出双臂,做了几个扩胸运动,他迎着东方,深深地吸了几口气,顿时感到清爽了。

二十七

上午九点左右,顺文回到了学校,拾阶而上,站在宿舍门前,有点上气不接下气。洗手间和冲凉房静悄悄的,好像放假了,没有喧闹,只能听见水龙头水滴坠落的嘀嗒声;走廊像条地道,尽头的窗户开着,透着光,上面坠着不断眨着眼睛的灯泡。一阵风从窗户吹过来,撩起了走廊堆积垃圾的腐败味。宿舍的门虚掩着,他推开门,见小马坐在床上。见顺文进来,小马赶紧站起来,脸色凝重地说:"生茂失踪了!昨天傍晚在东湖边上。学校请了个渔民,去湖边的泳池找寻他去了,我准备赶过去。"

顺文心里腾腾着,身子不由自主地晃了下,愣愣地望着窗外,一股悲凉袭上心头。小马拿起皮鞋,磕着鞋里的灰渣。他赶紧说:"你等下,咱们一起去!"

撩起枕头,胡乱地拎起几件衣服,顺文拿着香皂,跑进冲凉房。他将水流拧到最大,站在嗒嗒喷流的水下,打了几个寒战。他闭着眼睛,抹上香皂,眼前全是生茂的影子。他和小马飞快地下了楼,半跑着赶往湖边,没有交流,只有喘气,急切的脚步和凝重的脸色,标示着他们的心情。湖边的几棵大树前,便是临湖的露天游泳场,有道连接着的架在水面的石板小径。

湖面飘来淡淡的鱼腥味。沿着曲折的石板小径,顺文跑过去。

站在侧面的水泥板上，见阿喜和那位请来的渔民，潜在水里一起一落，间或换气，在水下摸索着。水泥径下是几根固定在水中的水泥柱子，裹满了淡青色的水藻和苔藓。阿喜游回来，手抓着水泥台，抹着脸上的水，对着老师不住地摇头。女同学递给他一杯水。他喝了几口，憋了口气，撅着屁股，又潜了下去。水面上不时冒着水泡，水泡漂到水泥板下面，撩起柱子上的水藻。他一个猛子跃出水面，抖着头上的水珠，喊道："找到了！就在水泥板下面！"

同学们一下子紧张了起来。好多同学眼睛湿湿的，悲情盯着。他们期望找到，又害怕找到。渔民听到找到了，赶紧游过来，扎到水面摸了下。几个同学抬来担架，大家让开空间，女同学走上前，将单子扯平。阿喜和渔民憋着气，潜到水下，手脚滑动着，冒出朵朵水花。阿喜率先跃出水面，胳膊肘夹着生茂的头，边上的同学赶紧站在边上，抓住他的肩膀。生茂出水了，静静地躺在水泥板上的担架上，他张着嘴巴，眼睛半睁着，黝黑的长发和腮须滴着水珠，手紧紧地抱在胸前。同学们想扳平他的手，试了几下，怎么也扳不下来。老师抖开单子，盖在他的身上。男同学眼眶湿湿的，鼻子一抽一抽的；几个女同学低着头，互相扶着，呜呜着哭成一片。

强壮的男同学，抓住担架的四根脚，将生茂抬到岸边。别的同学呼啦涌了上去，扶住担架的边，个个红着眼睛，沉默中，只有叹息抽泣和脚步声。到了学校医院，医生走过来，揭开盖在生茂脸上的单子，掏出手电，捻开他的眼睑，看了几下，照了下口腔，摸了摸胸口。对着一群红红的眼睛说："天气热，我们联系太平间，得冻起来！"

班主任老师叹息着说："这就是命运。一条鲜活的生命，就这样从我们身边默然离去，同学们要节哀呀！我们要将生茂同学的后事料理好。"

老师交代班长,赶快找到生茂家的地址。即刻拍电报过去,让他们家里来人。

同学们好似一群溃败下来的残兵败将,默然低着头,灰溜溜地离开了医院,顺着长长的斜坡,回到了宿舍。顺文跟在后面,思绪翻滚,困乏顿然消失。他点了根烟,走到厕所,蹲在靠窗的便位上,眯着窗外的桂花树,喷着烟,怀想着生茂。

生茂一米八的个头,来自甘肃定西,有头黑亮的秀发和绒绒纤细的腮须,长条形的脸上,棱角分明,皮肤细嫩,白里透红,惹得年级的女生嫉妒。他的身条和肤色,颠覆了江南同学对西北大漠的认知,让他们优越的翅膀,扑棱了两下,垂了下来。生茂长着塞外大汉的外形,眼神中偶尔闪现着男子汉的豪放和固执。他腼腆害羞,见到女同学,总是离得远远的,没有正眼长久地盯过女同学。他讲话带着浓浓的家乡口音,鼻音很重。他的着装比农村学生洋气些,那件黑色笔挺的西装,成了他的标记。

顺文和生茂没住过同间寝室,都是从西北过来,文化习俗上的粘连,彼此见面有种亲切感。有次上课,生茂坐在顺文边上,课间休息的时候,他拿来他的笔记本,扉页上用粗粗的笔写着"为振兴家乡而发奋学习"。顺文觉得有点迂腐。生茂独来独往,整天坐在教室里用功,见到同学,就是嘿嘿一笑,没有多余的言语。顺文感到他肚子里,憋着股气,这股气催逼着他,向自己的目标奋进。

那年放暑假,陕西和甘肃的同学,坐着武汉至兰州的列车,一起回家。相仿的年纪,不同的专业,大家围着一起,谈天说地,兴之所至,相约去华山。生茂穿着件蓝色的中山装,拿着本书,靠在窗边,专注地看着,对于大家讨论的话题,他很少插话。顺文也是木讷孤僻的性格。他走过去,坐在生茂对面,低头一瞧,是《论法的精神》,他知道那是孟德斯鸠的名著。刚刚上完法学原理,顺文也看了些法哲学方面的书，话题的闸门开了，大家讨论了好些法理问题。

华山站到的时候，同学们提着行李，嬉闹着下车，只剩下了顺文和生茂。座位空出好多，靠在长形的座椅上，没有了顾忌，他们天马行空地纵论天下事，有一种同学已三年，方识对面君的知己感。到了西安站，顺文该下车了，他们都有种意犹未尽的感觉。返校后，每次见生茂背书包，低着头急匆匆的身影，顺文就将那次的讨论，添加进去，感到他是个深刻而富有内涵的人。刚入校的时候，生茂的基础不是很好，经过两年锲而不舍的努力，成绩慢慢上来了。四级考试，他的成绩不错，令班上的同学刮目相看。

顺文心里空空的，他无意识地走到生茂住的寝室。寝室里的两个同学，有个坐在桌子前，不停地用手搓着脸；另一个靠在被子上，呆呆地看着窗外。站在生茂的床铺前，枕头上的坑还在，散落着几根头发，床上的薄被子散皱着，床下放着双白色的运动鞋，上面搭着刚刚洗干净的袜子。挨墙放着一溜书，堆着成摞笔记本。看到刚入学时他的那本笔记，顺文弯下腰，抽了出来，揭开封皮，那行遒劲有力的字，映入眼帘。他默然伤感起来。

吃完午饭，几个寝室的同学，没了往日的嬉闹，空间中散发着悲伤的凄凉。顺文和宏森，走出教室，顺着台阶走到半山坡的石桌旁。外系的一群同学，在乒乓球台前，正在比赛。山坡上望去，有对情侣拥抱着，女的跨坐在男的双腿上，就见垂落的秀发和晃动的身影。

宏森背向着山坡，坐了下来，讲起了生茂的事：

参加完年度的研究生考试，经过面试，生茂被法学院著名的导师录了。那一天，他和几位同学找老师，得知他们的毕业论文通过了，几个人异常高兴。平时拘谨腼腆的生茂，来了真性情，来到湖边的小吃铺，他们要了几个菜，喝了瓶白酒。推杯换盏中，几个人有点晕。湖边有好多人，穿着泳衣，在清凉的水中嬉闹，他们有点眼馋。天色暗了，泳场的人稀拉了好多。几个人勾肩搭背，晃到水泥径的尽头。长江边长大的同学，让生茂坐着别动，他们要下水，舒服一下。他们脱掉衣服，一个鱼跃，扎进水里，望着模糊的磨山，在十几米前的水面露出头，朝生茂挥了下手，往前面游去。他们游了好长时间，折返回来，趴在水泥台子上，没见生茂的踪影，台子放着他的衣服。

他们心里影影绰绰晃过一丝阴翳，却没有在意。继续扑腾了一会儿，他们跃出水面，撑着水泥台，趴了上去，抹着脸上的水珠，耷拉着腿，惬意地坐在水泥台上。对面弯弯曲曲的路灯，像闪动着的塑料彩条，一道道汽车的灯光晃着，推着光带前行。水面没几个人，就听见哗啦哗啦的波浪声。

打量着水面，还是没看到生茂，他们的心倏地沉下。他们腾地站起来，吼着生茂的名字，在水泥小径上，发狂地晃跑着。他们重新跳进水里，喊着摸着，一切归依于平静。他们跑上来，穿着裤头，跑到岸边，已经没有了游泳的人，只有一对对情侣，挽手悠闲地散步。男的知道有人溺水了，想过来帮忙，女的瞥着他们的裤头，扯着男友胳膊，匆匆走开了。男的扭过头，喊道："快去报警吧！"……

二十八

交了毕业论文，顺文回到宿舍，躺在床上，想到自己的工作单位还没个着落，他心里蒙着层淡淡的愁。系主任王老师，骑着车子，来到宿舍楼下，拎起车头的人造革公文包，推开顺文宿舍的门，招手将他叫了出来。走到了山丘小径，包里拿出两张表，王老师递给顺文，笑着问："上学期我给你谈的留校的事，你考虑得怎么样了？其实留校很好，将来读个研究生，我认为你适合当老师。"

接过表，顺文低头盯着，就是不作声。王老师指着表说："争取个留校的名额，也不容易。你同意了，就赶紧将这两张表填了！"

顺文心里有说不出的滋味，他欣慰系主任能看上自己，给了个难得的机会。想起当了半辈子老师的父亲所受的委屈，他又有点不甘心。生茂的骤然辞世，割断了他对校园的留恋，他决定无论外面怎么样，自己都要出去见识下。他将表还给王老师，挠着头，笑着说："王老师，我父亲当了一辈子教师。我想出去闯一闯，不行我就报考您的研究生。"

王老师接过表，放进包里，不住地笑着摇头。

生茂的哥哥来了。他瘦高个，穿着件白中泛黄的短袖衫子，下身是件灰色的化纤裤子，上衣口袋插着支老式的钢笔。他面色蜡黄，一脸憔悴，腮帮子和下巴是硬硬的胡茬子。同学们将他带到生茂住过的床铺前。他抚着枕头，翻着弟弟的书，眼泪涟涟。同学们打来了洗脸水，让他洗了把脸，又带着他去吃饭。他说着满口浓郁的家乡话，班主任将顺文叫过去，让他当翻译。

老师和几个同学，陪着生茂的哥哥，去到太平间，看了生茂一眼。生茂的哥哥对弟弟的死因，存有怀疑。老师带着他，去了校医院，问了当值的医生，又到了湖边的泳场，指着落水的地方给他看，几个同学又将打捞的经过说了遍。生茂哥慢慢相信了，他一下子蹲在地上，扭头埋在两腿间，孩子一样哇哇地哭了。顺文走过去，蹲在他的对面，拿着纸巾，用家乡话劝着。他抬起头，抹着鼻涕，脸上闪着泪痕，叹着气说："我们家在定西农村，兄弟三个。我是老大，恢复高考后，我考上了甘肃师院，毕业分配到甘南一所牧区中学教书。二弟甘肃工业大学毕业，分到了西宁，前两年也不幸亡故了。现在生茂又是这个样子，你们说我们家的命，咋就这么苦呀！"

生茂的哥哥在遗体火化书上签了字。同学们看了生茂最后一眼，送他上路了。骨灰盒放在冰冷的台面上。班主任挑选了几个同学，来到长江大桥下的轮渡码头，登上渡船，将生茂的骨灰，撒在江水中。生茂的哥哥撩着骨灰，流着泪水，代表父母叮嘱着弟弟。工作人员走出来，本想将大家叫回船舱，看见这情景，同情地叮嘱着，操心着安全。回到学校，走到生茂的床铺前，他将弟弟生前用过的东西，收拾在一起，对顺文说："按着老家的乡俗，在外面亡故的人，他用过的东西，不能带回家，就找个地方，烧掉吧！"

顺文将他的意思，告诉了班主任。同学们帮着，将生茂的东西，拿到宿舍后面的山坡。全班的同学都来了，火苗蹿起的时候，大家默默地望着，就像一场战役后，为牺牲的战友送行。生茂的离去，是同学们心头了却不去的伤。大学是松散的，有人学习，有人恋爱，有人踢球，有人跳舞，有人扣棋子，有人手不离弦。生茂的逝去，让大家感受到了隐没的浓浓的同学之谊，也使大家明白了生命的脆弱。拿到行政楼前的毕业照，顺文看到同学们都是绷着脸，难见甜美的笑容。有单位的同学，收拾行李，寝室和走廊上，乱糟糟的，堆满了纸屑和等待打包的东西。顺文没有单位，他靠在床铺上，喷着烟，默默注视着大家，不时过去帮一下手。

毕业会餐在学生食堂下面的小餐厅举行。同学们早早过去，围坐在一起。单位如意的，心里踏实好多；单位不如意的，心里有点堵；没有单位的，更是满脸茫然。家里有恋人的，期望早日相见；家里没有对象的，一脸坦然；学校有恋人的，花心的想到离别意味着终了，新的环境中，自己又能游弋花丛；痴情的有种生离死别的伤痛；爱恋刚发芽的，留下了遐思和依恋。几年中，松散的晃荡中，有闺密和挚友的，那是一种惺惺相惜的珍重；有哥们儿和兄弟的，那是一种掺和着江湖味道的侠义；互为情敌的，为了争夺山头，短兵相接了一程，即将撤离时，握手言和。离别伤感的界面，诸种情愫交融，每个人都有自己的心事。生茂离去的伤痛中，原本要挥洒的情愫，缩了起来，因为在生命的舞台上，七情六欲的俗态，显得是那么的苍白和渺小。

会餐开始了，系主任和班主任老师，先后端着酒杯，站起来讲话，对同学们寄语热切的期望。按照师生的礼序，同学们纷纷站起，过去给老师敬酒。酒精的浸润下，理智的绳索慢慢松了。刚开始给老师敬酒的时候，都是站在老师面前，说几句感恩的话，自己喝完，并不勉强老师。几杯下肚，有的同学摇晃着过来，手搭在老师的肩膀上，有力地拍着，给老师加满酒，见老师轻轻抿了下，就会拿起酒杯，舌头硬硬地让老师喝掉。同学们勾肩搭背，纾解着心里的疙瘩，悔悟着自己的无知，不时会大声嚷吵几句，随即拿着酒杯，仰头干掉，涨红着脸，抱在一起呜呜地哭了。老师们招架不住，谢绝同学的挽留，提前走了。有的同学靠着椅子，愣愣地望着；有的趴在桌上，神情黯然地叹息着。一片悲情中，结束了会餐。

同学们开始离校了。没有走的同学，将他们送上车站，挥手告别。看着空荡荡的宿舍，顺文抽着烟，他知道自己没有单位，要回到原籍，等待分配。他了解到，自己没有关系，西安肯定留不住。咸阳勉强留下来，估计也没有什么好单位。他去找系主任，探问留校的事。主任摊开手，笑着说："晚了！人选已经定了，都报上去了。"

灰溜溜回到寝室，看着满屋的纸屑和杂物，顺文没有收拾的冲动。临走的时候，好些同学，拿起彩笔，在走廊的墙上，写下了伤感的留言。顺文趿着拖鞋，叼着香烟，借着昏暗的廊灯，眯眼瞄着一块一块的留言，体会着他们悄然离去的伤感和无奈，和自己心头挤压的情绪混合起来，他感到心口堵得慌。他漫无目的地走出宿舍，顺着台阶，来到半坡，望见树丛下烧生茂遗物留下的灰烬。一阵风刮了过来，掀起了上面的黑絮絮，萦飘在树丛中。他突然间感到，那风那灰烬似乎有了灵性。坐在石桌上，悲凉的心境中，他不断搓着面颊。身后传来呜呜簌簌的声音，他扭过头，瞥了眼，一对情侣激情地抱着，痴迷地享受着爱情的甜蜜。他想起了小萍，那天的长发男子，不知是不是她心仪的情郎。

二十九

仲夏的江城之夜，炽烈的日头归去了，天气依旧像冒着热气的蒸笼，人们就像蒸笼上的馒头，浑身冒着汗，有气无力地喘着气。吃过晚饭，顺文趿着拖鞋，百无聊赖地顺着校园的小径，溜达到珞珈山上。乘凉的人穿着短裤，穿着长裤的，将裤腿挽上膝盖，有的穿着背心，有的干脆露着上身，大家摇着扇子，坐在路边的竹椅上，有一搭没一搭地聊着天。

一条黄色的狗，卧在树沟，吐着长长的舌头，哼哧哼哧喘着气，肚子就像干瘪的条形麻袋，一鼓一落地蠕动着，狗耷拉着耳朵，眼睛无神地盯着来往的陌生人，懒得叫上几声。路灯透过粗壮的梧桐树冠，洒下昏黄的光，集市散场了，污水横流，泛着鱼腥和霉烂菜叶的味道。有位中年妇女站在箩筐后面，边上摆着堆菜，还在吆喝着。顺文瞬间感到，自己就像集市散场后，没有卖出去的菜。站在街对面，他愣愣地打量着卖菜的妇人，她的执着和坚守，让青菜还有成就自身价值的机会。

漫无目的地踱到东湖边，夜幕下的林荫道，一阵阵热风袭来，混着鱼腥味，就像黏湿的雾，一层一层在裹着顺文，和身体泛出的汗，抱在一起，亲热地唷着，蹂躏着他的肌体。前面的情侣手牵着手，矫情打闹着，缓步前行。望着他们的背影，顺文心里痒痒的，既有淡淡的羡慕和嫉妒，又有为情所困的不解和无奈。他们顺着湖边游泳场的水泥板，走向湖中，坐在最尽头的水泥板上。湖边的水草中，有块翘立石头。顺文跃过去，站在石上，打量着哗哗幽墨的湖面。他解开上衣扣子，敞开胸部，坐在石上，摸出一根烟，点着用力地吸着。前面是曲折的石板小径和情侣的背影，后面是扑闪的烟火和垂头丧气的顺文。忍受着难耐的闷热，影子叠在一起，汗水淋漓中挥洒着青春的激情。他将脚放在水中，清凉从脚底上来。青春的激情能激发人的潜能，改变人们对周围环境的感受。湖水拍打在水泥柱上，溅起水花。情侣的屁股下，就是生茂落水的地方。目光从情侣的背影移到水下，他出神地瞄着道道波浪，仿佛望到了生茂蜷着双肘，静静地躺在水下，随着水波一晃一晃。

归去的时候，卖菜的妇人已经收摊了。顺文不知道她的菜，有没有卖出去，筐子的菜变成了盘中餐，还是倒进了垃圾堆。看门的老头靠在躺椅上，昏黄的夜灯下，他摇着扇子，听着黄梅戏，耷么着眼睛，一副悠闲的神态。走上二楼，走廊的灯灭了，只留下洗手间幽暗的光。顺着走廊走了两步，顺文听见墙角的垃圾堆中，传来窸窸窣窣的声音，间或还有吱啦吱啦的啃咬声。他抬起脚，踹了几下。几只硕大的老鼠，顺着墙角爬出来，慢悠悠抖着尾巴，嘴巴上的须毛抖着，眼睛就像泡了油的黑豆子，吱溜乱转，愣愣地盯着他，没有躲闪的意思。顺文想踹老鼠，抬起脚见老鼠蜷起身子，抬起前爪，对着他龇牙咧嘴，想到踩下去软嘟嘟的感觉，他摇头离开了。

宿舍对面教学楼的灯光，煞白煞白的，屋顶绿色的电扇摇晃着，撩起了学生的头发。顺文关上门，手撑在窗台上，俯着身子，将头搭在掌上，浏览着正在晚自习的教室。坐在后排的恋人，上边看着书，课桌下拉拉扯扯，男生将手搭在女生的大腿上，轻柔地撩摸着。桌面上女生娇羞地抿嘴笑了，头偎了过来，他干脆将女生的腿扯起来，放在自己的腿上。顺文浑身渗出了一层汗，他走过去，将门拉开，走廊上的风吹了过来，夹裹着垃圾的腐臭味。叹了口气，他提起塑料桶，夹上凉席，上到楼顶。他提了桶水，倒在清扫过的楼顶上，又用扫把挥撩了几下。水嗞嗞响着，渗入水泥楼面，变成了蒸腾的汽。铺上凉席，枕着书本，瞄着天上的星星，顺文抽着闷烟，眼前闪着湖边情侣的背影，幽墨湖水下生茂的面容和教室里摩挲着的那对恋人。画面中的男女，虚幻中缩变成了自己和小萍，他放纵自己的遐想，将苦恋岁月掺杂在动情的画面之中，一闪一闪的烟头，那红暗交替的节奏，仿佛就是他迷情苦恋的节拍。教学楼的铃声响了。顺文心头颤了下，从甜蜜的幻想中清醒了过来。烟灰断了，掉在他的颈上。他呼啦坐起来，抖落烟灰，悒惶地叹着气。

七月八日，顺文穿着裤头，懒散地斜靠在床上，盯着屋顶上转动的电扇。走廊上响起了脚步声，他懒洋洋地挺起身子，走到门口，从门缝中看到王老师，惊怵地缓步过来。他关上门，赶紧蹬上裤子。敲门声响起，传来王老师的咳咳声。他走过去，开了门。王老师捂着鼻子，打量着顺文，从堆满垃圾的过道，走了进来。顺文拎起电壶，拔掉塞子，向洋瓷缸倒水，颠了几下，见水从线成滴，他放下暖瓶，挠着头，不好意思地笑着。王老师从皮包中抽出张纸，递给顺文，笑着说："看着你没有单位，我也着急！我打了几个电话，总算有个着落了。广州那所大学急需我们专业的学生，这是要人函，你考虑一下，如果同意，就赶快去报道。"

望着王老师，感激之情涌上顺文的心头。他就像个大龄的姑娘，对分配的单位不再挑剔了，心想总算有个人家，接纳了他这个邋遢萎靡的学子，心头的石头总算落地了。他长长地叹了口气，眨巴着眼睛，对王老师说："我去！等下就去买票。"

坐了一天一夜的绿皮火车，朝霞漫天的时候，顺文到了广州。

他提着行李,搭乘三十三路公共汽车,来到那所学校。行李放在行政楼门口,他坐在上面,望着来来往往晨练的人,等着上班后,去人事处报道。八点半,人们骑着自行车,开始上班了。来到人事处,有人出来打水。他赶紧走上前,将函件递上去。提水的女同志笑着,将他让进办公室。一位四十多岁的女同志,讲了几句欢迎的话,笑着说:"你的分配指标是后面追加的,还要走程序。户口和粮油关系先放在这里,暑期我们帮你办。你先住在学校招待所,我们给你预支些钱,先回家探亲,八月底回来上班。"

顺文顿时有了踏实感,心里泛起了新奇的喜悦。

学生放假了,校园冷清了好多。住在招待所,顺文可以到教工食堂吃饭。屋外是个阳台,对着环市路,能够清楚地看到路上的车流,像火车车厢那样的货柜车,让他眼前一亮,他感到开放的前沿,就是和内地不同。下楼吃饭的时候,楼梯上,他遇见一位女老师。得知顺文是分来的新教师,她硬是给了箱学校分发的"亚洲牌"软装橙汁。

岭南的午后,不时地有场阵雨。躺在床上,听着毛阿敏的《渴望》,淅淅沥沥的雨点,打在窗外的芭蕉叶上,他又想起了小萍。他得尽快回家,找下小萍,为自己的苦思苦恋,寻个结局。

北归的火车上,顺文靠在窗边,愣愣地望着窗外一掠即过的景物。摸着上衣口袋里的一沓钱,他感到如今自己也是拿工资的人了,心里踏实了好多。他遐想着小萍的各种境况,期待和忐忑中,不知是该勇敢地贴上去,还是飒然间转身离去。他的大脑像快要断流的泉水,等上一阵子,咕咚一下,茫然间,他将记忆的图片,拼接起来,又用理智的剪刀裁剪着。他隐约感到,这些年,他中意用理智的标尺,度量情恋的波涛,总在心里为小萍一连串不解的行为,寻找合适的理由,稀释她的偏离和脱轨,不断粉饰和涂抹着她的形象，并在畅想和期待中，获得快意和满足。随性的人爱了，爱就会在直白的炽烈中，狂暴地涌流，就像暴雨之后河道中汹涌的激流；理性的人爱得深沉，用理性的皮筋束着自己，就像涌动的岩浆，偶尔的喷涌后，依旧是本然的沉寂。

午后两点多，哐当声中，火车到了西安站。出了站，看着熙熙攘攘的人流，顺文心里躁了起来。将行李寄存在站前的寄存铺，他买了个肉夹馍，边吃边看公共汽车的站牌。车子到了，他咽下最后一口馍，将浸着油的纸，扔进垃圾桶，随着人流，登上了公共汽车。扒着车厢里的横杆，他茫然地望着钟楼附近的街景，想象着小萍挽着那个长发男子的胳膊，亲昵地游荡在人流中。他感到胸部闷涨，咯吱颠了几下，汽车来个急刹车，他心里发潮，有点想呕。

公共汽车到了南门外的终点站。下了车，顺文蹲在路沿上，缓了几口气。汽车突突而过，尾巴冒出的黑烟喷腾过来，他赶紧站起来，寻找要倒换的车次。循着从同学那里探听到的信息，顺文上了去韦曲的车。汽车出了城，在乡间公路上颠簸着。南山脚下平畴的田野上，是一望无际嫩绿摇摆的玉米。农人们戴着草帽，挥着锄头，在田垄间松土拔草。感受到了田野的气息，他心里暖暖的。虽然在大城市生活了好几年，顺文一到熟悉的田野和辛劳的农民，心里就有种踏实的归属感。

小萍在一家用阿拉伯数字编号的研究所工作。下车一问，顺文知道那家研究所，离县城还有几公里。他打听有没有经过的公共汽车，知道那里只有乡间的班车，而且一个小时一趟。街边拦下了辆三轮车，他坐上去，晃荡着前行。路边高耸的白杨树哗哗作响，间或传来老黄牛的闷叫声。树沟黑色的老母猪，晃着尾巴，托着下垂的肚子和搓在地上的乳带，在积着污水的树沟里，哼哼走着，后面跟着群吱吱撒欢的小猪。一位老人戴着草帽，手抓着笼沿，扛着青草,弯腰喘着气,吃力地走在田埂上,眼睛翻着前面。看着夕阳下的田野,忐忑焦灼中,顺文有了淡淡的迷醉。

到了那家研究所的大门,顺文跳下车,付了车资,跨上台阶。他摸摸口袋,发现原来的校徽和学生证上交了,新的工作证还没办下来。他掏出身份证,从窗口递过去,喂喂地唤了几下。一位四十多岁的师傅,正在看报,听见叫声,翻起眼睛,从镜框上面瞥着他。接过身份证,他正反面看了几眼。顺文赶紧说:"师傅,我找一下小萍!"

师傅摘下眼睛,打量着顺文,眨眼问:"男的还是女的,在哪个室的?"

顺文讪笑着,挠着头说:"女的,我高中的同学,就知道在你们单位工作,不知道在哪个部门。"

师傅摘下眼镜,摇着头说:"那就难了。单位几百号人,没有部门,咋找?"

盯着桌子上放着的绿阴阴的茶水,顺文喉结蠕动着。师傅思量了一会儿,点上一根烟,迟疑了半晌,拉开抽屉,拿出一本边角起花的花名册,戴上眼镜,手指摁着名字翻看着。墙上的挂钟响了。他将本子合起来,笑着说:"小伙子,就要下班了。他们要坐车回西安,你明天再来吧!"

院子的电铃响了,接着就是一阵阵喧闹声。顺文垂头丧气地离开了门房,走到大门对面的渠岸上。瞅了瞅落日下的终南山,他抽出根烟,蹲在渠岸上,打量着铁栅栏大门里的动静。一辆大巴缓缓从院子驶出来。他瞪大双眼,盯着夕阳斜照下的车厢,搜寻着小萍的身影。第三辆大巴出来的时候,他看见车厢后排一名长发男子,推开车窗,手里夹着香烟,向窗外喷着烟,边上坐着位女子。他的心咯噔了几下,一股凉气从耻骨腾起。他眨巴着眼睛,定眼一瞧,那位女子正是小萍。他无奈地闭上眼睛，这些年脑海里不断倒腾的温情画面，瞬间捣碎，成了缤纷的落叶。他感到血气冲顶，一阵眩晕，眼前飘着一片片黑色的树叶。他垂下脖子，头深深地埋在两腿间，两只手不停地来回搓着头皮。拳头捶打着大腿，他真想站起来，对着东去的大巴，嘶吼几声，又怕惹来路人的唏嘘。顺文的眼睛湿湿的，蠕动变小的大巴，闪了几下猩红的尾灯，似乎在耻笑自己。无神地靠在树干上，他呆愣地打量着院子，眼前全是小萍和长发男子亲昵的画面。

　　远处的村子传来几声狗吠。顺文搓着僵滞的面颊，抬眼瞄着漫天星斗，清朗的夜空挂着一轮弦月。他捡起一根树枝，挖拨着渠岸的湿土。脱掉鞋子，他将脚放在湿土窝中，一股透凉的感觉，从脚底升起。感到口干舌燥，他愣愣站起，踹起脚下的砖头。砖头就像蹒跚学步的孩童，滚向单位的铁门，他六神无主地漫步离开了。

　　月夜的田野白茫茫的，白天鸣叫的知了，趴在树干上，听见行人的脚步，间或短暂地吱啦，随即收声。草丛里蚂蚱蹦跳，还有蟋蟀的簌簌声。顺文大脑一片空白，他踹着杂草，踢着碎石，憎恨命运的无情和奚落。

　　到了韦曲的时候，夜已经深了。寥落的街市，闪着稀拉昏暗的灯光，商铺打烊了，好多人已经进入了梦乡。知道去西安的汽车没有了，他摸着鼓鼓囊囊的上衣口袋，在小街里弄中转悠着，盯着伸在外面的招牌，寻找有没有小旅社，暂且可以收留他疲倦的身体。走了好长时间，见间民居的头门上，挂着个牌子。他走上前，拍了几下门。院子的灯亮了，传来女人的答应声。将门开了道缝，她探出头来，上下打量着顺文。她身后的狗，晃着脑袋，从她的腿缝间钻出来，伸出长长的脖子，嗅了几下顺文，昂起头，汪汪叫了几声。觉得浑身不自在，顺文嘟着脸问："住店，有床位吗？"

店主拉开门，让顺文进了院子。

咕噜咕噜喝了两缸水，水流溅到胸部，顺文抹着嘴巴，擦了下胸膛上的水珠，闭气定了定神，似乎要将束裹着身心的伤痛荡除掉。他踢掉鞋子，就像瞬间轰倒的土墙一样，没有控制地垂落在床上，闭上眼睛。过了好长时间，他的脑海里依旧闪着小萍的身影，撩人的娇羞变成了讥笑和嘲讽。为了断开大脑的追忆，他睁开眼睛，愣愣地盯着屋顶，感到盛满水的肚子蠕动着，发出汩汩的声响。顺文站起来，推开窗户，一股夜风袭来，送来了清爽。他掏出香烟，点着一根，靠在被子上，静默中瞄着一明一暗的烟头，那闪烁的火烬，正是他情绪涨落的探头，陪伴着他默默地释缓着局在一起的心结。

太阳从窗户映在床上，爬上了顺文的脸颊。扑朔着迷离的眼睑，他恍惚间有些发愣，自己为何到了这个地方。桌头的烟盒空了，火柴梗散落在桌面上。他慢慢地回过身，缓缓坐起来，见地面上洒满烟头和划过的火柴梗。他搓着脸，摸着肚子，有种难耐的饥饿感。他胡乱地穿上衣服，趿着鞋子，落魄地走出旅店。蹲在街边吃凉皮的时候，顺文想起了分在西安的袁震，他决定取了行李，去找他叙叙。

袁震分在东郊的水泥制品厂。来到工厂的传达室，顺文询问找人。传达室的老头听说是新分来的大学生，不住地摇头。见顺文拖着行李，满脸憔悴。老头推开门，走到外面的台阶，询问着进出的工人。碰到熟知的，他让给袁震带个话。袁震满脸笑颜地从厂区的铁轨上走出来，瞭望着门口，见顺文站在外面，他撒腿快步出来，提着他的行李，来到他在附近村子租的屋子。

那天晚上，袁震约了几个西安上班的同学，街边吃烧烤。顺文不胜酒力，酒喝多了，全身赤红，感到有些气短。袁震要了箱啤酒，啪啪开了十几瓶，摆在桌子上。看着酒瓶咕噜着泡沫，冒着青烟，顺文拎起瓶酒，咕咚着喝完了。愣愣地看着，袁震哧然笑道："两个月不见，酒量见长了！"

抹着嘴巴，顺文憨憨笑着，他不想将自己的心事说出来，那会撼动他填充着自卑的自尊，更会成为西安同学相聚时的谈资。同学们边吃边聊，说着留在西安同学的情况。顺文涨红着脸，泛着饱嗝，舌头硬硬的。袁震看出了眉目，劝他少喝点。顺文拿起瓶酒，酣畅淋漓地倒进嘴里，猩红的眼睛，盯着袁震，突然呜呜地哭了。

见他喝高了，袁震付了钱，扶着他离开了。路过西瓜摊，有位同学说西瓜能解酒。坐在瓜摊前，他们买了个西瓜。袁震挑了牙高瓤起沙的，递给顺文。吞了上面没有瓜子的瓤，顺文嚅动着嘴巴，打了几个嗝，趔身噗拉将西瓜喷了出来，举起没有吃完的瓜，摁在脸上，来回搓着。袁震惊诧了，放下西瓜，他没有想到温顺腼腆的顺文，酒后还有如此的作为。

三十

回到槐树寨,那里是顺文血脉和情感的底盘,在艰辛的劳作中,他纾解着自己的情殇。劳动间歇,他还是浸在水库边上的水草中,享受着烈日灼烤后的清凉。他闭着眼睛,体会着溺毙的感觉,突然感到胯部瘙痒难耐。他站起来,见胯部起着几块红斑,挠了几下,一瞬的舒坦过后,就是钻心的痒。他蹲下去,手撩起水草丛中的青泥,敷在胯部,来回搓揉着,希望寻得一剂秘方。淤泥中细小的沙粒,搓在斑上,刺刺痒痒的。他站起来,盯着患处,赤红依旧。

清朗的夏夜,村头的涝池蛙声阵阵。顺文躺在院子的枣树下,皎洁的月光从婆娑的树冠洒在地上,像家里奶牛的皮毛。他纳闷自己为什么会有这样奇异的病症,会不会是情殇后身体本能的反应。他摸了摸红斑,上面起了个软软的疔,就像脸上的青春痘。他想到了广州,更想到了江城。东湖湾畔是家医院的传染病区,同学们离校以后,闷热难耐时候,他在那里扑腾着游了两次水,莫非那个时候中招了。

顶着烈日,顺文依旧每天两笼草,他消释着体力,磨炼着意志,缓释着情殇。到了八月初,胯下的红斑冒出了豌豆大小的白包,蹲在赤红的斑上,软嘟嘟的,挤破就是一串脓血。红斑驮着白包,向上迁转,爬上了腰部和腹部。挤掉一个,边上就会冒出几个,似有燎原之势。骑自行车的时候,他来回晃动着胯部,摆动着腰身,在坐垫和衣服之间撩搓着,难耐的瘙痒会缓解下。村里人扛着锄头,下地归来,不解地望着他恣意夸张的姿势。

顺文提前返回广州了。他怀着忐忑的心情,走进学校的医院,对着一个中年女大夫,撩起了衣服。大夫戴上手套,拿着镊子,夹上药棉,蘸上瓶子里的药水,在患处涂抹着。顺文感到一阵清凉的蜇痛,他不好意思地问:"咋回事?"

医生笑着答:"没什么大事,以后要注意个人卫生。"

医生给他开了两瓶碘酊药水,嘱咐他洗完澡后,用药棉涂上去。

回到宿舍,洗完澡,顺文带上门,脱掉裤子。他用棉签蘸上紫红色的药水,涂在红斑上,顿时冒起了白烟,发出细微的嗞嗞声,就像将盐酸倒在泛着污垢的地面上。他身子痉挛了几下,咬着牙,脸缩成了包子,闭着气哼哧了几下。白包瞬间瘪了,凸起的红斑塌陷了下去,患处翘起了一层薄如蝉翼的皮。浑身渗了层汗,指甲撩起翘起的边,捏住轻轻地撕下来,他体会到了皮肉分离的撕拉感。撩起薄薄的皮,走在窗户前,对着外面的太阳,他仔细端详,感到这是上好的笛膜。

伤痛中,顺文顺着惯性,用理性的剪刀,捣碎小萍的影子,压制着不再思恋她。她的身影和忧郁的容颜,依旧像缤纷垂落的樱花的花瓣,间或拂在他的心间。只要他瞬间放松,她的影子就像魔片,纷飞中恣意变形,聚合在一起,幻化出各种神态,让他难以安神。涂药是对肉体的折磨,他每次拎起药棉,都会闭目静默,祈求将小萍支离破碎的影子,炖成浆汁,从心里清除掉。嗞嗞的声音,是肉体涂炭的燃烧,顺文在燃烧中惩罚着自己,从蜷曲的情网中出来,步入人生新的多彩的轨迹。

皮去了一层又一层,病症痊愈了。他的思恋却没有随着蜕去的皮而脱胎换骨，心绪的枝藤，像墙体上的爬山虎，恣意疯长，包裹着顺文冰凉荒芜的心。抑郁寡欢中，他对什么事情，都是旁观质疑的心态。他在人群中寻找小萍的身影，看见同款的身段和走姿，就会愣愣地陷入沉思，脸上露出稚狂的笑容。他心里期许着，哪天小萍韶华逝去，病如残缺，他就会走到她的身边，相濡以沫地陪在她的身边。顺文的心里，小萍已经不再是个鲜活的肉体，她是寄托于肉体中的一个神圣的符号，他黯然在心里供奉着，就像佛徒膜拜弥勒。每隔几天，怀想与追忆中，他会抚去符号上的尘垢，使得她在自己心里熠熠生辉。

两年后，袁震到广州出差，顺文请他吃饭，聊及昔日的同学。得知小萍已经结婚，顺文脸上淡然一笑，他知道这是迟早的事，在他的心里，她其实早就结婚了。袁震瞥了他一眼，想安慰几句。顺文站起来，递上烟，眯眼给他点上，摆着手进了洗手间，推开窗户，呆呆地看着湖边牵手散步的情侣。感到世间事多遵从某种理序，独有这儿女情恋，就像伸缩变换的网，令人费解，恼人伤神，让人萌动而又蛰伏。

爷爷衰老了。每年回家探亲，他眨着浑浊的眼睛，絮叨着顺文年纪不小了，要考虑结婚了，感叹自己在有生之年，能否看着重孙，成就他圆满的四世同堂的梦。望着爷爷瘦弱的脸颊，孩童般期许的神情，顺文盘算着，要了却爷爷的愿望。闭合的心慢慢开了，他在人群中追寻着自己的命运。

三十一

六年后。

顺文穿着短裤，冒着汗，在厅里追看《三国演义》的电视剧。儿子几个月了，躺在铺在长条椅上的褥子上，眼睛睒溜着，盯着电扇下摇晃的风铃，蹬着小腿，挥着小手，小嘴噗喋嚅动着，口水随着咯咯的笑声，从奶嘟嘟的嘴角，溢在脖下的单襟上。老婆在厨房洗碗，不时探出头，对着儿子，挤眉弄眼，祈求儿子的回应。

电话铃响了，顺文走过去，拿起听筒，传来了小萍呜咽的声音。她说自己过不下去了，想到南方找份工。听到久违的声音，看着椅子上的儿子，听着厨房里的锅碗瓢盆的声音，庄严的责任感，卡在他的喉咙，他安慰了几句，草草放下电话。抹布抹着碗，老婆走出来，笑着问谁的电话。点着一根烟，眯眼缓缓地吹了口烟，愣了瞬间，顺文指着电视，说刘备的电话。她拎起抹布，甩了下，嘟着嘴，坐在儿子边上，撩着他粉嘟嘟的脸蛋。

老婆哄着儿子，安睡蚊帐中。顺文拿着小凳子，坐在阳台上，望着没有星星的月光，懊悔自己没有知情地劝解小萍。自己不上心的态度，会不会让她伤心？积聚在心底的情殇，汩汩冒了出来，他有了一丝翻转发泄的快慰，随即又是淡淡的惦念。大街上飘来忽高忽低的《滚滚红尘》的歌声。他不是红尘中人，青春勃发的时候，他用解数学难题的方法,演算着爱情,一入家庭的框笼,他心里又是满满的亲情和重重的责任感。

转眼间,儿子两岁了。春节时节,顺文带着家人,回老家探亲。出了火车站,老婆给儿子套上棉衣,戴上棉帽。天色青灰,朔风呼啸,雪花纷飞。儿子好像来到童话世界,撒开腿,挥着手迎接着雪花,一副天真烂漫的样子。回到老家,爷爷的眼睛只能迷糊地映着人影。儿子撩着围脖,跑进院子。顺文走过去,蹲在爷爷膝下,攥着他干枯冰凉的手,将儿子唤到跟前,对爷爷说,这是重孙,让儿子叫老爷爷。儿子没有认生,跌跌撞撞跑进爷爷怀里。爷爷揽着他,摩挲着他的头,扬起下巴,用稀疏的胡茬亲昵地偎着重孙奶嘟嘟的脸。

过了正月初十,顺文独自来到西安。他用手机给小萍打电话,说想到她家里坐坐。小萍用惊讶的声调,表示欢迎,告诉他要怎么去。这个春节,顺文很高兴,儿子给整个家庭带来了欢乐。看到人丁兴旺,爷爷坐在日头下,笑得合不拢嘴。顺文从情殇中出来了,家庭和孩子让他体味到人生别样的精彩。

到了南郊,他打着电话,站在烤红薯的铁皮炉前,跺脚取暖。小萍从十字路口的转角,快步过来,叫了声顺文。她穿着件浅红色的羽绒大衣,后面跟着个戴着眼镜、顶着皮帽的男人。她指着那个男的,说是她先生小朱。顺文伸出手,小朱摘下手套,点头笑着和他握手。小朱戴上手套,眼镜顺着鼻梁,往上推了推,瞥了眼顺文。顺文接过那一瞥,感到其中内含着得意和对自己的鄙视。顺文谦和地笑着,找着话题,尽量不让小萍难堪。他们住在远郊,路面上的雪还没有融化,踩上去咯吱作响。小萍原本走在中间,她跐溜到侧边,将小朱让过来,她挽起老公的胳膊,一副小鸟依人的神态,脸上溢着满满的幸福。顺文感到别扭,顿时语噎词穷了。他们在朔风中,默然前行,只有混杂的脚步声呼应着。

到了小萍的家,推开门,一股热浪扑面而来。小萍和小朱脱下大衣,挂在门背后的衣架上。顺文解开衣服的前襟,一冷一热,他感到脸上热辣辣的。冲了杯茶,小萍放在茶几上。顺文坐在长沙发上,端起茶杯,揣在手中转着。他抬头瞄着这间两居室的屋子,干净整洁,布置得很得体。聊着孩子和工作,尴尬和拘谨中,顺文应着。小萍洗了两个苹果,插在底座上,转动着手把,苹果去皮后分割成薄薄的圆片。盛在盘子里,扎上牙签,她放在顺文面前。小朱坐在对面的沙发上,接过小萍递来的苹果,跷着二郎腿,靠在后背上。小萍走过去,半个屁股搭在沙发扶手上,偎着小朱的肩膀。

摸着口袋里的香烟,顺文想点上一根烟,缓释下情绪,见人家窗户紧关,他怕浊了人家的空气,又将手取了出来。顺文感到大家不在一个频道,想聊的不便聊,他只能像白痴那样,扯着无关痛痒的话题,填充着空白的时光。他掏出手机,看了下时间,说还要见几个同学,就站起身告别。小萍从老公后面站起来,用犹疑的眼神,打量着顺文。小朱挽留吃饭。他谢绝了,伸出手搭了下,走到屋外。将他们推入屋内,他顺着楼梯,咣当着下来。走出家属院,顺文搓着手,哈了几口气,眯着眼,心情复杂地回望着那个院子,匆匆离开了。

在东郊的纺织城的饭店,袁震定了个包间,约了益群和军柱,一起小聚。顺文从公共汽车下来,天飘起了鹅毛大雪,他跺着脚,撩起衣领,眯眼刚转过身,袁震从后面过来,拍了下他的肩。顺文咪地笑了,抓住他的手,使劲晃着。江城数年,他们亲如兄弟,也没有那么多的客套。袁震撩了下头发上的雪,跺脚揭开包间厚厚的帘子,他趔身让顺文进去。益群和军柱站起来,捻灭手中烟,绕过炭火炉子,扯着顺文的胳膊,让他坐下,递上一杯热茶。顺文坐在中间,摸着益群的税务装,扯着军柱的军装,看着袁震,笑着自嘲道:"呀!你看看,都是一个高中的,人家都有制服穿。看来我和袁震就没这个命。"

军柱递上烟。益群帮顺文点着,揽着他的脖子说:"顺文,我和军柱不能和你们比。你和袁震都上了重点大学,我们这是另辟蹊径,好在命运待咱不薄。你就别奚落我们了。"

点完菜,袁震拍着军柱的肩,对顺文说:"军柱现在把事弄成了,军校毕业,分在了长安,没事开着军车,到西安遛遛,他自在着哩!"

菜上桌了。袁震开了瓶西凤,斟着酒,招呼大家就座。军柱端起酒杯,抿了口酒,将服务员叫进来,拿起菜牌,加了几道菜,叫换上大酒杯。顺文喝不了酒,扯着军柱的袖子,想挡住他。军柱解开领扣,瞪眼笑着说:"这是哪里?这是西安,不是广东。我们是主人,你就是客人。客随主便,这是祖宗讲的,咱得听!到了广东,你不给我喝酒,我也没意见,那里你是主人。"

顺文嘿嘿着,不再作声。喝了两杯,他的脸涨红。袁震端起酒杯说:"顺文酒量不行,咱们就别勉强他了,让他随量。"

军柱端起酒杯,仰头将酒倒进口中,翻垂酒杯,在顺文前面晃着说:"兄弟,不!我比你大,咱就不论村里的辈分了,你就叫我哥吧!哥给你说,酒量那是练出来的,你不喝酒,就永远喝不了酒。这就像谈情说爱,你不去谈情说爱,你就不会谈情说爱。高中的时候,好多同学笑话我,说实话,咱就有那个胆,你知道高中恋爱的滋味吗?你们不知道。"

抵挡不住军柱的说辞,顺文站起来,喝了杯中酒,看着益群说:"军柱,噢!你是我哥,人家益群也在高中恋了。"

益群喷了口烟,转头瞥了眼窗外,摆着手。袁震抬起脚,轻轻踹了顺文一脚。军柱脱掉上衣,搭在椅背上,倒了两个满杯,见顺文两眼发呆,低头不语,他拿起烟盅的香烟,抽了两口,眯着眼说:"顺文,你和小萍的事,我约莫知道一些。她那个单位就在我们通信总站附近,我们和那个单位也有合作。她那个老公姓朱,在行政上,一看就是个社会人,说到底,就是胆大会来事。"顺文捻起一根烟,抓起火机点上,猛吸了口烟,对着盘中的鱼,喷了过去。和袁震碰杯,干了杯中酒,军柱坐下来,呼啦扯过顺文的胳膊,揽住他的脖子,喷着酒气说:"老弟,你最大优点就是善于思考,你最大缺点也是爱思考。恋爱那事,没你想的那么复杂,你想得再多,闷在心里,没有行动,屁都不顶。见到那个小朱,我在心里和你比较,人家有一点就比你强,那就是机灵嘴巴甜,会哄女娃开心。"

顺文噘着嘴,吹着眼前的烟,捻灭烟蒂,他转过脸,推了军柱一把,瞪眼说:"军柱,咱弄错了。我哪能叫你哥哩,按照村上的辈分,你得叫我叔。那叔给你说,晚辈叨咕父辈的事,不合礼道。叔作为长辈,问你一声,那个小丽当年就那么让你痴情!"

军柱脸颊抽了下,自斟了个背酒,抛进嘴里,嘿嘿笑着说:"好我的叔哩!那就跟蒸馍一样,火候正旺,蒸馍噗噗发起,就要成形了,没想到,炉膛的火灭了。说实话,蒸馍的人急,蒸笼里馍更急。"

提起了馍,顺文举起酒杯,和益群碰杯,笑着说:"益群,你妈的锅盔真好吃!你问问这家餐馆,有锅盔,叫他上一份。"

袁震站起来,走过来,手搭在顺文和益群的肩上说:"军柱现在很牛,人家给他介绍了好几个女娃,他都看不上。心里是不是还放不下那个小丽?"

军柱哈哈笑了,眯眼叨着烟,噗噗吸了口,摆着手说:"哎!

别提了,这世界他妈的真小!你们猜咋的啦?"几个人偏过头来,盯着他。他哧哧笑了,掏出纸巾,捻着眼角。袁震拍着他的背说:"别伤心,慢慢说!"

军柱抡起胳膊,推了他一把,摇着头说:"我伤心个屁!小丽读了师专,找到她叔父,分到了西安,分手后,我没有见过她。战友结婚摆酒,我们一群人过去热闹,走到门口,看到新娘就是小丽,她有点不好意思,好在哥们儿心理素质好,堂皇着应付过去了。"

袁震瞥了眼益群,直夸军柱坦荡。益群侧过脸,摇头笑着问:"你高中时的伤心就是假!心就没有一点痒痒?"

军柱偏着头,嘻嘻了几声,抓起裤子,抖了几下,眨眼说:"酒席上,我端着酒杯,过去给他们敬酒,你们猜咋的啦?"

袁震扬起手,让他别卖关子了,快说。军柱伸长脖子,手搭在嘴巴上说:"我那战友,仰头就干了。小丽直愣愣地盯着我的腿,酒杯的酒都闪了出来。"大家的眼光聚到他的腿上。军柱站起来,抬起腿晃了几下说:"我到现在也不知道,小丽是中意我,才爱上我的腿,还是爱上了我腿,才和我热闹了一场。"

顺文搓着脸,咧嘴白了军柱一眼,耸着肩说:"看来你们真有一腿,不然小丽怎么还是念念不忘你的腿哩。"

屋外的窗台和院子落了层雪,屋内暖融融的,话题打开了,大家没了顾忌,随性了起来。顺文举起杯,站起来向益群敬酒,笑着问:"你咋不叫张琳过来,她考上大学后,我还没见过她!"

袁震愣了下,手在桌下扯了把他的裤腿。顺文意识到自己触礁了,不住地晃着杯子,不知说什么好。益群愣了下,背过脸,眨巴着眼睛,一副伤情的神态。袁震端起酒杯,站起来,拍着他的肩膀,嚷嚷着喝酒。

放下酒杯,益群赤红着脸,双手搓着面颊和头发,怅然一笑,摇着头说："不瞒老同学，我和张琳的事，只开花没结果。"

顺文伸出手，拍着他的胳膊，埋怨着说："你咋弄的！有制服穿了，就看不起人家了？"

益群低着头，瞥着窗外，沉默了半晌。他转过头，苦笑着说："刚好相反，我让人家蹬了！"

三十二

餐聚结束了，几个人勾肩搭背地出了包房，外面落层厚厚的雪。意犹未尽中，送走军柱和益群。袁震和顺文踩着雪层，回到住处。房子中间有个炭炉，上面的水壶噗噗喷着汽。袁震打开电热毯，铺好被子，蹲在炉前抽了根烟，让顺文上床。屋外寒风飕飕，靠在床头，袁震给他讲益群和张琳的事。

踏进大学的门，张琳感到外面的世界很大，她依旧脱不掉鹅黄色的底色，还是个不被人关注的灰姑娘。姑娘们穿上裙子，换上高跟皮鞋，她内心填满了自卑。想起辛劳的父母，她盘算着伙食，将自己的花销，降到最低的限度。益群招干考试的时候，带着她去了趟民生百货大楼，给她买了双皮鞋。他们来到兴庆公园，租了条游船，她坐在船头，着实享受了一回城里恋人间的柔情和浪漫。益群回去了，她又跌回原来的生活状态。没事的时候，她从床下拿出那双高跟皮鞋，擦得乌亮。学校的林荫道上，她总是穿着土气的衣衫，下面却是时尚高档的皮鞋。看着皮鞋，她就想到了益群，期望他早日进城，回到自己身边。

益群进了税务局。报到以后，他撅着屁股，骑着自行车，一溜烟地跑到学校，向张琳报喜。张琳坐上自行车，揽着他的腰，在大雁塔附近兜圈，挥洒着青春和喜悦。益群发了制服，他穿戴整齐，让同事用偏斗摩托,将他送到张琳学校。门卫看着他们,点头弯腰,挥手让他们进去。司机是城里小伙,流里流气的,颇为仗义。他戴上墨镜,一脚油门,三轮摩托冒着黑烟,刺溜蹿到张琳的宿舍楼下,咯吱一个急刹,来了个一百八十度的掉头。适逢学校下课,女生们成群结队,从教学楼抱着书回来,瞠目结舌地看着这神勇的一幕,露出羡慕的神情。他们没有熄火,放着空挡,轰着油门,任由后面的黑烟突突。

张琳走到楼下。益群从偏斗慢悠悠下来,迎上前去。她不好意思地一笑,噘着嘴,快步走向宿舍。益群对同事摆了下手。同事伸出剪刀形双指,在墨镜前晃了下,猛地一踩油门,摩托头颠了两下,箭一样地蹿了出去。

知道张琳谈了个税务局的干部,好多同学羡慕她,她的地位迅速提升。益群做人豪气,到宿舍探望张琳,总要买堆东西,任由串门的女生吃。他几天不来,同学们端着脸盆洗漱的时候,见到张琳,拍着肚子,追问她税务干部,为啥还不过来?张琳挥着毛巾,嗤笑她们,就惦记着吃。第三个学期,张琳成了女生委员,系里有什么事,总让她出面协调。

益群爸在上班,有工资。知道儿子谈了女朋友,对他的花销也是放任的。张琳骑上了女款轻便大链盒自行车,各种颜色的裙子一套一套的,皮鞋在床下摆了一溜。下课后,她从抽屉拿出奶粉,冲上一杯,坐在窗边,搅动着,轻轻地抿着,惹得同宿舍的同学,心生嫉妒。冬天到了,益群提来一袋化妆品。好多同学趁着张琳不注意,吐着舌头,偷偷揭开护肤品的盖子,指头抿上一坨,放进自己的梳妆盒中。张琳知道她们的作为,也是睁只眼闭只眼,反正自己的润肤霜用不完。

学校里有排商铺,那些店主讲起话来,生顶冷撑的。张琳身后跟着位税务干部，他们赔着笑脸，故意找话搭讪。张琳下课，一位女店主看见她，远远地迎上来，将她拉到路边，怯怯地支支吾吾。看着她可怜兮兮的样子，张琳问："啥事？"

店主难为情地说："我的税务登记证过期了，没有换证。你能不能找个人，帮忙办一下？"

张琳抱着书，脑袋晃了几下，笑着说："我也不懂，我帮你问下！"

店主点头哈腰地谢着。益群过来，张琳将他带到店铺。店主拿出挂在墙上的税务登记证，递给益群。他看了眼，笑着说："没事，我给所里说声。"

那件事后，张琳每次从课室回来，经过商业街的时候，店主们都会走出来，没话找话地和她絮叨几句。有的店主忙着，瞄见她，停下手里的活计，笑着招呼一声。张琳被这种功利的客套和没有内容的絮叨吓怕了，她不愿意冷面示人，只好尽量避那些店主。班上的同学知道这个秘密，买东西的时候，总是拉着她，期望店主给个优惠。一边是店主难做的神态，一边又是同学竭力压价的诉求，她夹在中间，感到无所适从，着实难堪。

大三的下学期，张琳的母亲给树上挂苞谷，从梯子滑落下来，腿骨粉碎性骨折。张琳伤心垂泪。益群获知，瞒着她，找了辆车，将她妈接到西安，求爷爷告奶奶地住进了附属医院。手术前，他和张琳来到医院。看着躺在病床上的妈妈，她忍不住扑在益群怀里，呜呜哭了。她母亲拉着益群的手，对张琳说："孝顺，好娃！真是个好娃！"

益群和医生交流着老人的病情，变着花样买来好吃的东西，和衣陪护在病床边。张琳病床前织了件毛背心。母亲出院的时候，她的毛背心织好了，她帮着让益群穿上。

张琳上的是师范大学，大部分的本科生都是西安城匆匆的过客,按照培养方向,他们要回去,登上乡镇中学的讲台。快毕业了,带着对都市生活的留恋,同学们想尽办法,都想留在城里。张琳似乎成竹在胸,看着大家焦灼的样子,她是另类的旁观者。这几年,益群广交朋友,积聚能量,筹划着张琳分配的事。张琳的意思,首选进西安城里的机关,其次就是高校,最后用西安城的高中垫底。益群明白,张琳毕业,只要留在西安,他单位就有房子分,结婚便是水到渠成的事。

益群四面出击,电话不断,宴请连连,动用一切关系和资源,期望能让张琳满意。到了三月,到机关上班,看来不现实。他将信息汇总了下,给她分析着。张琳坐在宿舍的窗前,织着毛衣,噘嘴看着窗外,失望地说:"隔壁班的那位同学,平时不吭不哈的,人家定了省电视台。你平时威着哩!关键的时候却不给力。再想想办法,不行就算了!"

益群走过去,坐在床边,拿起她腿夹的毛线球,给她绽着。他铆足劲的付出,虽没达到理想的结果,张琳也该知心地抚慰几句,瞥着她冷冷的神情,他有点不解,他想得走神了,绽开的毛线垂在地上。他愣了下,回过神来,将毛线缠了回去,轻轻地叹了口气。也许她觉得自己是大学生,益群是招干的,学历上配不上她。益群屁股向外挪动了下,突然感到她有点陌生。他侧着头,呆愣地瞄着她的脸庞。他又感到,也许在她心里,已认定了自己,没有将他当外人,故而随性一些。他的期望黏合了这种可能,他瞬时感到,张琳还是原来的样子,她没有变,只是自己敏感了。张琳扭头,看着他憨憨的神态,倒腾着手里的竹签,笑着说:"咋的啦!还没有看够呀,瞧你那馋样!"

益群心头一热,呼地站起来,走到她身边,将她的头揽靠在自己的胸膛上,轻柔地撩着她的发梢和耳垂。

五月中旬,张琳的单位来了,她分到郊区一所大专学校。同学们将返回原籍,城市的生活就像是一场梦,他们在恋恋不舍的心绪下,默然地相互安慰着,用羡慕的眼神看着张琳。张琳没有同学们想象的那么兴奋,她心里已经将自己和农村隔了开来,她觉得自己就是城里人,农村的中学老师与她无缘。

离校的那天,益群找了辆人货车,叫了几个搬运工,将张琳的东西装上车。张琳穿着孔雀花纹的裙子,蹬着一双红皮鞋,拎着一款精致的小包,抓着车门上的扶手,撩起裙子,坐上汽车。好多同学从小卖铺要来纸皮箱,正忙活着打包东西,见她坐上车,潇洒离去,她们抹着额头的汗水,感叹自己时运不济。益群拉着张琳的手,看着窗外熟悉的街景,怀想着他们嬉闹逛街的情形,怅然中有点伤感。

安顿好张琳的生活,回到城里,益群欢天喜地筹划着结婚的事。可是,距离远了,他们的走动也少了。每到周末,他早早赶过去,陪着她做饭。饭后散步的时候,他提出了结婚。张琳抽搐一下,淡淡地问:"没有房子,咋结?还是等我分到房子,到时再说吧!"

益群挠着脖子,驻足瞭望着秋天黄拉拉的树叶,抓住她的手,自信地说:"只要咱们领了证,单位就会给我房子,你尽可以放心!"

张琳抽出手,走了两步,揪下片黄叶,嗅了嗅,攥在手掌里揉碎,叹着气往前走了。益群愣了下,跟了上去。

快过年了,单位常加班,益群没有时间探望张琳。春节即到,他感到得抽时间和她商量,春节该怎么过。他请了半天假,匆匆赶到她的宿舍。上了楼梯,穿过长长的走廊,她的门锁着,上面贴着张纸条,写着:放假回家,节后联系!益群一下子愣了,他不知道什么事,惹得她不开心。摸出根烟,点着猛吸着,他在楼道踱着步。这是个不好的征兆,他不敢想,也拒绝往深里想。

像泄了气的皮球,益群瘪瘪地回到单位,稀里糊涂地应付着工作。张琳妈喜欢吃清真腊牛肉,他专程跑到回民街,买了几斤,又买了堆点心。年二十八,青灰色的天空,飘起雪花,单位留人值班。他起了个大早,穿着制服装的毛领大衣,缩着脖子,脸颊埋在衣领中,搭乘长途汽车回家。到了镇上,他提着礼物,向张琳家走去。路过镇上中学的时候,他拍打着头发和衣肩的雪花,站在南边的壕岸。突兀的壕岸上,是道歪歪扭扭的围墙,几棵光秃秃的树冠,在风雪中摇摆着。他喷着白啦啦的热气,想起树下的锅炉房和锅炉房里的爱恋逸事,他长长叹着气,眼睛湿湿的。

走进村口,张琳爸脚踩树根,抡着斧头,正在劈柴。益群加快脚步,走到身后,喊了声叔。老汉将斧头扎在树根上,弯腰回头,见益群来了,赶紧走过来,扯着他的胳膊,亲热地说:"噢,是益群呀!快进屋,外面冷,让你姨赶紧给你弄饭!"说着,他对着院子喊道:"益群来了!"

知道张琳在家,益群心里顿时热乎乎的。张琳妈从厨房走出来,撩起围裙,擦着手,趔趄着走下台阶,笑着迎上来。见他拎着一堆东西,她瞪着眼,摆着手,埋怨地说:"咋的还没回你家吧?姨不要你的东西,过年了,拿回家给你们家老人。"

益群随着老人,来到厨房。老汉从窗台上拿来满是紫色茶垢的洋瓷缸子,从案板下取出铁罐子,手撩了几下,夹出一撮好像柴草的茶叶,拎起案板上的竹藤电壶,冲了杯茶,递给了他。益群应着,心不在焉地打量着门口。看着他的神情,张琳妈立马明白他的意思。她扬起手,对老汉说:"快叫娃出来!上了几年学,人情礼势都不懂了!"

老汉从腰带抽出烟锅,准备捻锅子旱烟,听了老婆的话,赶紧站起来,走到屋门外,对着厢房喊着张琳。过了一会儿,张琳慢吞吞出来，煞白的脸上勉强露出笑容，说了声来了，便坐在麦囤前的凳子上。张琳妈笑着说："她感冒了，一直睡在炕上。"又捏着自己的腿，对着益群说："姨这腿多亏了你，不然就成瘸子了。回来后，村里人都说你比儿子还亲！"

张琳妈不时瞭着女儿。老汉吧嗒抽着旱烟，瞥了眼老婆，埋怨着说："行了！别啰唆了，快给益群弄饭！"

灶膛前的树墩上站起，张琳妈挥着手，笑着问："想吃啥？酸汤面还是红肉煮馍？"

益群低着头，不好意思地扫了张琳一眼，仰起头，笑着说："姨，我不饿，你就不劳神了。"

指着案板脸盆冒着热气的肉，张琳妈对益群说："肉还是热的，姨给煮碗馍。"转头对张琳说："快过来，烧锅！"

张琳不情愿地站起来，手掩着嘴巴，咳咳了几下。益群赶紧让她坐下，他走到灶膛前，加上柴火，拉起了风匣。益群吃着红肉泡馍。张琳妈问："咋样？盐轻不轻？"

益群嘴巴呼噜着，一张一合地喷着热气，举着大拇指说："肉好！馍好！汤也好！"

张琳扑哧笑了。益群感到气氛顿时舒缓了好多。他撂下老碗，鼓起勇气，给老汉递上香烟，叹了口气说："叔，姨，我想开年和张琳把事给办了。我爸妈催了好一阵子了！"

张琳瞪着眼，将头扭到一侧。老汉弹着烟灰说："好！在农村，你现在还没有结婚，村里人都会笑话哩。我和你姨没有意见。"

张琳妈瞥着女儿，晃着手说："益群，多好个娃。快把婚结了，我们也就省心了。"她又扯了把女儿的袖子，恳切地说："你看村里和你同龄的女娃，人家过年，都抱着娃回娘家了！"

张琳呼地站起来，跺着脚，瞪着眼，嘟着嘴巴，嗔怒喊道：

"妈！妈！！"

益群跟着张琳出了村口，张琳决然地说："结婚的事，我还没有答应哩。这大过年的，你给我父母讲，这不是成心逼我吗？"

益群乱了章法，不停地解释着，没想到越说越乱。张琳抓着他的手说："结婚的事，急不得！我们都好好考虑考虑，过年咱就不要再提这档子事了。"

益群心里发虚，依旧点头，应承了下来。

天快黑的时候，益群回到老家。和家里人絮叨了几句，他回到厢房，撩起冒着热气的被子，躺在炕上，头枕在胳膊上，愣愣地看着墙头的雪。他的心情就像掉进老瓮中的老鼠，尽管奋力刨腾着，总会滑落缸底。温热的火炕舒服着肉体，也在烘烤着他的精神。他翻来覆去，检讨中，寻找张琳感情倏变的原因。他喜欢张琳，将她放在神圣的位置，在尊重和珍重的轨迹上，他也有激情澎湃，犁铧出鞘的时候。每当这个时候，他都咬着牙，用理性的绷带，包裹着自己。

女性珍视肉体的纯洁，当一个男人有机会，却因为超越肉体之欲的爱恋和理性的珍重，没有适时开垦的时候，她的心与情始终萦回在虚幻缥缈的层面。认为自己还是个独立自由的个体，需要的时候，将你唤过来，枕一下；情感驿动的时候，她像只啄食的小鸟，从天空俯瞰着大地，寻找更加倾心的田野。内敛的、深沉的和撕心裂肺的爱，由于怕失去或者难以接受失去，心里常同自己展开煎熬式的博弈，行为又是闪烁和羞涩的。春情懵懂的时候，女生常是感性的，流水浮云式的感情，轻快而悦耳，不时变换的浪花和图形，更容易被她们青睐。她们不是智人，她们心智和单薄的阅历，驾驭不了深沉和翻肠捣肺式的情感。青春的犁铧，常常指向着收获和皈依；包裹起来的犹豫，常常意味着离弃。

开年上班，益群给张琳打了几个电话。她要么不在，偶尔碰到了，几个来回的对话，要说的话似乎就说完了。熬到周末，益群借了台车，赶了过来。上楼梯的时候，迎面走来一个弯着腰，撩起衣领掩着脸的熟悉的身影。他站在楼梯间的平台上，瞄着咚咚下落的背影，恍然感到，那人像是高中时的方杰。他心里掠夺一片黑云。方杰是个花花公子，难道张琳会屈身，将他捡进自己的篮子？

张琳的房门关着。他走上前，轻轻地敲了两下。里面传出她矫情温柔的回应。益群心头一喜，纠结顿时烟消云散，脸上荡着满满的笑容。门开了，张琳的粉脸闪出来，见益群站在门外，她失望地拉下脸。益群刚刚透着阳光的心境，瞬时又是阴云密布，他手心冒汗。她让他等一下，说着带上了门。益群明白了，啥叫闭门羹。他掏出香烟，靠着墙壁，捻上一根，点着用力吸着，不由自主地踹着墙角。

门开了，香水的味道随风飘了出来。益群吸了几口，忍不住弯着腰，打了几个喷嚏。走进这既熟悉又陌生的香闺，他默然看着和以前不一样的摆设。张琳倒了杯水，放在凳子上。走回窗前的桌子，她坐下翻书，像在备课。益群站起来，手搭在她的肩上，俯在她耳边说："春色诱人，我开车来了！咱开车到塬上的麦田，挑荠荠菜去。"

张琳放下书，晃着肩膀，将他的手抖落下来。她转过脸说："不行，我得备课，系里要检查教案。"

女生愿意，她能找出十个理由跟着你；如果不愿意，她能够找出一百个理由，搪塞你。

益群回身，坐在凳子上，盯着春光映照中专注的张琳。他想提结婚的事，话到嘴边又咽下。他吐了几口烟，长长的烟灰柱，随时都会断掉，落在地上。张琳爱干净，他张望着寻找弹烟灰的器皿，书柜下层放着烟灰盅，里面有几根掐灭的烟头。回想起方杰下楼梯时，楼道飘腾的烟雾，他似乎明白了其中的玄机。益群取出烟盅，放在凳子上，搓灭了烟头。看着张琳装腔作势的背影，他缓缓地问："方杰咋从你宿舍出来了？"

张琳身子僵了下，头也没回地应道："别胡说，他咋会到我宿舍来！"

益群想诈她一下，便说："我在楼梯蹲了好长时间，怕扰了你们，就静候在楼道上。"

张琳放下笔，愣愣地望着窗外，半晌没有了声息。益群期望她甩掉钢笔，勃然大怒，甚至走过来骂上自己几句，但是她没有。她已经默认了，并在心里寻找理由，给他一个说法。张琳站起来，悄然一笑，淡淡地说："大家是同学，他也在附近上班，过来转悠。"

从她那不温不火的态度上，益群觉得他们已经交往了一段时间，并且到了一定的程度。他站起来，双目圆瞪，拍着桌子说："那小子如果敢欺负你，你说声，我叫人断了他的腿！让他今生跪着走！"

机关的历练，益群已经没了高中时的棱角和锐气了，他总是温顺谦和的神态。张琳没想到，益群还有这么大的火气，能说出这番豪气的话。

益群和张琳不欢而散。

感到危机重重，益群按捺着情绪，他一直没有和张琳联系。油菜花开了，张琳打电话，让他过去一趟。益群隐约感到，重修旧好的机会不大，向他摊牌的概率很高。他借了辆小车，罕见地没有带任何东西，愣头晕脑地来到她的宿舍。她包了盘饺子，放在桌子上，铝锅里是沸腾的水。张琳将他让进屋子，开始煮饺子。他拿起报纸，装模作样地看着，不时瞥着她。饺子煮好了，他们坐在桌子两边，心事沉沉地吃着，她不停地给他夹着饺子。益群放下筷子，喝了口茶。张琳笑着说:"油菜花开了,咱们到田野走走。"

下了楼,出了校园,他们身随神离地走进一人高的油菜地,身子隐在翠绿的枝叶中,两张脸在黄澄澄的花海中游曳。快到尽头的时候,张琳驻足转身,看着益群,憋着气说:"益群,你对我好,我会记在心里。但是我们走不到一起,我的心里装着别人。"

这些天,益群盘着,如果张琳提出分手,他该如何应对。当这一时刻来临的时候,他依旧愕然地瞪着眼,即刻愣住了。张琳抓起他的胳膊,晃了几下。益群咧嘴摇头,揪住边上的油菜,拔起来踩在脚下,像头发情的公牛。张琳着急地拦着。他推开她,挥洒着自己的愤怒。筋疲力尽的时候,他哎哎地喊了几声,蹲在地上,不停地揪着自己的头发。张琳愕然了,她不知所措地晃来晃去,蹲在他的边上,宽慰道:"益群,你有那么好的工作,人又实诚,肯定会找到比我好的姑娘!"

张琳从拎着的袋子中,掏出件毛衣,递给他,愧疚而怯怯地说:"对不起,益群。我给你织了件毛衣,天冷了穿上,也算是我的一片心意。"

张琳闭上眼睛,张开双臂,拥了上去,想让益群抱一下。他呼啦搂住她,浑身颤动,随即推开她,用陌生的眼神盯着她。他拎着毛衣,拍着油菜花,独自走出了地垄。张琳跟在后面,担心他出什么事。走上渠岸,益群折了根枯枝,将毛衣挑上,用打火机点着,待到火苗腾起,他跨着马步,抡起枯枝,在空中飞快地转着。火苗成了个圈,他吼叫狂笑着,像个癫狂的疯子。

张琳愣愣站着,随着火圈腾起,惊惧地蹲下去,呜呜哭了。火圈中,她瞥见着益群狰狞的狂笑。火苗息了,毛衣变成了灰烬,他们的恋情没有在鲜花烂漫中绽放,却在遍地黄花中燃成了灰烬。

拎起烧焦的枯枝,撩着尚有红光的灰烬,益群顺着渠岸走了。

塬上中学的同学，知道张琳和方杰走到一起，都觉得不可思议，觉得她辜负了益群的一片痴情。偶尔的同学聚会，大家慢慢知道了一些细节。方杰高考无望，他爸找到关系，上了个技校。毕业后，他分在市郊的制药厂，在车间当工人。他对自己的交际能力，特别是女人缘蛮有信心，想通过交个女朋友，改变在工厂的窘境。药厂的女工大多泼辣。方杰虽然就是个车间工人，从小受到父亲的熏陶，总是文绉绉的，一副文艺青年的范儿，没有好多工人所具备的油滑豪放和市井的幽默。他没有想到会碰壁，感到自己和工厂的气氛，格格不入，他成了孤独者。下了夜班，坐在集体宿舍前的石凳上，方杰抽着烟，瞅着漫天星斗，下定决心，要突出重围，在厂区外面开花结果。

初冬时节，塬上的果农，开着蹦蹦车，拉着自己的苹果，到西安卖。上街回来，见一位农民站在车厢上，大声吆喝着，叫卖苹果。张琳想起《家庭医生》上说，吃苹果能减肥，她走了过去，撩开蛇皮袋子，低头挑拣苹果。边上是个修鞋的摊子。腿上铺着油毡的师傅，给皮鞋上线。付了钱，提着袋子，张琳正要转身离去，猛然看见方杰坐在鞋摊前，他也刚好转过头来。她惊异地唤了声方杰。方杰笑着，就觉得她面熟，却想不起她的名字。他趿着临时的拖鞋，站起来打量着张琳，听到她在对面的高校当老师，禁不住喜上眉梢。

高中的时候，张琳隐没在成堆经常默然在方杰面前晃动的女生群体中，从县一中转学回来，她也算在县城见过世面了，心里可能有稍稍的优越感。方杰心中，张琳从一中回来，他会不会给予过多的关注，这些只有他知道。封闭的环境中，方杰是城市的象征，带着对城市的憧憬，好些女生对方杰高看一眼。沉闷的学习生活，同学们压抑着自己的情愫，群体中的攀附、嫉妒和竞争成了湍流，方杰漂在浪头，张琳就是朵不起眼的浪花。似乎是命运的安排，或许是老天的作弄,如今他们近在咫尺,昔日的灰姑娘变成了大学老师,往昔的公子哥成了车间工人,命运的翻转,洗却了彼此心里的包袱。他们就像两片磁石,隔了条马路,紧紧地吸附着……

寒风吹打着窗户,窗户吱啦抖动着,顺文尿急,披上衣服,推开了门,身子颤抖了几下。站在便池,望着窗台上的雪,他想起小时候生产队饲养室的热炕。生产队的马驹,看见村里的孩子和家畜,奋蹄嬉追,跑到田间地头恣意撒欢。饲养员备好笼头,合围着揪住,硬是要扎上笼头,系上缰绳,拴在电线杆上,任由着挣扎蹦跶。青春期的男孩,恰似撒欢的马驹。苦涩的初恋就像个笼头,让他们尝到人生百味,挫折和磨砺中,变得理性而又顺溜。

三十三

又过了六年，顺文去传达室拿报纸，回到办公室，见里面夹着封信。一看字体和信封，他知道是小萍写来的。撕开封口，抽出信瓤，抖开一看，她说正在申请技术移民，最近可能要到香港面试，到时过来见个面。信放进抽屉，他点了根烟，跑到洗手间，蹲在坐盆上，愣愣地看着青白的墙面，曾经的画面在眼前晃着，他有种怅然若失的感觉。

一个星期后，小萍和她的老公过来了。开着蓝色的捷达车，顺文去车站接上，安排住了下来，在一家海鲜酒楼订了房，他带着家人，请他们吃饭。看着老婆和可爱活泼的儿子，顺文感到幸福，心理上的纠结没了，气氛变得随意而又自然。他们吃着饭，聊着原来的人和事，将彼此隐埋在流逝泛黄的故事中。小萍的脚崴了，走路有点瘸。小朱扶着她，透着关爱和体贴。看到她的脚和脚上的鞋子，顺文猛然间倒吸了口凉气，瞬时想起那年油菜花下盖着白布的女孩脚上的鞋。

小萍移民去了美国。顺文从同学那里知道了她的电话。开始几年，每年春节前，他都会拨通电话，和她不咸不淡地聊上几句。他知道她在一家软件公司编程，工作蛮辛苦，还要不断地更新知识，掌握最前沿的编程技法。小朱没有过硬的技能，真金白银的现实面前，他显得无能为力，更难以抹下面子，放下身段，做一般的杂工。刚开始那些年，他没有常住美国，利用国内的人脉和关系，期望开辟新天地，他游刃有余地在两边晃荡着。几年下来，美好的期望就像肥皂泡，阳光下飘荡着，逐一破灭了。他还是不死心，又折腾了一段时间，最后心灰意冷地回到美国，加入到新移民英语培训的行列，间或打些零工。小萍是个要强的人，她用娇小的身躯和坚强的意志，支撑着家庭的开支。

时间之溪，潺潺静流，在平静均匀的韵律中，稀释着人们的记忆，打磨着人们的激情。抽掉情怨的筋，四季的浸泡中，爱恋情殇都随着溪流飘逝了。顺文常惦起小萍，不知她现在的境况。他在内心里，用自己的想象，默默地雕琢她的容颜，随着时间的流逝和长久虚幻的堆积，他感到自己心里雕砌的圣洁之像，模糊地倒塌了，留下灰迹斑斑的底座。徜徉在人头涌动的闹市中，他不再寻找小萍的身影了，也断掉了将自己的臆想加附在某个女孩身上，纵情遐想的习惯。人群中的异性，变得独立而真切，飘动的影子，就像魔罐中晃出的精灵，随着季风洋流，回归到本体中去了。

年节将至，坐在办公室，望着灰白的天宇，恍然中，顺文惦起了小萍。他拉开抽屉，从最下面那沓纸中，翻出了卷着角的泛黄的小本，他蘸着唾沫，摘下眼镜，看见小萍的电话号码下，画着褪了色的暗红色的横线。他站起来，关上门，按下免提键，摁了一串数字，他犹豫着停了下来，断掉了电话。靠在椅背上，他真不知道电话通了，小朱拿起听筒，他该讲些什么，更不知道小萍拿起听筒，他又该说些啥。顺文变了，古板僵硬本是他成长的标签，这些年，他从心里讨厌和拒绝古板客套的问候，他感到自己内心原本软嘟嘟的情恋，已经板结了。要让板结的情壤松软，说上几句缠绵的话，那也不是他的性格。

大年初三，顺文在单位值班。他泡了杯茶，打开电脑，电脑里搜索着小萍，发现有好多同名同姓的人。他限定了搜索的条件，看到几条信息，点开一看，是她原来单位的工作规划，里面有她的名字。心里灰塌塌的，空与怅的交替中，他靠在椅背上，听着远处零落的爆竹声，恍惚中闭上了眼睛。记忆的碎片，还在大脑中拼凑聚合，眼前闪着一幅幅惨淡泛黄的图景。他搓着面颊，倏然感到自己不再年轻了，往昔的回望是那么的空幽和凄然。窗外响起消防车尖利的警报声。顺文猛然站起来，快步走到窗边，见宽阔的大道上，几辆闪着红灯的消防车呼啸而过，车沿趴着消防战士。瞄着车子驶去的方向，天空灰蒙蒙的，没有黑烟，他不知道哪里又有火情。

打开电脑，顺文点到播放页面，看了几段搞笑视频，他灰沉沉的心情，缓解了好多。翻开经济学的书，看了几页，他突然感到，经济学上的供求关系，不仅仅决定价格，它也是一种分析问题的体系。一个少年痴迷地倾情于心仪的少女，没有了转换和替代消费的可能，也就没了替代消费的成本。少女在他心中，成了生死相依的苦恋，她的效用因为不可替代而叠加放大，她的游动更会加速和放大少年静化闷酵的情愫，死心塌地的序列中，如果女孩以生死相依的心境馈于少年，那便是不朽的爱情故事；如果女孩嬉笑游离，对少年闷屈的表白，冷而应之，或者惊骇离去，少年越追，她跑得越快，留下的就是悲戚苍凉的情恋记忆。

少年钟情于少女，会在心里营造和幻化出爱情的迷阵和彩带，用自己构筑的心理堡垒，对抗对象转化的诱惑和迷离的情恋侵袭。从经济学上看，单一地排除了转换可能的情恋，隐埋伤痛的概率，比游离转换模型下要高。单一痴迷型爱恋即或是痛苦的不堪回首，对少年体验和梳理情恋的社会性，却是难得的酵池，它让人们在各种程式的困顿中，焦灼、彷徨、苦恼，即或是生不如死，一旦褪去了这层壳，少年就会成熟。青春年华，经历过长久苦恋淬炼的人，老去时候，回味那一幕又一幕的烙在心间的图景，那都是生命勃发的浪花。年轻时困顿在情网中，备受情殇煎熬的人，虽然没有享受多彩的情润，却真切地验证人之所以为人的社会密码，留下了永久的生命记忆。

　　天色暗了下来，顺文收拾东西，准备回家。看着台面上破旧的电话本和红线上面的号码，他又坐下来，手搭在桌面上，搓着面颊。品了口茶，他按下免提键，犹犹豫豫地拨完了一溜号码。靠在椅背上，他的心随着电波，不知是从海底，还是从天际，穿越到了大洋彼岸，他约莫估计着那边的时间。电话通了，响着嘟嘟的波段。他幻想着小萍系着围裙，在厨房里包着饺子，听到电话声，趿着鞋，快步走来。听筒那头喂喂了两声，接着就是英语的询问。顺文欠起身子，咳咳了几声，感到没有合适的词句，犹豫间，那边的话筒挂了，传来了呜呜声。靠回沙发，他总算听到小萍的声音，他的咳咳声中，也包含着问候，他心里顿时坦然恬静了。转念一想，渴望的通话来了，却没有问候几句的勇气，更没有问候的内容，看来他的牵挂，亦如通话，成了枯霉的形式了。

　　又过了六年，顺文参加的经贸考察团，去往美国和加拿大。夜里十二点，飞机从纽约机场起飞，飞往旧金山。飞机呼啸着爬升，机身摆动着角度，纽约的夜景映在眼前，璀璨的夜色宛若仙境。懒散地靠在眩窗边，愣愣地望着夺目的灯海，他沉浸在真与幻的转换中。人类太伟大了，刚才他还是地面上蠕动的光点，亦如一只蚂蚁，瞬间就跃上了天宇，傲视着地面忙活着的苍生，他有种幻觉的神味。飞机平稳了，窗外一轮弦月，泛着青色的黑域中，他难以确认那就是自己一直盯着的老家的月亮。乘客们耷么着眼睛，进入昏睡状态，飞机轻轻颠簸着。他从口袋里掏出本子，盯着小萍的电话号码,呆愣着陷入沉思。

旧金山阳光明媚,碧蓝的海湾清波荡漾,静谧安详。顺文隐隐感到有点冷。交流活动结束,好多团友结伙到商业中心购物。他独自坐在宿舍,望着海湾,犹豫着,拨通了小萍的电话。听到顺文到了旧金山,小萍激动地叫了声,询问他住在哪里,什么时候离开。顺文说只有下午和晚上有时间,明天就要离开。问她有没有时间,过来见个面。小萍掐算着自己的时间,说她安排下,一个半小时后赶过来。

酒店不能抽烟,顺文憋得难受。他下了楼,走出酒店大门,站在烟灰缸前,点着一根烟,用力吸了几口。提着袋子的流浪者经过,嬉笑着用手指,在嘴巴上比画着,向他讨要香烟。顺文掏出烟盒,抽出一根烟,递给他,给他点上。流浪汉点着头,吸了口烟,感到与平时的味道不同,愣愣地盯着烟头,好奇地盯着,扑哧一笑,转身去了。那是个高大的白人老年男子。顺文打量着,没有想到美国白人,还有如此的落魄者,看来美国也不好混。

时间还早,顺文顺着缓坡连着平台的街道溜达着。见到一个小广场,他顺着斑马线过去,在错落有致的台阶上,坐在靠近烟灰桶的地方。广场上有好多学生,可能是集体活动,有的看书,有的嬉闹,有的端着咖啡聊谈。几对恋人搂抱在一起,旁若无人地亲吻着,好像世界就剩下了他们。他眯着眼睛,看着电车爬坡,后面站着对相拥的恋人。一阵风吹了过来,刮去几片黄叶,他感到凉簌簌的。

不远处的街角,有间标着汉字的餐厅。顺文掐灭烟,晃荡着过去。见他进门,老板笑着问:"先生,吃点啥?"

接过餐牌,顺文点了杯果汁。坐在靠窗的位置,他打量着行人,消磨着时间,等候着小萍。门口进了个高大肥胖,穿着松垮牛仔裤的白人中年男子,白中泛红的肥嘟嘟的下巴上是浓密的胡须,胳膊上文着条青龙,一副凶巴巴的样子。他的后面跟着位戴着墨镜、身材粗壮的亚裔女子。胖子看见顺文坐在窗边,走上前,伸出手指,憨憨地问:"中——国?"

顺文点着头,伸出拇指,笑了笑。

他举起大拇指,笑着说:"中——国——好!"

指着那位女士,依旧抖着拇指说:"老婆,中国的。"

那位女士从他肥大的身后,吱溜钻到前面,摘下墨镜,用东北话说:"美国佬,就是这个傻样!咱得用中华文明,好好改造一下他。"

胖子以为老婆夸奖自己,脸上堆满了笑。他搂住老婆。她笑着对顺文说:"你看那德行!"

胖子感到老婆又在表扬他,在她的额头上,狠狠地亲了口。

喝完了果汁,起身离开的时候,顺文对着那对爱侣竖起拇指,笑了一下。胖子嚼着食物,腮鼓得像两个皮球,嘴角向上提了几下,竖起拇指,挤眉弄眼地回应着。

回到酒店,上楼梯的时候,顺文脑子始终飘着胖子滑稽的憨相。传统文化讲究夫妻心心相印,那是一种境界,然而大多时候,需要双方克制,收敛言行,要考虑对方的感受。这种半通不通的异国恋,你可以笑着用对方听不懂的话骂他,他却是笑吟吟地应着,他将自己听不懂的和不明白的东西,全部用快乐和绚丽的色彩涂抹起来,这种生活也别有情趣。

回到酒店,坐在椅子上,顺文将脚伸展,搭在床沿,掏出手机看了眼时间,估计小萍快要到了。他打开电视,要找个中文频道,摁了好长时间,也没有找到。门铃响了,他赶紧挪脚,跐上鞋,走过去开门。小萍站在他的面前,依旧是黝黑的肤色,消瘦的脸颊有了淡淡的皱纹,臀部肥大了好多,可能是长期坐着编程序的原因。指着乱七八糟的屋子,顺文笑着说:"两个人一起住,太乱了。咱们下去转转吧!"

小萍点着头,跟着他下了电梯。他们顺着街道,谈论着家庭和孩子,也说起高中时的事,谈笑间,到了海边的渔人码头。

夕阳欲坠,西边的天宇红霞漫天,晚霞的映衬下,静谧的港湾显得温润清寂。他们沿着码头的回廊,走了一段,海风携着寒气,拂着小萍额前的刘海。站在海边,捋一捋凌乱的发髻,她淡然一笑,望着幽墨的海面说:"国内的时候,在单位上班,心里多少还有点主人的感觉。到了国外,我就是个打工的,有能力给公司创造利润,工作才稳定,收入也就有了保证。不然,随时都可能失业。这种提心吊胆的日子,真不好过。"

瞄着她的脸颊,顺文叹着气说:"都一样。国内的企业也在改制,每个人都得靠本事吃饭,企业就是赚钱的机器。"

小萍心里要强。顺文看得出她在国外的艰辛。她不愿意说出自己的苦衷,他就没有办法安慰。沉默了好长时间,顺文指着大海,侧过脸说:"现在国内也不错,有时间回家看看。"

她淡然一笑,摇着头应道:"既然出来了,就得拼下去,我们没有退路。"

晚霞映衬着小萍的脸颊,镀了层橙色的光。胳膊搭在护栏上,顺文转过脸,笑着说:"你是咱中学的骄傲。那么多考上大学的人,如果有人说顺文是人才,好些人不一定服气;说小萍是个人才,大概不会有人有意见。"

小萍转过头,伸出手,攥着顺文的手,勉强地笑了。眺望着海湾的点点灯光,她有点激动,叹了口气,抬起头说:"你是第一个到美国看我的同学,我得感谢你,顺文!"

招呼着小萍,顺文推开了餐吧的门,要了两杯咖啡。他们坐在外面,看着天边最后一抹红霞。顺文试图打开心扉,却始终找不到口,他郁郁地结巴着。品了口咖啡,苦得他直喘气,原来他忘记了放糖。优雅地喝了几口咖啡,小萍望着他说:"晚上加班,靠的就是咖啡提神,喝多了就习惯了。"

抬起手腕,小萍看了下表,站起来,浅笑着说:"我怕堵车,也没有开车过来。我要赶最后的班车,也祝你考察愉快!"

顺文跟着站起来,一起走下码头。走到十字路口,她指着前面说:"你沿着这条路直走,右拐就到酒店了。我得打的去车站了。"

说着,她转过身,快步走了。中间回过身,对着愣愣看着她离去的顺文,挥了几下手。她飞快的脚步、晃动的身影,在昏黄的路灯下慢慢变小,蠕动着消失了。顺文搓了几下脸颊,咳咳着,将嘴巴里残留的苦味,吐在纸巾上。

酒店吃了早餐,顺文和团友乘车离开旧金山。靠在椅背上,顺文无神地打量着窗外的景物。汽车驶出市区,草坪和树丛中是零落的别墅,人们穿着短裤,在清朗凉爽的晨风里锻炼着,一副勃勃的景象。他慢慢品味着,感受着小萍的生活。他感到九十年代,大家挤破头,争着出国,没有想到后面就是国内飞速发展的时期,日新月异中裂变了好多机会,成就了一茬人的梦想。到了国外的人,辛苦地寻找自己的位置,辛勤拼搏着,刚刚站稳脚步,蓦然回首,国内的好些同学光鲜了起来,成了社会的支柱。

出国归来,顺文有了踏实的幸福感。他怀旧的心弦松弛了,蓦然中,用超然的眼光回望着情殇的轨迹。小萍成了个影子,成了烙在他心上的符号,她嵌在他的生命体验中,存续在他秋日醇美的回望中。涩情痴恋,痛苦的彷徨中,为了解开小萍这道难题,他苦思冥想,变得木讷而冷峻,将这个世界看得更真切了。

酣睡中,顺文与小萍不期而遇。蔚蓝色的海边,他们牵着手,赤脚走在细白松软的沙滩上,执手凝望,有说不完的情话。梦里的世界里,他们变大了,地球就是个罩着经纬的网球,坐在帆船上,撩起经纬的网线,他们在球面上,乘风遨游着。后来,突遇雷电风暴,惊悸的海面上,他们沉没了。他挣扎着伸出手,眼睁睁地看着小萍在汹涌的巨浪中,一沉一跃地尖叫着,任由他怎么扑打,就是游不到她的身边,盯着她的小手,沉没在海浪中。风暴过去了,阳光照在碧蓝的海面上。抓着一块舢板,顺文凄然地望着她沉没的地方,扬着手划过去。猛然间,他看见水面上漂着一双花鞋,定眼一瞧,正是油菜花地躺在花下那个女孩的鞋子。

呼地从床上挺身跃起,顺文惊出一身冷汗。他抹着额头,瞄着黑漆漆的屋顶,冷气机闪着黄灯,呼呼送着凉风,他眨巴着眼睛,依旧沉浸在梦的余韵中。怕影响家人,顺文轻手轻脚地走进洗手间,蹲在马桶上,喟然抽着烟。烟火一明一暗,青蓝色的烟飘着,从透着灰色的窗口,飘了出去,消散在灰色的夜空中。

阳台上间或传来鸟雀的啾啾声。顺文抬头看着窗外,天幕泛白。顺文知道,肉体和精神是两个难以转换的界面。他纳闷:烁刻的记忆,就像沉寂在河床的泉水,夜深人静的时候,间或没有先兆的咕咚,记忆已经嵌入他的神经,成了生理的存在,让他周期性地回味着青涩闷恋的岁月。

全文原载《十月·长篇小说》2020年第4期

后记

  这些年,以渭北塬上为背景的乡土题材的长篇小说,我写了三部。如果说《一抹沧桑》书写了百年世事流变中蹲在村口老槐树下的几代村民,那么《塬上童年》就是本真地记述了二十世纪七十年代几位乡野孩童的成长逸事,《风吹麦浪》则是对二十世纪八十年代塬上中学生活的回望。

  小说创作就像是木匠做家具。传统的工艺是榫卯结构。木料都是实木,讲究按照木料的木质、自然形态和纹理成形。现代的家具多是板式结构,用螺钉固定。国人钟爱红木,除了考究的工艺,主要是材质的金贵和稀缺,需百年方能自然成材。现代家具多是木屑撒上胶水压制的胶合板,车间生产。

  传统小说写作者的素材有的来自于自身的生命体验,即或是外在的嫁接和杂糅,由于社会环境的相对封闭性和同质性,写作者更容易将自己的生命体验,像酵母一样注入素材,让瘪瘪的素材蓬松胀大。

  现代的写作者大多是将自己与国际接轨的娴熟写作技法的胶水,撒在陌生的雪片化纷飞的素材上,挤压成文字的胶合板,再用螺钉定型,批量产出。二十年前,家具产业方兴未艾,现代家具狂扫传统家具的单调和古旧,成了潮流和时尚。前几天逛家具城,我发现传统的实木家具转身又成了大众的奢求。其实生活中的好多事物的审美或者偏好曲线，也和家具消费的变化如出一辙。

站在生命下垂的年轮上，回望自己的生命曲线，二十世纪八十年代的华夏大地，充满了朝气和活力。渭北塬上乡镇中学的学子们，惦记着祖辈的期待，在冰天雪地的寒冬中，站在校园有灯光的地方，跺脚晃身，哈气搓手，头缩在棉袄领口间，打起精神瞪着熬得通红的眼睛，盯着红肿手掌上晃动的课本，咬牙苦读。他们期待走出农村，成为"商品粮"，端上"铁饭碗"。"商品粮"和"铁饭碗"都是国家的，同学们没要将自己从国家的盘子拿出，单独考虑的意识，都是将自己的前途和国家的命运整体联系起来，具有浓烈的家国情怀。

后面的几个属相轮回，人们生活更富足了，社会更多彩了。回想起来，八十年代依旧成了一代人生命底色中最夺目的念想。那个年代的求学记忆，我没有钟情于文学，默默地留存在记忆的深处。大学毕业，南粤生活三十余年，我见证了中华大地的巨变。魂牵梦绕中，塬上的中学时光在我的脑海和梦境中不断反刍。我用好些同学的人生轨迹，回照和透视这段时光，也在时代巨变的大幕上，诠释那段时光对我人格的淬炼和铸造。塬上的中学时光，不再是散碎记忆的胶合。在我的心里，它是一棵树，一棵投射了几十年社会光影的粗壮的树。文学给了我一个通道，我将这棵满是结疤的树，用榫卯结构呈现出来。纪念曾经给予我知识的老师们，给那茬曾经朝气勃勃、现在行将老去的塬上中学同学们留些文字的标识。